BLUTSÜNDEN

Die Autorin

Kay Hooper lebt in North Carolina. Sie ist die preisgekrönte Autorin zahlloser Bestseller, ihre Bücher wurden weltweit über sechs Millionen Mal verkauft. Das erfolgreiche und etwas andere Profiler-Team um Noah Bishop taucht gleich in mehreren verschiedenen Thrillerserien Kay Hoopers auf.

KAY HOOPER

BLUTSÜNDEN

Thriller

Aus dem Amerikanischen
von Susanne Aeckerle

Weltbild

Die amerikanische Originalausgabe erschien 2008 unter dem Titel
Blood Sins bei Bantam Dell A Division of Random House,
Inc. New York, New York.

Besuchen Sie uns im Internet:
www.weltbild.de

Copyright der Originalausgabe © 2008 by Kay Hooper
Copyright der deutschsprachigen Ausgabe © 2013 by
Verlagsgruppe Weltbild GmbH, Steinerne Furt, 86167 Augsburg
Published by arrangement with Bantam Books, an imprint of the
Random House Publishing Group, a division of Random House, Inc.
Übersetzung: Susanne Aeckerle
Projektleitung: usb bücherbüro, Friedberg/Bay
Redaktion: Claudia Krader
Umschlaggestaltung: *zeichenpool, München
Umschlagmotiv: *zeichenpool, München; www.shutterstock.com
Satz: Lydia Maria Kühn
Druck und Bindung: GGP Media GmbH, Pößneck
Printed in the EU
ISBN 978-3-86365-479-5

2016 2015 2014 2013
Die letzte Jahreszahl gibt die aktuelle Ausgabe an.

Prolog

Boston
Oktober

Senator Abe LeMott wandte sich vom Fenster ab und sah den Mann auf dem Besucherstuhl an. »Das war's also?«

»Das Ungeheuer, das Ihre Tochter ermordet hat«, antwortete Bishop, »wird den Rest seines jämmerlichen Lebens damit verbringen, die Wände anzuheulen. Alles, was er an Verstand besaß, war am Schluss ausgelöscht. Möglicherweise auch schon lange davor.«

»Und das Monster, das die Fäden gezogen hat? Das kalte, berechnende Superhirn hinter ihm?«

»Den haben wir nie zu fassen bekommen. Obwohl wir annehmen, dass er nahe genug war, um uns zu beobachten. Nahe genug, um einige von uns zu beeinflussen. Nahe genug, um die Beute für sein zahmes Monster zu jagen und zu fangen.«

LeMotts Mundwinkel verzogen sich. »Als würde er eine Spinne füttern.«

»Ja.«

»Und wer hat das Netz gesponnen?«

»Bisher haben wir nicht den leisesten Beweis für seine Existenz gefunden. Wobei wir natürlich wissen, dass es ihn gibt.«

»Was wissen Sie noch?«

»Ich glaube, ich weiß, wo ich mit der Suche nach ihm beginnen muss.«

Senator LeMott lächelte. »Das ist gut, Bishop. Das ist in der Tat sehr gut.«

1

North Carolina
Januar

Sarah hielt sich so weit wie möglich im dürftigen Schatten der winterlich kahlen Bäume, während sie sich durch den Wald kämpfte, der das Gelände der Siedlung von der Straße trennte. Die Vollmondnacht war zwar denkbar ungeeignet für heimliche Unternehmungen, doch ihr war nichts anderes übrig geblieben. Auch nur einen weiteren Tag zu warten, konnte wesentlich gefährlicher sein, als sofort zu handeln, also ...

Sarah erstarrte, schien das Geräusch eher zu fühlen als zu hören und schlang die Arme noch fester um das schlafende Kind.

»Ich bin's nur.« Keine drei Meter von ihr entfernt tauchte Bailey aus der Dunkelheit auf.

»Bist du zu früh, oder bin ich zu spät?« Sarah sprach ebenso so leise wie die andere Frau.

»Egal.« Schulterzuckend trat Bailey näher. »Wirkt es?«

Sarah nickte und übergab ihr das kleine Mädchen, das zum Schutz gegen die Januarkälte warm eingepackt war. »Sie wird wohl noch ein paar Stunden schlafen. Lang genug.«

»Und du bist dir bei ihr sicher? Wir können das nämlich nicht länger machen. Es gehörte nicht zum Plan und ist zu gefährlich. Früher oder später wird er dahinterkommen.«

»Das möchte ich ja verhindern. Oder wenigstens hinauszögern.«

»Ist aber nicht deine Aufgabe, Sarah. Deshalb bist du nicht hier.«

»Wirklich? Er wird immer besser im Aufspüren von Menschen mit einer verborgenen Gabe. Besser darin, sie zu finden und sie davon zu überzeugen, sich ihm anzuschließen. Besser, als wir es waren.« Sarah verspürte ein unterschwelliges Unbehagen, das eher stärker als schwächer wurde. »Apropos, haben wir Deckung?«

»Klar. Mein Schutzschild genügt für uns alle drei.«

»Und wie steht's mit etwas konventioneller Unterstützung?«

»Galen gibt mir Rückendeckung. Wie immer. Aber wenn wir fort sind, bist du auf dich allein gestellt.«

»Um mich mache ich mir keine Sorgen.«

»Sarah?«

»Sie könnte diejenige sein, Bailey.«

»Sie ist sechs Jahre alt.«

»Gerade deswegen. Ohne die Schutzmaßnahmen, die wir ihr beibringen können, ist sie extrem verwundbar, vor allem durch jemanden, der sie als Waffe benutzen will.«

Bailey rückte das Kind in ihren Armen zurecht und seufzte. »Hör mal, bist du sicher, dass dich das, was der Kerl predigt, nicht beeinflusst hat? All dieses Prophezeiungszeug?«

»Wir glauben doch an Prophezeiungen«, wandte Sarah ein.

»Nicht an die Art, die er predigt.«

Sarah schüttelte den Kopf. »Keine Sorge, ich bin keine Bekehrte. Ich schaffe es gerade noch, den Anschein eines loyalen Schäfchens seiner Herde aufrechtzuhalten.«

»Sollten die nächsten Abtrünnigen und Kinder verschwinden, wird dir das viel schwerer fallen.«

»Schwerer als das?« Sachte berührte Sarah das lange blonde Haar des Kindes. »Ihre Mutter ist weg. Und ihren Vater habe ich seit zwei Tagen nicht mehr gesehen.«

Baileys Lippen wurden schmal. »Das hast du in deinem Bericht nicht erwähnt.«

»Ich war mir bis heute nicht sicher. Aber er ist fort. Ich glaube, er hat zu viele Fragen gestellt. Er wollte nicht wahrhaben, dass seine Frau einfach davongelaufen ist – ohne ihre Tochter.«

»Womit er recht hatte.«

Sarah hatte zwar damit gerechnet, doch es war trotzdem ein Schock für sie. »Man hat sie gefunden?«

»Ein paar Kilometer flussabwärts. Und sie hat eine Weile im Wasser gelegen, wahrscheinlich seit der Nacht, in der sie verschwand. Eine Todesursache ließ sich nicht feststellen.«

Das brauchte Bailey nicht weiter zu erklären.

»Wird die Polizei kommen und Fragen stellen?«, wollte Sarah wissen.

»Das muss sie. Man wusste, dass Ellen Hodges ein Mitglied der Kirche war. Als sie zuletzt gesehen wurde, war sie in Begleitung anderer Gemeindemitglieder. Ihre Eltern wissen das und würden Samuel nur allzu gern die Polizei auf den Hals hetzen. Falls der gute Reverend dann weder Ellens Ehemann noch ihr Kind vorweisen kann, wird er einiges zu erklären haben.«

Sarah gab ein dumpfes Lachen von sich, während sich ihr mulmiges Gefühl weiter verstärkte. »Vorausgesetzt, diese Polizisten sind nicht ebenfalls Gemeindemitglieder oder bezahlte Freunde der Kirche.«

»Mist. Meinst du wirklich?«

»Nach dem, was ich zufällig aufgeschnappt habe, bin ich davon überzeugt, dass es keine gute Idee wäre, die örtlichen Gesetzeshüter ins Vertrauen zu ziehen. Es sei denn, jemand von unserer Seite wäre in der Lage, ihre Gedanken sehr gut lesen zu können.«

»Verstehe. Aber Bishop wird darüber nicht gerade glücklich sein.«

»Ich glaube nicht, dass es ihn überraschen wird. Wir wussten, dass diese Möglichkeit bestand.«

»Das erschwert uns die Arbeit noch mehr. Oder macht sie zumindest viel riskanter. Was allerdings auch vorher schon der Fall war, da die Stadt so abgelegen und die Kirche so isoliert ist.« Erneut rückte Bailey das Kind zurecht. »Ich muss sie wegbringen.«

»Wendy. Sie heißt Wendy.«

»Ja. Ich weiß. Mach dir keine Sorgen, wir kümmern uns um sie. Sie hat Familienangehörige, die sie lieben und bei sich aufnehmen wollen.«

»Und sie ist sich ihrer Fähigkeit kaum bewusst.« Noch einmal berührte Sarah sacht das Haar des Kindes und trat dann zurück. »Beschützt sie. Beschützt ihre Gabe.«

»Werden wir. Und du pass auf dich auf, ja? Du hast zwar einen hervorragenden Schutzschild, aber wenn deine Tarnung zu anstrengend wird, könnte Samuel oder einer seiner sogenannten Ratgeber herausbekommen, dass du an dem guten Reverend und seinen wahren Absichten jede Menge Zweifel hegst.«

»Glaub mir, das weiß ich.« Kälte kroch in Sarahs Körper. Sie trat zwei Schritte zurück und damit bewusst aus dem Schutzschild der anderen Frau heraus. »Sag Bishop und John, dass zumindest einer von Samuels engsten Beratern ein mächtiger Paragnost ist. Ich habe es gespürt, weiß aber nicht genau wer, weil er ja fast ständig von anderen Männern umgeben ist.«

»Vielleicht hast du ja nur Samuel empfangen.«

»Nein. Bei Samuel ist es immer dasselbe, ein Nullfeld. Als wäre er gar nicht da, zumindest paragnostisch. Ich kann keine Persönlichkeit, keine Aura und nicht die geringste Energiesignatur orten.«

»Das ist mehr als ein Schild.«

»Ich weiß. Aber ich habe keine Ahnung, was es ist. So was habe ich noch nie gespürt.«

Bailey schüttelte den Kopf. »Und ich hatte gehofft, das hätte sich geändert, oder du hättest es geschafft, ihn irgendwie zu lesen.«

»Ich hab's versucht, glaub mir, bei jeder sich bietenden Gelegenheit. Aber da war nichts. Er ist buchstäblich in sich selbst eingeschlossen.«

»Dauernd?«

»Immer, wenn ich nahe genug an ihn herankam, um etwas auffangen zu können. Doch ich gehöre nicht zum inneren Kreis oder zu seinen auserwählten Frauen.«

»Nein, wir haben es nie geschafft, jemanden so nahe an ihn heranzubringen.«

»Und es ist fraglich, ob wir das je schaffen. Dieser innere Kreis schirmt ihn unheimlich ab. Und der andere Paragnost hat einen verdammt guten Schild, einen erkennbaren, also muss er von etwas sehr Starkem erzeugt werden. Aber ich bin mir nicht sicher, was er bewirken kann, welche Fähigkeit er hat. Es könnte alles Mögliche sein. Sag ihnen, sie sollen vorsichtig sein. Jeder, den sie schicken, muss sehr vorsichtig sein.«

»Sarah ...«

»Ich berichte, sobald ich kann.« Sarah drehte sich um und eilte davon. Beinahe augenblicklich wurde ihre schlanke Gestalt von den Schatten des Waldes verschluckt.

Bailey zögerte, doch nur einen Moment, stieß einen leisen Fluch aus und machte kehrt, um denselben Weg zurückzugehen. Obwohl sie das Kind trug, kam sie schnell voran und hatte bereits eine beachtliche Strecke zurückgelegt, als sie hinter sich ein Geräusch hörte, wie angewurzelt stehen blieb und herumfuhr.

Der Beginn eines Schreis, der wie plötzlich abgeschnitten schaurig in der Luft hing und dessen Echo gespenstisch im ansonsten stillen Wald widerhallte.

»Bailey, los.« Für einen großen Mann bewegte sich Galen verblüffend leise, doch das war nicht die Eigenschaft, die sie im Moment interessierte.

»Sarah. Galen, du musst ...«

»Ich weiß. Geh zum Auto. Falls ich in fünf Minuten nicht zurück bin, verschwinde.« Mit gezogener Waffe war er schon zurück in Richtung der Siedlung gelaufen.

»Aber ...«

»Mach schon.«

Bailey war niemand, die sich einfach etwas befehlen ließ,

doch sie gehorchte ohne weitere Fragen. Die Arme fest um das schlafende Kind geschlungen, konzentrierte sie sich darauf, den schützenden Energieschirm zu verstärken, der sie beide umgab. Sie hastete durch das Gehölz zur Straße und zu dem dort versteckten Auto.

Galen hatte schon vor langer Zeit die Kunst perfektioniert, sich geräuschlos durch jedes vorstellbare Terrain zu bewegen. Doch er war sich nur allzu bewusst, dass zumindest einige von denen, die ihn in diesem Wald jagten, nicht nur mit den Ohren hören konnten. Trotzdem ließ er sich davon nicht beirren und kam schnell voran.

Leider nicht schnell genug.

Wahrscheinlich, gestand er sich verärgert ein, hatte er zu spät auf den ersten Ton von Sarahs Schrei reagiert.

Sie lag auf einer kleinen Lichtung, umflutet von Mondlicht, das so hell und kalt leuchtete wie ein Scheinwerfer. Ihre vom Todeskampf verzerrten Züge wirkten wie eine furchterregende Geistermaske. Die aufgerissenen Augen blickten ihn entsetzt und vorwurfsvoll an.

Zumindest wirkte es für Galen so. Er war kein Paragnost im anerkannten Sinne, doch er konnte Menschen auf seine Art lesen. Sogar tote Menschen.

Vielleicht sogar vor allem tote Menschen.

Er kniete sich neben ihren ausgestreckten Körper, tastete mit der freien Hand nach dem Puls in ihrer Halsschlagader, während er die Waffe schussbereit hielt und das Gehölz ringsum mit Blicken absuchte.

Er sah oder hörte nichts.

Und Sarah war tot.

Noch immer auf den Knien, betrachtete er sie mit gerunzelter Stirn. Er konnte keine Schramme an ihr entdecken, keine sichtbare Todesursache. Das Kind hatte sie wegen der Kälte zwar gut eingepackt, doch ihre Jeans und der dünne Pullover hatten wenig Schutz geboten. Dank der hellen Farbe ihrer Kleidung konnte er ziemlich sicher sein, dass es kein Blut gab, das auf eine Wunde hingedeutet hätte.

Er schob eine Hand unter ihre Schulter, wollte sie umdrehen und auf ihrem Rücken nach Wunden suchen, hielt aber inne, als ihm ihre merkwürdige Position auffiel. Sie war auf dem Rückweg zur Siedlung gewesen. Wenn sie nicht kehrtgemacht und die Richtung geändert hatte, musste sie durch einen Frontalangriff rückwärts geschleudert worden sein. So sah es zumindest aus.

Und doch wies der gefrorene Boden, auf dem Eiskristalle im Mondlicht glitzerten, keinerlei Spuren eines Kampfes auf und auch keine anderen Fußabdrücke als seine und Sarahs. Ihrer beider Fußabdrücke – bis zu dieser Stelle. Und die von Sarah, die weiter führten, aber nicht kehrtmachten.

Als wäre sie ein paar Meter weiter vorne von den Füßen gerissen und mit ungeheurer Kraft in die Mitte der Lichtung zurückgeschleudert worden.

Galen schoss die Frage durch den Kopf, ob ein Pathologe feststellen würde, dass ihre Knochen genauso zertrümmert, ja zermalmt waren wie die von Ellen Hodges.

Er zögerte einen weiteren Moment, während er das Für und Wider überdachte, sie mit zurückzunehmen. Es entsprach weder seiner Natur, noch seiner Ausbildung, eine gefallene Kameradin zurückzulassen. Doch da so ungeheuer viel auf dem Spiel stand, überlegte er es sich anders. Jemand hatte sie umgebracht, und dieser Jemand würde erwarten, ihre Leiche genau hier vorzufinden. Wenn sie nicht blieb, wo sie war ...

»Mist«, hauchte er nahezu geräuschlos, der Fluch nicht mehr als eine kleine kalte Nebelwolke. »Tut mir leid, Kleine. Ich ...«

Wenn er etwas Unangenehmes zu sagen hatte, schaute er seinem Gegenüber instinktiv in die Augen. So blickte er auch jetzt in die toten Augen von Sarah Warren, während er ihr erklärte, er müsse ihre Leiche zurücklassen, damit ihr Mörder sie finden konnten.

Ihre Augen veränderten sich. Unter seinem Blick begannen sich Iris und Pupillen zu verschleiern, überzogen sich nach und nach bis zur Unkenntlichkeit mit Weiß. Und die Konturen ihres Gesichts erschienen im hellen Mondlicht schärfer, die Flächen wurden zu Mulden, als würde mehr als ihr Leben aus ihr herausgesaugt.

Im Laufe der Zeit hatte Galen viele Sterbende und Tote gesehen, doch so etwas noch nie. Und er fühlte sich, was sonst nahezu nie vorkam, plötzlich verwundbar. Nackt und verwundbar.

Seine Waffe konnte ihn nicht schützen. Nützte ihm nichts. Nichts konnte ihn schützen.

Während er seine Hand unter ihrer Schulter hervorzog überkam ihn das überwältigende Bedürfnis, diesen Ort zu verlassen, sich davon so weit wie möglich zu entfernen, und das, so schnell er konnte.

Doch auch diesmal war er nicht schnell genug.

Noch im Aufstehen, als er sich eben umdrehen wollte, erblickte er in ein paar Metern Entfernung drei Männer, die rasch und unheimlich geräuschlos durch den Wald auf ihn zukamen.

Der vorderste, ein Großer mit breiten Schultern und eiskalter Miene, hatte bereits die Waffe gezogen und richtete sie ohne Vorwarnung auf ihn. Er ließ Galen nicht die geringste Chance. Der große silberne Revolver ruckte in seiner Hand.

Galen spürte den Einschlag der Kugel in seiner Brust, noch ehe er den gedämpften Knall hörte, spürte den gefrorenen Boden unter sich und merkte gerade noch, wie seine Waffe den gefühllosen Fingern entglitt. Das Atmen schien ihn zu ersticken, und bitteres, nach Kupfer schmeckendes Blut quoll in seinen Mund.

Himmel, was für ein Klischee. Fällt mir denn nichts Besseres ein?

Offensichtlich nicht. Sein Mund war voll warmen, flüssigen Metalls, und er fühlte buchstäblich, wie das Leben aus seinem Körper schwand. Nicht herausgesaugt wie bei Sarah, sondern als verließe es ihn, genau wie das Blut, das aus der klaffenden Wunde in seiner Brust floss und in den kalten Boden sickerte. Kurz richtete er den Blick auf den hellen Mond, dann wurde ihm die Sicht von den drei Männern versperrt, die über ihm standen.

Mit Mühe konzentrierte er sich auf den größeren, dessen eiskalte Killervisage er nicht mehr ausmachen konnte. Sie war nur noch eine Silhouette mit funkelnden Augen, die ihn schweigend musterten.

»Dreckskerl«, würgte Galen hervor. »Du armseliger Drecks…«

Der große silberne Revolver ruckte erneut, aus dem Schalldämpfer kam kaum mehr als ein entschuldigendes Niesen, dann wurde Galen von einem Frachtzug gerammt, und alles wurde schwarz und still.

»Und wenn er ein Polizist war?«

»Na und?« Reese DeMarco ging kurz in die Knie, um die halbautomatische Waffe vom Boden aufzuheben, die neben dem ausgestreckten Arm des Erschossenen lag, und fügte beim Hochkommen im gleichen gefühllosen Ton hinzu: »Durchsuch ihn. Schau nach, ob er einen Ausweis dabeihat.«

Der Mann, der die Frage gestellt hatte, kniete sich hin und durchsuchte die Leiche mit spitzen Fingern, jedoch gründlich. »Kein Ausweis«, sagte er. »Kein Gurt oder Halfter für die Waffe. Nicht mal ein verfluchtes Etikett in seinem Hemd. Verdammt, du hast ihn sauber erwischt. Zweimal genau mitten in die Brust. Ich hätte mit einer kugelsicheren Weste gerechnet und ihn mit einem Kopfschuss erledigt.«

»Ich bezweifle, dass er mit bewaffnetem Widerstand gerechnet hat. Wahrscheinlich nur ein Privatdetektiv, den eine der Familien angeheuert hat, und ohne jede Vorstellung, auf was er sich einließ.« DeMarco sicherte die konfiszierte Waffe und steckte sie sich im Kreuz in den Gürtel. »Amateure.«

Der dritte Mann hatte schweigend den Wald beobachtet. »Ich kann keine Spur von der Kleinen entdecken. Glaubst du, sie ist weggelaufen?«

»Ich glaube, sie ist weggetragen worden.« Die Worte waren kaum über DeMarcos Lippen gekommen, als alle ganz schwach das Geräusch eines beschleunigenden Motors hörten, das sich innerhalb von Sekunden wieder verlor.

»Amateure«, wiederholte DeMarco.

»Und herzlos, kommen nicht zurück, um ihre Toten zu holen.« Die Äußerung war bar jeder Ironie, und der Mann, der noch immer neben den Leichen kniete, blickte einen Augenblick lang bekümmert auf sie, bevor er wieder zu DeMarco aufsah. »Ich habe Father nichts sagen hören – will er, dass die beiden zurückgebracht werden?«

DeMarco schüttelte den Kopf. »Wirf die Leichen in den Fluss, Brian. Hilf ihm, Fisk. Es ist schon fast Morgen, wir müssen zurück.«

Sie gehorchten dem eindeutigen Befehl, steckten die Waffen in die Halfter und machten sich daran, den großen schweren Mann vom gefrorenen Boden hochzuheben.

»Ihn über die Schulter zu werfen wäre einfacher«, schnaufte Carl Fisk, während sie sich mit dem toten Gewicht abmühten. »Wie bei der Feuerwehr.«

»Kannst du ja machen«, erwiderte Brian Seymour. »Ich nicht. Wenn ich mit dem Blut von dem Kerl auf meinen Sachen zurückkomme, wird meine Frau jede Menge Fragen stellen.«

»Schon gut, schon gut. Trag wenigstens deinen Teil, ja? Mist, Brian.«

DeMarco sah den beiden Männern nach, bis sie im Wald verschwunden waren. Ihr weiteres Vorankommen konnte er am ständigen Gemecker und dem immer leiser werdenden Ächzen unter ihrer Last abschätzen. Schließlich steckte er seine Waffe in das Schulterhalfter und kniete sich neben die Leiche von Sarah Warren.

Ihren Puls brauchte er eigentlich nicht zu fühlen, tat es aber dennoch und schloss ihr sanft die Augen, sodass das eisige Weiß nicht mehr zu sehen war. Dann durchsuchte er sie gründlich, um sicherzugehen, dass sie keinen Ausweis bei sich trug – oder sonst etwas, das zu Schwierigkeiten führen konnte.

Da er äußerst gründlich vorging, fand er das silberne Medaillon, das in ihrem linken Schuh versteckt war. Klein, ziemlich flach und mit einem eingravierten Blitz auf der polierten Oberfläche.

DeMarco hielt den Talisman in der flachen Hand und ließ ihn im Mondlicht glitzern. Als er der nicht gerade leisen Rückkehr seiner Männer gewahr wurde, zog er Sarah den Schuh wieder an, stand auf und schob das Medaillon in seine Tasche.

»Der Mistkerl hat mindestens eine Tonne gewogen«, verkündete Brian. Sie schnauften noch immer vor Anstrengung, als sie zu DeMarco auf die Lichtung traten.

»Das Problem werdet ihr mit ihr bestimmt nicht haben«, meinte DeMarco.

»Ein Glück, dass der Fluss tief ist und die Strömung schnell«, sagte Fisk. »Aber ist es denn klug, ihn zum Entsorgen zu benützen?«

»Nein, klug wäre, dafür zu sorgen, dass keine Entsorgung nötig ist.« DeMarcos Ton war eher eisig als kritisch.

Brian sah ihn argwöhnisch an, sagte aber dann schnell zu Fisk: »Nimm du ihre Beine, ich nehme die Schultern.«

Fisk, der einen Blick von DeMarco aufgefangen hatte, antwortete nicht sofort. Dann erwiderte er: »Hilf mir, sie mir über die Schulter zu legen. Sie ist ja nicht blutverschmiert, ich kann sie allein tragen.«

Brian widersprach nicht. Genau genommen sagte er überhaupt kein Wort, bis Fisk mit dem kleinen, schlaffen Körper über der Schulter auf dem Weg zum Fluss war.

Dann wandte er sich an DeMarco. »Fisk ist ein guter Mann.«

»Ist er das? Während seiner Wache haben wir Ellen verloren. Jetzt Sarah und das Mädchen. An so viele Zufälle glaube ich nicht, Brian.«

»Ich bin davon überzeugt, Father gibt nicht Carl die Schuld.«

»Father hat zurzeit andere Dinge im Kopf. Meine Aufgabe ist es, ihn und die Gemeinde zu beschützen. Meine Aufgabe ist es, mir über Unregelmäßigkeiten Gedanken zu machen. Und Fisk ist ein Problem.«

Bekümmert meinte Brian: »Okay, ich hab dich verstanden. Ich werde ihn im Auge behalten, Reese.«

»Tu das. Berichte mir alles, was dir auffällt. Alles, Brian.«

»In Ordnung. Mach ich. Verstanden.«

Schweigend warteten sie auf die Rückkehr von Fisk. DeMarco hielt den Blick auf das dunkel schimmernde Blut gesenkt, das allmählich auf der kalten Erde gefror.

»Soll ich das wegmachen?«, erbot Brian sich schließlich.

»Nicht nötig. Der Wetterdienst hat für die frühen Morgenstunden eine Regenfront angekündigt. In ein paar Stunden wird hier nichts mehr zu sehen sein.«

»Und die Fragen, die man uns stellen wird? Wegen Sarah und dem Mädchen?«

»Wenn wir wieder in der Siedlung sind, geh in Sarahs Zimmer und pack ihre Sachen zusammen. Unauffällig. Bring sie dann zu mir. Um die Sachen der Kleinen kümmere ich mich. Falls jemand Fragen über eine der beiden stellt, soll er sich an mich wenden.«

»Wird das Fathers Pläne durcheinanderbringen? Dass das Kind weg ist, meine ich.«

»Weiß ich nicht.«

»Na ja, ich dachte nur, wenn es einer wüsste, dann du.«

DeMarco wandte sich ihm zu und sah ihn durchdringend an. »Wenn du eine Frage hast, stell sie.«

»Ich habe nur nachgedacht, mehr nicht. Über Fathers Pläne. Er spricht von der Prophezeiung, er spricht über die

Endzeit und sagt, es sei fast so weit. Warum bereiten wir uns dann nicht vor?«

»Tun wir.«

»Wir haben kaum genug Waffen, um den Sicherheitsdienst für das Gelände auszurüsten, Reese.«

»Waffen halten keine Apokalypse auf«, erwiderte DeMarco nüchtern.

»Aber wir überleben. Mehr als das – uns wird es besser gehen. Father hat es versprochen.«

»Ja. Und er tut alles, was in seiner Macht steht, um dafür zu sorgen, dass es geschieht. Du glaubst doch daran, oder?«

»Klar. Sicher. Er hat uns nie angelogen. Alle seine Visionen sind eingetroffen.« Brian zitterte unbewusst. »Und zu welchen Dingen er fähig ist. Die Kraft, die er anzapfen kann, wann immer er will ... Gott hat ihn berührt, das wissen wir alle.«

»Wieso machst du dir dann Gedanken?«

Merklich verunsichert und verlegen, trat Brian von einem Fuß auf den anderen. »Ich meine, es ist wegen der Frauen. Du bist nicht verheiratet, deshalb weiß ich nicht, ob du das verstehst.«

»Möglicherweise nicht.«

Ermutigt von dieser neutralen Antwort, fuhr Brian vorsichtig fort. »Ich weiß, wie wichtig es ist, Fathers Gaben zu stärken. Ich sehe das ein, wirklich. Und ich verstehe irgendwie, wieso er sich das, was er braucht, bei den Frauen holen kann und nicht bei uns.«

»Frauen sind dazu geschaffen, Männern Kraft zu geben«, erwiderte DeMarco mit neutraler, fast gleichgültiger Stimme.

»Ja, natürlich. Und mir ist klar, dass es ihnen nicht schadet – eher im Gegenteil.« Das klang irgendwie unzufrieden, sogar für seine Ohren, und er sprach schnell weiter, bevor DeMarco etwas dazu sagen konnte. »Aber nicht jede Frau kann oder will das, Reese. Ellen, Sarah. Die anderen. Sollte man sie gegen ihren Willen dazu zwingen?«

»Hast du denn gesehen, dass Zwang angewendet wurde?«

Brian wandte den Blick nicht ab, obwohl er geradezu fühlte, wie ihn diese kalten, kalten Augen im Mondlicht durchbohrten. »Nein. Aber ich habe einiges gehört. Und die, die sich weigern, die sich nicht geschmeichelt fühlen, Fathers Bedürfnisse zu befriedigen, die scheinen letztendlich immer zu verschwinden. Oder sie enden wie Ellen und Sarah.«

DeMarco schwieg so lange, bis Brian unter seinem Blick erneut unruhig wurde, und sagte dann mit Bedacht: »Wenn dir Fathers Handlungsweise nicht gefällt, Brian, wenn du hier nicht glücklich bist, solltest du vielleicht mit ihm darüber reden.«

Brian zögerte nur einen Augenblick und trat dann einen Schritt zurück. »Nein. Nein, ich möchte mich nicht beklagen. Father war immer nur gut zu mir und den Meinen. Ich glaube an ihn.«

»Das freut mich zu hören.« DeMarco wandte den Kopf, als sie beide die geräuschvollen Schritte des zurückkommenden Fisk hörten. »Freut mich sehr. Sei so gut und erinnere mich daran, mit Fisk darüber zu reden, dass wir uns möglichst leise bewegen müssen. Egal, ob wir jemandem auf der Spur sind oder nicht. Vor allem, wenn wir uns außerhalb des Geländes befinden.«

»Mach ich.« Brian war froh, dass sich diese kalten Habichtsaugen auf einen anderen richteten. »Aber derjenige, der das Kind mitgenommen hat, ist längst weg, oder? Ich meine, du nimmst doch nicht an, dass uns jemand zuhört? Uns beobachtet?«

»Irgendjemand ist immer da, Brian. Immer. Wäre gut, wenn du das nicht vergessen würdest.«

2

Grace, North Carolina

Lächelnd sah Tessa Gray die beiden ernsten Frauen an, die ihr am Couchtisch auf zwei Sesseln gegenübersaßen. »Sie beide sind sehr freundlich. Aber ich glaube eigentlich nicht …«

»Eine alleinstehende Frau hat es nicht leicht«, erklärte die Jüngere. »Die Leute versuchen einen zu übervorteilen. Sie hatten doch schon Angebote für dieses Haus, nicht wahr? Und für den Grund?«

Tessa nickte bedächtig.

»Und die waren niedriger als der angemessene Marktpreis«, sagte die ältere Frau.

Das war nicht als Frage gemeint.

Tessa nickte erneut. »Gemessen am Gutachten, ja. Trotzdem war ich versucht, darauf einzugehen. Das ist mir alles zu groß. Und da der Grund nicht viel wert ist …«

»Das behaupten *die*.« Die Augen der jüngeren Frau glühten beinahe vor rechtschaffener Entrüstung. »Das wollen die Sie glauben lassen. Aber es stimmt nicht. Das Land ist eine Menge wert. Und sogar noch mehr, wenn Leute, die etwas davon verstehen, es bewirtschaften. Wenn sie Ackerbau und Viehzucht in der richtigen Art und Weise betreiben.«

»Davon verstehe ich nichts«, gestand Tessa. »Ich bin froh, dass die Farm einen Verwalter hat, der sich um alles kümmert. Das Land und das Unternehmen gehörten der Familie meines Mannes, wie Sie sicher wissen. Er selbst hatte daran keinerlei Interesse. Er war jahrelang nicht mehr hier gewesen, seit der Highschool, glaube ich. Er war der Erbe, und nun hängt alles an mir.«

»Die Kirche kann Ihnen diese Last abnehmen, Tessa«, sagte die ältere Frau, die sich nur als Ruth vorgestellt hatte. »Kann für Sie die Verwaltung übernehmen, auch für die Ranch in Florida. Dann bräuchten Sie sich nicht mehr darum zu kümmern. Natürlich würde alles nach wie vor Ihnen gehören. Unsere Regeln verbieten, dass Mitglieder der Kirche Besitz übereignen, selbst wenn sie das wollten. Man bittet uns nur, den Zehnten zu entrichten, in Geld, Waren oder Dienstleistungen. Falls unser Besitz und Geschäft mehr als genug für uns abwirft, für unsere Bedürfnisse, und wir beschließen, den Überschuss der Kirche zu spenden, nun, dann ist das sehr schön. Es ist ein Geschenk, Father dabei zu helfen, sich um uns zu kümmern.«

Beim vierten Besuch geht es also zur Sache, dachte Tessa. Während der vorangegangenen Besuche war ihr durch die Kirche und deren Gemeindemitglieder nur geistige, emotionale und praktische Unterstützung angeboten worden. Von einer Gegenleistung war keine Rede gewesen.

»Leider hatte ich mit Religion nie viel im Sinn«, gestand Tessa.

Die jüngere Frau mit dem seltsamen Namen Bambi beugte sich voller Missionseifer in ihre Richtung. »Ach, das hatte ich auch nicht. Den Kirchen, die ich als Teenager besuchte, ging es hauptsächlich um Strafe, Sünde und Erlösung. Ständig wurde versprochen, dass man eines fernen Tages dafür belohnt würde, ein guter Mensch zu sein.«

Tessa ließ einen Anflug von Zweifel in ihrer Stimme mitschwingen. »Und das ist bei der Kirche der Immerwährenden Sünde anders? Tut mir leid, aber das klingt nicht …«

»Oh, völlig anders.« Bambis Stimme wurde ganz weich. Ihre Augen begannen mit solcher Hingabe zu strahlen, dass Tessa am liebsten den Blick abgewandt hätte, wie von etwas allzu Privatem.

»Bambi«, mahnte Ruth leise.

»Aber sie sollte es doch wissen. Tessa, wir glauben, dass die immerwährende Sünde von jenen begangen wird, die meinen, unser Los in diesem Leben bestünde nur aus Strafe und Sühne. Wir sind der Auffassung, dass Jesus und das, was Er für uns getan hat, dadurch abgewertet wird. Als Er für uns starb, wurden wir von unseren Sünden reingewaschen. Das Leben, das uns geschenkt wurde, ist dazu da, es zu genießen.«

Tessa schwieg, worauf sich Bambis Miene verdüsterte. »Es gibt Leute, die uns für unseren Glauben bestrafen wollen. Leute, die Angst haben.«

»Angst wovor?«

»Angst vor Father. Angst vor seinen Fähigkeiten. Angst, dass er die Wahrheit kennt.«

»Bambi.« Diesmal klang Ruths Stimme energisch, und die jüngere Frau verstummte, den Kopf unterwürfig gesenkt.

Mit sanftem Lächeln und freundlichem Blick erklärte Ruth: »Wie man sieht, ruft Father in uns allen ein Gefühl tiefster Loyalität hervor. Aber, bitte, kommen Sie und bilden Sie sich selbst ein Urteil. Besuchen Sie unsere Kirche. Gottesdienste finden natürlich am Sonntag statt und Donnerstagabend. Die Kirche ist sowohl der Mittelpunkt unserer Gemeinde als auch das geistige Zentrum. Daher ist fast immer jemand da, der mit diesem oder jenem beschäftigt ist. Kinder, Erwachsene und Jugendliche. Sie sind uns jederzeit willkommen.«

»Danke, ich werde es mir überlegen«, erwiderte Tessa.

»Bitte tun Sie das. Wir würden uns sehr freuen. Mehr noch, Tessa, wir würden Ihnen gern in dieser schwierigen Zeit zur Seite stehen.«

Tessa bedankte sich erneut und begleitete die beiden Frauen zuvorkommend durch das ziemlich unpersönliche Wohnzimmer zur Eingangstür des weitläufigen Hauses. Sie blieb in der offenen Tür stehen, bis der weiße Wagen die lange geschwungene Einfahrt hinuntergefahren war, schloss dann die Tür und lehnte sich dagegen.

»Bishop hatte recht«, stellte sie fest. »Die sind vor allem an der Ranch in Florida interessiert.«

»Ja, recht zu haben ist eine seiner lästigen Angewohnheiten.« Special Agent Hollis Templeton kam aus einem Zimmer, das an die geräumige Diele angrenzte. Nachdenklich fügte sie hinzu: »Allerdings glaube ich, dass das Ruth unabsichtlich entschlüpft ist. So wie wir die Sache aufgezogen haben, ist nicht eindeutig klar, dass der Besitz in Florida dir gehört. Die Tatsache, dass die Kirche der Immerwährenden Sünde überhaupt davon weiß, riecht ganz nach der Art intensiver Nachforschungen, die niemand gern hätte. Vor allem nicht von einer Kirche.«

»Was auch einiges über die Vielschichtigkeit ihrer Informationsquellen aussagt.«

Hollis nickte. »Ein Punkt von vielen, über die wir gar nicht glücklich sind. Um so schnell und problemlos an diese Art von Information zu kommen wie die Kirche, muss der gute Reverend über landesweite Verbindungen verfügen.«

»Heimatschutzbehörde?«

»Vielleicht, so erschreckend diese Möglichkeit auch wäre. Doch obwohl Bishop das nicht ausdrücklich gesagt hat, glaube ich, er befürchtet, es könnte jemand vom FBI sein.«

»Was erklärt, wieso Haven an vorderster Front agiert?«

»Nur zum Teil. Aus verschiedenen Gründen erschien es sinnvoll, eine zivile Organisation einzubinden, vor allem angesichts unserer dürftigen Beweislage gegen Samuel oder die Kirche. Ermittler von Haven können sich freier bewegen und Fragen stellen, die wir von Rechts wegen nicht stellen können. Was in einer Situation wie dieser nicht nur wichtig, sondern von vorrangiger Bedeutung ist.«

»Das hat John mir auch gesagt.« Tessa machte eine auffordernde Kopfbewegung und verließ die Diele.

Hollis folgte ihr in die große, sonnendurchflutete Küche und nickte, als Tessa fragend auf die Kaffeemaschine deutete. »Bitte. Ich habe immer noch einen Jetlag.«

Tessa suchte in der ihr nach wie vor fremden Küche nach dem Kaffee und antwortete erst, als sie ihn gefunden hatte.

»Hab ihn. Wieso Jetlag? Arbeitet ihr denn nicht von Quantico aus?«

»Die meisten schon, aber ich war wegen eines anderen Falls in Kalifornien. Bishop hat es zwar nicht zugegeben, doch ich glaube, er hatte nicht erwartet, dass die Kirche so schnell reagiert oder so hartnäckig ist, nachdem sie mit dir Kontakt aufgenommen hatte. Du bist schließlich erst ein paar Wochen hier. Unseren Informationen und Erfahrungen nach dauert es normalerweise ein paar Monate, bevor sie anfangen, potenzielle Neumitglieder für die Gemeinde zu umwerben.«

Ohne Hollis anzusehen, maß Tessa Kaffee ab. »Bei Sarah hat es Monate gedauert, nicht wahr?«

Hollis schob sich auf einen Barhocker an der Kücheninsel, faltete die Hände auf der Granitarbeitsplatte und blickte stirnrunzelnd auf ihren abgekauten Daumennagel. »Hat es. Aber ihre Lockvogelbiografie war nicht ganz so verlockend wie deine.«

»Hat man mich deshalb hier untergebracht, noch bevor ihr etwas zustieß?«

»Also, der Plan war, mehrere Fronten aufzubauen. Jede sich bietende Möglichkeit zu nutzen, um an Informationen und Beweise zu gelangen. Wir konnten im Voraus nicht genau wissen, welche Art von Hintergrund oder Situation sich für die Kirche oder Samuel als besonders attraktiv erweisen würde. Und nicht jeder Agent oder Ermittler geht auf die gleiche Weise vor oder schafft es, Zutritt zu gewissen Ebenen der Kirchenhierarchie zu bekommen. Sarah ist es zwar nicht gelungen, Samuels engsten Vertrauten wirklich nahe zu kommen, trotzdem konnte sie wichtige Informationen sammeln. Und sie hat einige Kinder herausbekommen.«

»Hat man sie gefunden?«, fragte Tessa leise.

»Nein.« Hollis wartete, bis Tessa die Kaffeemaschine angeschaltet hatte, und fügte bedächtig hinzu: »Die Leichen tauchen immer flussabwärts auf. Früher oder später.«

Tessa sah sie einen Moment lang an. »Es dauert seine Zeit, hat man mir gesagt. Einen Panzer um seine Gefühle zu legen.«

Ohne es ihr zu verübeln, lächelte Hollis leise. »Manchmal. Aber eigentlich tun wir nur so als ob. Keiner von uns würde diese Arbeit machen, wenn er nicht zutiefst Anteil nähme. Wenn er nicht davon überzeugt wäre, etwas bewirken zu können.«

»Bist du deswegen dabei?«

»Ich wurde da mehr oder weniger hineingezogen.« Hollis' Lächeln wurde etwas verzerrt. »Wenn das alte Leben zerbricht, baut man sich ein neues auf. Als das bei mir der Fall war, hatte ich das Glück, verwandte Seelen an meiner Seite zu haben, Leute, die verstanden, was ich durchmachte. So wie du Glück hattest, als du ihnen begegnet bist.«

»Für mich war es einfacher«, meinte Tessa. »Meine Fähigkeiten wurden nicht durch ein Trauma ausgelöst.«

»Die Pubertät ist ein Trauma.«

»In gewisser Weise, klar. Aber nichts im Vergleich zu deinem.«

Nachdenklich, doch ohne viel von sich preiszugeben – oder deswegen vielleicht sogar eine Menge – antwortete Hollis: »Bei der Special Crimes Unit ist das, was ich erlebt habe, gar nicht so ungewöhnlich. Nicht einmal in diesem Maße. Die meisten im Team haben eine Art persönliche Hölle durchlebt und sind daraus mit Fähigkeiten hervorgegangen, die wir immer noch zu ergründen versuchen.«

Tessa erkannte das höfliche Ausweichmanöver und wechselte das Thema, um auf Hollis' indirekte Frage zu antworten. »Ich fand keine verwandten Seelen, weil ich nicht nach ihnen gesucht habe. Bishop hat mich entdeckt. Schon vor Jahren. Aber ich wollte nichts mit Polizeiarbeit zu tun haben. Als er ging, dachte ich, die Sache sei damit beendet. Bis sich John und Maggie bei mir meldeten.«

»Und da hast du beschlossen, Polizistin ohne Dienstmarke zu werden?«

»Eher nicht. Ich habe zwar ermittelt, aber nie in einer Gefahrensituation. Nicht so wie jetzt mit all den Toten. In der Umgebung wurden bisher acht Leichen gefunden, oder? Acht Menschen, die auf die gleiche Weise getötet wurden. Auf die gleiche höchst unnatürliche Weise.«

Hollis nickte. »Innerhalb der vergangenen fünf Jahre, ja. Jedenfalls sind das die, von denen wir wissen. Wenn wir mehr Einblick hätten ... wahrscheinlich sogar mehr.«

Tessa lehnte sich gegen die Arbeitsplatte und verschränkte die Arme, eher schützend als abweisend. Hollis entging das nicht. Sie fragte sich mindestens zum dritten Mal, seit sie vor ein paar Stunden angekommen war, ob John Garrett, der Direktor und Mitbegründer von Haven, eine kluge Wahl getroffen hatte, Tessa Gray gerade mit dieser Aufgabe zu betrauen.

Sie war etwas größer als der Durchschnitt und schlank, fast schon ätherisch. Dieser Eindruck wurde durch ihre blasse Haut, blonde Haare, feine Gesichtszüge und auffallend große graue Augen noch verstärkt. Ihre Stimme klang sanft, beinahe kindlich. Sie sprach mit der ausgesuchten Höflichkeit eines Menschen, der dazu erzogen wurde, in jeder Situation höflich zu bleiben.

Was sie so verletzlich klingen ließ, wie sie aussah.

Natürlich sollte sie verletzlich wirken, das war ein Teil des Köders für die Kirche. Ohne Familie, einsam und allein nach dem plötzlichen und unerwarteten Tod ihres jungen Ehemannes vor ein paar Monaten. Überfordert von den Geschäftsangelegenheiten, zu deren Bewältigung ihr jegliche Kenntnis fehlte, war sie genau die Art potenzieller Konvertitin, die von der Kirche bekanntermaßen heftig umworben wurden.

Wenn auch nie zuvor derart massiv, fand Hollis, zumindest soweit sie wussten. Und da stellte sich die Frage: wieso?

Was an Tessa war für Reverend Samuel und seine Schäfchen von solcher Bedeutung? War es nur der Besitz in Florida, der für Samuel aus Gründen wichtig war, die nichts mit dem

Wert des Grundstücks zu tun hatten? Oder hatte er irgendwie Tessas einzigartige Fähigkeiten gespürt oder etwas über sie in Erfahrung gebracht?

Das wäre allerdings eine höchst beunruhigende Überlegung. Der Gedanke, dass all ihre Trümpfe offen auf dem Tisch lagen, machte das Spiel riskant, sehr riskant sogar.

Angesichts dessen, was sie darüber wussten, wozu Samuel imstande war, barg der Einsatz möglicherweise tödliche Gefahren.

»Ich hatte noch nie einen verdeckten Ermittlungsauftrag«, sagte Tessa. »Jedenfalls keinen, bei dem ich mir einen komplett neuen Lebenslauf merken musste.«

Hollis schob ihre zwecklosen Grübeleien beiseite. »Muffensausen?«

Tessa entschlüpfte ein leises Lachen. »Mehr als das. John hat mir die Lage erklärt, und Bishop hat mir geschildert, was letzten Sommer in Boston und vor ein paar Monaten in Venture, Georgia, passiert ist. Beide haben mich darüber aufgeklärt, wie gefährlich es werden könnte – aller Wahrscheinlichkeit nach zumindest.«

Hollis hielt nicht viel davon, um den heißen Brei herumzureden. »Tja, wenn Samuel der ist, für den wir ihn halten, besteht durchaus die Möglichkeit, dass einige von uns das nicht überleben werden. Selbst dann nicht, wenn wir gewinnen.«

»Zweifeln wir daran?«

»Ganz ehrlich? Da ich mir durchaus vorstellen kann, wozu er fähig ist, habe ich tatsächlich so meine Zweifel.«

Tessa runzelte die Stirn. »Weil du ihm schon begegnet bist, gegen ihn gekämpft hast?«

»Nicht ganz. Nicht einmal annähernd. Er wollte mich nur aus dem Weg haben. Bishop meint, Samuel hat Angst vor Medien und hat deshalb sein zahmes Monster in Georgia auf mich gehetzt.«

»Wieso sollte Samuel Angst vor Medien haben?«

»Na, denk mal nach. Wenn du für Dutzende brutaler Tode

verantwortlich wärst, würdest du dann gern jemand in der Nähe haben, der eine geheime Tür öffnen kann und es so deinen Opfern ermöglicht, dir einen äußerst unangenehmen Besuch abzustatten?«

»Wahrscheinlich nicht.«

»Nein. Würde ich an Samuels Stelle auch nicht wollen. Wir halten das zumindest für wahrscheinlich, allerdings ohne irgendwelche handfesten Beweise zu haben.«

»Das ist also die Fähigkeit, von der wir ziemlich sicher sind, dass er sie nicht haben will. Falls er derjenige und das ist, wofür wir ihn halten.«

»Genau. Meiner unmaßgeblichen Meinung als in der Ausbildung befindlicher Profiler nach hat der Reverend panische Angst vor der Gewissheit, dass der Glaube an Geister auch das traditionelle Drumherum eines Lebens nach dem Tode bedingt. Als da wären: Rechenschaft. Urteil. Strafe.«

»Und, gibt es das?«, fragte Tessa, denn wenn überhaupt jemand das wissen konnte, dann doch wohl ein Medium.

»Ja«, erwiderte Hollis schlicht.

»Eine Hölle?«

»In gewisser Weise. Zumindest für Scheusale wie ihn. Die Ironie des Ganzen liegt darin, dass das Einzige, was Reverend Samuel voller Überzeugung und Ehrlichkeit von der Kanzel verkünden könnte, die Existenz des Jüngsten Gerichts ist. Dabei hat er zwanzig Jahre darauf verwendet, genau das durch seine Kirche vehement in Abrede zu stellen.«

Washington, D.C.

»Das also ist seine Achillesferse?« Senator Abe LeMott saß vollkommen ruhig an seinem Schreibtisch, die Hände auf der ordentlichen Schreibunterlage gefaltet, und musterte den Mann, der auf einem der Besucherstühle hockte. »Das eine, wovor er Angst hat?«

»Davon gehen wir aus.« Special Agent Noah Bishop war ebenso ruhig, wobei sein unverwandter Blick womöglich noch wachsamer war. »Er hatte jede Möglichkeit, sich die Fähigkeiten eines unserer stärksten Medien anzueignen. Stattdessen hat er versucht, sie umbringen zu lassen.«

»Sie diente als Köder für eine Falle, nicht wahr? Als Köder für Sie?«

»Köder. Wir sind uns nicht vollkommen im Klaren über sein eigentliches Vorhaben. Können wir auch nicht sein. Wir wissen nur, was passiert ist. Dani war diejenige, die er angegriffen hat, deren Fähigkeiten er zu übernehmen versuchte. Höchstwahrscheinlich, weil er wusste, dass diese Fähigkeiten als Angriffswaffe genutzt werden können. Vielleicht hatte er es deshalb nicht auf uns andere abgesehen, weil er uns nicht für verwundbar hielt. Vielleicht kann er auch jedes Mal nur eine Fähigkeit übernehmen – oder konnte es damals zumindest. Vielleicht hat er auch bloß unsere Stärken ausgetestet. Und unsere Schwächen. Vielleicht waren ihm unsere Fähigkeiten auch gar nicht wichtig, da er bereits seine eigene Version davon besaß.«

»Das sind aber eine Menge Unwägbarkeiten.«

»Ja, ich weiß. Ich sagte Ihnen ja bereits, Senator, dass es keine schnellen oder einfachen Antworten geben würde. Nicht, wenn wir die ganze Wahrheit erfahren wollen. Aber wir haben den Mann gefasst, durch dessen Hand Ihre Tochter gestorben ist.«

»Glauben Sie denn, Agent Bishop, dass der Mann, der einen anderen dazu bringt, an seiner Stelle zu handeln, weniger Schuld an der begangenen Tat hat?«

»Sie wissen, dass ich das nicht glaube. Eher hat er mehr Schuld.«

»Dann begreifen Sie auch, wieso mich die Verhaftung dieser gemeinen Kreatur nicht befriedigt, die die Farbe ihrer Zellenwände abkratzt, während wir uns hier unterhalten.«

Bishop nickte. »Ob Sie es glauben oder nicht, Senator, ich

will den Mann hinter dem Mörder genauso dringend fassen wie Sie.«

»Oh, das glaube ich gern.« LeMotts Lächeln war kaum merklich. »Er stellt die erste wirkliche Bedrohung für Sie dar, nicht wahr?«

»Die Special Crimes Unit ...«

»Hat während der letzten Jahre so einiges an Bedrohung überstanden, stimmt. Ich will das gar nicht kleinreden oder Ihre beträchtlichen Leistungen schmälern. Die SCU hat das Böse in fast all seinen Erscheinungsformen erlebt, einschließlich vieler Mörder, und sie in aller Regel unschädlich gemacht. Das wissen wir beide. Aber hier handelt es sich um eine andere Art von Bedrohung. Eine weitaus gefährlichere für Sie und Ihre Leute. Nach allem, was wir an Hinweisen haben, beabsichtigt der Mörder, Sie mit Ihren eigenen Mitteln, Ihren eigenen Waffen anzugreifen, sich Ihren Vorteil zunutze zu machen. Und obwohl Sie sicherlich in der Überzahl sind, hat er den Vorteil, dass es kaum eine Rolle spielt, mit wie vielen Agenten Sie ihn jagen.«

»Nicht die Anzahl ist entscheidend, Senator, sondern deren Ausbildung und Können.«

»Und deren Fähigkeiten? Fähigkeiten, die er besitzen will? Fähigkeiten, die er ihnen offensichtlich gewaltsam entreißen kann, ohne auch nur Hand an sie zu legen – und die er dann gegen sie einsetzten kann?«

»Wir wissen nicht, wozu er imstande ist. Doch was in Georgia geschah, könnte ihn zumindest gelehrt haben, dass ihm das Können, die Stärke fehlten, sich alles zu nehmen, was er will. Für ihn gibt es Grenzen, genau wie für uns. Schwächen. Verwundbarkeiten. Er ist keinesfalls allmächtig. Keinesfalls unbesiegbar.«

»Das können wir beide nur hoffen. Aber es ist doch wohl klar, Agent Bishop, dass Ihr Feind Sie mindestens so gut kennt wie Sie ihn und wahrscheinlich sogar noch besser. Vor allem, da er Agent Templeton so lang verfolgt und beobachtet hat, wie das fotografische Beweismaterial vermuten lässt, das Sie in Venture entdeckt haben.«

»Nichts spricht dafür, dass er ein anderes Mitglied der Einheit verfolgt hat.«

»Aber auch nichts dagegen.«

»Nein. Genau genommen können wir nicht einmal mit Sicherheit behaupten, dass er es war, der Sie beobachtet hat. Diese Fotos könnten ebenso gut von einem dafür engagierten Privatdetektiv stammen.«

»Einem Privatdetektiv, der zu dämlich ist, zu erkennen, dass seine Zielperson oder -personen FBI-Agenten sind?«

»Vielleicht haben wir ja deshalb nur Bilder von Hollis gefunden. Vielleicht hat derjenige erkannt, dass es zu gefährlich ist, Bundesbeamte zu beschatten und zu fotografieren.«

»Noch mehr Unwägbarkeiten.«

Bishop war sich nur allzu bewusst, dass er seit Monaten mit einem mächtigen Mann zu tun hatte, dessen Leben nur noch von wütendem Schmerz und dem verzweifelten Wunsch nach Rache bestimmt wurde.

Nicht danach, seiner ermordeten Tochter Gerechtigkeit widerfahren zu lassen, nicht mehr. Abe LeMott wollte Rache. Für den Verlust seiner Tochter. Für den Verlust seiner Frau. Für die Zerstörung seines Lebens.

Was ihn kaum weniger gefährlich machte als den Mann, hinter dem sie beide her waren.

Daher wählte Bishop seine nächsten Worte mit Bedacht.

»Abgesehen davon, was er über die Mitglieder der SCU weiß oder nicht weiß, wissen wir, dass er zumindest eine Schwachstelle hat, eine Achillesferse. Und wo es eine gibt, ist noch mehr. Das traf bisher auf jeden Verbrecher, auf jegliches Böse zu, gegen das wir gekämpft haben. Auch Samuel ist da sicher keine Ausnahme. Wir werden seine Schwachstellen ausfindig machen. Und wir werden einen Weg finden, sie uns zunutze zu machen.«

»Bevor Sie noch mehr Ihrer Leute verlieren?«

»Das weiß ich nicht. Ich hoffe es.«

LeMotts Augen wurden schmal. »Sie haben das Ende des Ganzen nicht gesehen, oder? Keine Vision, wie es ausgeht? Sie und Ihre Frau?«

»Nein. Haben wir nicht.«

»Aber Sie lassen sich davon nicht aufhalten.«

»Nein.«

Der Senator versuchte sich erneut an einem Lächeln, genauso kaum merklich wie zuvor, doch diesmal hatten seine Augen einen harten, kalten Glanz. »Mehr kann ich wohl kaum verlangen, nicht wahr?«

Bishop schwieg.

»Ich gehe davon aus, dass Sie mich auf dem Laufenden halten, Agent Bishop. Dafür wäre ich Ihnen sehr verbunden.« LeMott erhob sich nicht und reichte ihm auch nicht die Hand. Trotzdem war klar, dass das Treffen beendet war.

»Selbstverständlich, Senator.«

Bishop wartete nicht darauf, zur Tür gebracht zu werden. Nach so vielen Monaten kannte er den Weg und steuerte den am wenigsten frequentierten Ausgang an, um sowohl die Sekretärin als auch den Assistenten von LeMott zu umgehen. Die Tür führte auf einen kurzen, selten benutzten Flur, und der wiederum zu einem größeren, helleren, belebten Raum. Menschen eilten hin und her, einige trugen Aktentaschen, andere Ordner, etliche telefonierten, und alle wirkten sehr beschäftigt.

Eine große, hinreißende Brünette mit himmelblauen Augen wurde durch eine mächtige Grünpflanze auf einem Podest vor den Blicken der Vorübergehenden geschützt. Als Bishop den geschäftigen Flur betrat, sah er sie ihre Dienstmarke aufklappen, die sie in der linken Hand hielt, und einem offensichtlich geknickten jungen Mann vor die Nase halten. Der Bewunderer trat zwei Schritte zurück, sah Bishop auf sich zukommen und brachte ein mattes Lächeln zustande, bevor er sich hastig entfernte.

»Ich frage mich ständig, ob es die Marke ist oder der Ehering«, meinte Miranda nachdenklich, als Bishop zu ihr trat.

»Die Kombination«, erklärte Bishop. »Du hältst die Dienstmarke immer in der linken Hand, daher fällt der Blick auf beides.«

»Aha. Hauptsache es schreckt sie ab. Hast du eigentlich eine Vorstellung davon, wie viele verheiratete Männer in diesem Gebäude auf ein bisschen Abwechslung aus sind?«

»Ich glaube, das will ich gar nicht wissen.« Bishop griff nach ihrer Hand, und sie reihten sich in den Menschenstrom ein, der sich auf einen der Hauptausgänge zu bewegte. »Mir genügt es zu wissen, dass meine tolle Frau daran nicht nur kein Interesse hat und Gedanken lesen kann, sondern dass sie auch noch den schwarzen Gürtel besitzt und Scharfschützin ist.«

»Das sollte ihnen wahrscheinlich zu denken geben.«

»Falls sie überhaupt mit einem Körperteil nördlich ihres Gürtels denken.«

»Das bleibt zu hoffen. Wir befinden uns in einem Regierungsgebäude.«

Ihre Stimmen klangen amüsiert und ungezwungen. Niemand, der nicht ebenfalls Telepath war, hätte auf den Gedanken kommen können, dass gleichzeitig eine wesentlich wichtigere und viel ernstere Unterhaltung stattgefunden hatte.

Wie weit, glaubst du, ist er?

Keine Ahnung.

Du konntest ihn nicht lesen?

Ich konnte ihn nicht gut genug lesen, um Einzelheiten zu erfahren – und es wird immer schwieriger, ihn überhaupt zu lesen. Inzwischen vermeidet er sogar, mir die Hand zu schütteln, was bestimmt nicht daran liegt, dass er über unseren mangelnden Fortschritt verärgert ist. Aber angesichts seiner Vorgeschichte, seines Hintergrunds und der Gefühle, die in ihm wüten, denke ich, dass der Senator so weit gekommen ist, wie Geld und Beziehungen ihn bringen können. Ich wette, er hat jemand bei der Polizei von North Carolina.

Was ist mit der Kirche?
Von Samuel weiß er seit Oktober. Verdammt, ich hätte ihm auf keinen Fall den Namen nennen sollen.
Musstest du aber. Du hattest keine Wahl.
Möglich. Spielt jetzt auch keine Rolle mehr. LeMott hatte fast genauso viel Zeit wie wir, jemanden einzuschleusen. Wenn ihm das gelungen ist ...
Wäre Samuel dann nicht bereits tot?
Nicht unbedingt. Vielleicht hat er demjenigen befohlen, nur Informationen zu sammeln, ehe er zu drastischeren Mitteln greift. LeMott will Rache. Er will, dass sie wehtut. Um größtmögliche Schmerzen zufügen zu können, musst du deinen Feind kennen.
Ist ihm denn völlig egal, dass wir Leute eingeschleust haben? Leute, die ihr Leben aufs Spiel setzen, um den Mann zu fassen, der für den Mord an seiner Tochter verantwortlich ist?
Ich glaube, das kümmert ihn nicht mehr.
Dann können wir es uns nicht leisten, noch mehr Zeit zu verlieren.
Nein. Können wir nicht.
Bishops Finger schlossen sich fester um die Hand seiner Frau, und die beiden verließen eilig das Gebäude.

3

Grace, North Carolina

Die Leiche war an einem halb aus dem Wasser ragenden, im letzten Sommer vom Blitz gefällten Baum hängen geblieben. Sie schaukelte in der Strömung, die sie mitreißen wollte, und rollte träge ein paar Zentimeter vor und zurück. Lange braune Haare wogten mit makaberer Anmut um das teilweise vom Wasser überspülte Gesicht, einziges Anzeichen ehemaliger Schönheit.

Inzwischen war nichts mehr schön an ihr.

In Anbetracht der starken Strömung war es ein glücklicher Zufall, dass sich die Leiche in etwas verfangen hatte. Sonst wäre sie einige Kilometer weiter unten angeschwemmt worden, wo das Wasser seichter war und Camper gern am malerischen Ufer zelteten.

Was im Januar allerdings nicht viele taten, gestand sich Sawyer Cavenaugh ein, während er die tote Frau betrachtete. Trotzdem gab es stets einige besonders Unerschrockene, die es in die Natur zog, wenn weniger Menschen unterwegs waren, und die meisten hatten ihre Kinder dabei.

Gott sei Dank war die Leiche nicht von einem Kind gefunden worden.

So aufgeschwemmt, voll klaffender Wunden und anderer Verletzungen, die sie sich nach dem Tod auf ihrem langen Weg flussabwärts zugezogen hatte, war ihr Anblick grausig genug. Sogar einem altgedienten Gesetzeshüter und Polizeichef konnte er Albträume bescheren.

Als hätte er davon nicht schon genug.

Sawyer richtete sich wieder auf und ging zu der Polizistin,

die ein paar Schritte entfernt bei dem bedauernswerten Mitbürger stand, der den grässlichen Fund gemacht hatte.

»Das ist schon deine zweite, oder, Pel?«

»Ich schwör bei Gott, ich geh hier nie wieder mit Jake spazieren«, erwiderte Pel Brackin sichtlich aufgewühlt, eine Hand auf dem Kopf des braven, schokoladenbraunen Labradors an seiner Seite. »Wenn das so weitergeht, wird er noch zum Leichenspürhund. Himmel, Sawyer – was zum Teufel ist da oben denn los?« Mit einer Kopfbewegung deutete er flussaufwärts.

»Da oben?«

»Oben in der Siedlung. Behandle mich nicht wie einen Trottel – dich hab ich schon aus meinem Obstgarten gescheucht, als du noch ein rotznäsiger Junge warst.«

Sawyer seufzte, fand es aber nicht der Mühe wert, sich nach einer Erklärung für diesen Vergleich zu erkundigen. »Kannst du mir etwas sagen, das mir helfen würde herauszufinden, was mit dieser Frau passiert ist?«

»Ich weiß nur, was ich gefunden habe, und das sehen wir ja alle.«

»Du hast weder etwas Auffälliges gesehen noch gehört?«

»Nee, nichts, was ich hier nicht sonst auch sehe. Obwohl…«

Sawyer wartete einen Moment, dann drängte er: »Obwohl was?«

Brackin rieb sich den Nacken. »Ich kann mir zwar nicht vorstellen, was das mit ihr zu tun hat. Oder mit der armen Frau von letzter Woche.«

»Das lass mal mich entscheiden. Was beunruhigt dich, Pel?«

»Das … das Wild.«

Sawyer spürte, wie seine Augenbrauen nach oben wanderten. »Das Wild?«

»Eigentlich eher, dass es nicht da ist. Jake und ich begegnen normalerweise auf unseren morgendlichen Spaziergängen vielen Tieren. In den letzten Wochen aber nicht mehr, schon seit vor den Feiertagen.«

Sawyer dachte laut nach: »Ein milder Winter. Nicht besonders kalt, fast kein Schnee.«

Brackin nickte. »Bei so einem Winter bekommt man sonst jede Menge Wild zu sehen. Rotwild, Füchse, Kaninchen, Eichhörnchen. Viele Waschbären und Opossums. Manchmal kommen sogar ein paar Bären aus den Bergen herunter. Und eine Menge Vögel. Wo ich gerade darüber nachdenke, die Futterhäuschen meiner Frau waren auch nicht sehr gefragt. Nicht einmal Tauben oder Kardinale, und davon sind sonst im Winter Dutzende da.« Er zuckte mit den Schultern, als fühlte er sich plötzlich unbehaglich. »Wie schon gesagt, hat wahrscheinlich nichts mit den Morden zu tun. Ist nur seltsam.«

»Okay. Fällt dir sonst noch was ein?«

»Nee. Ich ruf an, wenn mir was einfällt, aber ich hab Robin schon gesagt …«

»Officer Keever, Pel. Also wirklich«, beschwerte sie sich.

»Gut, dann Officer Keever. Und für Sie Mister Brackin.«

Sie verdrehte die Augen, fing dann aber Sawyers Blick auf und steckte zurück. »Klar. Entschuldigung, Mr Brackin.«

Besänftigt fuhr er fort: »Ich hab ihr alles erzählt, woran ich mich erinnern kann, von da an, wo Jake zu bellen anfing und ich die Leiche gesehen habe.«

»Eine heikle Frage, aber ich nehme an, du weißt auch nicht, wer sie ist?«

»Verdammt, Sawyer, nicht mal ihre eigene Mutter würde sie jetzt erkennen.«

»Ich musste das fragen.«

»Schon gut. Falls ich sie je zuvor gesehen hab, könnte ich's dir nicht sagen, so wie sie aussieht. Also, kann ich gehen? Du weißt ja, wo ich die letzten sechzig Jahre meines Lebens gewohnt hab, und ich geh auch nirgends hin als nach Hause. Mir frieren die Füße ab, ich brauch meinen Kaffee und Jake sein Frühstück.«

Sawyer nickte. »Ja, geh nur. Tut mir leid, dass ich dich aufgehalten habe.«

Mit einem Grunzen, das man als Dank hätte deuten können, setzte Brackin sich flussabwärts in Richtung seines Hauses in Bewegung. Dabei vermied er tunlichst, noch mal einen Blick auf die Leiche im Fluss zu werfen.

»Wildtiere«, murmelte Sawyer vor sich hin.

»Chief?«

»Nichts.« Mahnend fügte er hinzu: »Robin, wenn du ernst genommen werden willst, wäre es hilfreich, sich professionell zu benehmen.«

»Ich weiß. Tut mir leid, Chief.«

»Sorg nur dafür, dass es mir nicht leidtun muss, meine Zustimmung für deinen Außeneinsatz gegeben zu haben, mehr sag ich nicht.«

Sie nickte mit leicht verunsicherter Miene.

Ihr Gesicht war ein offenes Buch, fand Sawyer, das sowohl ihre Gedanken als auch ihre Gefühle verriet. Was auf jeden Fall die Klischeevorstellung asiatischer Unergründlichkeit Lügen strafte, da Robin in China geboren war. Aber nachdem sie mit drei Jahren von den Keevers adoptiert worden war, hatte man sie meilenweit entfernt von jeglicher asiatischer Tradition aufgezogen. Dank dieses ländlichen Südstaaten-Hintergrundes hatte sie zwanzig Jahre später eindeutig einen Carolina-Akzent und verwendete gelegentlich Redewendungen, über die ihre Vorfahren höchst erstaunt und wahrscheinlich sogar entsetzt gewesen wären. Manchmal war sie etwas überempfindlich, da sie so anders als alle in ihrer Umgebung aussah.

Sawyer konnte das nur allzu gut verstehen.

Er sagte aber nur: »Ich nehme an, Pel hat nichts gesehen, was uns weiterhelfen könnte.«

»Er behauptete, er hätte sich der Leiche nicht mehr als zehn Schritt genähert. Das Fehlen von Fußspuren bestätigt das«, berichtete die junge Polizistin knapp. »Ely hat sich umgesehen, während ich mit Mr Brackin gewartet habe. Er hat aber auch nichts Auffälliges entdeckt.«

Sawyer blickte an ihr vorbei das flache Ufer hinauf, wo ihre Autos am Straßenrand geparkt waren. Er stellte fest, dass Officer Ely Avery, Robins gelegentlicher Partner, mit der Hüfte am Streifenwagen lehnte, offensichtlich bestrebt, nicht gelangweilt zu wirken.

Dort oben stand noch ein weiterer Streifenwagen, möglicherweise dazu gedacht, neugierige Schaulustige fernzuhalten, die gar nicht gekommen waren. Die beiden Polizisten im Wageninneren, Dale Brown und Donald Brown, waren nicht verwandt und nicht verschwägert, wie sie immer betonten. Sie wirkten genauso gelangweilt und/oder der Situation entrückt.

Weder Gespür für noch Interesse an einer Mordermittlung. Sawyer merkte sich das und wandte den Blick wieder dem ernsten jungen Gesicht von Robin Keever zu. Sie war klug, äußerst fähig und ehrgeizig. Das war ihm schon seit Längerem klar.

Aber im Moment ist noch wichtiger, dass sie voll bei der Sache und höchst wissbegierig ist. Sehr gut.

Denn er brauchte weiß Gott jede Hilfe, die er bekommen konnte. In all seinen Jahren als Kleinstadtpolizist hatte ihn nichts auch nur im Entferntesten auf etwas wie das hier vorbereitet.

»Als ich herkam, habe ich mich sofort mit dem Revier in Verbindung gesetzt«, fuhr Robin fort. »Es gibt keine Berichte über vermisste Personen, die mit der hier übereinstimmen – also keine Frauen, die irgendwo im County vermisst werden.«

»Ja, das habe ich auch überprüft.« Aber die letzte vermisste Frau war vor kaum einer Woche im selben Flussabschnitt entdeckt worden und hatte ziemlich genauso ausgesehen wie diese. Daher fand Sawyer es naheliegend, nach einer Verbindung zwischen den beiden zu suchen.

Mehr als naheliegend. Seiner Erfahrung nach gab es so etwas wie den Zufall nicht.

Robin verfolgte die gleichen Gedankengänge. »Glauben

Sie, die Frau könnte aus der Siedlung sein, wie Mr Brackin andeutete? Von der Kirche?«

»Meiner Meinung nach lag sie lange genug im Fluss, dass sie jemand hätte vermissen müssen.«

»Und nachdem es keine Meldung dazu gibt …«

»Tja, Reverend Samuel und seine Schäfchen bitten nie jemand von außerhalb der Siedlung um Hilfe. Vielleicht haben sie irgendwelche hässlichen Probleme und glauben, sie können sie selbst lösen.«

»Ein Mörder in der eigenen Gemeinde?«

»Könnte sein.«

»Oder?« Robin musterte ihn genau.

»Oder vielleicht ein Feind der Kirche von außerhalb. Ein Feind, der sehr, sehr sauer ist.«

»Und das lässt er an den Frauen aus?«

»Wir haben auch ein paar vermisste Männer, erinnerst du dich? Nur weil wir keine Leichen gefunden haben, heißt das nicht, dass ihnen nicht das Gleiche wie diesen Frauen zugestoßen ist.«

Robin trat von einem Fuß auf den anderen. »Chief, stimmt das, was ich über die Frau von letzter Woche gehört habe? Dass Ellen Hodges … dass jemand sie totgeprügelt hat?«

»Der staatliche Gerichtsmediziner ist noch nicht mit der Autopsie fertig. Die Gerichtsmedizin ist sechs Wochen im Rückstand.«

Wie üblich ließ Robin nicht so leicht locker. »Okay, aber Doc Macy hat die Leiche doch untersucht, bevor sie nach Chapel Hill geschickt wurde, nicht?«

Sawyer nickte und fragte sich, wo in aller Welt der Gerichtsmediziner ihres Countys blieb. Er hätte längst da sein sollen.

»Was stand in dem Bericht?«, hakte Robin nach.

»Willst du das wirklich wissen?« Er wartete ihr bekräftigendes Nicken ab und antwortete: »Der Doc riet uns, die Leiche ins Gerichtsmedizinische Institut zu schicken, weil sie dort über wesentlich bessere technische Hilfsmittel verfügen als wir. Seine Röntgenaufnahmen haben nämlich gezeigt, dass buchstäblich jeder Knochen ihres Körpers gebrochen war, nahezu pulverisiert – und es gab keinen einzigen Hinweis, wie es dazu gekommen ist.«

Tessa Gray hatte ihren Besuch auf dem Gelände der Kirche der Immerwährenden Sünde so lange hinausgezögert, wie sie es vertreten konnte. Dieses Zögern hatte, laut Hollis' erfahrener Einschätzung, bisher ihren Zwecken gut gedient.
Bisher.
»Aber du musst hin«, erklärte Hollis früh am Nachmittag des Tages, an dem Sarah Warrens Leiche im Fluss gefunden wurde.
Tessa rang mit sich, und die Entscheidung fiel ihr nicht leicht. Für sie war es der erste Auftrag, bei dem eine Kollegin von Haven ihr Leben verloren hatte – das kam auch sonst hin und wieder vor.
Der Einsatz war hoch.
Und Tessa hatte sich darauf eingelassen, es war ihr bewusst. Alle, die der Organisation beitraten, wurden von John und Maggie Garrett, den Mitbegründern und -direktoren von Haven, wiederholt und eindringlich darauf hingewiesen. Auch Bishop, der andere Mitbegründer und Chef der Special Crimes Unit des FBI, machte das jedem klar. Er war wohl derjenige, der am besten von allen wusste, welcher Preis den Soldaten in diesem Krieg abverlangt werden konnte.
Das war das Verstörende am Tod einer Kollegin – wie deutlich einem vor Augen geführt wurde, dass es sich um einen Krieg handelte, in dem Menschen sterben konnten. Sie starben, weil sie für etwas kämpften, das sie für unabdingbar hielten. Sie waren alle keine Superhelden. Paragnostisch veranlagt zu sein, machte sie nicht unverwundbar. Genau genommen war oft sogar das Gegenteil der Fall.
Paragnost zu sein erwies sich je nach Fähigkeit und spezieller Eigenart bestenfalls als Schwäche und im schlimmsten

Fall als handfeste Bürde. Vor allem bei sehr seltenen und sogar einzigartigen Fähigkeiten. Und vor allem, wenn Mitarbeiter oder Agenten, die über solche Fähigkeiten verfügten, diese nur bedingt unter Kontrolle hatten.

Leider waren jene, die ihre Fähigkeiten nicht vollkommen beherrschten, in der Mehrzahl.

Tessa war sich nicht sicher, wozu sie zählte, denn sie hatte ihre Fähigkeit noch nie im Ernstfall erprobt. Sie wusste, dass man ihr das Kontrollieren zutraute. Doch wer wollte vorhersagen, was unter extremen und gefährlichen Umständen geschehen konnte? Sie war geübt im Umgang mit der Pistole und befugt, eine Schusswaffe zu tragen. Aber sie würde keine Waffe mit sich führen, wenn sie das Gelände der Kirche der Immerwährenden Sünde betrat. Schlimmer noch, sie musste den Eindruck erwecken, eine sehr verletzliche Frau zu sein. Eine Frau, die bereit war, sich von Menschen beherrschen zu lassen, die stärker waren, deren Geist stärker war.

Eine erschreckende Vorstellung. Vor allem, weil sie sich nicht sicher waren, auf welche Art und Weise Reverend Samuel seine anscheinend vollkommene Herrschaft über die Gemeinde erlangte. Falls er dazu tatsächlich paragnostische Fähigkeiten nutzte, hatte Tessa keine Möglichkeit zu erahnen, ob diese Kontrolle auch bei ihr funktionieren würde.

Nicht bevor sie es darauf ankommen ließ und ihre Schutzschilde der Kirche offenbarte. Der Kirche und Samuel.

»Wahrscheinlich ist die Polizei dort«, wandte sie schließlich ein.

»Muss nicht sein. Sie haben die Leiche noch nicht identifiziert.«

»Wir aber.«

»Ja. Sarah, ganz ohne Zweifel.«

»Hast du etwas gesehen?«

»Ihren Geist? Nein.« Hollis runzelte die Stirn. »Ich sehe nur selten den Geist eines Teammitglieds – oder überhaupt von Menschen, die ich kenne. Keine Ahnung, wieso.« Das war weniger eine Frage als die Feststellung, dass das Universum ziemlich willkürlich verfuhr.

Nach kurzem Zögern fragte Tessa: »Wieso sind wir davon überzeugt, dass es Sarahs Leiche ist?«

Mit einer fast sichtbaren Geste schob Hollis ihre Grübelei beiseite. »Du hoffst auf einen Fehler bei der Identifikation? Vergiss es. Wir haben dort noch jemanden, und die Identität ihrer Leiche wurde bestätigt.«

»Jemanden, von dem ich nichts wissen darf, nehme ich an.«

Geduldig antwortete Hollis: »Was du nicht weißt, kannst du niemandem weitergeben – egal auf welcher Kommunikationsebene. Tessa, nicht einmal ich weiß genau, wie viele unserer Agenten und Ermittler von Haven an diesem Fall arbeiten. Und im Moment ist mir das auch egal. Irgendjemand bringt Menschen um, auf die abscheulichste Art, die ich je gesehen habe. Auf die unerklärlichste Art, die ich je gesehen habe. Und alles, was wir wissen, oder zu wissen glauben, deutet darauf hin, dass Reverend Samuel der Verantwortliche ist. Wir gehen davon aus, dass er die Morde ohne Waffe oder andere Hilfsmittel verübt. Nur durch die Kraft seines Geistes, durch Anwendung von paragnostischen Fähigkeiten, die wir nicht kennen, geschweige denn benennen und verstehen können. Ich weiß nicht, wie es bei dir ist, aber ich habe eine Heidenangst davor.«

»Ich hab nur nicht gewusst, dass es derartige paragnostische Fähigkeiten gibt. Die man als Waffe benutzen kann.«

»Das ist sehr selten, aber wir haben zumindest eine Agentin, die Energie so kanalisieren und konzentrieren kann, dass daraus eine vernichtende Kraft entsteht. Und bei Haven gibt es auch mindestens einen Mitarbeiter, der dazu fähig ist.«

»Aber wenn doch zwei auf unserer Seite sind ...«

»Auf der anderen Seite haben sie wahrscheinlich auch ein paar, leider. In der Vergangenheit gab es Beweise für paragnostische Fähigkeiten bei einigen wirklich bösen und irren Kerlen, die auf dieser Ebene erstaunlich beängstigende Dinge zustande brachten. Und wir kennen noch nicht mal unsere eigenen Grenzen. Es ist nur logisch, dass paragnostische Fähigkeiten in den falschen Händen, von falschen Beweggründen geleitet, korrumpiert werden könnten. Dass negative Energie auf eine Art kanalisiert werden kann, die wesentlich mächtiger ist als alles, was wir bisher erlebt haben.«

»Und zum Töten benutzt wird. Aber wieso?«

»Das ist die Frage, auf die wir verzweifelt nach einer Antwort suchen, Tessa. Vor allem, weil wir keinen gültigen Beweis haben, der auf Samuel oder seine Kirche deutet. Keinen Beweis, der vor Gericht standhalten würde. Wir wissen herzlich wenig. Was wir aus den Befragungen der wenigen Abtrünnigen wissen, läuft darauf hinaus, dass Samuel diese Kirche seinetwegen gegründet hat. Er hat wohl vor mehr als zwanzig Jahren etwas sehr Traumatisierendes erlebt. Etwas so Rätselhaftes oder Erschreckendes, über das auch die Abtrünnigen nicht reden wollten oder konnten. Was es auch gewesen war, es hat ihn für immer verändert.

Allerdings gehen wir davon aus, dass er vorher schon instabil war. Genau wissen wir es nicht, denn die frühen Hintergrundinformationen über ihn sind lückenhaft, gelinde gesagt. Nicht einmal seine richtige Geburtsurkunde haben wir gefunden, dafür jedoch ein halbes Dutzend falsche. Jedenfalls ist er relativ früh mit dem Gesetz in Konflikt geraten, daher gibt es Akten über seine schwierige Kindheit. Seine Mutter war anscheinend Prostituierte, aber nicht von der teuren Sorte.«

»Das nenn ich tatsächlich eine schwierige Kindheit«, meinte Tessa.

»Tja. Wir können keinerlei Anwesenheitsnachweise finden, daher war er, wenn überhaupt, wahrscheinlich nur selten und unregelmäßig in der Schule. Es gibt keine Hinweise darauf, dass er Feuer gelegt, Tiere gequält oder andere Anzeichen eines angehenden Soziopathen gezeigt hätte. Doch da wir so wenig zuverlässige Informationen über ihn besitzen, können wir auch nichts ausschließen.«

»Jedenfalls hat er es trotzdem oder gerade deswegen bis zum Sektenführer gebracht.«

»Genau«, stimmte Hollis ihr zu.

Tessa schüttelte den Kopf. »Ich habe über Sekten und Gurus nachgelesen, als ich diesen Auftrag bekam. Schon die Allerweltsgurus ohne paragnostische Fähigkeiten sind mir mehr als unheimlich. Ihre Verhaltensmuster, ihr Machtrausch und ihr Verfolgungswahn, das Abschotten, das Beherrschen und Kontrollieren der Anhänger und die Mittel, derer sie sich dazu bedienen – das ist alles so …«

»Tödlich, in vielen Fällen. In diesem sicherlich. Wir wissen, dass im vergangenen Jahr Frauen, Männer und sogar Kinder aus der Siedlung abhandengekommen sind. Alle blieben spurlos verschwunden. Keiner von ihnen wurde von der Kirche oder deren Mitgliedern als vermisst gemeldet. Wir wissen allerdings nicht, wieso. Wieso Samuel es auf seine eigenen Schäfchen abgesehen hat und warum gerade auf diese Personen im Besonderen.«

Tessa runzelte die Stirn. »Vielleicht trifft er eine Auslese. Merzt diejenigen unter seinen Leuten aus, denen er nicht vertraut.«

»Das könnte zutreffen. Nur erklärt es die Kinder nicht, oder?«

»Nein. Sind wir sicher, dass Kinder verschwanden?«

»Wir sind ganz sicher. Keine Meldung an die örtliche Polizei, aber wir sind uns sicher.«

»Und wir sprechen nicht von denen, die Sarah herausgeholt hat?«

Hollis schüttelte den Kopf. »Nein. Das Unheimliche dabei ist, dass ein oder beide Elternteile von mindestens zwei vermissten Kindern nach wie vor Gemeindemitglieder sind. Nicht nur, dass sie ihre Kinder nicht als verschwunden gemeldet haben, scheinen sie sie nicht mal zu vermissen.«

»Wie bitte?«

»Entweder erinnern sie sich nicht mehr an sie, oder sie sind ihnen egal. Ich schätze, es ist ersteres. Uns ist völlig schleierhaft, wie so etwas möglich ist. Wenn Samuel in der Lage ist, die Erinnerungen von Menschen zu manipulieren, auch so tief verwurzelte und gefühlsbeladene wie die Erinnerung an ein Kind ...«

Sie brauchte den Satz nicht zu beenden.

Tessa atmete tief durch, um die Kälte zu verscheuchen, die ihr bis in die Knochen drang. »Die verschwundenen Personen, Kinder eingeschlossen, waren nicht alle Paragnosten, nehme ich an?«

»Das können wir nicht mit Sicherheit sagen. Soweit wir es beurteilen können, war von den bekannten Vermissten und den Mordopfern nur Sarah paragnostisch veranlagt. Wenn er herausgefunden hat, wer und was sie war, besteht die Möglichkeit, dass er stärker ist, als wir glaubten. Was heißt, dass er noch tödlicher ist, als wir glaubten.«

Offiziell hieß es, die Kinder der Kirche der Immerwährenden Sünde würden zu Hause unterrichtet. Inoffiziell wurden sie tagsüber häufig in von der Kirche beaufsichtigte Aktivitäten einbezogen. Und ebenso wie die Erwachsenen, die diesen Rückzugsort von der Welt gewählt hatten, verfügten die Kinder über ein eigentümliches Seelenleben, das Außenstehende seltsam gefunden hätten.

Auch einige der erwachsenen Kirchenmitglieder hätten es befremdlich gefunden.

Und ziemlich besorgniserregend.

Denn nicht alle Kinder waren gläubig.

Einige von ihnen hatten sogar Angst.

»Glaubst du, Wendy hat es geschafft?« Brooke sprach mit leiser Stimme, nur die kleine Schar am überdachten Picknicktisch des Spielplatzes konnte sie hören. Die Gruppe sammelte Spielzeug ein, liegen gelassen von den jüngeren Kindern, die gerade zur Kirche geführt wurden.

»Ich glaube schon.« Auch Ruby sprach leise. Sie hielt einen

Stoffbeutel auf, damit Cody die Buchstabenklötzchen hineinwerfen konnte.

Dabei sagte er: »Ja, aber ich denke, Sarah hat es nicht geschafft.«

Ruby und Brooke sahen sich an und richteten dann den Blick auf den dunkelhaarigen, ernsten Jungen.

Als Antwort auf ihre stumme Frage erwiderte er nur: »Ich kann sie nicht mehr spüren.«

»Gar nicht?« Hunter war der vierte im Bunde und der anerkannte Führer, obwohl er mit elf der Jüngste war. »Nur weil wir sie nicht gesehen haben, muss sie doch nicht fort sein. Ich meine ganz fort. Sie hat eine Schutzhülle. Das haben wir alle gespürt.«

»Die spüre ich auch nicht mehr. Du etwa?«, fragte Cody.

Hunter konzentrierte sich mit gerunzelter Stirn darauf, die Einzelteile eines Miniatur-Bauernhofes einzusammeln. »Nein, aber ich dachte, das geht nur mir so. Weil ich fast überhaupt nichts spüre.«

Brooke blinzelte Tränen weg. »Ich wollte Sarah fragen, ob sie mich als Nächste wegbringen kann.«

»Wir sollten gar nicht wissen, dass sie jemand weggebracht hat, Brooke«, erwiderte Ruby. »Wir dürften eigentlich nicht wissen, dass sie bei uns war, um zu spionieren.«

»Ich hab es niemandem erzählt. Hätte ich nie.«

Cody murmelte: »Das heißt noch lange nicht, dass es niemand weiß.«

»Ich war vorsichtig. Ich bin immer vorsichtig. Aber es wird schwieriger und schwieriger. Ich kann nicht mehr bleiben, kann ich einfach nicht. Meine Tante Judy lebt in Texas, sie mag die Kirche nicht. Ich weiß, dass ich bei ihr wohnen könnte.«

»Was ist mit deiner Mutter und deinem Vater?«, wollte Hunter wissen.

»Was mit denen ist?« Brookes Blick war auf die Stifte gerichtet, die sie gerade in eine Plastikschachtel legte. »Sie glauben an die Kirche. Sie glauben Father. Sie werden nie fortgehen.«

Nach kurzem Schweigen sagte Cody: »Meine Mutter ist sich nicht mehr so sicher. Sie bekommt allmählich Angst.«

»Weiß sie, dass du das spürst?«, fragte Ruby.

»Nein. Sie tut so, als wäre alles wie gehabt.«

»Sag es ihr nicht«, riet ihm Hunter. »Keinem von unseren Eltern können wir etwas sagen. Weder was wir wissen, noch was wir fühlen. Wir müssen es für uns behalten. Denn wir wissen alle, was passiert, wenn wir es nicht tun.«

»Und was sollen wir dann machen?« Cody sprach schneller, die beiden erwachsenen Kirchenmitglieder im Blick, die sich ihnen näherten.

»Wir halten den Mund.«

»Bis?«

»Bis uns was Besseres einfällt.

»Zum Beispiel?«

»Das weiß ich nicht, Cody. Aber ich weiß, dass es für uns besser ist, nichts zu tun, bis wir wissen, was wir tun sollen.«

»Für euch ist das einfach«, entgegnete Ruby. »Ihr seid keine Mädchen.«

»Nein«, stimmte Brooke ihr zu. Sie hatte die beiden sich nähernden Wächter ebenfalls bemerkt. »Für uns ist es anders. Wenn die Zeremonien erst mal angefangen haben. Wenn Father merkt, dass wir erwachsen werden.« Ihre letzten Worte waren nur ein Flüstern. »Wenn Father anfängt, uns zu beobachten.«

Tessa hatte Sarah nicht besonders gut gekannt. Haven war eine expandierende Organisation, deren Mitglieder über das ganze Land verstreut wohnten und meist ein ruhiges, scheinbar normales Leben führten – zumindest bis sie zum Dienst gerufen wurden. Viele waren einander nie begegnet. Doch eine gefallene Kampfgefährtin nicht gekannt zu haben linderte das Verlustgefühl kaum, wie Tessa festgestellt hatte.

Eine aus ihren Reihen war tot.

Darüber nachzudenken war zu schmerzlich, es sei denn, Tessa konnte einen Nutzen daraus ziehen. Und genau das war ihr im Moment fast unmöglich. Vor allem, da sie sich in dieselbe Situation begeben würde, die Sarah das Leben gekostet hatte.

»Dein Schutzschild ist stärker als Sarahs«, meinte Hollis.

»Bist du jetzt auch noch Telepathin?«

»Nein. Du wärst kein normaler Mensch, wenn du nicht darüber nachdenken würdest.«

Tessa wollte aber nicht darüber nachdenken. Stattdessen dachte sie an den verehrungsvollen Gesichtsausdruck des jungen Gemeindemitglieds Bambi und den anderer, die sie kennengelernt hatte. Nachdenklich sagte sie: »Angst scheinen sie nicht vor ihm zu haben. Seine Anhänger.«

Hollis wollte das nicht weiter vertiefen. »Ja, jedenfalls die nicht, die er in die Öffentlichkeit hinausschickt.« Sie schüttelte den Kopf. »Wenn man vom typischen Persönlichkeitsprofil eines Sektenführers ausgeht, findet man häufig irgendeine Art von sexueller Dominanz und Kontrolle. Doch bei Samuel sind wir uns darüber nicht im Klaren. Die Kirche besteht schon so lange. Falls es dabei um Sex ginge, er müsste Nachwuchs von mehr als einer Frau haben. Doch soweit wir feststellen konnten, ist er kinderlos.«

»Vielleicht zeugungsunfähig?«

»Vielleicht. Oder er versteht sich möglicherweise als eher traditioneller Prophet, im Sinne eines heiligen Mannes, der erhaben über die Gelüste des Fleisches ist. Er ist auch schon älter, etwa Mitte vierzig, und sie nennen ihn schließlich Father.«

Eine verschüttete Erinnerung regte sich in Tessa. »Haben die Anhänger von Jim Jones den nicht auch Father genannt?«

»Ja, soweit ich mich erinnere. Eigentlich ist das eher die Norm als die Ausnahme, dass ein Sektenführer sich als väterlicher oder messianischer Kopf seiner Kirche sieht. Ein beherrschendes Machtgefüge mit einer Einzelperson an der Spitze.«

»Ich glaube, einige der jüngeren Gemeindemitglieder, mit denen ich bisher gesprochen habe, würden auf die Vorstellung einer sie beschützenden Vaterfigur durchaus ansprechen. Aber die älteren? Die in seinem Alter? Wie bindet er die an sich? Wie überzeugt er sie, sich ihm anzuschließen?«

»Noch mehr Fragen, auf die wir keine Antworten haben. Und wir brauchen Antworten. Wenn wir auch nur die geringste Hoffnung haben wollen, Samuel aufzuhalten, brauchen wir Informationen.«

»Ich weiß.« Tessa seufzte. »Ich weiß.«

Mehr aus einem Gefühl der Dringlichkeit, als aus eigener Überzeugung, fuhr Tessa schließlich später an diesem Mittwochnachmittag mehrere Meilen aus der kleinen Stadt Grace hinaus. Sie bog von der zweispurigen Landstraße auf einen kleinen Weg ab, der an einem hübschen, wenn auch verdächtig unspektakulären schmiedeeisernen Tor endete.

Auf der linken Seite, gleich hinter dem überraschend geschmackvollen Zaun aus Ziegeln und Schmiedeeisen, stand ein kleines Gebäude im Stil eines Farmhauses. Tessa blieb nur ein kurzer Moment, sich darüber Gedanken zu machen, ob der offensichtlich äußerst stabile und gewiss sehr kostspielige Zaun das ganze achtzig Hektar große Gelände umgab. Dann sah sie einen großen Mann in Jeans und Flanellhemd aus dem Haus kommen und auf das Tor zugehen.

Als er sich den beiden Torflügeln näherte, schwangen diese nach innen auf. Tessa überkam ein ungutes Gefühl. Weder die lässige Art des Mannes, noch seine Begrüßung, sobald sie das Wagenfenster heruntergelassen hatte, konnten daran etwas ändern. Sie hatte ihn noch nie im Leben gesehen.

»Guten Tag, Mrs Gray. Kommen Sie uns besuchen?«

Tessa vermied jeden Blick auf den schlichten goldenen Ring an ihrer linken Hand, dessen Gewicht ihr noch immer ein fremdes und unbehagliches Gefühl vermittelte. »Ja. Ruth sagte …« Sie brach ab, als er nickte.

»Natürlich. Sie erwartet Sie auf der Plaza. Fahren Sie nur den Weg bis zum Ende. Herzlich willkommen.«

»Danke.« Sie fuhr durch das Tor und danach weiter den langen asphaltierten Weg entlang, der in einen dichten Wald zu führen schien. Tessa hoffte, dass er ihre vor Anspannung weißen Fingerknöchel am Lenkrad nicht bemerkt hatte.

Im Rückspiegel sah sie gerade noch, wie sich die großen Torflügel langsam hinter ihr schlossen. Das Gefühl, in einer Falle zu sitzen, entsprang wohl ihrem Selbsterhaltungstrieb.

Sawyer Cavenaugh glaubte nicht, dass er sich je daran gewöhnen würde. In den zehn Jahren, seit die Kirche der Immerwährenden Sünde in Grace ihren Hauptsitz eingerichtet hatte, und vor allem in den letzten zwei Jahren, seit Sawyer Polizeichef war, hatte er nie ein Gemeindemitglied alleine draußen gesehen. Stets waren sie paarweise oder in Gruppen zu viert oder fünft unterwegs.

Bis auf den Typ vom Tor, den sah man immer allein.

Als Polizist war er sich absolut bewusst, von diesem unverfänglichen kleinen Haus ein paar Meter hinter dem Zaun aus genau beobachtet zu werden.

Vielleicht hatten sie Videoüberwachung. Auf jeden Fall war zumindest hinter einem der spiegelnden Fenster jemand auf Beobachtungsposten. Eventuell bewaffnet – obwohl Sawyer nie einen Beweis, nie ein Anzeichen irgendwelcher Waffen auf dem Gelände gesehen hatte.

Und er hatte danach Ausschau gehalten. Gründlich.

»Guten Tag, Chief Cavenaugh. Was können wir heute für Sie tun?«

»Tag, Carl.« Sawyer lächelte mindestens genauso höflich und falsch zurück, wie er angelächelt wurde. »Ich hatte angerufen und mit DeMarco gesprochen. Man erwartet uns.« Ihm war vollkommen klar, dass Carl Fisk über diese Anmeldung genau Bescheid wusste.

Das wusste Carl immer, und trotzdem spielten sie ihr kleines Spiel.

»Ach ja, selbstverständlich. Officer Keever.«

»Mr Fisk.« Robins Stimme klang absolut förmlich und professionell. Sie würde denselben Fehler nicht zweimal machen.

Auch während Fisk mit einer Handbewegung zurücktrat, behielt er sein nichtssagendes Lächeln bei. »Sie kennen ja den Weg. Mr DeMarco erwartet Sie wie gewöhnlich an der Kirche.«

Sawyer nickte und steuerte den Jeep durch das offene Tor.

»Ich kann den Kerl nicht leiden«, verkündete Robin entschieden. »Er lächelt zu viel.«

»Du hast Shakespeare gelesen?«

»Dass man lächeln kann und dennoch ein Schurke ist? Ja.«

»Kluger Kopf, dieser Shakespeare. Und ein begnadeter Beobachter.«

»Sie mögen Fisk auch nicht.«

Sawyer lächelte leise. »Ach, hab ich das gesagt?«

»Ja.« Robin ließ auf diese trotzige Behauptung ein wesentlich zögerliches: »Oder nicht?«, folgen.

»Um genau zu sein, das hab ich.« Er wartete nicht auf eine Antwort von ihr, bremste den Jeep jedoch etwas ab, als sie in den Wald kamen und vom Tor aus nicht mehr gesehen werden konnten. Dann sagte er: »Anhalten will ich nicht, weil sie die Zeit nehmen, die man vom Tor aus braucht. Aber sieh dich um, ob dir etwas Ungewöhnliches auffällt.«

Gehorsam spähte Robin durch das Autofenster in den Wald. »Sie stoppen die Zeit?«

»Jedes Mal. Siehst du was?«

»Also, nein. Nur Bäume.«

»Die haben eine Menge Stechpalmenbüsche gepflanzt«, erzählte ihr Sawyer. »Richtig große. Eine wirksame natürliche Barriere, wenn man keine Besucher haben möchte. Zu dieser Jahreszeit sind die Vögel auf die Beeren aus, als Futter. Siehst du die Büsche?«

»Ja.«

»Siehst du Vögel?«

»Nein«, erwiderte sie nachdenklich.

»In der Stadt gab es Vögel«, sagte er. »Ich habe extra darauf geachtet. Aber je weiter wir hier heraus und dem Kirchengelände näher kamen, desto weniger Vögel habe ich gesehen.«

Robin wandte sich um und starrte ihn an. »Was in aller Welt soll das heißen?«

»Das wüsste ich auch gern, verdammt noch mal.«

Sie schwieg, während der Jeep etwas Fahrt aufnahm, und meinte dann: »Wie Pel schon sagte. Kein Wild auf seinen morgendlichen Runden. Wieso beschleicht mich das unheimliche Gefühl, dass wir weder Hunde noch Katzen sehen werden, wenn wir zur Siedlung kommen?«

Obwohl Robin noch nie auf dem Gelände gewesen war, kannte sie die baulichen Gegebenheiten recht genau – wie die meisten Einwohner von Grace.

Man sprach in der Stadt darüber. Häufig.

Fast im Mittelpunkt der achtzig Hektar, die Eigentum der Kirche waren, stand das eigentliche Gotteshaus. Rund um dieses große, eindrucksvolle Hauptgebäude hatte man eine Plaza angelegt. Sie war auf drei Seiten von ordentlichen kleinen Häusern umgeben, die sich genauso ordentlich die vier kurzen Straßen entlangzogen. Diese begannen jeweils an den Ecken der Plaza und endeten als Sackgassen.

Sawyer hätte einen Plan davon zeichnen können. Was er auch tatsächlich getan hatte, da ihm diese ordentliche und exakte Anordnung seltsam erschien. Doch falls sich dahinter ein Muster verbarg, sagte es ihm nichts.

»Früher hatten sie Tiere«, erzählte er Robin. »Bei fast jedem Haus gab es einen Hund im Garten und eine Katze auf der Veranda. Die Kinder hatten immer ein paar Hunde im Schlepptau, und in jeder Scheune lebten ein oder zwei Katzen, um die Mäuse in Schach zu halten. Und auf den Weiden stand Vieh. Ponys für die Kinder, ein paar Zugpferde, Milchkühe und Rinder.«

»Jetzt nicht mehr?«

»Nein. Ich wollte dich nur warnen, nichts darüber zu sagen, falls du es bemerken würdest.«

»Gar keine Haustiere? Kein Vieh?«

»Jedenfalls nicht sichtbar. Ich denke, drinnen könnten schon ein paar Hunde und Katzen sein, aber früher hat man sie immer gesehen.«

»Wann ist Ihnen das aufgefallen?«

»Letzte Woche, als ich herkam, um mich nach Ellen Hodges zu erkundigen. Davor war ich vermutlich seit Herbst nicht mehr hier oben. Ich kann mich an bellende Hunde und Vieh und Pferde auf den Weiden ringsum erinnern. Letzte Woche gab es nur noch die Menschen.«

Robin räusperte sich. »Wissen Sie, was mir als Erstes in den Sinn kam, als Sie das sagten?«

»Eine Art von Teufelsanbetung. Mit Tieropfern. Ja, dachte ich mir schon.«

»Halten Sie das nicht auch für möglich?«

Als der Jeep aus dem Wald in ein weites Tal kam, in dem die Kirche mit ihren ordentlichen kleinen Häusern direkt vor ihnen lag, erwiderte Sawyer: »Ich hab so das Gefühl, dass die Wahrheit viel komplizierter ist.« Er wusste, dass Robin die Häuser musterte, während sie sich der Plaza näherten. Dass sie nach Hunden und Katzen oder Hinweisen auf Viehbestand Ausschau hielt. Daher galt sein Blick dem großen breitschultrigen Mann, der an den Stufen der Kirche auf sie wartete.

Dem Mann, der auf seine Uhr sah, als der Jeep auf die Plaza fuhr.

»Verdammt viel komplizierter«, wiederholte Sawyer.

4

Nach allem, was Tessa gehört und selbst über Sekten in Erfahrung gebracht hatte, war sie davon ausgegangen, dass sie während ihres Besuchs bei der Gemeinde der Kirche der Immerwährenden Sünde in vielerlei Hinsicht Beunruhigendes entdecken würde. Doch dieses Gefühl schierer Wirklichkeitsferne hatte sie nicht erwartet.

Sie kam zu dem Schluss, dass es sich um eine reine Scheinwelt handelte.

Der Schein war hübsch, geordnet, ruhig, friedvoll. Die Menschen, denen Ruth sie vorstellte, lächelten, wirkten zufrieden und hießen Tessa höflich willkommen. Zu den ordentlichen kleinen Häusern gehörten ordentliche kleine, gut gepflegte Rasenflächen und gestutzte Büsche. Die Kinder, die alle zu Hause unterrichtet wurden, wie man ihr erklärte, lachten und liefen auf dem sehr hübsch angelegten Spielplatz rechts von der zentralen Plaza herum. Sie unterbrachen ihr Spiel nur, als sie von Ruth herbeigerufen wurden, um allesamt Tessa vorgestellt zu werden.

»Kinder, begrüßt Mrs Gray. Sie ist heute unser Gast.«

»Guten Tag, Mrs Gray. Herzlich willkommen.« Sie sprachen im Chor, heiter und fröhlich, ein Lachen auf dem Gesicht.

Tessa kannte sich mit Kindern nicht allzu gut aus, doch dieser Haufen kam ihr extrem höflich vor. Und irgendwie sahen alle unheimlich ähnlich aus. Tadellos gekleidet, ohne einen einzigen Schmutzfleck oder sichtbare Knitterfalten in ihren ordentlichen weißen Hemden, leichten blauen Jacken und dunklen Hosen (die Jungen) oder dunklen Röcken (die Mädchen). Und das zur besten Spielzeit.

»Hallo«, erwiderte Tessa. Sie fragte sich, wie viele dieser Kinder Sarah gekannt hatte und ob welche darunter waren, die ihr nahegestanden hatten. Allem Anschein nach hatte den Kindern ihr besonderes Interesse gegolten. »Keine Schule heute?«

»Unsere Kinder werden zu Hause unterrichtet«, erläuterte Ruth.

»Und jetzt ist unsere Spielplatzzeit«, klärte ein dunkelhaariger Junge mit ernsten Augen sie auf. »Ist nicht so kalt wie gestern, deshalb können wir länger draußen bleiben.«

»Verstehe.«

Ruth schickte sie wieder zum Spielen, ehe Tessa genug Zeit hatte, sich Gesichter einzuprägen. Sie hätte nicht sagen können, wessen kleine Hand kurz die ihre berührte, bevor die Gruppe zum Spielplatz zurückrannte.

»Alles sehr brave Kinder«, erklärte ihr Ruth.

»Das glaube ich gern.« Was hätte sie sonst auch sagen sollen?

»Vielleicht können Sie bei einem Ihrer nächsten Besuche mehr Zeit mit ihnen verbringen. Ich wollte Sie nicht überfordern, Tessa. So viele Gesichter, so viele Namen. Aber ein paar Mitglieder unserer Gemeinde sollten Sie doch treffen, obwohl Sie genügend Zeit haben werden, sie alle kennenzulernen.«

»Ja. Ja, natürlich.«

Sie setzten die Besichtigungstour fort. Ruth machte sie auf dieses und jenes aufmerksam, während sie gemächlich über den Platz schlenderten.

Ebenso sauber und ordentlich wie die Kinder waren auch alle Gebäude. Alle befanden sich in tadellosem Zustand, als hätte man sie erst an diesem Morgen frisch gestrichen.

Vor allem die große, strahlend weiße und dreigeschossige Kirche mit ihren Reihen von Buntglasfenstern und dem hohen Kirchturm. Soweit Tessa feststellen konnte, zeigten die Fenster abstrakte Muster und keine biblischen Motive. Auf der Turmspitze befand sich über den Glocken ein schlichtes Kreuz. Sogar vom Boden aus konnte sie die Glocken glänzen sehen.

Die Kirche war, wie alle Häuser der kleinen Siedlung, von einer gepflegten Rasenfläche umgeben. Breite Stufen führten vom schön gepflasterten Gehweg hinauf zu den auf Hochglanz polierten großen und einladend wirkenden Holztüren.

Doch irgendetwas stimmte nicht an dieser fast kitschig anmutenden Perfektion. Man brauchte kein Paragnost zu sein, um das zu bemerken. Die Gesichter der Menschen, ihr Lächeln, die schlichte Kleidung, sogar ihre Gesten ähnelten sich auf unheimliche Art. Kinder wie Erwachsene, alle sahen irgendwie gleich aus.

Austauschbar.

Ob die vermissten Personen wohl einfach durch neue, frisch rekrutierte ersetzt worden waren? Und keiner hatte es gemerkt. Oder sich darüber Gedanken gemacht.

Was für ein grässlicher Gedanke, den Tessa energisch aus ihrem Kopf verbannte, während Ruth sie weiteren Gemeindemitgliedern vorstellte.

»Willkommen Mrs Gray. Wir freuen uns sehr, Sie bei uns zu sehen.«

»Vielen Dank.« Tessa schüttelte einem Paar die Hand, das den sechs anderen, die sie seit ihrer Ankunft kennengelernt hatte, ziemlich ähnlich sah. In den Dreißigern, schwach nach Seife duftend, eine Art unerschütterlicher Heiterkeit in ihrem Lächeln – und eine seltsam schimmernde Eintönigkeit in den Augen.

Stepford. Ich bin bei den Frauen von Stepford.

»Natürlich würden alle gern Ihre Bekanntschaft machen, aber uns ist klar, dass das zu viel wäre«, erklärte ihr Ruth, als sie wieder zurück in Richtung Kirche gingen. »Außerdem arbeiten viele unserer Mitglieder in der Stadt und sind nicht wieder zu Hause.«

Der friedliche, perfekte Anblick der Kirche wurde nun

etwas durch einen in der Nähe parkenden schmutzigen Jeep getrübt, auf dessen Tür sich das Emblem des Police Department von Grace befand.

Polizisten. Polizisten, denen sie trauen konnte?

Oder Polizisten, die sich nur als eine weitere Schicht trügerischer Normalität erweisen würden?

»Ich wusste gar nicht, dass das Gelände so riesig ist«, log Tessa, ohne den Jeep weiter zu beachten. »Wie viele Familien leben hier?«

»Wir haben einundzwanzig Häuschen plus Torhaus«, antwortete Ruth. »Ich glaube, im Augenblick sind alle belegt. Selbstverständlich haben wir in der Kirche auch Zimmer und Schlafsäle für die Singles unter unseren Mitgliedern.«

»Tatsächlich? Ist das nicht ungewöhnlich?«

»Für unsere Kirche nicht.«

Da sich ihr kein Aufhänger bot, weiter nachzuhaken, variierte Tessa das Thema etwas. »Außerhalb des Geländes leben keine Gemeindemitglieder?«

»Ein paar, nicht viele. Wir sind eine Gemeinschaft«, erklärte ihr Ruth lächelnd. »Wir verlangen nicht von allen unseren Mitgliedern, hier zu leben. Aber bisher haben sich die meisten dafür entschieden. Letztendlich.«

Bei diesem letzten Wort überlief es Tessa seltsam kalt. Sie musste sich Mühe geben, nicht offenkundig zu zittern, da es für Januar ein sehr milder Tag war. »Ich habe ein Zuhause in Grace«, warf Tessa ein.

»Der Familienbesitz Ihres Gatten. Verzeihen Sie, aber empfinden Sie es tatsächlich als Ihr Zuhause?«

Tessa ließ ein ausgedehntes Schweigen folgen, während sie neben der anderen Frau die breiten Stufen zur offenen Kirchentür hinaufging. Sie antwortete erst, als sie über die Schwelle traten. »Nein«, gestand sie, wobei sie ehrlicher war, als Ruth ahnen konnte. »Das Haus ist zu groß, und ich irre darin herum. Manchmal hallt es, so leer ist es.« Sie ließ ihre Stimme leicht zittern und ihre Augen feucht werden.

»Es tut mir leid, Tessa. Ich wollte Sie nicht aus der Fassung bringen.«

»Nein, es ist nur ... Diese glücklichen Familien hier ... So wie ich mich in Jareds Elternhaus fühle ...«

Neben dem Vestibül befindet sich eine Toilette, in die du dich kurz zurückziehen kannst. Der sicherste Ort, den du finden wirst. Die Kabinen sind bis fast an die Decke gekachelt und die Türen groß. Der Aufenthaltsraum in dem sich die Gemeindemitglieder gern treffen, befindet sich im Keller, daher wird die Toilette im Erdgeschoss außerhalb der Gottesdienstzeiten selten benutzt.

Tessa gelang es, sich eine Träne abzuringen. »Entschuldigen Sie – die Toilette?«

»Natürlich, natürlich. Dort drüben, die Damentoilette ist gleich auf der linken Seite.« Ruths Stimme klang warm und mitfühlend. »Ich warte hier. Lassen Sie sich Zeit.«

Die Toilette war ziemlich groß und hell erleuchtet. Sie besaß sechs Kabinen und drei Waschbecken und sah, wie alles andere, was Tessa gesehen hatte, derart ordentlich aus, dass sie wie frisch geschrubbt wirkte. Tessa sah sich kurz um und schloss sich schnell in die Kabine ein, die am weitesten von der Tür entfernt war.

Hollis' Information traf zu. Diese Kabinen boten wesentlich mehr Privatsphäre, als man sie sonst in öffentlichen Toiletten fand. Tatsächlich überkam Tessa ein nahezu klaustrophobisches Gefühl. Sie musste tief durchatmen, als sie den Deckel herunterklappte und sich setzte.

Konzentration, Konzentration.

Tessa hatte Bedenken, an einem Ort, an dem sie sich so unbehaglich und gefangen fühlte, ihre Deckung vollkommen aufzugeben. Doch sie war nicht sicher, ob sie sich den Luxus der Kontrolle erlauben konnte. Daher gab sie sich alle Mühe, ihre Schutzschilde nicht völlig zu senken, während sie die Augen schloss und sich konzentrierte.

Schmerz.

Urplötzlich und heftig begannen ihre Nervenenden wie Feuer zu brennen, explodierten in ihrem Kopf. Tessa musste all ihren Willen aufbieten, um nicht laut zu schreien. Instinktiv streckte sie die Hände nach beiden Seiten zu den gekachelten Wänden aus, um sich zu stabilisieren, oder es zumindest zu versuchen. Sie stemmte sich vor Schmerzen glühend gegen die kalten Fließen, gegen diese unglaublich starke Präsenz, derer sie sich schlagartig bewusst wurde.
Ich sehe dich.

Den Dreifachnamen, der so biblisch klang und ihm so gute Dienste leistete, hatte er bei seiner Geburt bekommen: Adam Deacon Samuel. Ein blasphemischer Scherz seiner Mutter.

Der Bastard einer Hure zu sein, hatte gewiss nichts Biblisches an sich.

Samuel runzelte die Stirn und rückte sich mit geschlossenen Augen im Sessel zurecht. Er hatte die Gewohnheit, jeden Tag zu dieser Uhrzeit zu meditieren. Jeden Tag prüfte ihn Gott erneut, zwang ihn zu Beginn des Rituals, sich daran zu erinnern, woher er kam und wer er einst gewesen war.

Das war nicht einfach. Aber er konnte keine Erleichterung, keinen Frieden finden, bevor er sich nicht durch seine Erinnerungen gekämpft hatte.

Die ersten paar Jahre verschwammen etwas vor seinem geistigen Auge. Doch als er alt genug war, sich zu fragen, wieso seine Mutter nicht einfach abgetrieben hatte, wusste er auch schon die Antwort. Weil sie wollte, dass jemand ein noch elenderes Dasein erdulden musste als sie.

Und dafür sorgte sie.

Er bezweifelte, ob die meisten ihrer Freier ihn überhaupt bemerkten. Geschweige denn, dass sie sich um den meist verdreckten und oft hungrigen Junge scherten, der in der Ecke eines schäbigen Hotelzimmers saß und mit aufgerissenen Augen und starrem Blick das unzüchtige Treiben verfolgte, das immer hastig, verstohlen und oft herabwürdigend vonstatten ging.

Im Alter von vier Jahren hatte sie ihm das Rauchen von Zigaretten und Gras beigebracht. Die Glut verbrannte seinen Körper, bis er inhalieren konnte, ohne zu husten. Hatte ihm mit sechs das Stehlen beigebracht. Bis er sieben war, wie er sich mit einem Messer verteidigen konnte – obwohl es ihr in den seltenen Fällen, in denen er den Mut fand, sich gegen sie zu verteidigen, immer gelang, ihm die Waffe abzunehmen.

»Dummer kleiner Hurensohn. Ich hätte dich aus meinem Bauch kratzen lassen können, als ich merkte, dass sein Samen Wurzeln geschlagen hatte. Das heißt aber nicht, dass ich dich nicht auch jetzt noch aus meinem Leben kratzen kann. Verstehst du, Sammy? Oder muss ich dir erst zeigen, was ich dir antun kann?«

Völlig egal, ob er antwortete oder nicht, sie zeigte es ihm immer. Manchmal wurde er für einen Tag oder länger im Schrank eingesperrt. Manchmal schlug sie ihn. Oder sie spielte mit ihm. Wie eine Katze mit der Maus spielt, ihre Beute verstümmelt und quält, bis die bedauernswerte kleine Kreatur alle Fluchtversuche aufgibt und stumm auf ihr Ende wartet.

Er hatte geglaubt, unempfindlich gegen alles zu sein und sein Schicksal mit stoischer Ruhe ertragen, bis sie Freier mit besonderen Vorlieben zu ihm brachte.

Sie fand es amüsant zuzusehen, wie sie ihn benutzten. Und dann war da das Geld. Für seine Unberührtheit konnte sie einen Aufpreis verlangen. Danach ... nun, er war ja noch klein. Jung. So gut wie jungfräulich, sagte sie zu ihnen. Sie wurde sehr geschickt darin, Männer zu finden, denen es egal war, wie viele ihn vorher schon gehabt hatten.

Samuel packte die Armlehnen seines Sessels und zwang sich tief und gleichmäßig zu atmen.

Erinnerungen.

Nur Erinnerungen.

Sie konnten ihm nicht mehr wehtun.

Nur taten sie es natürlich doch. Jedes Mal. Aber im Laufe der Zeit immer weniger. Als wären da glühende Kohlen in seinem Kopf, in seiner Seele. Wenn er diese, so wie jetzt gerade, von Zeit zu Zeit neu entfachte, spürte er, dass Schicht um Schicht von ihm abgebrannt wurde. Weggeätzt.

Das war etwas Gutes.

Damals hatte er das nicht gekonnt. Am Anfang. Hatte den Schmerz nicht eindämmen können. Hatte die Mutter, die ihn missbrauchte, oder die Freier, die unaussprechliche Dinge mit ihm taten, nicht hindern können.

Wenn er nun zurückblickte, im Lichte Gottes reiner Gewissheit, verstand er, was eigentlich geschehen war. Er begriff, dass Gott ihn geprüft hatte. Und noch prüfte. Er begriff, dass diese frühen Jahre den Stahl von Gottes heiligem Schwert gehärtet hatten.

Er hatte die elenden, dunklen muffigen Motelzimmer nicht als Abfolge von Feuerproben erkannt oder jene gesichtslosen, rohen und grausamen Männer als von Gott dazu ausersehen, etwas Großes aus ihm zu schaffen.

Aber er erkannte es jetzt. Er verstand.

Die erste Vernichtung dessen, wer und was er gewesen war, hatte in einem jener trostlosen Zimmer stattgefunden. Spät nachts. Draußen wehte es kalt und stürmisch. Vielleicht war es Winter gewesen. Oder vielleicht nur eine dieser ständig kalten Städte im Laufe des ewig unsteten Lebens seiner Mutter. Er wusste es nicht mehr genau.

Er erinnerte sich nur, irgendwie überrascht gewesen zu sein, dass seine Mutter in so einer Nacht überhaupt einen Freier aufgetrieben hatte, noch dazu einen, der sich für Jungen interessierte. Doch Samuels stoische Resignation hatte sich in bebendes Entsetzen verwandelt, als ein Schrank von einem Mann in der Tür stand, beinahe gezwungen, sich seitwärts ins Zimmer zu schieben.

Von den nächsten paar Stunden wusste Samuel nicht mehr viel. Doch er erinnerte sich an das breite, grobschlächtige

Gesicht, in dem grausame kleine Augen brannten. Und er erinnerte sich an das Vergnügen seiner Mutter, ihre lachende Ermunterung, als der Freier ihn in seiner riesigen Pranke hielt und ihm die abgetragenen, zu klein gewordenen Kleider buchstäblich vom Leib riss.

Noch immer konnte er ihr Gelächter in seinem Kopf widerhallen hören. Und wie der Freier vor sadistischem Vergnügen heiser grunzte. Und Samuel konnte spüren, wie sein Körper riss, konnte das warme Blut fühlen und die weißglühende, pure Agonie, die in allen Nervenenden seines kleinen Körpers knisterte.

Und dann – nichts.

Eine nie gekannte oder auch nur vorstellbare Dunkelheit umgab ihn, umhüllte ihn mit Wärme. Er fühlte sich stark. Er fühlte sich ruhig. Er fühlte sich geliebt. Er fühlte sich sicher.

Samuel hatte keine Ahnung, wie lang dieser Zustand angehalten hatte, doch nach dem zu schließen, was er beim Aufwachen vorfand, mussten es Stunden gewesen sein.

Das Zimmer war warm, was ihn überraschte. In der Sorte Motel, die seine Mutter frequentierte, gingen Heizung und Klimaanlage normalerweise seit Jahren nicht mehr. Diese Absteige machte keine Ausnahme.

Das Zimmer war warm, und ihm war warm. Irgendwann in der Zwischenzeit musste er sich in die fleckige, schimmelige Badewanne gewagt haben, denn er war sauber und angezogen. Er hatte nicht mal Schmerzen, was ihn sehr überraschte. Die hatte er eigentlich immer, und der Freier war so groß gewesen.

Dann sah Samuel ihn. Den Freier. An eine Wand des Zimmers gepinnt wie ein riesiger, potthässlicher Schmetterling in einer Sammlung. Er war voll Blut. Viel Blut. Er wirkte überrascht.

Das Messer seiner Mutter steckte bis zum Heft im linken Handgelenk des Freiers. Das Messer, das Samuel vor Monaten gestohlen hatte, in seinem rechten.

Beide Messer hätten das Gewicht des riesigen Mannes nicht halten können, wäre da nicht ein dickes Stück Holz gewesen, das aus der Mitte seiner Brust ragte und offensichtlich in der Wand hinter ihm steckte. Ein Tischbein, stellte Samuel fest, von dem wackligen alten Tisch, der neben der Tür gestanden hatte.

Samuel drehte den Kopf nur so weit zur Seite, dass er die Tischplatte sehen konnte, die umgekehrt auf dem Boden lag. Alle vier Beine fehlten.

Im Zimmer herrschte vollkommene Stille, nur sein Atmen war plötzlich zu hören.

Zögernd drehte sich Samuel zur gegenüberliegenden Wand und erblickte seine Mutter. Genau wie der Freier hing sie mit ausgebreiteten Armen und Beinen festgenagelt da.

Auch sie wirkte überrascht.

Je eines der Tischbeine, säuberlich gespalten, war durch ihre Handgelenke getrieben. Ein anderes Tischbein, ebenso halbiert, durchbohrte ihre Beine knapp über den Knöcheln.

Das vierte und letzte Bein steckte zwischen ihren Brüsten, und zwar so tief, dass man nur noch an ein paar Zentimetern erkennen konnte, was es einst gewesen war.

Sie schien sehr stark geblutet zu haben. Dicke, rötliche Flecken bedeckten die abblätternde Tapete unterhalb der Handgelenke und Knöchel, und ihr kurzer Rock war nicht mehr hellrosa.

Samuel starrte sie sehr lange an. Er meinte, eigentlich etwas fühlen zu müssen, wenn auch nur Erleichterung. Doch er empfand nur eine Art ungerührter Neugier.

Den riesigen Freier an die Wand zu nageln, musste enorm viel Kraft gekostet haben, dachte er. Und er kannte seine Mutter, wusste, wie heftig sie sich verteidigen würde. Also musste derjenige, der ihr das angetan hatte, sehr kräftig gewesen sein. Wirklich außerordentlich kräftig.

Ihre Augen, stellte er fest, standen offen.

Offen – und weiß. Ohne jegliche Farbe.

Als er den Freier ansah, entdeckte er dasselbe. Offene Augen. Aber vollkommen farblos.

Seltsam.

Er fühlte noch immer nichts, saß lange Zeit nur da und ließ den Blick von einem toten Körper zum anderen wandern. Irgendwann stand er dann auf und zerrte die alte Reisetasche seiner Mutter aus dem Schrank. Da sie nie auspackten, enthielt sie noch immer seine wenigen Kleidungsstücke und ihre Sachen. Er kippte alles aufs Bett, kramte seine eigenen Klamotten heraus und packte sie wieder in die Tasche.

Aus dem Bad holte er sich den spärlichen Vorrat an fadenscheinigen Handtüchern und kleinen eingeschweißten Seifenstücken und steckte sie ebenfalls in die Tasche. Am Boden entdeckte er die Hose des Mannes. Als Samuel die Taschen leerte, fand er ein großes Springmesser, einige Münzen, ein paar zerknitterte Quittungen, einen Geldbeutel mit verschiedenen Kreditkarten und einem überraschend dicken Packen Scheine.

Samuel hatte jeweils höchstens eine Woche in einer Schule verbracht, aber Geld konnte er zählen. Zweitausendachthundert Dollar.

Ein Vermögen. Genug für ihn.

Geld und Messer kamen in die Tasche und dazu die wesentlich weniger fürstliche Summe, die er im Geheimversteck seiner Mutter fand. Nicht ganz zweihundert Dollar.

Ihre restlichen Zigaretten packte er ebenfalls in die Tasche. Das Feuerzeug behielt er einen Moment lang in der Hand, legte es dann beiseite und schloss den Reißverschluss. Obwohl nicht viel in der Tasche war, hatte sie durchaus Gewicht. Aber er war kräftig für sein Alter und konnte sie leicht heben. Dann nahm er das Feuerzeug seiner Mutter, ging zur Tür und warf von dort einen letzten Blick zurück auf die Leichen.

Beiläufig fragte er sich, was wohl mit ihren Augen geschehen war, denn das war irgendwie seltsam. Wirklich seltsam.

Dann schob er diesen Gedanken beiseite, da das Leben ihn bisher gelehrt hatte, besser nicht weiter nachzudenken, wenn es keine naheliegende Antwort auf eine Frage gab.

Das Feuerzeug war keines zum Wegwerfen. Es hatte einen Deckel zum Aufklappen, ein Rädchen zum Drehen, das aus einem Feuerstein Funken schlug. Samuel öffnete den Deckel, drehte mit dem Daumen am Rad und betrachtete einen Moment lang die kleine Flamme. Dann warf er das Feuerzeug auf den Boden neben das Bett, wo eine fleckige, zerknitterte Bettdecke lag.

Sie fing sofort Feuer.

Adam Deacon Samuel entriegelte die Tür, verließ das Zimmer und schloss hinter sich ab. Er wandte sich nach rechts, da ihm diese Richtung so gut wie jede andere schien, und marschierte los. Auf das brennende Gebäude verschwendete er keinen weiteren Blick.

Er war zehn Jahre alt.

Tessa rang nach Luft.

Schmerz. Ein entsetzlicher, quälender Schmerz, nicht nur körperlich, sondern auch seelisch. Schmerz, der sie in Wellen überlief, jede schlimmer als die vorige.

Und Dunkelheit. Eine Dunkelheit so schwarz, dass sie sich allem Begreifen entzog. So schwarz, dass sie alles Licht schluckte und ihre Fänge hungrig nach dem Leben ausstreckte. Gierig. Alles umfangend.

Sie hörte, wie sie zu atmen versuchte, hörte die krampfhaften kurzen Atemzüge, doch all ihre anderen Sinne waren nach innen gerichtet, während sie gegen die Schmerzen ankämpfte, sich bemühte, sie abzuschwächen.

Schmerz.
Unterdrück ihn.
Schmerz.
Wende ihn ab.
Schmerz.

Sie versuchte, durch diese fürchterliche Dunkelheit zu finden, hinaus ins Freie.

Eine Ewigkeit lang schien es ihr unglaublich schwierig, bis sie sich endlich, kaum merklich, anderer Dinge bewusst wurde.

Empfindungen. Gefühle. Bruchstückhafte Gedanken.
Das arme Ding.
Muss hier weg.
Kann es sich so gut anfühlen?
Muss unbedingt fort.
Freude – reine Freude.
Warum hat er sie umgebracht?
Es wird nicht geschehen.
Warum sie?
Muss Lexie hier rausschaffen.
Es darf nicht geschehen.
Wenn so der Himmel aussieht ...
Entrinnen.
Er nimmt.
Nimmt.
Ich habe Hunger.

Tessa riss die Augen auf und starrte auf die Tür der Kabine. Die letzte knappe Bemerkung, krass in der Dunkelheit, quälend in ihrer verzweifelten Bedeutungslosigkeit, hallte in ihrem Kopf. Höchstens einen oder zwei Herzschläge lang empfand sie ein Gefühl von vollkommener Leere, das fast ihr Begriffsvermögen überstieg.

Und dann war es verschwunden. All die anderen Emotionen, verschwunden. Die Gedankenfetzen, verschwunden. Die übermächtigen Schmerzen waren verschwunden.

Sie war wieder sicher und geschützt hinter ihren Schutzschilden.

Tessa atmete tief durch und spürte, wie ihre Hände an den kalten Fliesen nach unten glitten. Die Schmerzen in ihren Armen ließen darauf schließen, dass sie sich buchstäblich gegen die Wände der Falle gestemmt hatte, die sie in ihrem Kopf gefühlt hatte.

Ich sehe dich.

So sehr Tessa es auch versuchte, sie wurde sich nicht darüber klar, ob diese Bemerkung, diese verblüffend starke Präsenz, eine positive oder negative gewesen war. Sie glaubte nicht, dass es dieselbe Stimme war, die von Hunger gesprochen hatte. Denn diese Stimme war eindeutig aus der Dunkelheit erklungen.

Ich sehe dich.

Wer sah sie? Wer war in der Lage, sie auf diese Weise zu erreichen? In der Lage, in ihren wenn auch nur halb geschützten Geist einzudringen und diese einfache, klare Behauptung aufzustellen?

Sie stand auf und betätigte ganz automatisch die Toilettenspülung, bevor sie die Kabine verließ. Dann ging sie zu einem der Waschbecken und betrachtete sich im Spiegel, wobei ihr erst jetzt auffiel, dass ihre Wangen tränennass waren und ihre Augen verheult aussahen.

Sie fand, das konnte man auch auf ihren Kummer zurückführen.

Das Blut, das ihr aus der Nase rann, nicht.

Tessa nahm etwas Papier, wischte das Blut ab und merkte nun, dass ihr der Kopf brummte und sie bis auf die Knochen durchgefroren war. Noch nie zuvor war ihr etwas Derartiges passiert, während sie ihre Fähigkeiten benutzte.

Waren ihre eigenen Anstrengungen die Ursache dafür, hatten sie dazu geführt, dass sie den Energieströmen an diesem Ort schutzlos preisgegeben war? Konnte der Grund dafür so simpel, so – relativ – harmlos sein?

Oder war es doch ein gezielter Angriff gewesen, eine auf sie gerichtete Kraft?

Sie wusste es nicht.

Doch jede der beiden Möglichkeiten war beängstigend.

Als sie sicher war, dass ihre Nase nicht mehr blutete,

spritzte sie sich Wasser ins Gesicht, trocknete sich mit einem Papierhandtuch ab und überlegte, wie lange sie sich schon hier drinnen befand. Wohl nicht so lang, wie es ihr vorkam, denn Ruth hätte sonst bestimmt längst an die Tür geklopft.

Wie aufs Stichwort ertönte ein leises Klopfen.

Tessa überprüfte ihr Aussehen ein letztes Mal im Spiegel, straffte die Schultern und öffnete die Tür.

»Entschuldigung, dass es so lange gedauert hat.«

»Aber nicht doch, Kindchen, kein Grund sich zu entschuldigen.« Ruths harte Züge wurden weicher und sie tätschelte Tessas Schulter. »Eigentlich müsste ich mich entschuldigen, weil ich Sie so aufgeregt habe.«

»Das haben Sie nicht, wirklich. Nur ... Ich habe nur für einen Augenblick die Fassung verloren. Das passiert mir ab und zu.«

»Aber immer seltener. Ich weiß, mein Kind. Ich bin auch Witwe.«

»Dann verstehen Sie mich ja.« Tessa rang sich ein Lächeln ab und überlegte, ob es je einfacher werden würde vorzugeben, jemand zu sein, der sie nicht war.

»Natürlich verstehe ich das. Jeder hier versteht das, glauben Sie mir. Wir haben alle schon mit Verlusten fertig werden müssen, Trauer. Schmerz. Und wir haben alle Trost gefunden.«

Die ältere Frau wandte sich um, und Tessa folgte ihr ins Vestibül. Gerade wollte sie erneut darauf zu sprechen kommen, dass sie sich noch nicht recht im Klaren sei. Sie wusste, man würde es befremdlich finden, wenn sie zu schnell nachgab und einwilligte, als drei Gestalten aus dem Inneren der Kirche auftauchten, an der Eingangstür innehielten und auf sie zukamen.

»Ach herrje«, murmelte Ruth.

Eindeutig als Polizistin erkennbar war nur die junge Frau, eigentlich fast noch ein Mädchen, die ihre schmucke Uniform mit sichtlichem Stolz trug. Doch der Mann rechts neben ihr war auch Polizist, soweit Tessa das beurteilen konnte, obwohl er keine Uniform trug. Er war mindestens zehn Jahre älter als sie und leger gekleidet, mit dunkler Hose und einer Lederjacke über einem Hemd mit offenem Kragen. Keine Krawatte. Das Hemd sah etwas zerknittert aus.

Er sah etwas zerknittert aus.

Um sein eckiges Kinn zog sich der bläuliche Schatten eines Bartes, der wohl mehr als einmal am Tag rasiert werden musste. Die dunklen Haare wirkten, als wären sie von Fingern oder dem Wind zerzaust worden. Doch in dem festen Blick aus dunklen Augen lag nichts Wirres oder Nachlässiges.

Oh ja. Eindeutig ein Polizist.

Tessa betrachtete die dritte Person, einen großen Mann mit breiten Schultern, der sehr gut aussah. Sein Gesicht wirkte jedoch völlig kalt, wie sie es bisher nur von Marmorstatuen kannte. Er hatte dichtes blondes Haar und blassblaue Augen. Obwohl seine Miene ausdruckslos war und nicht dieses unheimliche, heitere Lächeln zeigte wie praktisch alle anderen hier, gehörte er fraglos dazu.

Mit Mühe löste Tessa ihren Blick von dem harten Antlitz.

»Hallo, Mrs Gray«, begrüßte sie der Polizist. Das hätte wahrscheinlich höflich klingen sollen, doch die Natur hatte ihn mit einer rauen, ruppigen Stimme ausgestattet. Ihr leichtes Grollen ließ seine Worte etwas abgehackt klingen.

»Bedaure«, erwiderte sie. »Kennen wir uns?«

»Nicht offiziell. Ich bin Polizeichef Cavenaugh. Sawyer Cavenaugh. Ich kannte Ihren Mann.«

Na großartig, einfach großartig. Denn ich habe den Mann noch nie gesehen.

5

Sawyer war eigentlich nicht überrascht, Tessa auf dem Gelände der Kirche zu sehen. Eine Frau in ihrer Lage, frisch verwitwet, allein in einer fremden Stadt und ziemlich vermögend, was Besitz und Unternehmen betraf – sie war genau das potenzielle Gemeindemitglied, nach dem die Kirche ihre Fühler ausstrecken würde, sobald sie in Grace auftauchte.

Möglicherweise sogar schon eher.

Er hatte vorgehabt, sie zu warnen, wollte ihr aber eine Woche Zeit lassen, sich einzuleben. Und dann hatte die Sache mit den Vermissten begonnen. Beunruhigte Verwandte hatten ihn angerufen, und Leichen waren aufgetaucht. Tessa Gray vor den aggressiven Anwerbungsmethoden der Kirche der Immerwährenden Sünde zu warnen war auf seiner Prioritätenliste nach unten gerutscht.

Was ihm nun leidtat.

Man hatte ihn in der Stadt aus der Ferne auf sie aufmerksam gemacht, doch aus der Nähe sah sie noch verletzlicher, noch zerbrechlicher aus. Und sehr attraktiv.

Mit einem leicht gequälten Lächeln streckte sie die Hand aus. »Entschuldigen Sie, Chief Cavenaugh. Jared hat mir nicht allzu viel über Grace erzählt oder über die Menschen, die er früher kannte. Er sagte mir, er sei aufs College gegangen und nie wieder zurückgekehrt.«

»Ja, soweit ich weiß, stimmt das. Wir waren nicht eng befreundet«, fühlte er sich bemüßigt hinzuzufügen. »Daher blieben wir nicht in Verbindung.«

Äußerst attraktiv.

Sei kein Trottel und baggere die Witwe deines Jugendfreundes an, kaum dass der unter der Erde ist, schalt Sawyer sich, während er die zarte Hand so behutsam wie möglich hielt – und sich dabei DeMarcos schweigender Beobachtung nur allzu bewusst war. *Und mach dich vor diesem Ghul nicht zum Lacher des Tages.* Dennoch hörte er sich sagen: »Nennen Sie mich doch bitte Sawyer.«

»Vielen Dank. Mein Name ist Tessa.«

Sawyer zwang sich, ihre Hand loszulassen, was ihm allerdings nur widerstrebend gelang. »Wenn ich etwas tun kann, um Ihnen die Eingewöhnung zu erleichtern, Tessa, lassen Sie es mich bitte wissen.«

Idiot. Kann man eigentlich noch dämlicher klingen?

»Das weiß ich zu schätzen«, erwiderte sie mit ernster Miene.

Nun stellte Sawyer etwas verspätet den anderen Robin Keever vor. Danach wurde Tessa von Ruth Hardin mit Reese DeMarco bekannt gemacht.

So, jetzt wissen wir alle, wer wer ist.

Sawyer war nicht klar wieso, aber es gelang ihm nicht, diese sarkastische Stimme aus seinem Kopf zu verbannen. Sie war wirklich ziemlich nervtötend.

»Der Chief hatte ein paar Fragen«, erklärte DeMarco, an Ruth gewandt. »Es stimmt, was wir gehört haben. Heute Morgen wurde wieder eine Leiche im Fluss gefunden.«

»Oh, wie entsetzlich.« Ruth schüttelte den Kopf. »Weiß man denn, wer es ist?«

»Der Chief scheint anzunehmen, dass wir es wissen könnten.«

»Wir? Wieso das?«

»Wegen Ellen, nehme ich an.«

»Das verstehe ich nicht.«

»Ich auch nicht«, erwiderte DeMarco trocken.

Der Chief klingt wie ein Schwachkopf.

Ruth sah Sawyer an. »Die arme Ellen. Wir haben das Gefühl, sie im Stich gelassen zu haben, Chief Cavenaugh.« Sie klang ehrlich betrübt. »Hätten wir doch nur erkannt, wie mitgenommen sie war ...«

»Mrs Hardin, niemand hat Ellen Hodges als vermisst gemeldet. Das finde ich erstaunlich, da sie offenkundig bereits einige Tage im Fluss gelegen hatte, bevor ihre Leiche gefunden wurde. Auch ihr Mann und ihre Tochter wurden nicht als vermisst gemeldet, trotz der Tatsache, dass beide nicht ausfindig zu machen sind.«

»Chief, unsere Kirche ist schließlich kein Gefängnis. Wir haben Ihnen doch gesagt und gezeigt, dass Kenleys und Wendys Kleidungsstücke mitsamt anderen Sachen verschwunden sind. Auch der Wagen der Familie ist fort. Was auch immer Ellen dazu geführt haben mag, sich das Leben zu nehmen ...«

»Sie hat keinen Selbstmord begangen«, erklärte Sawyer.

Starrköpfig reckte Ruth das Kinn vor. »Ich weiß, woran ich glaube, Chief. Es tut mir sehr, sehr leid, dass Ellen in unserer Kirche, bei uns, nicht das fand, wonach sie suchte. Aber ich bin vollkommen davon überzeugt, dass niemand hier etwas mit dieser Tragödie zu tun hatte.«

»Ja«, erwiderte Sawyer. »Ich weiß, dass Sie das sind.« *Aber nicht alle sind davon überzeugt. Zumindest einer weiß es besser.*

Er sah Tessa an, weil sie so gelassen schwieg, war jedoch umso mehr überrascht, als er für einen Moment ihren Blick auffing und in diesen großen, grauen Augen eine unerwartete Schärfe entdeckte.

Hm. Vielleicht doch nicht so verletzlich?

»Jedenfalls«, stellte DeMarco in noch immer trockenem Ton fest. »Bis auf die Hodges sind wir alle vollzählig, wie ich dem Chief schon erklärte.«

Ruth nickte. »Ganz genau. Alle waren heute beim Morgengebet anwesend.«

»Was sie mit Sicherheit alle beschwören würden«, murmelte Sawyer.

»Selbstverständlich. Es ist die Wahrheit.«

Ich wünschte, ich würde in ihren Augen etwas Unerwartetes entdecken. Aber nein. Sie glaubt, was sie sagt. Tut sie immer.

»Und trotzdem würde ich gern mit Reverend Samuel sprechen.«

»Der Reverend befindet sich beim Nachmittagsgebet, Chief. Eine für ihn sehr wichtige private Zeit der Ruhe und Meditation vor der Abendandacht. Und schließlich haben Sie keinerlei Anhaltspunkt, der die Unglückliche, die man heute im Fluss fand, mit uns oder unserer Kirche in Verbindung bringt.« DeMarcos Lächeln war kaum der Rede wert und schaffte es nicht bis in seine Augen.

Robin räusperte sich und verlagerte ihr sowieso geringes Gewicht von einem Fuß auf den anderen.

Ihr wäre jetzt wohl etwas Abgründiges recht.

»Ich besitze genügend Anhaltspunkte«, erwiderte Sawyer hartnäckig, »die Ellen Hodges mit Ihnen allen und der Kirche in Verbindung bringen. Und wenn ich auch davon überzeugt bin, dass Mrs Hardin aufrichtig glaubt, was sie sagt, ist es doch meine Aufgabe, diesen Anhaltspunkten nachzugehen.«

»Was Sie getan haben«, entgegnete DeMarco.

»Es handelt sich um einen ungeklärten Fall. Einen Tod unter mysteriösen Umständen.«

»Mysteriös?«

»Sie ist nicht ertrunken«, erklärte Sawyer. »Sie ist nicht an einem Herzinfarkt gestorben oder einem Schlaganfall. Sie wurde weder erschossen, noch erstochen oder erschlagen. Doch sie ist tot. Und ich beabsichtige herauszufinden, was mit ihr geschehen ist.«

Genau, wirf ihm den Fehdehandschuh vor die Füße. Das hilft ganz bestimmt.

»Ich bin überzeugt, dass Sie das werden, Chief.«

Arroganter Mistkerl.

»Ich denke«, sagte Tessa zögernd, »ich sollte besser gehen.«

»Aber nicht doch«, protestierte Ruth. »Ich hatte nicht einmal genug Zeit, Sie in der Kirche herumzuführen.«

Normalerweise hätte Sawyer sich entschuldigt, sie aufgehalten zu haben, und sich verabschiedet. Diesmal nicht.

Diesmal schwieg und wartete er. Er hatte nicht vor, ihnen zu helfen, ihre Fänge noch tiefer in Tessa Gray zu schlagen.

Genau, du bist ja so selbstlos, nicht wahr?

»Ich kann mir die Kirche an einem anderen Tag ansehen«, erwiderte Tessa mit einem höflichen, wenn auch eindeutig gequälten Lächeln.

Ruth bedachte Sawyer mit einem Blick, in dem nicht viel christliche Vergebung lag, und sagte dann zu Tessa: »Natürlich können Sie das, mein Kind. Ich bringe Sie zu Ihrem Wagen zurück. Chief. Officer Keever.«

»Meine Damen.« Sawyer sah den beiden Frauen nach, bis sie die Kirche verlassen hatten, und richtete dann den Blick auf DeMarco, der ihn mit einem Schmunzeln beobachtete.

Verärgert sagte Sawyer: »Ich könnte zur Abendandacht bleiben, falls Reverend Samuel danach ein paar Minuten Zeit hat, mit mir zu reden.«

»Ja. Könnten Sie. Obwohl Reverend Samuel nach dem Gottesdienst immer sehr erschöpft ist und sich für den Rest des Abends zurückzieht. Trotzdem sind Sie herzlich willkommen. Ist es das, was Sie wollen, Chief?«

Hinter Tessa brauchst du nicht herzulaufen. Sie wird dich für einen Stalker halten. Oder Schlimmeres. Nimm das Angebot an und mach deinen verdammten Job.

Sawyer befahl der sarkastischen inneren Stimme, den verdammten Mund zu halten, und erwiderte: »Ja, ich würde tatsächlich gern bleiben.«

Reese DeMarco schenkte ihm dieses Lächeln, das weder sein steinhartes Gesicht weicher, noch seine eiskalten Augen wärmer wirken ließ.

»Unsere Türen stehen immer offen, Chief.«

Bambi Devenny war auf den Namen Barbara getauft, doch ihre zerbrechliche, rehäugige Schönheit hatte ihr als Kind diesen Spitznamen eingebracht. Sie war nie anders genannt worden. In der Schule war sie damit aufgezogen worden. Der

Umstand, dass sie sich körperlich viel schneller entwickelte als die anderen Mädchen, den Trainings-BH übersprang und sofort ein C-Körbchen brauchte, hatte ihre Lage auch nicht verbessert.

Danach wurde sie nur noch von den anderen Mädchen geneckt.

Die Jungen mochten sie. Sehr sogar.

Zumindest hatte Bambi das geglaubt. Bis die Vertrauenslehrerin sie wegen ihrer knappen Oberteile und den zu engen Jeans ansprach und unumwunden fragte, ob sie verhütete und sich vor Geschlechtskrankheiten schützte. In diesem Augenblick dämmerte es Bambi, dass jedes geflüsterte: »Ich liebe dich«, auf Autorücksitzen und unter den Tribünen bei Footballspielen wesentlich weniger bedeutete, als sie gedacht hatte.

Nie würde sie den mit Widerwillen gemischten Ausdruck von Mitleid auf dem Gesicht der Lehrerin vergessen. Die Frau erklärte Bambi, ihre Mutter hätte sie vor den Jungs warnen sollen. Die würden Mädchen nur ausnutzen, die herumschliefen.

Und sie hatten sie ausgenutzt.

An jenem Tag war Bambi nahezu in Tränen aufgelöst nach Hause gegangen und fand dort schon wieder einen Onkel vor, der mit ihrer Mutter lachte und soff. Als der Mann seinen gierigen Blick auf die Tochter richtete und die Mutter die Besinnung verlor, verlieh das den Vorhaltungen noch zusätzlichen Nachdruck.

Bambi wehrte den Mann mit einer leeren Whiskyflasche ab, packte ihre paar Sachen zusammen und machte sich aus dem Staub. Ihre Mutter hatte sie seitdem nicht wiedergesehen.

Was sie schließlich zur Kirche der Immerwährenden Sünde geführt hatte, war das harte, lasterhafte Leben auf der Straße, bei dem sie tat, was sie tun musste, um zu überleben.

»Wir verstehen das doch, mein Kind«, sagte Father zu ihr,

die tiefe, warme Stimme so unbeschreiblich tröstend. »Dir blieb keine andere Wahl.«

»Ja, Father, ich habe mich gehasst deswegen. Aber es war für mich die einzige Möglichkeit, genug Geld zum Leben zu verdienen.« Den Blick auf sein freundliches Gesicht gerichtet, war sie sich wie immer, wenn sie Zeugnis ablegte, der anderen Gemeindemitglieder gar nicht bewusst, die von ihren Bänken aus zusahen und -hörten.

Solange Father ihr zuhörte, solange er sie verstand, waren ihr alle anderen völlig egal.

»Nur weiter, mein Kind.« Er legte ihr die Hand auf die Schulter. Bambi spürte, wie die Wärme der Berührung ihren ganzen Körper durchflutete.

»Manchmal war es besonders schwierig Geld zu verdienen«, fuhr sie gehorsam fort. »Egal, was ich bereit war, zu tun. Deshalb ging ich hin und wieder zu einer Mission, einer Suppenküche oder einer Kirche, um eine Mahlzeit oder einen Schlafplatz zu bekommen. Ganz bestimmt wollten mir dort viele helfen, wollten mit mir reden. Aber ich war nicht bereit zuzuhören.«

»Bis?«, ermunterte Father sie sacht.

»Bis ich in einer Suppenküche in Asheville um Thanksgiving herum jemanden traf. Eine Frau, die mir von der Kirche der Immerwährenden Sünde erzählte. Sie sagte, dort würde man mich aufnehmen. Sie sagte, dort würde ich zur Ruhe kommen. Sie sagte, dort würde ich Gott finden.«

»Und hast du das, mein Kind?«

»Oh ja, Father. Alles habe ich hier gefunden.« Bambi sank vor ihm auf die Knie. »Segne mich, Father.«

»Gott segnet dich, Kind.« Er legte beide Hände, eine über der anderen, auf ihren gesenkten Kopf und begann laut zu beten.

Die Kirche lag im Halbdunkel. Die Beleuchtung war gedimmt, nur ein sehr heller Scheinwerfer strahlte auf die beiden herab, die sich auf der Bühne befanden. Ein anderes Wort fiel Sawyer dafür nicht ein. Das Ganze kam ihm wie eine Art Aufführung vor, wie immer, wenn er dem Gottesdienst beigewohnt hatte.

Während er aufmerksam zuschaute, achtete er kaum auf die von Reverend Samuel angestimmten Gebete. Stattdessen bemerkte er, wie der Mann sich veränderte, wie dessen ziemlich gewöhnliches Gesicht ein paar Sekunden lang blass wurde – dann wieder seine normale Farbe annahm und, mehr noch, wie seine Wangen sich röteten. Samuel hob das Gesicht dem Himmel entgegen, zu dem er betete. Über seine regelmäßigen Züge legte sich ein Ausdruck der Verzückung.

So, wie er jetzt aussah, hob er sich von jedem anderen Mann ab, wurde zu einem Menschen, den ein göttlicher Funke berührt hatte.

Jedenfalls sah es so aus.

Als Reverend Samuel nach Beendigung des Gebets und dem Amen der Gemeinde Bambi half aufzustehen, schien sie weiche Knie zu haben. Auch ihr Gesicht sah verändert aus. Es glühte. Die Wangen waren gerötet, ihr Mund stand halb offen, die Lippen glänzten. Ihr Busen hob und senkte sich bei den kurzen, abgehackten Atemstößen merklich.

Als hätte sie gerade vor aller Augen einen Orgasmus gehabt – oder wäre kurz davor gewesen.

Sogar von ihrem Platz hinten in der Kirche konnte Sawyer all das erkennen, und er bekam eine Gänsehaut. Was stets passierte, wenn er dabei zugesehen und zugehört hatte, wie ein weibliches Gemeindemitglied Zeugnis ablegte.

»Geht es nur mir so«, flüsterte Robin aus dem Mundwinkel. »Oder haben Sie auch das Gefühl, dass wir gerade den Blick ins Schlafzimmer geworfen haben?«

Mit einer Kopfbewegung deutete Sawyer in Richtung Tür, und beide stahlen sich aus der Kirche. Er räusperte sich erst, als sie die Kirchentür hinter sich geschlossen hatten und auf der obersten Treppenstufe standen. Drinnen erklang ein Kirchenlied, das mit so viel Inbrunst und Lautstärke gesungen wurde, dass man meinen konnte, die Gemeinde zählte mehrere Hundert Mitglieder.

»Hab ich mir das nur eingebildet?«, beharrte Robin.

Wegen der abendlichen Kühle schloss Sawyer den Reißverschluss seiner Jacke und vergrub die Hände in den Taschen. Sein Seufzer blieb als Nebel in der Luft hängen. »Nein, hast du nicht. So sieht das immer aus.«

»Immer?«

»Jedes Mal, wenn die Frauen Zeugnis ablegen.«

»Und bei den Männern nicht?«

»Nein.«

»Also steckt etwas Sexuelles dahinter?«

»Du hast dasselbe gesehen wie ich«, wies Sawyer sie hin. »Er hat ihre Schulter und ihren Kopf berührt, sonst nichts, bis er ihr hochhalf, nachdem alles vorbei war. Er hat ungefähr eine Minute lang über ihr gebetet. Er hat Gott um seinen Segen für sie gebeten. Was dann mit ihr geschah ... Zum Teufel, ich weiß es nicht. Ich hab es bisher nicht herausbekommen.«

Und es bindet seine weiblichen Anhänger in vollkommener Ergebenheit an ihn, nicht wahr? In blinder Ergebenheit.

»Das ist völlig anders, als in jeder anderen Kirche, in der ich war«, erklärte Robin. »Meine Eltern haben alle Richtungen ausprobiert, die es innerhalb und außerhalb der etablierten Kirche gibt, wie zum Beispiel radikale Bibeltreue, Seelenrettung durch Gesang, in Zungen sprechen, Schlangenorakel.«

Sawyer runzelte die Stirn. »Sind sie denn nicht Baptisten?«

»Schon, aber ich sollte jede mögliche Art von Religion kennenlernen, damit ich mir eine Meinung bilden könnte. Wir sind sogar nach Asheville gefahren, um katholische Kirchen und jüdische Synagogen zu besuchen. Hätten sie einen buddhistischen Tempel oder eine islamische Moschee gefunden, wären wir bestimmt auch dorthin gegangen.«

Sawyer gelang es, einige seltsame Bilder aus seinem Kopf zu verscheuchen. »Na, dann weißt du ja, dass es nicht so ungewöhnlich ist, Zeugnis abzulegen. Obwohl es in den meisten

Kirchen, die ich kenne, nicht praktiziert wird. Hier schon. Bei jedem Gottesdienst tritt mindestens ein Gemeindemitglied vor und erzählt seine Geschichte.«

»Und sind die immer so bedrückend? Ich meine, ich hatte ja keine Ahnung, was Bambi alles durchgemacht hat.«

»Tja, das ist es eben bei dieser Kirche. Jeder hat eine traurige Geschichte. Jeder war verloren, allein und am Ende seiner Kräfte, als er zur Kirche fand – oder die Kirche ihn. Sehr praktisch, nicht?«

»Dann stimmt es also. Sie haben es auf schutzlose Menschen abgesehen.«

»Davon bin ich überzeugt.«

»Was springt für die Kirche dabei heraus?«, fragte die praktisch denkende Robin. »Ich finde, jede Religion sollte sich damit begnügen, verlorene Seelen zu retten. Meistens erwartet die Kirche aber eine gewisse Aufwandsentschädigung. Geld zum Beispiel.«

»Von den Mitgliedern wird der Zehnte erwartet.«

»Mehr nicht?«

»Also, offiziell nimmt die Kirche von den Mitgliedern weder Grundstücke noch Geschäftsanteile oder anderen Besitz an. Allerdings hat sie die Angewohnheit, den Mitgliedern geschäftliche Hilfe anzubieten. Sie bekommt Waren und Dienstleistungen von ihnen, und mit den überschüssigen Mitteln kauft sie in der ganzen Gegend Grundstücke auf.«

»Wieso?«

»Keine Ahnung. Hauptsächlich nutzloses Land, oft mit verfallenen Gebäuden darauf.«

»Hoffen die auf einen Immobilienboom?«

»Ich habe keinen blassen Schimmer.«

Robin drehte den Kopf, um auf den friedlichen, gut beleuchteten Platz zu sehen. Auf all die niedlichen Häuschen, hinter deren Fenstern Licht brannte, obwohl so gut wie jede Seele der Siedlung in der Kirche war. Sie fröstelte und schloss nun ebenfalls den Reißverschluss ihrer Jacke.

»Angst bekommen?«

»Ja, wie ich gestehen muss. Ich hatte schon einiges gehört – eine ganze Menge. Doch tatsächlich dort drin zu sein und zuzusehen ... ich weiß nicht. Da ist zwar nichts Unheimliches passiert, aber trotzdem ...«

»Trotzdem fühlte es sich falsch an.«

»Vollkommen falsch. Können wir bitte fahren?«

»Warum nicht.«

Du weißt ganz genau, DeMarco wird dafür sorgen, dass du Samuel heute Abend nicht zu Gesicht bekommst. Nicht nach dem Gottesdienst. Nicht, wenn er erschöpft und möglicherweise weniger auf der Hut ist. Verdammt.

»Wenn es heute so abläuft wie an allen anderen Abenden, an denen sie Gottesdienst abhalten, werden sie noch eine Stunde oder mehr mit Singen und Beten beschäftigt sein.«

»Wie oft finden die Gottesdienste statt?«, fragte Robin, als sie die Stufen hinunter und über den Platz zu ihrem Jeep gingen.

»Offiziell Sonntagvormittag und Sonntagabend, und danach noch mal am Donnerstagabend.«

»Und inoffiziell?«

»Keine Ahnung. Immer wenn ich hier war, sind Leute in der Kirche gewesen. Einige saßen in den Bänken, haben wahrscheinlich gebetet oder meditiert. Und unten im Aufenthaltsraum waren noch wesentlich mehr.«

»Sie haben gespielt, statt zu meditieren?«

»Haben sie, aber ruhig und verhalten. Sie lasen, nähten, spielten Tischtennis, Karten, oder Airhockey, setzten Puzzles zusammen, sahen fern oder schauten sich Filme an.«

Sie stiegen in den Jeep. Sawyer ließ rasch den Motor an, damit sich der kalte Innenraum erwärmen konnte.

»Vielleicht bin ich paranoid«, meinte Robin, »aber ich hätte eigentlich erwartet, dass DeMarco uns an den Fersen kleben würde, nachdem wir das Gebäude verlassen haben. Ich meine, wir könnten ja sonst wo hingehen. Unbeaufsichtigt.«

»Wären wir nicht direkt zum Jeep gegangen und eingestiegen, hätte man uns auf der Stelle Gesellschaft geleistet. Du hast wohl die ganzen Kameras nicht gesehen?«

Robin schaute aus dem Fenster zu der nun hell beleuchteten Kirche. »Ehrlich gestanden, nein. Da war so viel anderes zu sehen.« Sie klang, als wollte sie sich rechtfertigen und ärgerte sich über sich selbst.

»Mach dir deshalb keine Vorwürfe. Die Kameras sind ziemlich unauffällig. Wenn man nicht weiß, worauf man achten muss, würde man sie nie entdecken. Auch wenn du sie gesehen hättest, bin ich mir nicht sicher, ob dir aufgefallen wäre, dass es sich um Infrarotkameras handelt, die auf Bewegung reagieren.«

»Mit Übertragung auf einen Monitor?«

»Allerdings. Irgendwo im Hauptgebäude, denke ich, obwohl ich den Kontrollraum nicht kenne. Den hat sicher kaum einer zu Gesicht bekommen.«

»Wir sind also die ganze Zeit ...?«

»Überwacht worden, ja. Dass es auch Mikrofone gibt, das ist eher unwahrscheinlich, wenigstens hier draußen, aber sicher war ich mir nie.«

»Großer Gott. Können wir fahren? Bitte?«

Da er selbst genug von diesem Ort hatte, zumindest für heute, nickte Sawyer nur und legte den Gang ein.

»Sie konnte nicht ausmachen, woher der Schmerz kam?«, fragte Bishop.

»Nicht wirklich.« Hollis klemmte das Telefon zwischen Ohr und Schulter, während sie ihre Kaffeetasse ausschwenkte. »Schien von überall um sie herum zu kommen oder war einfach irgendwie nicht zielgerichtet. Vielleicht hätte sie ihn auch unter optimalen Bedingungen nicht orten können. Schon gar nicht bei ihrem ersten Besuch in der Siedlung. Tessa sagte, der Schmerz sei überwältigend gewesen. Sie sah aus, als hätte man sie durch die Mangel gedreht. Es ist noch nicht mal zehn, und sie ist schon im Bett.«

Nach kurzem Schweigen sagte Bishop: »Tessa hat also zwei extrem starke Persönlichkeiten gespürt.«

»Ja. Eine Menge unzusammenhängendes Zeug zwar auch, aber diese beiden Stimmen waren glasklar. Die eine sagte: ›Ich sehe dich‹, und die andere: ›Ich bin hungrig‹. Bei der ersten wollte Tessa sich nicht festlegen, aber sie ist sich verdammt sicher, dass die zweite Stimme finster wie die Hölle klang. Davon ist sie felsenfest überzeugt.«

»Aber sie konnte sie keiner realen Person zuordnen.«

»Nein. Sie traf dort zwar mit einer Menge Leute zusammen, doch die Einzige, mit der sie tatsächlich viel Zeit verbrachte, war Ruth Hardin. Vielleicht sogar zu viel Zeit, als dass man von Tessa erwarten könnte, eine Stimme in ihrem Kopf jemandem zuzuordnen, mit dem sie nur flüchtigen Kontakt hatte.«

»Als sie zurückkam, war sie da nur müde? Oder verängstigt?«

»Müde und verängstigt. Sie wollte es sich zwar nicht anmerken lassen, denke ich, doch man sah es ihr an. Allzu viele Fragen habe ich ihr nicht gestellt, aber ich glaube, sie hat während einer Vision noch nie eine körperliche Reaktion erlebt. Diesmal schon. Ob ihr nun jemand körperlichen Schaden zufügen wollte oder ob es allein die Intensität dieser Erfahrung war, jedenfalls war es das erste Mal, dass sie ihre Fähigkeiten als schmerzhaft empfand.«

»Sie entwickeln sich? Oder sind in Mitleidenschaft gezogen von den Energien, die Samuel da oben benützt?«

»Das weiß ich nicht. Eins von beiden. Beides. Mir kam dieser Ort schon bei meinem Eintreffen irgendwie seltsam vor.«

»Wie seltsam?«

»Nichts, was ich mit Gewissheit benennen könnte. Kleinstadt, abgelegen, ruhig. Fast zu ruhig allerdings. Fast zu beschaulich. Irgendwie unwirklich. Haben wir das lokale Trinkwasser untersucht?« Das war ein Scherz. Eigentlich.

»Wir haben so gut wie alles überprüft«, erwiderte Bishop. »Bisher wurde nichts Verdächtiges entdeckt.«

»Vielleicht irre ich mich ja. Aber ich finde es reichlich seltsam, dass nicht einmal die örtliche Zeitung den mysteriösen Leichen, die im Fluss gefunden wurden, sehr viel Beachtung schenkte.«

»Der Besitzer ist Gemeindemitglied. Ebenso der Chefredakteur und mindestens einer der Reporter.«

»Okay, dann vielleicht doch nicht so seltsam. Aber weniger unheimlich auch nicht. Das bedeutet, Samuels Einfluss reicht weit über die Siedlung hinaus.«

»Ja.«

»Und wir wissen nicht, ob er seinen Einfluss nur auf emotionaler und psychologischer oder auch auf paragnostischer Ebene ausübt.«

»Nein, wissen wir nicht. Noch nicht. Aber die Siedlung ist der Mittelpunkt, und dort müssen die Antworten liegen. Samuel hat das Grundstück seit Wochen nicht mehr verlassen.«

»Also, egal was da so unheimlich ist, es geht in aller Wahrscheinlichkeit von Samuel aus und müsste dort oben am intensivsten zu spüren sein. Vielleicht nimmt seine Kraft zu, entwickelt sich weiter. Oder er steht kurz vor der Explosion. Beides könnte Einfluss auf unsere Fähigkeiten nehmen, vor allem, wenn sich jemand von uns auf dem oder in der Nähe des Geländes befindet. Es könnte denjenigen verändern, ihn fluktuieren, sich weiterentwickeln lassen. Sarah hatte solche Probleme, nicht wahr?«

»Ja.«

Bishops Stimme klang irgendwie flacher. »Hatte Schwierigkeiten, sich zu konzentrieren, sich zu sammeln. Und sie hatte den Eindruck, ihr Schutzschild sei nach und nach schwächer geworden.«

»Korrekter Eindruck, würde ich sagen.« Auch Hollis ließ ihre Stimme beiläufig klingen. »Ganz gleich, was der Grund war, ihr Schild bot keinen Schutz mehr. Fragt sich nur, ob Tessas Schild sie schützen kann.«

»Davon muss ich ausgehen.«

Die Wortwahl überraschte Hollis, besonders die leichte Betonung auf dem zweiten Wort. Doch bevor sie nachhaken konnte, stellte Bishop in ruhigem Ton die nächste Frage.

»Bei Chief Cavenaugh ist sie sich sicher?«

»Scheint so.«

»Und bei den anderen?«

»Sie konnte weder Officer Keever noch DeMarco einordnen, sagte aber, Ruth Hardin sei ein offenes Buch.«

»Was konnte sie lesen?«

»Genau das, was Sarah vor Wochen berichtet hatte. Dass Ruth, wie buchstäblich alle Frauen der Siedlung, voll und ganz an die Kirche und Samuel glaubt. Sie würde sich ohne zu überlegen zwischen ihn und eine Kugel stellen.«

»Wahre Ergebenheit«, erwiderte Bishop bedächtig.

»Wenn du es so nennen willst.«

»Du klingst nicht überzeugt.«

»Davon, dass sie ihm ergeben sind, durchaus. Und auch eine Kugel für ihn einfangen würden. Aber ich wünschte, wenigstens einer von uns könnte in ihre Köpfe schauen, um herauszufinden, wieso das so ist.«

»Irgendwelche weiteren Besuche von Ellen Hodges?«

»Bis jetzt nicht. Vielleicht hat es all ihre Energien aufgezehrt, mich so kurz nach ihrem Tod in Kalifornien zu erreichen. Sie starb weit von dort entfernt, und das scheint etwas auszumachen.«

»Ihnen scheint es immer zu gelingen, dich zu erreichen, nicht wahr?«

Hollis kehrte zum Barhocker an der Kücheninsel zurück, wo sie zu arbeiten versucht hatte, und betrachtete die Umgebungskarten, die auf der Granitarbeitsfläche ausgebreitet lagen. »Ja, es sieht eindeutig so aus, als sollte ich einbezogen werden. Aber das wusstest du schon.«

»Hollis ...«

»Bishop, ich schwöre bei Gott, wenn du diesmal nicht mit der Wahrheit, mit der reinen Wahrheit rausrückst, dann steige ich aus.« Ihre Stimme klang sehr, sehr ruhig.

»In Ordnung«, sagte ihr Boss schließlich. »Aber sie wird dir nicht gefallen.«

6

Sawyer schickte Robin nach Hause, als sie zum Revier kamen. Er hatte noch einen Berg von Papierkram vor sich und jede Menge nachzudenken. Es gab niemanden, zu dem er nach Hause hätte gehen können. Also zog er es vor, bis tief in die Nacht zu arbeiten und eventuell auf der Couch in seinem Büro zu schlafen, statt in eine dunkle Wohnung zurückzukommen, mit dem Fernseher als einziger Gesellschaft.

Was für eine armselige Wahlmöglichkeit für einen erwachsenen Mann. Arbeit oder leere Wohnung. Was zum Teufel hast du eigentlich all die Jahre gemacht?

Das war eine gute Frage. Er wünschte, er hätte auch eine gute Antwort darauf. Was nahm sich ein Mann um die Vierzig als nächsten Meilenstein vor, wenn er keine Frau gefunden hatte, mit der er sein Leben teilen wollte? Er arbeitete. Mit etwas Glück hatte er einen Job, der den größten Teil seiner Zeit und Energie beanspruchte.

Und wenn er viel Glück hatte, war es ein sinnvoller Job, bei dem man versuchen konnte, die Welt zu einem besseren Ort zu machen.

Oder wenigstens versuchen konnte, sie zu verstehen.

Allerdings gelang ihm das im Moment kaum.

Auf dem Revier war es ruhig. Die zweite Schicht machte sich daran, um Mitternacht nach Hause zu gehen. Die Gespräche am Schreibtisch und im Funkverkehr drehten sich darum sowie um die Planung des nächsten Tages. Hätte Sawyer nicht gewusst, dass erst am Morgen die Leiche einer Frau im Fluss gefunden worden war, hätte das gelassene Gebaren seiner Polizisten ihn ganz bestimmt nicht darauf schließen lassen.

Vielleicht haben sie ja ein Leben.
Nein, dachte er, da war noch etwas anderes. Da war mehr. Und das fand er reichlich beunruhigend. Schon immer waren ihm seine Beamten seltsam unbeteiligt vorgekommen, zumindest die meisten. Er war zwar durchaus bereit, solche Charakterzüge Großstadtpolizisten zuzubilligen. Bei denen konnte eine zu große gefühlsmäßige Anteilnahme an zähen Mordermittlungen schnell zu einem Burnout führen. Aber doch nicht in einer Kleinstadt, wo Morde noch selten waren.

Oder gewesen waren.

Sie hätten von diesen Morden aufgewühlter sein müssen. Oder, bei Gott, wenigstens interessierter wirken.

»Kaffee, Chief?«

Stirnrunzelnd blickte er in das lächelnde Gesicht von Dale Brown. »Sie hatten heute Morgen Dienst. Wieso sind Sie dann noch hier, Dale?«

»Hab eine Extraschicht von Terry übernommen, weil er seine Mutter im Krankenhaus in Asheville besuchen wollte. Ich hab nicht so viele Überstunden, und Sie sagten, die könnten wir jetzt machen, wenn wir wollten, wegen der Leichen im Fluss.«

Das hatte Sawyer seinen Leuten tatsächlich gesagt, doch als er einen Blick auf Dales Schreibtisch warf, sah er dort nur eine aufgeschlagene Illustrierte.

Dale folgte seinem Blick und erklärte: »Ich soll Telefondienst machen, Chief. Der einzige Anruf heute Abend kam von jemandem, der sich über die Lautstärke der Stereoanlage seines Nachbarn beschwert hat.«

Sawyer nahm ihm den Kaffee ab. »Überprüfen Sie noch mal die Vermisstenliste. In einem Umkreis von hundert Meilen. Ich muss wissen, ob die Frau möglicherweise nicht aus der Siedlung stammt.«

»Klar, Chief.« Dale klang beinahe vergnügt.

Wieso hat er denn kein ungutes Gefühl in der Magengrube?

Doch Sawyer konnte niemanden dafür kritisieren, nur weil der nicht so betroffen wirkte, wie er sich das vorstellte. Daher blieb er beim nächsten Schreibtisch nur stehen, um die Post zu holen, und ging zurück in sein Büro.

»Tom? Was machst du hier? Und steh sofort von meinem Stuhl auf.«

Dr. Tom Macy, der Gerichtsmediziner von Unity County, nahm die Füße vom Schreibtisch und klappte seine lange Gestalt gähnend aus Sawyers Sessel. »War fast eingeschlafen«, gestand er, während er um den Schreibtisch herum zu dem wesentlich unbequemeren Besucherstuhl ging.

»Warst du deshalb heute Morgen nicht am Tatort? Hast du gestern im Krankenhaus Doppelschicht gearbeitet?«

Er hat auch niemanden, zu dem er nach Hause gehen könnte.

»Hab ich. Und es ist kein Tatort, das wissen wir beide. Nicht mal ein Ablageort, soweit es forensische Beweise betrifft. Ihre Leiche verfing sich rein zufällig an diesem umgestürzten Baum.«

»Du hättest da sein sollen, Tom.«

»Ich kam, so schnell ich konnte. Und ich kann dir sowieso nicht viel erzählen, wie zuvor auch schon.«

»Nicht mehr, als du mir am Morgen gesagt hast? Dass der Todeszeitpunkt bis zu eine Woche zurückliegen könnte?«

»Ja, so ungefähr.« Macy zuckte mit den knochigen Schultern. Er war groß und dürr genug, um mit Leichenwitzen vertraut zu sein, vor allem in Anbetracht seiner Stellung als Gerichtsmediziner des County. »Schwer, Genaueres zu sagen. Die Nächte waren kalt, und der Gebirgsfluss ist zu dieser Jahreszeit eisig, was wahrscheinlich die Verwesung verlangsamt hat. Und davon können wir auch nur dann ausgehen, wenn sie ziemlich bald nach ihrer Ermordung dort abgelegt wurde. In der Regel gibt es im und am Fluss kaum Raubtiere, da das Wasser zu schnell fließt. Soweit ich sehen konnte, hatte die Leiche jede Menge Post-Mortem-Verletzungen, sodass sie Dutzende Male an umgestürzten Bäumen oder Felsen unter

Wasser hängen geblieben sein könnte, während sie flussabwärts trieb.«

»Flussabwärts von der Siedlung?«

»Du weißt, dass ich das nicht beantworten kann. Jedenfalls nicht mit Sicherheit. Sie könnte zwanzig Meilen entfernt in den Fluss geworfen worden sein.«

»Oder zwei Meilen entfernt?«

Macy nickte.

»Was bedeutet, sie könnte aus der Siedlung sein.«

»Ich kann es nicht ausschließen«, erwiderte Tom Macy.

Gegen halb elf warf Hunter ein Steinchen gegen ihr Fenster, und Ruby kletterte behände aus ihrem Schlafzimmer zu ihm hinaus. »Es ist zu früh«, flüsterte sie. »Meine Eltern sind noch auf.«

Noch auf und dabei, sich zu streiten, wenn auch so leise, dass Ruby es nicht hätte hören sollen. Sie stritten sich über die Kirche.

»Aber nicht mehr lange«, gab er flüsternd zurück. »Außerdem habe ich gewartet, bis sie dich ins Bett gebracht hatten.«

Mit Bedauern erinnerte sich Ruby an die Zeit der endlosen Gutenachtgeschichten. Daran, wie sie im Halbschlaf mitbekam, dass ihre Mutter ein letztes Mal nach ihr sah, bevor sie und ihr Vater zu Bett gingen. Rasch schob sie diese schmerzlichen Erinnerungen beiseite.

Jetzt war alles anders.

Schon lange war alles anders.

Auf dem Weg zum üblichen Treffpunkt an der Scheune hinter dem Hügel auf der westlichen Weide schlich sie durch ihren und die beiden nächsten Gärten hinter Hunter her. Um die Kirche – und die Kameras – machten sie einen großen Bogen.

»Ich kann nicht lang wegbleiben«, flüsterte Hunter, als sie sich vorsichtig der Scheune näherten. »Meine Eltern schauen nach, ob ich schlafe, aber nie vor halb zwölf.«

»Wieso treffen wir uns denn überhaupt? Das ist ziemlich gefährlich, Hunter.«

»Weil Cody sagt, Brooke will abhauen. Wir müssen ihr das ausreden.«

»Abhauen? Wo will sie denn hin? Allein bis nach Texas? Sie ist erst zwölf.«

»Ja, deshalb müssen wir es ihr auch ausreden.«

Ruby verstummte, bis sie bei der Scheune angelangt waren und dort ihre Freunde vorfanden. Früher hatte die Scheune drei Ponys und ein halbes Dutzend Milchkühe beherbergt, jetzt standen hier nur noch ein paar landwirtschaftliche Geräte herum, die erst wieder im Frühling gebraucht wurden.

Es roch hauptsächlich nach Motoröl und Metall.

Überhaupt nicht wie eine Scheune, fand Ruby. Doch wie meist sträubte sich ihr Gehirn, darüber nachzudenken. Daher fragte sie Brooke nur: »Spinnst du?«

Der gequälte Gesichtsausdruck ihrer Freundin war sogar im schwachen Schein von Codys Taschenlampe zu erkennen. »Du bist auch eine von den Auserwählten, Ruby. Wir sind nicht wie die anderen Mädchen – wir wissen, was vor sich geht. Was es uns antut. Erzähl mir nicht, dass du keine Angst hast.«

»Wir haben Schutzhüllen.« Ruby gab sich die größte Mühe, nicht verängstigt zu wirken.

»Und wie lang werden die Hüllen uns noch schützen können? Sarah hatte eine, und sie ist fort. Wie viele andere waren es noch?«

»Brooke ...«

»Wie viele? Leute, die einfach fortgehen – das behaupten Father und die anderen zumindest. Und die Leute, die nicht fortgehen, nur dass sie es trotzdem tun, weil sie anders sind. Weil sie sich verändern.«

»Wir werden uns nicht verändern.«

»Woher willst du das wissen?«

Bevor Ruby antworten konnte, mischte Cody sich mit

ernster Miene ein. »Ich weiß, dass Brooke es nicht bis nach Texas schafft, nicht ohne Hilfe. Ich weiß aber noch etwas. Das, worauf Father wartet, wird bald geschehen.«

Im schwachen Lichtschein sahen sie einander an, und keiner gab vor, sich nicht zu fürchten. Nicht einmal Ruby.

»Sie ist nicht ertrunken?«, fragte Sawyer seinen Gerichtsmediziner.

»Nein. Kein Wasser in der Lunge. Keine Anzeichen einer Schussverletzung oder einer Stichwunde, keine Einwirkung stumpfer Gewalt auf Haut oder Muskeln, die nicht nach dem Tod entstanden wären.«

»Und ihre Knochen?«

»Ganz wie bei Ellen Hodges.«

»Aber du kannst mir nicht erklären, wie das passiert ist.«

»Himmel, Sawyer, nicht mal in meinen wildesten Träumen kann ich mir vorstellen, wie das passiert ist. Eigentlich sollte es unmöglich sein. Wie kann man Knochen pulverisieren, ohne dabei die Haut oder anderes Gewebe zu zerstören, mit dem die Knochen umgeben sind? Ich weiß es nicht. Ich glaube auch nicht, dass es der staatliche Gerichtsmediziner in Chapel Hill weiß.«

»Das ist nicht gerade hilfreich, Tom.«

»Tut mir leid.«

»Ich nehme nicht an, dass du ihre Identität ermitteln konntest?«

»Mit dem, was ich zur Verfügung hatte? Nein. Sie hatte keine Tattoos, keine Muttermale, keinerlei Besonderheiten. Sie war eins dreiundsiebzig groß, wahrscheinlich schlank, Anfang dreißig, dunkelhaarig. Mein Bericht liegt auf deinem Schreibtisch.«

Sawyer öffnete die Mappe und überflog die Berichtsformulare. »Die Augenfarbe hast du nicht notiert.« Das war nicht als Frage gedacht, denn er kannte die Antwort bereits. Kannte sie mit bedrückender Gewissheit.

»Lässt sich nicht sagen, welche sie hatte, bevor sie starb. Jetzt sind ihre Augen weiß.«

Sawyer atmete ein und langsam wieder aus. Er strich sich über den Nacken und merkte erst dabei, dass er so das Kribbeln verscheuchen wollte, das ihn bei etwas derart Unbegreiflichem überkam.

Ihm wäre lieber gewesen, nicht recht zu haben.

»Wie bei Ellen Hodges«, stellte er fest.

Macy nickte. »Auch das ist mir völlig schleierhaft, denn es gibt keine medizinische Erklärung dafür. Keinerlei Anzeichen für die Anwendung von Chemikalien, kein Hinweis auf ein Trauma, nur einfach keine Farbe. Wie bei den Knochen: Etwas, das es nicht geben dürfte, aber trotzdem gibt.«

»Hast du irgendeine Theorie?«

»Die Augen betreffend? Nein. In meiner gesamten Medizinerlaufbahn habe ich so etwas noch nicht gesehen. Und ich hoffe, es auch nie wieder sehen zu müssen.«

»Amen.« Sawyer lehnte sich zurück und machte ein finsteres Gesicht. »Ich konnte die Eigentümlichkeiten bei den Leichen bisher geheim halten, aber ich weiß nicht, wie lange mir das noch gelingt. Wenn es sich herumspricht …«

»Wenn es sich herumspricht«, unterbrach ihn Macy, »werden fast alle in der Stadt dasselbe glauben wie du. Dass die Todesfälle etwas mit dieser Kirche zu tun haben. Irgendwie.«

»Ellen Hodges war Gemeindemitglied.«

»Ja. Wissen wir das von dieser Frau auch?«

»Sie behaupten, niemand würde vermisst.«

»Und das kaufst du ihnen nicht ab.«

»Nein. Obwohl es im Grunde völlig egal ist, was ich glaube. Es sei denn, du kannst mir irgendwas liefern, einen Beweis, der die Frau mit der Kirche in Verbindung bringt.«

»Ich wünschte, das könnte ich. Tut mir leid.«

»Verdammt.«

Macy runzelte die Stirn. »Setzt Ellens Familie dich unter Druck?«

Sawyer klopfte auf einen Stapel Benachrichtigungen links von seiner Schreibunterlage. »Von diesem Dutzend hier kommen zehn von ihrem Vater. Und das sind nur die von heute.«

»Aber sie kommen nicht nach Grace?«

»Das habe ich ihm hoffentlich ausgeredet.«

»Und was ist mit der Enkelin?«

Mit einem Schulterzucken erwiderte Sawyer: »Ich nehme an, in dem Punkt glauben sie der Kirche. Der Vater hat Wendy mitgenommen und die Kirche, das Gelände – und Grace – verlassen. Soweit ich weiß, hat Kenley Hodges sich bei ihnen gemeldet. Jedenfalls haben sie aufgehört, auf weitere Durchsuchungen in der Siedlung zu drängen.«

»Mich wundert, dass der Richter dir überhaupt einen Durchsuchungsbeschluss ausgestellt hat.«

»Weil er Gemeindemitglied ist? Wahrscheinlich hat er gerade deshalb den Beschluss unterzeichnet. Damit die Öffentlichkeit nicht denkt, er würde die Kirche oder Samuel schützen.«

»Tja, da könntest du recht haben.« Macy zuckte mit den Schultern. »Das bot ihnen auch die Gelegenheit, den guten Namen der Kirche vor aller Augen rein zu waschen. Du hast weder Hodges noch seine Tochter gefunden, auch keinen Beweis, dass Ellen dort ermordet wurde. Alle verhielten sich außerordentlich entgegenkommend.«

»Oh ja«, erwiderte Sawyer. »Äußerst entgegenkommend. Sind sie immer.«

»Weißt du, es könnte ja auch sein, dass sie entgegenkommend sind, weil sie nichts zu verbergen haben.«

»Wenn du das glauben willst, tu's, Tom.«

Macy klang fast zerknirscht. »Ich kann es mir nur einfach nicht erklären. Warum bringt man diese Frauen um? Welchen Nutzen könnte Samuel oder seine Kirche davon haben?«

»Ich weiß es nicht«, knurrte Sawyer. »Und genau das macht mich verrückt. Alle meine Instinkte sagen mir, dass die Antworten auf dem Gelände zu finden sind. Ich weiß nur nicht, wo ich nach ihnen suchen soll. Und ich bin mir nicht mal sicher, ob ich sie erkennen würde, wenn ich welche fände.«

Nach dem Gottesdienst zu meditieren war für Samuel noch wichtiger als davor. Er brauchte diese Zeit sowohl, um sich zu zentrieren und zur Ruhe zu kommen, als auch, um seinen Geist zu fokussieren und seinen Zustand abzuschätzen. Obendrein verlangte Gott von ihm diese Selbstbetrachtung.

Samuel fiel es nicht leicht, diese frühen Jahre erneut zu durchleben, aber er tat es, wieder und wieder, weil Gott es ihm befahl.

Die Hölle des Missbrauchs, die Schmerzen zu erdulden, als geschähe alles erneut. Und dann der Blackout, den er nie durchdringen konnte, diese verlorene Zeit, in der entsetzliche Dinge geschehen waren. Entsetzliche Dinge, für die verantwortlich zu sein er nicht glauben wollte.

Aber du bist es, beharrte Gott. *Du weißt, was du getan hast. Du weißt, was geschehen ist. Du weißt, dass du sie bestraft hast.*
In Meinem Namen. Mit Meiner Stärke hast du sie bestraft.
Du warst Mein Richter.
Du warst Mein Schwert.

Samuel akzeptierte es, weil Gott ihm sagte, es sei so. Doch egal, wie oft er es versuchte, es gelang ihm nie, sich daran zu erinnern, was genau geschehen war.

Nachdem er dem brennenden Motel den Rücken gekehrt und sich aus dem Staub gemacht hatte, begann für ihn eine neue und in vielerlei Hinsicht ebenso schmerzhafte Lebensphase. Zum einen musste er ständig weiterziehen, denn ein Kind, das offensichtlich ohne erwachsene Begleitung war, fiel auf. Wenn er zu lang an einem Ort geblieben wäre, hätte er bestimmt Probleme bekommen. Ebenso stellte er bald fest, dass es gefährlich war, per Anhalter zu fahren, und entkam nur mit Mühe und Not räuberischen Lastwagenfahrern oder jenen guten Samaritern, die sich fragten, wieso ein kleiner Junge so ganz allein unterwegs war.

Später würde ihm klar werden, dass Gott in diesen frühen Jahren eindeutig seine Hand über ihn gehalten hatte. Doch zu jener Zeit schien es ihm nicht besonders bemerkenswert, dass er in der Lage war, für sich selbst zu sorgen. Er hatte den größten Teil seines Lebens für sich selbst gesorgt. Hätte er sich darauf verlassen, dass seine Mutter Essen und Kleidung herbeischaffte, dann hätte er meistens gehungert und Lumpen getragen.

Er zog weiter. Ein echtes Ziel hatte er nicht, wollte nur überleben. An einem Ort blieb er nur so lange, bis ihm sein Instinkt – oder ein Ereignis – sagte, es sei Zeit aufzubrechen. Obwohl er sorgsam mit dem Geld umging, das ihm wie ein Vermögen erschienen war, reichte es nicht sehr lange. Ab und zu gelang es ihm, Arbeit für einen Tag zu finden, wobei er mal einen Ladenbesitzer, mal einen Bauern erfolgreich davon überzeugte, seine Mutter sei krank, das Baby bräuchte Windeln und sein Vater hätte sie verlassen.

Er entwickelte einen sicheren Blick und ein gutes Ohr für die leichtgläubigen oder, wie manche sagen würden, barmherzigen Seelen unter den Menschen, denen er begegnete. Es gelang ihm zu bekommen, was er zum Leben brauchte – wenn dieses Leben auch mühselig und einsam war.

Er blieb ständig in Bewegung. Irgendwie schaffte er es, sich nicht in Schwierigkeiten zu bringen, sodass sich die Gerichtsbarkeit nie für ihn interessierte. Das war eine Frage des Selbsterhaltungstriebs. Er wusste, dass aus der Zeit mit seiner Mutter noch Anzeigen wegen kleiner Diebstähle existierten. Stets hatten sie schleunigst die Stadt verlassen – so war er nie überführt worden. Aber er wusste natürlich, dass diese Anzeigen weiterverfolgt würden, falls man ihn aufgriff.

Daher verhielt er sich vorsichtig. Sehr vorsichtig. Er bewegte sich zwar nicht ständig innerhalb der Legalität, aber er passte so gut er konnte auf, nicht erwischt zu werden.

Samuel rückte sich unbehaglich auf dem Sessel zurecht, da ihm die unangenehmen Erinnerungen zu schaffen machten. Denn es hatte Zeiten gegeben, in denen er keine anständige

Arbeit fand und Diebstahl nicht infrage kam. Da musste er auf das Einzige zurückgreifen musste, was er verkaufen konnte. Seinen Körper.

Sie nahmen ihm die Seele, diese Zeiten.

Und vielleicht hatte er deshalb auf seiner Wanderschaft so oft an dieser oder jener Kirche Halt gemacht. Manchmal bot man ihm eine Mahlzeit oder einen Schlafplatz an. Und wenn das nicht der Fall war, dann war es drinnen wenigstens warm und trocken. Er ließ sich in einer dunklen Ecke nieder, döste oder hörte zu, wenn ein besonders mitreißender Geistlicher eine interessante Predigt hielt.

Irgendwann hatte Samuel eine Bibel bekommen. Obwohl sein erster Gedanke war, sie zu verkaufen, packte er sie stattdessen in die immer fadenscheiniger werdende Reisetasche. Er hatte sich das Lesen beigebracht und begann schließlich, die Bibel zu lesen.

Da stand eine Menge drin, was ihm gefiel.

Und eine Menge, was er nicht verstand.

Doch irgendwie sprach es ihn an, dieses Buch. Er las und las es immer wieder. Stunden um Stunden verbrachte er damit, über das Gelesene nachzudenken. Mit der Zeit hielt er sich häufig in Kirchen verschiedenster Glaubensrichtungen auf und hörte den Predigten zu. Beobachtete, wie die Gemeinde reagierte – oder nicht reagierte. Und merkte sich, was die Leute offensichtlich ansprach.

Nach ein paar Jahren predigte er selbst. In kleinen Kirchen, an Straßenecken und Bushaltestellen.

Er fand Gott.

Oder, genauer gesagt, Gott fand ihn. An einem brütend heißen Julitag in seinem dreizehnten Lebensjahr streckte Gott die Hand nach Samuel aus und berührte ihn.

Sein ganzes Leben änderte sich.

Er war gut darin, elektronische Sicherheitsvorkehrungen zu unterlaufen. Eigentlich alle Arten von Sicherheitsvorkehrungen, vor allem jedoch elektronische. Er nannte es seine persönliche Tarnkappentechnik. So viel er wusste, beherrschte nur er sie.

Was einen Teil seiner Besonderheit ausmachte.

Über den Zaun und auf das Gelände zu kommen war leicht. Sie wollten ja nicht den Eindruck eines bewaffneten, von Waffen und Technologie starrenden Lagers erwecken. Sie wollten weder bedrohlich, noch besonders abweisend wirken. Man legte Wert auf einen friedvollen, ruhigen Anschein.

Die Außenwelt sollte sie für biedere Leute halten.

Was die meisten von ihnen wahrscheinlich auch waren.

Jedenfalls hatten sie den hübschen, schmiedeeisernen Zaun auf dem Ziegelfundament nicht unter Strom gesetzt. Nur dahinter befand sich ein elektronisch überwachter Bereich, damit sie wussten, wer auf das Gelände kam.

Normalerweise.

Er achtete auf eine ausreichende Entfernung vom Torhaus, damit kein Wachposten mit Infrarotfernglas sehen konnte, was den Überwachungskameras verborgen blieb. Davon abgesehen fürchtete er nicht, entdeckt zu werden. Es war schon spät. Er war sich ziemlich sicher, dass die meisten Bewohner friedlich in ihren Betten lagen.

Ein zusätzlicher Vorteil war, dass es keine Hunde mehr gab, die nachts als aufmerksame und treue Wächter dienten. Er fragte sich, ob sie das bedacht hatten. Ob sie es bedauerten. Ob sie vielleicht geahnt hatten, was geschehen würde.

Nun gut. War wohl kaum seine Schuld, wenn sie nicht fähig waren, wie Soldaten zu denken.

So was passierte eben, wenn Amateure versuchten, Krieg zu spielen.

Dann wurde geschludert.

Mit einem Schulterzucken schwang er sich über den Zaun auf das Gelände. Vollmond war vor zehn Tagen gewesen. Die Nacht war stockfinster, und obendrein war der Himmel bedeckt. Das machte ihm nichts aus. Er fand sich gut in der

Nacht zurecht und zog Dunkelheit vor. Er durchquerte Felder, Waldstücke und Gebüsch, das in gewisser Weise als Barriere fungierte, allerdings nur für den Gelegenheitseindringling: hohe stachelbewehrte Stechpalmenhecken.

Kein Vergnügen, aber nicht unüberwindbar.

Minuten später lag der Wald hinter ihm, und er befand sich auf dem offenen Terrain der anderen Seite, im Zentralbereich der Siedlung.

Wo alle Häuser standen.

Wo die Kirche stand.

Er hatte einen Plan ausgeklügelt und ging methodisch danach vor, schlich völlig lautlos von Haus zu Haus. Bei jedem kleinen, hübschen Häuschen untersuchte er die Außenmauern, lokalisierte alle elektronischen Sicherheitsvorkehrungen und versah sie mit einem der winzigen elektronischen Geräte, die er mitgebracht hatte. Auch ein Elektronikfachmann hätte Mühe gehabt, sie zu bemerken. Von diesen Amateuren erwartete er das nicht.

Niemand würde sein Werk entdecken.

Er begann am äußeren Rand des Geländes und zog dann die Kreise enger, arbeitete sich von Haus zu Haus auf die Kirche zu, die er ständig im Auge behielt. Doch die Kirche lag in vollkommener Stille. Keiner kam oder ging. Nur ein paar Lampen in den oberen Stockwerken beleuchteten zwei oder drei der Buntglasfenster.

Die Stille wirkte nahezu gespenstisch, stellte er fest. Jetzt, im Januar, gab es weder Zikaden noch Ochsenfrösche, die vom Fluss her quakten, und ohne sommerliche Geräusche oder bellende Hunde war es – totenstill.

Ein seltsames und unbehagliches Gefühl beschlich ihn. Er, der die Stille liebte, war schließlich an einen Ort gelangt, wo sie ihn anschrie.

Er schob diesen ausgesprochen unangenehmen Eindruck beiseite und machte seinem Plan gemäß weiter. Als er das Hauptgebäude erreichte, waren auch die letzten Lichter in den oberen Stockwerken erloschen. In seinem Inneren herrschte Dunkel und Stille. Der Anblick wäre durchaus friedvoll gewesen, hätten die Sicherheitsleuchten nicht ein grelles Licht auf alle Eingänge geworfen.

Ihn störten sie nicht weiter.

Er brauchte mehr als eine halbe Stunde, um sich langsam rings um die große Kirche vorzuarbeiten. Nun ging er vorsichtiger vor, gründlicher. Er war nicht mehr so davon überzeugt, dass er es mit Amateuren zu tun hatte.

Denn sie waren es nicht alle.

Er entdeckte mehr als zwei Dutzend Kameras und genauso viele Bewegungsmelder, bestückte sie und gelangte sehr zu seinem Verdruss zu der Einsicht, dass zumindest bei der Sicherung dieses Gebäudes Experten am Werk gewesen waren. Und zwar sehr, sehr gute.

Beinahe zu gute.

Doch auch er war gut. Obwohl er zwei Stunden länger auf dem Gelände verbringen musste, als er veranschlagt hatte, war er sich ziemlich sicher, dass er alles gefunden hatte, was von Interesse war. Nicht absolut sicher, doch ziemlich sicher. Mehr hatte er bei diesem Besuch auch nicht beabsichtigt.

Er warf einen Blick nach Osten und sah das erste Grau der Morgendämmerung aufsteigen, hielt sich aber kurz damit auf, einige der verschlossenen Türen zu kontrollieren. Dann installierte er noch ein paar seiner winzigen Geräte und zog sich in Richtung Zaun zurück, so leise und unerkannt, wie er gekommen war.

Dachte er jedenfalls.

Tessa schlief schlecht, was kein Wunder war. Sich derart zu öffnen, hatte sie eine Menge Kraft gekostet, weil an diesem Ort die negative Energie fast übermächtig gewesen war.

Negative Energie in einer Kirche.

Das war ja wohl ein unübersehbarer Warnhinweis.

Mit Hollis war sie alles noch mal durchgegangen, konnte

der FBI-Agentin aber keine vernünftige Erklärung liefern. Tessa hatte noch nie etwas Ähnliches erlebt.

»Wenn wir an einem Fall arbeiten, werden unsere Fähigkeiten nahezu immer in Mitleidenschaft gezogen, meist auf unerwartete und unvorhersehbare Weise«, hatte Hollis ihr ziemlich resigniert erklärt. »Da Samuel wahrscheinlich einer der stärksten Paragnosten ist, die wir kennen, finde ich es einleuchtend, dass die Energie dort ... überladen ist, in Ermangelung eines besseren Ausdrucks.«

»Du meinst, nicht nur mehr, sondern stärker?«

»Das scheint bei negativer Energie so zu sein.«

Tessa runzelte die Stirn. »Ich kann nicht behaupten, dass mir das gefällt.«

»Gefällt keinem von uns. Das Problem ist, die meisten von uns haben es bei unseren eigenen Fähigkeiten mit positiver Energie zu tun. Wir wissen nicht wieso, doch mehr kann uns die Wissenschaft, von der wir abhängig sind, dazu leider nicht sagen.«

»Die Guten besitzen positive Energie? Die Bösen negative?«

»Eigenartig, nicht? Wie schon gesagt, wir wissen nicht, wieso das so sein könnte. Vielleicht ist es nur eine chemische Reaktion in unserem Gehirn. Die gleichen Verknüpfungen, die uns dazu tendieren lassen, Polizeikräfte oder Ermittler zu werden, sorgen dafür, dass unsere paragnostischen Fähigkeiten vom positiven Pol aus arbeiten. Und die Verknüpfungen, durch die ein Soziopath entsteht, sind auch der Grund dafür, dass in seinem Gehirn die paranormale Energie negativ ist.«

»Weil es um Gleichgewicht geht.«

»So lautet die Theorie.«

»Hm. In diesem Fall werden meine eigenen Fähigkeiten also nicht so funktionieren wie sonst?«

»Vor allem nach deinem heutigen Erlebnis, würde ich diese Frage wahrscheinlich mit Ja beantworten. Energie beeinflusst uns. Und negative Energie kann uns auf wirklich schlimme, schmerzhafte Weise beeinflussen. Ich spreche aus bitterer Erfahrung.«

»Ich habe gar keine Möglichkeit festzustellen, inwieweit sich meine Fähigkeiten verändert haben – bis die Veränderung offensichtlich wird?«

»Ja, so ungefähr. Das Gute ist, die Fähigkeit verändert sich selten drastisch. Meist handelt es sich um eine Erweiterung oder Steigerung der Fähigkeiten, die man schon hatte.«

Das hatte man Tessa bereits erzählt. Aber wie bei so vielem, was mit Paragnostik zu tun hatte, war es nur möglich, aus der Erfahrung zu lernen. Bisher hatte sie nie eine drastische Veränderung ihrer Fähigkeiten erlebt – bis sie in der Toilettenkabine der Kirche der Immerwährenden Sünde saß und absichtlich ihren Geist öffnete, in Erwartung des üblichen Durcheinanders von Gedanken und Gefühlen.

Mit tatsächlichen körperlichen Empfindungen hatte sie nicht gerechnet.

Noch immer litt ihr Körper unter den Schmerzattacken, denen er in der Kirche ausgesetzt gewesen war.

Sich einreden zu wollen, alles hätte nur in ihrem Kopf stattgefunden, nützte nichts. Sie hatte schon vor Langem die unangenehme Wahrheit erkannt, dass das Geschehen in ihrem Kopf sich wesentlich wirklicher anfühlen konnte und oft auch war, als das von den restlichen fünf Sinnen Erfasste.

Unruhig wälzte sie sich hin und her, während sie im Geiste erneut abspulte, was sie dort oben gesehen, gehört und empfunden hatte. All die unzusammenhängenden Gefühle und bruchstückhaften Gedanken. Ständig kam sie auf die abschließende, so seltsam erschreckende Bemerkung zurück.

Ich habe Hunger.

Wer hatte Hunger? Hunger worauf? Alle in der Siedlung hatten durchaus wohlgenährt gewirkt. Außerdem sagte ihr der Instinkt, dass es keine Mahlzeit war, wonach diese Stimme, diese Präsenz hungerte. Was war es dann?

Und von wem kam dieses lapidare *Ich sehe dich?*

Von einem Freund oder zumindest einem möglichen Verbündeten? Von jemandem, der ihr mitteilen wollte, dass dort oben noch ein anderer Geist in der Lage war, schweigend und im Geheimen zu kommunizieren?

Oder war das ein Köder?

Tessa zog das Kopfkissen näher an sich, sodass sie es mehr umschlang, als ihren Kopf darauf bettete. Sie war sich eines seltsamen, beunruhigenden Gefühls bewusst. Dauernd hatte sie das Bedürfnis, über ihre Schulter zu schauen, aber wenn sie es tat, sah sie dabei nur ihr Schlafzimmer, erhellt durch das Licht, das sie im Badezimmer hatte brennen lassen. Zugegeben, der Raum war ihr noch immer fremd, doch bis zu dieser Nacht hatte sie kein ungutes Gefühl gehabt.

Hatte nicht den Eindruck gehabt, jemand würde sie beobachten, jemand würde sie leicht am Rücken berühren.

Lächerlich. Niemand beobachtet dich. Niemand berührt dich. Du bist nur müde und brauchst Schlaf. Also schlaf. Ruh dich aus, und morgen erscheint dir alles klarer. Morgen wirst du das, was hier vor sich geht, besser in den Griff bekommen.

Tessa war sich nicht sicher, dass sie das wirklich glaubte. Diese beharrliche Unruhe in ihr – tiefer wurzelnd als ihr Instinkt – deutete darauf hin, dass etwas sich während oder nach ihrem Besuch auf dem Gelände verändert hatte. Vielleicht sogar sie selbst. Und es war eine Veränderung, die sie nicht verstand.

Sie musste sie aber verstehen.

Ihre Gedanken jagten sinnlos im Kreis, bis sie schließlich erschöpft einschlief.

Und träumte.

7

»Sie wollten mich sprechen, Father?«

»Ja, mein Kind. Wie geht es dir?«

Bambi lächelte. »Ach, es geht mir hervorragend, Father. So geht es mir immer, wenn ich Zeugnis abgelegt habe.«

»Das freut mich, mein Kind.« Er strahlte regelrecht, als er hinter seinem Schreibtisch hervorkam und ihre Hand ergriff. Trotz des Lächelns sah er blass und erschöpft aus, Schatten lagen um die Augen, die matt und leer wirkten. »Ich möchte, dass du dich setzt und dich ein bisschen mit mir unterhältst.«

»Gern, Father.« Sie setzte sich auf den Besucherstuhl mit der niedrigen Lehne, der vor dem großen Mahagonischreibtisch stand.

Samuel hockte sich auf den Rand des Tisches, ihre Hand noch immer in der seinen. »Du bist glücklich bei uns, nicht wahr, Bambi?«

»Sehr glücklich, Father. Wie ich beim Zeugnisablegen gesagt habe. Hier habe ich Frieden gefunden. Hier habe ich Gott gefunden.«

»Und Gott ist glücklich, dass du ihn gefunden hast. Er liebt dich so sehr.«

Bambi bekam feuchte Augen. »Das spüre ich. Dank Ihnen und Ihrer Kirche. Ich spüre es wirklich, Father.«

»Das weiß ich, mein Kind. Und Gott weiß es auch. Aber es kann nie schaden, zu ihm zu beten und ihm zu danken für dein Glück.« Er rutschte vom Schreibtisch herunter, ging um ihren Stuhl herum und ließ ihre Hand los, damit er seine beiden Hände auf ihren Kopf legen konnte, wie zuvor in der Kirche. Und wie in der Kirche senkte sie den Kopf und kniff die Augen fest zu.

»Bete mit mir«, sagte Reverend Samuel mit halb geschlossenen Augen und belegter Stimme. »Danke Gott mit mir, mein Kind.«

»Ja, Father. Ich danke Gott ...« Unvermittelt zuckte sie zusammen und stöhnte, während ihr Kopf nach hinten kippte.

Er hielt ihren Kopf in den Händen, und seine Finger bewegten sich sacht, als massierte er ihren Schädel. Sein Kopf bewegte sich von einer Seite zur anderen, als ob er blind nach etwas suchte. »Danke Gott«, wiederholte er heiser. »Danke mir. Gib dich mir hin, mein Kind.«

Bambi stöhnte erneut. Krampfhaft zuckten ihre Hände auf den Armlehnen, und ihre Finger umfassten das Holz immer fester, bis sie vor Anstrengung weiß wurden.

»Gib es mir, Kind. Gib mir alles, was du bist, alles, was du hast.«

»Ja, Father ... ja ... o Gott ... es fühlt sich ... so gut an.«

Ihr Busen hob und senkte sich ruckartig, und ihr Körper bebte. Wieder und wieder, als würde er von immer neuen Wogen der Empfindung erschüttert. Lange Minuten verstrichen. Die Farbe wich aus ihrem Gesicht, dann rötete es sich, wurde wieder bleich. Ihr Stöhnen wurde leiser, schwächer. Ihre Hände lockerten den Griff um die Armlehnen, die Finger erschlafften und ließen los.

Reverend Samuel hob den Kopf und öffnete die Augen. Er blickte auf sie hinunter, nahm die Hände von ihrem Kopf und ging zurück hinter seinen Schreibtisch.

Er wirkte wie verwandelt. Sein Gesicht hatte wieder eine gesunde Farbe, die Augen leuchteten und seine Bewegungen zeugten von dynamischer Energie. Fast schien er zu glühen.

»Danke, mein Kind«, sagte er leise. Er ließ sich auf seinem Sessel nieder und drückte auf einen Knopf einer sehr ausgeklügelten Telefonanlage.

Die Tür öffnete sich, und Reese DeMarco trat ein.

»Bambi und ich sind fertig«, erklärte Samuel.

»Gewiss, Father.« DeMarco ging zum Besucherstuhl und hob Bambi hoch, deren schlaffer Körper für ihn keine Last war. Sein Gesicht war vollkommen ausdruckslos. »Brauchen Sie mich heute Nacht noch?«, fügte er hinzu, die junge Frau auf den Armen.

»Nein, ich glaube nicht. Gute Nacht, Reese.«

»Gute Nacht, Father.« DeMarco trug Bambi aus dem Zimmer und schloss leise die Tür hinter sich.

Samuel lehnte sich zurück und schmunzelte. »Wie schön, wenn man keinen Hunger hat.«

Nach Luft schnappend fuhr Tessa im Bett hoch. Ihr Herz raste.
O mein Gott.
Er saugt sie aus.

»Er ist ein verfluchter paragnostischer Vampir.«

»Klingt ganz danach«, stimmte Hollis ihr zu.

Tessa, die Tasse in beiden Händen, drehte sich zu der anderen Frau um und nahm vorsichtig einen Schluck vom heißen Kaffee. »Du scheinst nicht überrascht zu sein«, stellte sie schließlich fest.

»Na ja, wir hatten schon den Verdacht, dass es darauf hinauslaufen würde. Oder könnte. Ein Gehirn, das darauf programmiert ist, paragnostische Fähigkeiten zu übernehmen, verschafft sich Energie. Irgendwann muss er gemerkt haben, dass er genug stehlen kann, um das Verbrauchte wieder aufzufüllen.«

Hollis klang und wirkte hellwach, obwohl es halb fünf Uhr morgens und sie in Nachthemd und Morgenmantel war, genau wie Tessa.

Tessa sah sie unverwandt an. »Die meisten Menschen ruhen sich aus, wenn sie ihre Energiereserven verbraucht haben.«

Hollis schüttelte den Kopf. »Die meisten Menschen verbrauchen Energie nicht auf dieselbe Weise wie Paragnosten. Dennoch ruht sich auch die Mehrzahl der Paragnosten wahrscheinlich nur aus und schläft. Einmal hab ich nach einem Fall vier ganze Tage geschlafen.«

»Kann Samuel das nicht?«

»Vielleicht kann er es. Vielleicht auch nicht. Vielleicht kann er es sich nicht leisten, längere Zeit schwach und verwundbar zu sein.«

»Weil er Feinde hat?«

»Weil er seine Herde zusammenhalten muss.«

Tessa dachte darüber nach. »Wenn er zu sehr oder zu lang geschwächt ist, schwindet sein Einfluss auf sie. Und was geschieht dann? Wachen sie auf? Merken sie, dass sie von einer Kraft gefangen gehalten wurden, die die meisten von ihnen als Hexerei bezeichnen würden?«

»Wenn ich er wäre, hätte ich davor am meisten Angst. Vor allem, wenn ich einmal eine große Menge Kraft aufs Spiel gesetzt hätte, vielleicht sogar fast alles, was ich hatte. Und beim Zurückkommen hätte ich feststellen müssen, dass meine Anhänger gerade einen kleinen Aufstand probten.«

»War das so?«

»Gewissen Informationen von Sarah zufolge, passierte so etwas im letzten Oktober. Da hat sich eine ganze Reihe seltsamer Dinge ereignet. Genau zu der Zeit, als wir dachten, in einer Kleinstadt bei Atlanta einen Serienmörderfall zum Abschluss zu bringen.«

»In Venture.«

»Genau.«

Tessa runzelte die Stirn. »Das hattest du noch nicht erwähnt.«

»Ich wusste bisher nichts davon.« Hollis verzog das Gesicht. »Gestern Abend habe ich mit Bishop gesprochen. Dabei hat er es mir erzählt. Offensichtlich ist es Samuel ziemlich schnell gelungen, seine Leute wieder unter Kontrolle zu bringen. Aber wir wissen nicht so genau, wie er das geschafft hat.«

»Paragnostisch?«

»Falls es das ist, womit er sie beherrscht.«

»Du scheinst zu zweifeln.«

»Tja, stimmt. Den Geist und den Willen auch nur einer Person zu kontrollieren ist unglaublich kompliziert und übersteigt die Möglichkeiten jedes Paragnosten, dem wir bisher begegnet sind. Ganz gleich, wie stark er oder sie ist. Bei Zwillingen haben wir etwas beobachtet, das einer Art von Geisteskontrolle am nächsten kam. Doch auch sie funktionierte nur hin und wieder und war unberechenbar. Über hundert Leute zu kontrollieren? Alle gleichzeitig? Ständig? Wovon sich einige außerhalb des Geländes aufhalten, meilenweit entfernt in der Stadt? Nein. So stark ist Samuel nicht. Kann er nicht sein.«

Tessa gab sich damit zufrieden. Aber eher, weil auch sie es nicht wahrhaben wollte, und nicht, weil sie davon vollkommen überzeugt gewesen wäre. Und sie war sich nicht ganz sicher, ob es Hollis nicht genauso ging. »Okay. Wenn er sie nicht auf paragnostische Weise kontrolliert, wie dann?«

»Meiner Meinung nach nützt er seine Fähigkeiten in einem wesentlich kleineren Rahmen und ganz gezielt. Du hast doch über Sektenführer nachgelesen. Sie benutzen alle eine Kombination von Techniken, angefangen bei streng überwachten Tagesabläufen und Strukturen, bis hin zu Schlafentzug, gesellschaftlicher Isolation, sexueller oder emotionaler Unterdrückung, öffentlichen Bekenntnissen von Sünden und angeblichen Sünden und plumper Gehirnwäsche. Stunden um Stunden der Indoktrination durch Predigten, deren Hauptthema immer eine Variation des Themas *Wir gegen Sie* ist. *Wir*, das sind natürlich die Auserwählten. *Sie* sind alle anderen, alle Außenstehenden, die zusammen oder einzeln als fatale Bedrohung des *Wir* betrachtet werden.«

»Ja, ich erinnere mich daran. Doch keiner dieser Sektenführer war Paragnost.«

»Allerdings könnte ich mir vorstellen, dass sie es nur zu gern gewesen wären. Zum einen, weil die stundenlangen Predigten überflüssig wären, wenn man mit jeder einzelnen volle Durchschlagskraft erzielen kann.«

»Und das macht Samuel?«

»Wir gehen davon aus. Sarahs Berichten nach finden nicht jeden Tag Gottesdienste statt, und schon gar nicht die ganze Nacht. Doch er scheint täglich mit jedem seiner Anhänger zu sprechen, ihn zu berühren. Sie wirken, in Ermangelung eines besseren Ausdrucks, wie hypnotisiert.« Hollis zuckte mit den Schultern. »Und dann noch all die netten, überzeugenden Wunder, die man einem derart beeinflussbaren Publikum vorsetzen kann. Einem Publikum, das nur allzu bereit ist zu glauben, man sei Gottes Gesandter auf Erden. Wir Menschen verfügen über eine lange, belegte Geschichte der Nachfolge von Propheten und Heilsverkündern.«

»Egal, wohin sie uns führen.«

»Ganz genau«, stimmte Hollis ihr zu.

Brooke war klar, dass ihre Freunde recht hatten. Sie wusste, dass sie es allein nicht bis nach Texas schaffen würde. Doch das half ihr nicht weiter. Auch die Gewissheit, Freunde zu haben, die dasselbe wussten wie sie und sie verstanden, half ihr nicht.

Brooke hatte Angst.

Sie glaubte an Codys Behauptung, dass etwas Schlimmes geschehen würde. Etwas noch Schlimmeres als das, was bereits geschehen war. Sie glaubte ihm deshalb, weil Cody nie falsch lag und weil sie es auch fühlte.

Dieses Gefühl kam ihr vor wie ein Gewicht, dem sie nicht entrinnen konnte. Wenn sie im Bett lag, spürte sie es stundenlang auf sich lasten, schwer und düster. Sie gab sich die größte Mühe, ihre Schutzhülle stärker, dicker zu machen, doch das schien überhaupt nichts zu nützen. Das Gewicht verschwand nicht. Es wurde von Minute zu Minute schwerer.

Sie wollte schreien, ins Schlafzimmer ihrer Eltern laufen, wie sie es schon einmal gemacht hatte, als sie von einem Albtraum wach geworden war, wollte bei ihnen Trost suchen.

Sie brauchte die Vergewisserung, dass ihr nichts geschehen könnte, dass im Dunkel der Nacht nichts lauerte, vor dem sie sich fürchten müsste.

Damals hatte es gestimmt. Jetzt nicht mehr.

Brooke lag ganz still in ihrem finsteren Schlafzimmer und begann zu weinen.

Auf der anderen Seite der Siedlung lag Ruby ebenfalls wach im Bett. Auch sie hatte daran gearbeitet, ihre Hülle zu stärken, hatte aber sogar dabei Schuldgefühle, weil sie ihren Freunden etwas verheimlichte. Natürlich vertraute sie ihnen, aber ... Auf der ganzen Welt gab es nur noch eines, was ihr tatsächlich gehörte, eines, was Father ihr nicht hatte wegnehmen können.

Eines, das sie schützen musste.

Ruby drehte sich im Bett zur Seite und zog Lexie enger an sich.

»Ist ja gut«, flüsterte sie. »Ich lasse nicht zu, dass dir was geschieht. Egal, was passiert.«

Tessa runzelte die Stirn. »Also könnte Samuel präkognitiv sein, mit einer Vorgeschichte eingetroffener Visionen. Er könnte auch telekinetische Fähigkeiten besitzen, wie Sachen zu bewegen oder vielleicht sogar seinen eigenen Körper schweben zu lassen, oder telepathisch begabt sein und Gedanken lesen können.

Hollis nickte. »Jede dieser Begabungen könnte ihre Aufmerksamkeit in Bann ziehen, sie dazu bringen, ihm zuzuhören, ihm zu glauben. Ihm zu folgen – auch in einen Abgrund. Kann ihm helfen, die Männer durch die Überzeugung bei der Stange zu halten, dass er der Alpha-Rüde ist, der natürliche, von Gott auserwählte Führer, dem zu folgen ihre Bestimmung ist. Vor allem, wenn er der Kontrollgeschichte seine eigene Note verleiht.«

Tessa hatte noch immer Probleme mit diesem Gedanken,

der ihr ein mehr als mulmiges Gefühl verursachte. »Die Frauen. Er hat einen Weg gefunden, ihnen etwas Besseres zu geben als eine Droge.«

Mit finsterer Miene erwiderte Hollis: »Man nennt ihn nicht umsonst den kleinen Tod. Ein Orgasmus kann eine große Menge purer Energie produzieren. Falls Samuel einen Weg gefunden hat, ihn paragnostisch auszulösen, und dann ...«

»Die Energie stiehlt?«

»Warum nicht? Solange er in der Lage ist aufzuhören, bevor er zu viel abzapft, ist das doch eine unerschöpfliche Quelle. Besonders, wenn es auf sie wie eine Droge wirkt und sie dazu bringt, sich ihm nur allzu bereitwillig wieder und wieder zu fügen. Auch auf ihn könnte es wie eine Droge wirken. Zum Kuckuck, sie alle könnten süchtig danach sein.«

Tessa stellte ihre Kaffeetasse auf der Kücheninsel ab und verschränkte die Arme vor der Brust. »Mir wird gleich schlecht«, murmelte sie.

»Ja, mir auch. Eine ganz besondere Art sexueller Ausbeutung, das steht fest.«

»Und die Männer, die Ehemänner? Sie lassen das zu?«

»Wahrscheinlich wollen sie ihren Ahnungen einfach nicht glauben. Vielleicht können sie es nicht. Soweit bekannt, bringt er die Frauen nicht dazu, in der Öffentlichkeit, in der Kirche während des Gottesdienstes, den Höhepunkt zu erreichen, jedenfalls nicht ganz. Obwohl Sarah berichtet hat, dass ein paar der Frauen zumindest kurz davor waren. Aber ein richtiger Orgasmus, wie du ihn in deinem Traum gesehen hast? Wenn es zutrifft, was du gesehen hast, findet das ganz im Geheimen statt. Eine kleine Einzelaudienz bei Father, deren Ausgang nur eine Handvoll seiner Gefolgsleute kennen. Vielleicht nur der Typ, den du gesehen hast.«

»DeMarco? Chief Cavenaugh hält ihn für einen Unhold.«

»Klingt ganz danach. Vor allem, wenn er Samuels ausgelaugte Opfer mitten in der Nacht in deren Bett zurück trägt. Keine Ahnung, was seine Beweggründe sind. Vielleicht glaubt er tatsächlich an Samuel. Möglicherweise ist er aber auch nur ein Söldner.«

Die Furchen auf Tessas Stirn vertieften sich. »Von ihm habe ich rein gar nichts empfangen. Und sein Gesicht hat weder Gedanken noch Gefühle preisgegeben.«

»Wenn er Samuels engster Vertrauter, Bodyguard oder rechte Hand ist, wie immer er sich auch nennen mag, könnte er der Einzige sein, der die Wahrheit kennt. Der Einzige, der weiß, was hinter verschlossenen Türen geschieht. In der Öffentlichkeit, beim Gottesdienst, dürften die Männer bei den Frauen wohl das sehen, was viele wahre Gläubige in der Kirche sehen und empfinden – eine Art Verzückung. Nicht im Sinne eines Orgasmus, doch nahe dran. Eine geistige Erfahrung, die sie noch stärker mit Father verbindet.«

Sawyer wachte so schlagartig auf, dass er bereits aufrecht auf der Couch saß, als er die Augen öffnete. Benommen sah er sich in dem dämmrigen Büro um, lauschte auf den dumpfen Schlag seines Herzens, schwang dann die Füße von der Couch und fuhr sich mit den Fingern durch die Haare.

War doch nur ein Traum.

Genau, red dir das nur weiter ein.

Er ignorierte die sarkastische innere Stimme, warf einen Blick auf seine Armbanduhr und verzog das Gesicht, als er sah, dass es noch nicht einmal fünf Uhr war. Höchstens vier Stunden hatte er geschlafen. Trotz seiner Müdigkeit wusste er, dass es sinnlos war, wieder einschlafen zu wollen.

Weil er das nie schaffte. Und weil ihn der Traum nicht losließ.

Das war immer so.

Doch jetzt umso mehr. Vor allem jetzt. Und du weißt, wieso. Du willst es dir nur nicht eingestehen.

Wieder schenkte er der inneren Stimme keine Beachtung, erhob er sich von der Ledercouch, reckte und streckte sich, um seine Gelenke zu lockern, und ging durch den kleinen

Raum zu seinem Schreibtisch. Die Tischlampe brannte noch, und ihr Lichtkegel erhellte ein Chaos aus Ordnern, Landkarten und anderen Papieren auf seiner Schreibunterlage.

Doch da Sawyer genau wusste, wo alles war, griffen seine Finger zielsicher nach einer Mappe, die unter zwei anderen lag. Sie enthielt die Zusammenfassung von Berichten über mehr als ein halbes Dutzend mutmaßlicher Mordfälle, deren Leichen im Fluss gefunden worden waren – so weit flussabwärts, dass sie sich außerhalb seines Zuständigkeitsbereichs befanden.

Verdammt, zwei waren sogar in einem anderen Bundesstaat angespült worden.

Die Opfer konnten weder damals noch heute identifiziert werden und wurden daher als John und Jane Doe geführt. Vier Frauen, zwei Männer.

Sawyer hatte keine Autopsiefotos angefordert, doch jedem Bericht lag ein Bild des Opfers bei, so wie man ihn oder sie gefunden hatte. Schonungslos schwarzweiß, kalt, klinisch, hässlich.

Wie auch die Berichte selbst, klinische Fakten, nüchterner medizinischer Fachjargon. Die Opfer waren alle jung gewesen, in den Zwanzigern oder Dreißigern. Bei keinem waren Anzeichen einer Krankheit oder herkömmlicher Verletzungen vor dem Tode festgestellt worden. Die Todesursache hatte nicht ermittelt werden können.

Keine herkömmlichen Verletzungen vor dem Tode. Keine Schussverletzungen oder Messerstiche, keine Merkmale von Strangulation oder stumpfer Gewalteinwirkung, kein Hinweis auf Tod durch Ertrinken. Kein Nachweis von Gift. Auch die toxikologische Untersuchung der Opfer auf Drogen oder Alkohol war negativ ausgefallen.

Die einzige Gemeinsamkeit dieser Opfer war, dass sie nicht hätten sterben dürfen.

Zumindest den Berichten nach. Doch nachdem die Leiche von Ellen Hodges in seinem eigenen Zuständigkeitsbereich aufgetaucht war, beschäftigte sich Sawyer intensiver mit dem, was ihn bisher in Gedanken verfolgt hatte, allerdings nur inoffiziell. Er hatte sich alle Berichte kommen lassen, sie studiert und dann selbst jeden Gerichtsmediziner oder Coroner angerufen, der damit zu tun gehabt hatte, und ein paar sehr präzise Fragen gestellt.

Er hatte festgestellt, dass Tatortermittler im Allgemeinen keine besonders lebhafte Fantasie besaßen. Sie kümmerten sich um Fakten, meist hässliche Fakten. Wenn etwas nicht in das Wissens- oder Erfahrungsschema einer Person passte, wurde darum nicht viel Federlesens gemacht. Im besten Fall wurde es einfach übersehen, im schlimmsten bewusst ignoriert. Daher war es nicht ganz einfach gewesen, die benötigten Antworten zu erhalten, ohne dass die Information durch eine gezielte Fragestellung verfälscht wurde.

Geduld und Hartnäckigkeit zahlten sich aus, und am Ende erfuhr er Einzelheiten, die nicht in den Berichten standen.

Beispielsweise, dass die Leiche jedes dieser Opfer zumindest eine Eigentümlichkeit aufwies, die sich weder die Tatortermittler noch das medizinische Personal erklären konnten.

Verletzte und sogar geplatzte innere Organe. Zermalmte Knochen.

Weiße Augen.

»Himmel, was geht da oben vor sich«, murmelte er und rieb sich den Nacken, während er die Berichte sichtete. Er las wieder und wieder, was er längst auswendig wusste. Und ihm fielen Gespräche ein, die im Grunde genauso unheimlich geklungen hatten.

»*Ich würde Ihnen ja gern helfen, Chief. Wünschte, ich hätte eine Erklärung dafür, wie das Herz dieses Mannes in dieser Form verletzt werden konnte, ohne dass es dazu passende äußere Verletzungen gibt. Ich weiß nicht, wie das passiert ist. Ich weiß nicht, wie es passieren konnte. Als hätte eine ... als hätte eine unglaublich kräftige Hand in den Körper gegriffen und ... Aber das ist natürlich Unsinn.*«

Natürlich. Natürlich war es das.

Unsinn. Unmöglich.

Sawyer lehnte sich so weit im Sessel zurück, dass der aus Protest knarzte. Sein Blick ging quer durch den Raum, war aber auf etwas viel weiter Entferntes gerichtet. Auf ein anderes kurzes und scheinbar bangloses Gespräch an einer Straßenecke in der Stadt vor fünf Jahren. Auf ein Gespräch, das ihn verblüfft und verwirrt hatte und ihn nun zutiefst beunruhigte.

»Sie werden einen guten Polizeichef abgeben, Sawyer.«

»Wie bitte? Reverend Samuel, ich habe nicht die Absicht ...«

»Ich hoffe nur, dass Sie, wenn es so weit ist, wissen, wer Ihre Freunde sind. Wem Sie vertrauen können.«

»Reverend ...«

»Ich weiß, dass Sie kein Mitglied meiner Kirche sind, doch Leute wie wir sollten zusammenhalten. Finden Sie nicht auch, Sawyer?«

»Keine Ahnung, wovon Sie reden, Reverend.«

»Nein? Nun, vielleicht nicht.« Er lächelte, nickte höflich und ging weiter. Sawyer starrte ihm nach.

Nur mit Mühe löste er sich von der Vergangenheit und stellte fest, dass er auf den Fernseher auf der anderen Seite des Zimmers blickte. Ohne sich bewusst mit diesem Gedanken beschäftigen zu wollen, merkte er, dass er überlegte, ob es noch zu früh für die sogenannten Regionalnachrichten aus Asheville war.

Die Lampe auf dem Schreibtisch flackerte, der Fernseher ging an, so leise, wie Sawyer ihn am Vortag eingestellt hatte, und zeigte eine Dauerwerbesendung.

»Mist.« Rasch vergewisserte er sich, dass die Jalousien geschlossen waren. Er fühlte sich erst etwas beruhigter, als er sicher war, dass keiner der Polizisten der dritten Schicht vom Bereitschaftsraum aus in sein Büro sehen konnte.

Gut.

Als er mit einem Blick auf seine Armbanduhr feststellte, dass sie stehen geblieben war, fluchte er erneut, diesmal aber leise.

Nicht gut. Jedoch nicht ungewöhnlich.

Du hättest dich schon vor Jahren bei einer namhaften Uhrenfirma mit einem Vorrat eindecken sollen. Oder dich geschlagen geben und dir eine Sonnenuhr kaufen sollen.

Eine Sonnenuhr. Und ein Handy, das nicht schon nach einer Woche den Geist aufgab. Und er hätte Aktien irgendeines Glühbirnenherstellers kaufen sollen, denn wenn er sehr müde oder nervlich angespannt war und sich nicht vorsah, brannten sie häufig durch.

Er schloss für einen Moment die Augen, um die nötige geistige Kraft aufzubringen, herumirrende Gedanken und Energien wieder einzufangen. Nach all den Jahren bewusster Konzentration und Übung fiel es ihm eigentlich nicht schwer, doch wenn er erschöpft oder abgelenkt war, ließ seine Kontrolle nach.

Und das war nicht gut.

Leute wie wir.

Das war ganz und gar nicht gut.

Als Antwort auf Hollis' Theorie, dass man körperliche Erregung für geistige Verzückung halten konnte, schüttelte Tessa den Kopf. »Na gut, erklär mir die Frauen. Sag mir, wie eine Frau – eine erwachsene, sexuell aktive Frau – nicht wissen kann, dass sie einen Orgasmus hat. Und wie eine Frau das in eine religiöse Erfahrung umdeuten kann.«

»Manche können es, habe ich gehört.«

»Hollis.«

»Okay, okay. Ich wette, auch dabei handelt es sich um einen Aspekt von Samuels Fähigkeiten. Paragnostisch kann er ihren Geist nicht kontrollieren, aber ich wette, er kann ihnen die Überzeugung eingeben – ähnlich einer posthypnotischen Suggestion. Er überzeugt sie davon, dass es sich bei dem, was sie empfinden, eher um geistige als körperliche Verzückung handelt. Ich bin sogar davon überzeugt, dass diejenigen, die ins Allerheiligste gerufen werden, am nächsten Morgen beim Aufwachen wahrscheinlich glauben, nur einen erotischen Traum gehabt zu haben.«

Tessa erschauderte. »Das ist krank.«

»Mehr als das.«

»Aber er kann sich doch nicht alle Energie, die er braucht, von den Frauen holen?«

»Kaum. Ab und zu als Notbehelf oder im Ausnahmefall, ja, doch sie können nicht seine Hauptquelle sein. Nicht, wenn er ungewöhnlich viel Energie verbraucht.«

»Weiß man, ob er das tut?«

»Nein. Dass er es in der Vergangenheit getan hat, wissen wir. Aber wir haben keine Ahnung, wie viel er aufwenden muss, um seine Gemeinde zu kontrollieren und seine sonstigen Ziele zu verfolgen. Welche das auch immer sein mögen.«

»Wir wissen verdammt wenig über ihn«, stellte Tessa fest.

»Tja, willkommen in unserer Welt. Wurde ja Zeit.«

Tessa griff nach ihrer Tasse und nahm einen weiteren Schluck des inzwischen abgekühlten Kaffees, während sie überlegte. »Gehen wir also davon aus, dass er mehr Energie verbraucht, als er besitzt – aus welchem Grund auch immer. Dann müssen wir auch annehmen, dass er diese Energie irgendwie wieder erneuern muss.«

»Das muss jeder Paragnost, den ich kenne. Ruhe ist zwar die natürlichste Methode, aber nicht die schnellste. Einige von uns können Energie aus externen Quellen nachladen. Aus Gewitterstürmen und starken Magnetfeldern, zum Beispiel. Machen Gewitter dir nicht zu schaffen? Ich fühle mich dann immer wie ein einziger bloßliegender Nerv.«

»Ich fühle mich kribbelig und gereizt«, gab Tessa zu und hielt stirnrunzelnd inne. »Warte mal. Mir fällt gerade etwas ein. Als ich mich über Grace schlau gemacht habe, habe ich unter anderem gelesen, dass das Wetter in dieser Gegend von Frühling bis Herbst ungewöhnlich stürmisch ist. Hat etwas mit dem Granit in den Bergen, der Form des Tals und den Wetterfronten zu tun, die hier durchziehen. Sehr viele Gewitter, vor allem Trockengewitter. Hat Samuel deshalb seine Kirche hier angesiedelt?«

»Das nehmen wir an. Und deswegen ist er wahrscheinlich auch so an deinem angeblichen Besitz in Florida interessiert. Wie ich kürzlich festgestellt habe, hält Florida in den USA den Rekord an Blitzeinschlägen. Trockengewitter können richtig übel sein.«

»Aber in dieser Gegend gibt es Gewitter fast nur von Frühling bis Herbst. Wintergewitter sind ziemlich selten.«

Hollis nickte. »Was bedeutet, dass während der Wintermonate, so wie im Moment, kaum ein starkes elektrisches oder magnetisches Feld vorhanden ist, aus dem Samuel Energie abziehen oder auffüllen kann. Doch er verbraucht Energie, wahrscheinlich in hohem Maße. Die negativen Schwingungen, die du aufgefangen hast, vielleicht sogar die Schmerzen, sind wahrscheinlich nur eine Entladung: Unkoordinierte Reste von Energie, die frei wurden, nachdem er seine Fähigkeiten eingesetzt hat.«

»Soll heißen?«

»Soll heißen, dass er etwas sehr viel Stärkeres braucht, um sich aufzuladen, und sein Energiegleichgewicht wieder herzustellen. Vorausgesetzt, bei ihm ist überhaupt etwas im Gleichgewicht, was ich zu bezweifeln wage.«

Tessa ging auf den gemurmelten Zusatz nicht weiter ein. »Was macht er dann? Du hast gesagt, die Frauen können nicht seine Hauptquelle sein. Das Wetter kann es aber einen Teil des Jahres auch nicht sein. Also?«

Zögernd erwiderte Hollis: »Beim Orgasmus produziert der Körper eine Menge Energie. Doch beim Sterben wird noch weit mehr Energie erzeugt – vor allem, wenn es sich um einen schrecklichen oder qualvoll traumatischen Tod handelt. Glaub mir, ich weiß, wovon ich rede.«

»Willst du damit sagen, er tötet, um sich zu nähren?«

»Ich sage nur, es könnte sein. Das könnte diese unerklärlichen Todesfälle erklären. Wegen dieser möglichen Annahme, dieses Verdachts sind wir hergekommen.«

»Muss das FBI nicht abwarten, bis es angefordert wird?«

»Bei einer herkömmlichen Mordermittlung schon. Wir achten genau darauf, den staatlichen und örtlichen Polizeikräften nicht in die Quere zu kommen. Aber bei gewissen Verbrechen schreitet das FBI automatisch ein. Das schließt einen Serienmörder ein, der in seinem Wüten Staatsgrenzen überschritten hat.«

»Aber wurde dieser Teil der offiziellen Ermittlungen nicht in Venture abgeschlossen? Ich dachte, es gäbe keine stichhaltigen Beweise, die Reverend Samuel mit diesem Mörder in Verbindung brächten.«

»Die Beweise waren nur provisorisch«, gestand Hollis.

»Soll das heißen, sie wurden durch paragnostische Fähigkeiten erbracht?«

»Sagen wir so, es gibt nicht nur einen Grund, uns in Grace bedeckt zu halten.«

»Verstehe. Und wir haben auch keinen eindeutigen Beweis, der den Reverend mit den Leichen verbindet, die aus dem Fluss gezogen wurden.«

»Tessa!«

»Haben wir?«

Nach einer längeren Pause antwortete Hollis: »Nein, haben wir nicht. Wir haben überhaupt keine eindeutigen Beweise gegen ihn in der Hand.«

8

»Schon auf?«, fragte Bailey, als sie den Raum betrat. »Oder noch auf?«

Bishop sah sie an und runzelte kurz die Stirn. »Ich werde später ein Nickerchen machen.«

»Also noch auf.« Sie schüttelte den Kopf. »Du wirst uns nicht viel nützen, wenn du dich nicht ausruhst. Diese Geschichte könnte sich Wochen hinziehen, sogar Monate.«

»Nein. Könnte sie nicht. Wird sie nicht.«

Statt einen Stuhl zu holen, hockte Bailey sich auf den Rand des Konferenztisches, schlug die Knöchel über und ließ die Beine baumeln. Sie war von Natur aus eine sehr ausgeglichenen Frau, die sich nicht so leicht erschüttern ließ und sehr viel Geduld besaß.

Da sie der beste Schutzengel bei der SCU war, hatte sie bei laufenden Ermittlungen eine weniger aktive Rolle als die meisten anderen Agenten. Sie verbrachte viele ihrer Arbeitsstunden an Krankenbetten oder anderweitig in der Nähe von Personen, denen ein Angriff drohte. Allerdings kein Angriff mit herkömmlichen Waffen.

Während Bishop sie ansah, fand er, wie schon so oft, dass es ihr sehr gut gelang, ihre Widerstandsfähigkeit vor den Augen normaler Menschen zu verbergen. Sie wirkte überraschend zart, war groß, schlank und brünett, mit großen dunklen Augen, die so ruhig und unergründlich waren, dass sie fast hypnotisch wirkten. Möglicherweise entsprang ihre Gelassenheit einem tiefgreifenden Verständnis der menschlichen Natur. Wie die meisten Schutzengel in der Einheit war sie ausgebildete Therapeutin und besaß sogar einen Doktortitel in Psychologie.

Sie wirkte nicht taff.

Sie war es.

Zu Beginn war er nicht davon ausgegangen, ihre speziellen paragnostischen Begabungen einsetzen zu müssen. Doch schon nach Kurzem erkannte er, wie wertvoll ein Paragnost war, der andere abschirmen konnte. Und ebenso schnell war ihm klar, dass er so einen brauchte.

»Penny«, bot Bailey ihm an.

»Für meine Gedanken?« Bishop schüttelte den Kopf. »Wirf dein Geld nicht zum Fenster raus.«

»Also immer noch dabei, Probleme zu wälzen? Versuchst herauszufinden, wie Samuel es bewerkstelligt?«

»Das ist nicht das Problem, das mich beschäftigt.«

»Sondern wo seine Grenzen liegen.«

Bishop nickte. »Weißt du, wie die Schlagzeile der heutigen *Grace Gazette* lauten wird? Online kann man sie schon lesen. Der Stadtrat hat getagt und über eine geringfügige Erhöhung der Grundsteuer nachgedacht.« Er hielt inne und fügte dann hinzu: »Die Leiche, die gestern im Fluss gefunden wurde, hat es gerade noch auf die letzte Seite geschafft.«

»Tja, da der Besitzer und der Chefredakteur Gemeindemitglieder sind, ganz zu schweigen von mindestens einem Reporter ...«

»Ich wünschte mir ehrlich, ich könnte glauben, dass da nicht mehr dran ist«, sagte Bishop. »Dass sich Samuels Einfluss außerhalb des Geländes nur durch seine Anhänger manifestiert. Doch da ist mehr dran. Die ganze Stadt fühlt sich falsch an. Buchstäblich jeder von uns hat es gespürt und angesprochen. Der ganze Ort ist seltsam. Friedlich. Gleichgültig. Hollis hat mich gefragt, allerdings im Scherz, ob wir das Trinkwasser untersucht hätten.«

»Was wir getan haben. Herausgekommen ist absolut nichts Ungewöhnliches.« Nun runzelte Bailey die Stirn. »Was es auch ist und wie Samuel es auch anstellt, nicht jeder in der Stadt scheint davon in Mitleidenschaft gezogen zu sein. Chief

Cavenaugh ist meilenweit entfernt davon, gleichgültig zu wirken. Es gibt noch ein paar andere, die ich bei einem Spaziergang durch die Stadt getroffen habe. Cavenaugh habe ich noch nicht kennengelernt, aber ich sage dir, die anderen, die mir aufgeweckter oder wachsamer vorkamen, besaßen eine Gemeinsamkeit.«

»Und die wäre?«

»Ihre persönliche Art von Energie. Keine paragnostische. Es sei denn, es wären Schläfer, was sich mir nicht unbedingt mitteilen würde. Aber ich konnte ganz eindeutig verschiedene Arten von Schutzschilden ausmachen.«

Nachdenklich erwiderte Bishop: »Auch wer kein Paragnost ist, baut häufig Abwehrmechanismen auf, um sich zu schützen. Geistig, seelisch, sogar körperlich. Das kommt öfter vor, als man denkt.«

Bailey nickte. »Vor allem in Kleinstädten, wo sich jeder bei jedem einmischt.«

»Waren die mit den Schutzschilden Gemeindemitglieder?«

Sie schürzte die Lippen. »Glaube ich nicht, aber ich hatte auch keine Mitgliederliste zum Vergleichen. Rein vom Aussehen her, nein. Sie sahen nicht so geschrubbt und selbstgefällig aus.«

»Also sind die mit den Schilden offenbar keine Gemeindemitglieder. Und sie scheinen auch nicht von dem betroffen zu sein, zumindest nicht allzu sehr, was auf alle anderen einwirkt.«

»Was der Grund dafür sein könnte«, meinte Bailey. »Samuel kommt nicht an sie ran, kann sie nicht beeinflussen, weder paragnostisch noch auf herkömmliche, sektenübliche Art und Weise. Doch falls sich aus meinem Gang durch die Stadt irgendetwas ableiten lässt, dann ist nur ein kleiner Prozentsatz der Einwohner immun gegen Samuel.«

»Was bedeutet«, stellte Bishop mit grimmiger Miene fest, »dass er einen immensen Energieaufwand betreibt. Das muss seinen Preis fordern.«

»Es ist ihm den Preis vielleicht wert, weil es ihm gestattet, ohne große Vorsicht vorzugehen. Keine Zeitungsberichte oder sonstige Aufmerksamkeit der Medien. Niemand befragt seine Leute. Keiner behelligt sie.« Bailey hielt inne und setzt dann hinzu: »Andererseits funktioniert es vielleicht gar nicht so zielgerichtet. Die Sensoren, die wir inzwischen angebracht haben, zeigen uns eine riesige Menge ungeordneter Energie, für die wir keine Erklärung haben, und zwar nicht nur auf dem Gelände. Wenn er genug davon verbraucht und trotzdem genügend Reste in der Luft bleiben, könnte das wie eine Art Dämpfung auf die gesamte Gegend wirken, auch außerhalb der Siedlung. Könnte auf jeden einwirken, der für elektrische oder magnetische Energie empfänglich ist.«

»Könnte auf uns einwirken«, ergänzte Bishop. »Auf unvorhersehbare Art.«

Bailey sah ihn mit leicht geneigtem Kopf an. »Wenn man Tessas und Sarahs Erfahrung im Zusammenhang mit anderen Berichten sieht, heißt das wohl, dass diese Information nicht so ganz neu ist.«

Als Antwort auf die unausgesprochene Frage meinte Bishop bedächtig: »Ich war immer davon überzeugt, dass irgendwann ein vollkommener Paragnost geboren würde. Eines Tages. Ein Paragnost mit der angeborenen Begabung, seine Fähigkeiten vollkommen kontrollieren zu können.«

»Was prinzipiell etwas sehr Gutes wäre. Es sei denn, er gehört zum anderen Team.«

»Diese Möglichkeit wurde deutlicher, als wir im Laufe der Zeit im anderen Team mehr und mehr Paragnosten entdeckten«, räumte er ein.

»Okay. Glaubst du, Samuel ist ein vollkommener Paragnost?«

»Ich fürchte, ja.«

Bailey wartete einen Augenblick lang und hakte dann nach. »Und?«

»Und alles, was ich über das Erstellen eines Profils weiß,

sowie meine ganze Erfahrung sagt mir, dass er möglicherweise erschaffen wurde, nicht geboren. Geformt durch Ereignisse in seinem Leben. Erschaffen.«

»Und?«, wiederholte Bailey.

»Wir werden mit gewissen Beschränkungen geboren, Bailey. Wir alle. Unsere Fähigkeiten entwickeln und verändern sich, doch ihnen sind letztendlich Grenzen gesetzt. Auch wenn wir Jahre oder ein Leben lang brauchen, um sie zu erkennen. Andererseits verfügt etwas, das erschaffen wurde, etwas, das im Schmelztiegel der Erfahrungen geformt wurde, möglicherweise nicht über diese Art von Beschränkungen. Seine Weiterentwicklung ließe sich nur durch Willenskraft bewusst kontrollieren und beschleunigen. Samuel könnte buchstäblich Tag für Tag stärker werden.«

»Deshalb hast du gesagt, es könne nicht Wochen oder Monate so weitergehen.«

Er nickte. »Ja. Wir müssen ihn aufhalten.«

»Auch ohne Beweise?«

»Auch dann«, bekräftigte Bishop. »Ohne Beweise können wir ihn nicht in einen Käfig stecken. Wir können mit ihm nicht vor Gericht gehen. Ohne Beweise müssen wir ihn vernichten.«

Tessa runzelte die Stirn. »Sarah war eine Agentin von Haven, nicht vom FBI. Die Nachforschungen des FBI über die Kirchengemeinde waren nicht abgesegnet?«

»Nicht vom Direktor. Er ist kein großer Fan der SCU. Oder von Bishop. Die Lage ist seit seiner Ernennung etwas angespannt.«

»Wieso kein Fan? Nach allem, was ich gehört habe, war die SCU bei ihren Ermittlungen ungeheuer erfolgreich, besonders im Vergleich zu anderen Fällen des FBI.«

»Genau das könnte der Grund sein. Bishop zerreißt sich fast, um zu verhindern, dass unsere Erfolge publik werden. Und wenn wir dafür keine Anerkennung bekommen ...«

»... bekommt auch das FBI keine Anerkennung. Aber möchte ein Direktor wirklich erklären müssen, dass die Erfolge einer Einheit zu verdanken sind, die hauptsächlich aus paranormal veranlagten Agenten besteht?«

»Das bezweifle ich. Sehr sogar. Jetzt begreifst du, wieso er uns mit gemischten Gefühlen betrachtet. Welche Spannungen es sonst noch gibt, entzieht sich meiner Kenntnis. Doch dass er die Einheit und Bishop genau im Auge behält, das weiß ich.«

Leicht sarkastisch stellte Tessa fest: »Hinter dem Rücken des Direktors Agenten in die Kirchengemeinde einzuschleusen wird uns nicht gerade Pluspunkte verschaffen.«

»Ich habe nie behauptet, dass es SCU-Agenten innerhalb der Gemeinde gibt«, entgegnete Hollis rasch. »Schau, Tessa, jeder mutmaßliche Sektenführer kommt automatisch auf die Beobachtungsliste des FBI und der SCU. Haben wir es zusätzlich mit einem mutmaßlichen Sektenführer zu tun, bei dem auch nur die Möglichkeit paragnostischer Fähigkeiten besteht, wären wir verrückt, würden wir uns nicht Augen und Ohren in der Gemeinde zulegen, um die Gefahr einzudämmen. So schnell wie möglich. Ein paragnostischer Sektenführer, der des Mordes verdächtigt wird, bedingt eine Ermittlung in großem Stil.«

»Aber keine offizielle Ermittlung.«

»Falls du juristische Bedenken hast: Haven arbeitet offiziell für Senator LeMott.«

Tessa schüttelte den Kopf. »Deshalb mache ich mir keine Sorgen. Ich weiß, dass John und Maggie keinen von uns ohne juristische Rückendeckung irgendwohin schicken würden.«

»Worüber zerbrichst du dir dann den Kopf?«

Tessa musste kurz lachen.

Hollis verzog das Gesicht. »Okay, blöde Frage. Ich meine, was stört dich bei all dem an der Verbindung Haven und SCU?«

»Ich weiß nicht, wie weit wir gehen dürfen. Wo unsere Grenzen sind.«

»Wie meinst du das?«

»Wir können beobachten. Wir können Informationen sammeln. Aber keiner von uns ist befugt, jemanden einzusperren oder auch nur festzunehmen.«

»Nun, das ist strittig. Doch darum geht es nicht. Du möchtest Chief Cavenaugh ins Vertrauen ziehen, nicht wahr?«

»Warum nicht? Er ist befugt, öffentlich zu ermitteln, ohne Wenn und Aber. Er kann Leute festnehmen oder einsperren, sogar nur auf Verdacht. Und er ist davon überzeugt, dass Samuel und seine Kirche in die Morde verwickelt sind.«

»Demzufolge, was du mir erzählt hast, hält er mit seinem Verdacht keineswegs hinter dem Berg.«

»Das ist vielleicht gar nicht schlecht. Vielleicht sollten Samuel und seine Kirche wissen, dass jemand sie im Auge behält.«

Hollis musterte die andere Frau eindringlich und sagte dann ruhig: »Nach all den Schmerzen, die du hattest. Du bist der Meinung, wir sollten schnell handeln. Sollten dem, was da oben geschieht, ein Ende machen.«

»Du nicht?«

»Ein Ende machen, ja. So schnell wie möglich. Aber, Tessa, auch wenn der Chief dabei auf unserer Seite ist, das Gesetz ist es nicht, und Cavenaugh ist an das Gesetz gebunden. Wir haben keine eindeutigen Beweise, schon vergessen? Keinen Beweis, dass Samuel oder sonst jemand aus seiner Kirche etwas mit Sarahs oder Ellen Hodges Tod zu tun hatte. Oder mit dem Tod der anderen.«

»Das weiß ich. Doch der Chief kann seine Fragen wenigstens direkt stellen, wir lächeln nur und tun als ob.«

»Auch das ist eine Möglichkeit, Nachforschungen anzustellen, und das weißt du. Und ich hoffe, du weißt auch, dass es dir niemand verübeln würde, falls du beschließt, so nicht bei uns mitmachen zu wollen.«

Tessa wich Hollis' unverwandtem Blick aus. »Ich werde mich nicht drücken. Es ist nur wegen des Traums, er beunruhigt mich mehr, als ich dachte.«

»Das wundert mich nicht. So wenig wir auch über Samuel wissen – das, was er da treibt, ist mehr als unnatürlich. Und egal, ob sein Beweggrund die übliche und buchstäbliche Machtgier eines Sektenführers ist, oder ob mehr dahinter steckt, eines wissen wir zweifellos: dass er gefährlich ist. Und dass die Gefahr zunimmt. Sechs der acht bekannten Opfer in dieser Gegend starben innerhalb der letzten beiden Jahre. Da sind noch nicht mal die Frauen dabei, die letzten Sommer in Boston und letzten Oktober in Venture ermordet wurden. Wir sind davon überzeugt, dass letztendlich Samuel für diese fürchterlichen Morde verantwortlich ist.«

»Und alles, was wir haben, sind Fragen.«

»Das ist nicht alles, was wir haben. Wir haben ihn im Verdacht, ein Mörder zu sein. Der mit seinem Geist, seinen paranormalen Fähigkeiten mordet und nicht mit den eigenen Händen. Ein Grund für das Morden könnte sein offensichtlicher Bedarf an Energie sein, der Hunger, den du in deinem Traum gespürt und gesehen hast. Das könnte eine Antwort sein oder zumindest ein Teil davon. Nur hilft uns das noch nicht weiter. Wir müssen alle Antworten finden, wie auch die entscheidende, nämlich, wie man ihn dingfest macht. Am besten, bevor noch jemand stirbt.«

Der letzte Satz war dazu gedacht, Tessa ihr Ziel wieder vor Augen zu halten, sie in ihrem Entschluss zu bestärken und an ihre Rolle bei all dem zu erinnern. An ihren Job.

»Also bekommt er zumindest einen Teil von dem, was er braucht, von ihnen, von seinen Anhängern. Den Frauen. Er benützt seine Fähigkeiten, sie zum Orgasmus zu bringen, und entzieht ihnen dann die Energie. Das ist nur einfach unglaublich.«

»Das war dein Traum«, bemerkte Hollis.

»Ich habe aber keine Visionen«, wehrte Tessa rasch ab.

»Ich glaube, das war keine Vision.«

»Du bezweifelst, dass das echt war, was ich gesehen habe?«

»Ja, das bezweifle ich nicht. Ich glaube, es geschah genauso, wie du es gesehen hast und wahrscheinlich während du es gesehen hast.«

»Wie kann das sein? Ich war hier. Ich empfange nie etwas aus der Ferne, und schon gar nicht derart detailliert.«

»Erinnerst du dich, was ich über die Veränderung von Fähigkeiten gesagt habe?«

Tessa nickte.

»Tja, ich denke, deine haben sich bereits verändert. Oder sie sind gerade dabei, sich zu verändern. Zumindest bei diesem Fall. Als du auf dem Gelände warst, hast du Verbindung aufgenommen. Vielleicht mit einer Person, vielleicht mit einer Energiequelle – was weiß ich. Aber du hast eine echte, spürbare Verbindung aufgebaut.«

»Wieso glaubst du das?«

Hollis betrachtete die farbige Aura, die um Tessa waberte. Sie war zwar schwächer als zu dem Zeitpunkt, zu dem Tessa sie geweckt hatte, doch immer noch leuchtend vor Energie, beinahe funkelnd. Hollis' begrenzter und noch recht frischer Erfahrung nach war das keine ungewöhnliche Aura für einen Paragnosten. Aber eines daran war doch ungewöhnlich.

Wie eine sich schlängelnde und windende Ranke entsprang der Aura ein Energiestrom, der durch die Küchentür in Richtung Vorderseite des Hauses und zur Eingangstür hinaus verschwand.

»Nenn es Vorahnung«, sagte Hollis.

»Das Problem ist«, meinte Special Agent Quentin Hayes, »dass es so verflixt lang dauert, jemanden dort einzuschleusen. Wenn er dann tatsächlich drin ist, muss er ein Riesenglück haben, um wenigstens fünf Minuten allein auf dem Klo sitzen zu können. Das eignet sich überhaupt nicht für eine gründliche Aufklärung.«

»Erzähl mir was, was ich noch nicht weiß«, erwiderte Bishop.

Quentin hob den Blick von der vor ihm ausgebreiteten

Landkarte und zog eine Braue in die Höhe. »Kann ich wahrscheinlich nicht. Aber ich kann dir was erzählen, das du schon weißt. Du solltest nicht hier sein.«

»Ich bin gedeckt. Der Direktor ist in Paris, auf einem Seminar für Vertreter von Strafverfolgungsbehörden.«

»Den Direktor habe ich nicht gemeint.« Mit ungewohnt gerunzelter Stirn richtete Quentin sich auf. »Senator LeMott macht mir viel mehr Sorgen.«

Bishop, der auf der anderen Seite des Raumes an einem Computer saß, lehnte sich zurück und richtete den Blick auf einen seiner zuverlässigsten Hauptagenten. »Alles, was LeMott unternimmt, geschieht per Fernsteuerung durch seine eigenen Einsatzkräfte. Ihn in Washington zu beaufsichtigen, würde daran nichts ändern.«

»Dadurch bekämen wir aber eventuell die Möglichkeit, seine Agenten ausfindig zu machen, bevor sie übereilt handeln und die ganze Geschichte den Bach runtergeht.«

»Sie mit den Leuten, die wir vor Ort haben, ausfindig zu machen, ist viel wahrscheinlicher. Ich konnte LeMott seit Wochen und vielleicht schon länger nicht mehr richtig lesen.«

Quentins Stirnrunzeln vertiefte sich. »Ist dir das schon mal passiert? Plötzlich jemand nicht mehr lesen zu können, wenn du es vorher konntest?«

»Nein.«

»Das beunruhigt dich nicht?«

Bishop seufzte. »Natürlich beunruhigt es mich. Aber LeMott wäre nicht der Erste, der kein Paragnost ist und gelernt hätte, wie man seine Gedanken vor einem Telepathen abschirmt.«

»Falls er gelernt hat, seine Gedanken im Laufe von nur ein paar Wochen vor dir zu verbergen, ist das nicht nur eine Seltenheit, sondern unnatürlich schnell.«

»Du denkst, er hatte dabei Hilfe?«

»Ist das denn nicht wahrscheinlich? Ich meine, Wut ist ein gutes Schutzschild, wütend und vor Gram verrückt ergibt ein noch besseres. Doch das war letzten Sommer, und damals konntest du ihn trotzdem lesen.«

Bishop überlegte einen Moment und schüttelte dann den Kopf. »Ob er mich mit Hilfe von außen abblocken kann, ist etwas, worauf ich im Moment keinen Einfluss habe. Die Dinge in Grace entwickeln sich zu schnell, als dass sich auch nur einer von uns auf etwas anderes konzentrieren könnte. Zwei ermordete Gemeindemitglieder in den letzten zwei Wochen bedeuten entweder eine beabsichtigte Steigerung, einen Energieaufbau, oder aber einen Kontrollverlust, der auf etwas viel Schlimmeres hindeutet.«

»Ich will wirklich nicht erleben, dass dieser Kerl noch schlimmer wird«, erwiderte Quentin trocken. »So oder so.«

»Nein. Aber wenn wir ihn nicht bald dingfest machen, wird er zweifellos schlimmer werden. Diese neuen Energiewerte sind eine Bestätigung dessen, was einige von uns schon seit Monaten gespürt haben. Nachdem wir jetzt tatsächlich messen können, was geschieht, wissen wir wenigstens über die zunehmende Gefahr Bescheid.«

»Ja, offensichtlich. Aber ich habe keine Ahnung, wie aussagekräftig das ist. So etwas habe ich noch nie zuvor gesehen.«

»Ich auch nicht. Doch ich muss mich damit nicht auskennen, um zu wissen, dass ein derart schwankendes elektromagnetisches Feld ebenso ungewöhnlich wie potenziell tödlich ist.«

»Ja, hab ich verstanden. Das war einer der Gründe, warum ich nichts dagegen einzuwenden hatte, als du Diana gebeten hast, in Quantico zu bleiben.«

»Und das habe ich verstanden«, murmelte Bishop.

Quentin räusperte sich und beugte sich demonstrativ über die Karte des Kirchengeländes, um sie zu studieren. Die Karte war nur insofern ungewöhnlich, als sie ungewöhnlich viele Details zeigte und eine durchsichtige Folie mit zahlreichen geheimnisvollen Zeichen und mathematischen Formeln darüber lag. »Okay, ich war wohl etwas zu vorsorglich. Verklag mich.«

»Das wird schon wieder, Quentin. Ihr geht es jeden Tag besser, sie gewinnt die Kontrolle über ihre Fähigkeiten mehr und mehr zurück. Ihre Heilung schreitet in jeder Hinsicht fort. Du hattest recht damit, dass sie sehr viel Kraft besitzt.«

»Sie hat einen weiten Weg vor sich.«

»Mit der formalen Schulung ist sie fast fertig.«

»Das habe ich nicht gemeint, und das weißt du.«

»Neugierig?«

»Also, ich war es nicht, der etwas über uns gesehen hat. Ich hatte gehofft, du und Miranda hättet es vielleicht.«

»Tut mir leid.«

»Tut es dir leid, dass ihr nichts gesehen habt? Oder tut es dir leid, dass du mir nicht sagen kannst, was ihr gesehen habt?«

»Ersteres. Diese Ermittlung hat uns ziemlich beschäftigt, schon vergessen? Und Visionen waren in letzter Zeit dünn gesät.«

»Ach. Ich habe mich schon gefragt, wieso du mich dabei haben wolltest. Es ist doch sonst nicht deine Art, mehr als einen Hauptagenten dabeizuhaben. Jedenfalls nicht im Anfangsstadium der Ermittlungen.«

»Präkognosten sind selten, und falls es irgendetwas vorherzusehen gibt, will ich auf diesen Vorteil nicht verzichten.«

»Wenn du und Miranda nichts gesehen habt, werde ich es wahrscheinlich auch nicht.«

»Du könntest aber.«

»Zusammen mit Diana bin ich stärker«, wandte Quentin ein.

»Ja. Aber sie kann nicht herkommen. Sie ist ein Medium. Ein sehr starkes Medium. Hollis wäre auch nicht hier, wenn nicht sonnenklar wäre, dass sie dazu bestimmt ist. Aus welchem Grund auch immer.«

»Ich will dir ja nichts einreden, nicht wegen Diana. Aber ... keine Visionen? Gar keine?«

»Schon seit einiger Zeit nicht.«

Quentin schob die persönlichen Auswirkungen seiner

unbeantworteten Frage beiseite. »Das gefällt mir überhaupt nicht. Es ist eine Sache, ob einer von uns durch Samuel oder seinen Leuten paragnostisch beeinträchtigt wird. Oder durch wen zum Teufel sonst diese seltsamen Energiefelder erzeugt werden, die stark genug sind, das Wild zu verscheuchen. Doch ihr beide wart lange Zeit verlässlich und beständig, ganz gleich, welche Ermittlungen wir durchgeführt haben. Wenn euch das beeinflussen kann …«

»Wir wissen nicht, ob es das tut.« Bishop zögerte und fügte dann hinzu: »Wir wissen auch nicht, ob es das nicht tut. Einer der Gründe, warum ich hier sein muss – und Miranda fortbleibt.«

»Und wenn sich herausstellt, dass es zu Samuels Plan gehört, dich auszuschalten? Ein bisschen *teile und herrsche* für Miranda und dich ins Spiel zu bringen? Du machst ihm das nicht gerade schwer.«

»Mirandas Schild hält stand, und es ist uns erst kürzlich gelungen, ihn zu verstärken. Ich dürfte eigentlich nicht als Paragnost erkennbar sein. Unsere stärksten Teammitglieder konnten im Labor nicht mal meine Anwesenheit spüren.«

»Im Labor.«

»Ja.«

»Ich nehme an, es hat wenig Sinn, dich daran zu erinnern, dass sich viele der Theorien und Annahmen, die wir im Labor entwickelt haben, beim praktischen Einsatz in Luft auflösen.«

»Mehr haben wir aber nicht, Quentin. Wir gehen mit Logik und entsprechend unserer Theorien vor, bis uns die Praxis widerlegt.«

»Tja, das ist es eben, wovor ich Angst habe. Dass uns diesmal die Erfahrung Lügen straft. Was sie ja hin und wieder tut. Dann ist es ein bisschen zu spät, unsere Theorien neu auszurichten.«

»Uns bleibt nichts anderes übrig. Zu viele unserer Leute sind in Gefahr. Außerdem, falls Samuel überhaupt weiß, dass ich in der Nähe bin … Na, sagen wir mal, falls er derart stark ist, wäre es ziemlich egal, wo ich mich befinde.«

Kaum hörbar murmelte Quentin: »Das wird ja immer schöner.«

»Wir haben tüchtige Leute auf unserer Seite, Quentin.«

»Wir haben zu viele Neulinge dabei. Bestenfalls lassen sie sich von ihrer Aufgabe, ihrer Mission ablenken, wie Sarah. Schlimmstenfalls stellen sie eine echte Belastung dar.«

»Sarah hat getan, was sie für richtig hielt.«

»Ich weiß. Und ich mache ihr keinen Vorwurf. Verflixt, ich hätte vielleicht dasselbe getan. Aber es hat sie das Leben gekostet, und uns ein Paar wertvolle Augen und Ohren innerhalb der Kirche.«

»Ich weiß.«

Quentin sah seinen Boss kurz an und seufzte. »Ich weiß, dass du es weißt. Sieh mal, ich mag Tessa wirklich. Aber sie steht unter einem derartigen Druck, und ich frage mich, ob sie ihm standhält.«

»Tessa wird ihr Bestes geben. Mehr kann keiner von uns tun. Und Hollis ist bei ihr.«

Quentin verzichtete nun endgültig auf das angelegentliche Studium der Landkarte und richtete sich mit erneut hochgezogener Braue auf. »Musstest wohl deinen Plan etwas abändern, als sie dazukam, oder?«

»Das war ... unvorhergesehen«, räumte Bishop ein.

»Ein Wink des Schicksals? Ein ziemlich deutlicher Hinweis darauf, dass von keiner uns tatsächlich die Kontrolle über sein Schicksal hat, egal was man weiß, oder zu wissen glaubt?«

»Kann sein. Aber nach Venture brauchte ich diese Gedächtnishilfe nicht, das kannst du mir glauben. Ich halte nichts mehr für selbstverständlich, nicht dieses Mal. Wir haben schon einen zu hohen Preis gezahlt.«

Nach einem kurzen Moment blickte Quentin erneut auf die Karte und erwiderte bedächtig: »Wenn man es recht bedenkt, könnte es sich bei den bisherigen Kosten auch nur um eine Anzahlung handeln.«

9

Tessa hatte zwar nicht vorgehabt, schon so bald auf das Kirchengelände zurückzukehren, doch als Ruth am Donnerstagvormittag *nur mal vorbeischauen* wollte, um sich nach ihrem Befinden zu erkundigen, ließ Tessa sich überreden, der Kirche später am Tag einen zweiten Besuch abzustatten.

Kaum war die Besucherin gegangen, tauchte Hollis auf und meinte: »Ob das eine gute Idee ist, schon so bald wieder dorthin zu gehen, Tessa?«

»Wieso nicht?«

»Weil dich der gestrige Besuch ziemlich mitgenommen hat, weil du dich letzte Nacht kaum erholen konntest und bereits seit kurz vor Morgengrauen auf bist«, erklärte Hollis unumwunden.

»Sehe ich so schlecht aus?«

»Du siehst abgespannt aus.«

»Prima. So sollen sie mich ja auch sehen, oder nicht? Abgespannt. Verunsichert. Schutzlos.«

»Schon, aber doch nur als Fassade. Wenn du müde bist, besteht die Gefahr, dass deine Schutzschilde nachgeben und du einem anderen Paragnosten ausgeliefert bist. In diesem Fall einem Paragnosten, von dem wir ziemlich sicher sind, dass er zumindest die Fähigkeiten eines anderen stehlen oder anzapfen und mit seinen eigenen möglicherweise töten kann.«

»Ziemlich sicher. Doch wir haben keinen Beweis dafür, dass wir recht haben.«

»Wegen dem bisschen Unsicherheit würde ich nicht mein Leben aufs Spiel setzen, Tessa.«

»Nein.« Tessa atmete tief ein, um die Ungeduld zu überspielen, die sie seltsamerweise empfand. »Nein, natürlich nicht.«

»Ich meine ja nur, dass du vorsichtig sein sollst. Samuel hat ein deutliches Interesse bekundet, Leute mit verborgenen Fähigkeiten in seine Gemeinde aufzunehmen. Vielleicht hat er erkannt, dass deren Gehirne mehr elektromagnetische Energie produzieren als die von normalen Menschen, und sieht in ihnen eine mögliche Energiequelle. Wie er aber innerhalb seiner Gemeinde mit aktiven Paragnosten umgeht, wissen wir nicht – es sei denn, wir schließen es aus dem, was Sarah zugestoßen ist.«

»Können wir denn davon ausgehen? Ihrem Bericht zufolge glaubte sie, zumindest einer von Samuels Leuten sei ein starker Paragnost, stimmt's?«

»Ja. Aber mit einem kräftigen Schutzschild.«

»Trotzdem, wenn Sarah das aufgefangen hat, dann Samuel sicher auch.«

»Meiner Meinung nach handelt es sich dabei um einen Paragnosten, den Samuel kontrollieren kann. Jemand, den er beherrscht. Sarah konnte er nicht beherrschen. Sie gehörte zur Gemeinde, suchte nach Informationen und schaffte einige der Kinder nach draußen. Und jetzt ist sie tot. Ich behaupte, wir können davon ausgehen, dass sie für Samuel eine Bedrohung darstellte. Entweder weil sie eine Paragnostin war, die er nicht kontrollieren konnte, oder weil er herausfand, dass sie gegen ihn arbeitete.«

»Hollis …«

»So oder so, du bist in Gefahr. Vor allem, wenn du abgespannt bist.«

Tessa hörte die Besorgnis in der Stimme der anderen Frau und wusste sie zu schätzen, schob sie jedoch trotzdem beiseite. Sie verdrängte auch ihr schlechtes Gewissen darüber, dass sie Hollis eigentlich von ihrem gestrigen Nasenbluten hätte erzählen sollen.

Oder es zumindest es jetzt machen sollte.

Sie tat es nicht.

»Die Energie, die du vor ein paar Stunden gesehen hast,

meine Aura in Verbindung mit etwas oder jemand anderem. Siehst du sie immer noch?«

»Kaum. Jetzt ist sie nur noch wie ein Faden. Warum?«

»Lass mich raten. Sie sieht gespannt aus, nicht lose wie zuvor. Als würde jemand daran ziehen.«

Hollis runzelte die Stirn. »Empfindest du das so?«

»Derart stark, dass ich ständig erwarte, ein Seil zu sehen.«

»Das ist nicht unbedingt gut, Tessa. Ganz und gar nicht gut. Das könnte Samuel sein, der dich dorthin zurückzieht oder immerhin sein Möglichstes versucht.«

»Ich hab ihn gestern nicht gesehen.«

»Du hast letzte Nacht von ihm geträumt, mit all den lebhaften Details einer echten Vision. Außerdem kannst du mir glauben, wenn ich dir sage, du brauchst ihn nicht zu sehen, um von ihm berührt zu werden.«

Dieser Hinweis gab Tessa zu denken, doch gleich darauf schüttelte sie den Kopf. »Du hast es selbst gesagt: Was auch immer sich dort tut, es wird schlimmer. Menschen sterben, Hollis. Alle meine Sinne drängen mich, dort hinzugehen. Heute noch. So bald wie möglich.«

Hollis musterte sie nachdenklich. »Du wirkst um einiges zuversichtlicher und sicherer als heute früh.«

Das stimmte allerdings, und Tessa war sich dessen bewusst. »Erklären kann ich es nicht.«

»Mir wäre es wirklich lieber, wenn du es könntest«, erwiderte Hollis.

»Schau, wenn ich eines gelernt habe, dann meinen Instinkten zu trauen. Oder dem Gespür, oder der Hellsichtigkeit, oder was mich sonst dazu treibt, etwas zu tun, wovon mein Verstand sagt, es sei keine so gute Idee. Deshalb bin ich hier, stimmt's? Weil John und Bishop glauben, dass meine Fähigkeiten bei den Ermittlungen in diesem Fall helfen können.«

»Ja. Deshalb bist du hier.«

»Also dann. Ich muss auf das Gelände. Jetzt.«

»Du hast Ruth gesagt, du kämst erst später am Tag.«

»Ich gebe ihr zehn Minuten Vorsprung, dann fahre ich los.«

Angesichts dieser unmissverständlichen Dringlichkeit verzichtete Hollis auf weitere Einwände, gab Tessa jedoch noch eine Warnung mit auf den Weg.

»Wir wissen, dass du dort die meiste Zeit unter Beobachtung stehen wirst. Falls es dir gelingt, auf eigene Faust Erkundigungen anzustellen, vergiss das nicht. Irgendjemand wird dich beobachten. Damit kannst du rechnen.«

Ruby

Donnerstagmorgen in aller Frühe hatte Ruby festgestellt, wie ihre Aufmerksamkeit vom Unterricht abschweifte. Die deutliche Stimme in ihren Gedanken ließ ihren Kopf in die Höhe schnellen und jagte ihr einen plötzlichen Schauder über den Rücken.

Sie wagte nicht zu antworten. Die vier Freunde waren schon vor Wochen übereingekommen, das sei zu gefährlich. Father konnte sie wahrscheinlich hören, wenn sie die Fähigkeiten benutzten, die seit Oktober in ihnen gewachsen waren.

Ruby hatte zwar etwas geschummelt, doch nicht ihren Freunden gegenüber. Sie hatte geschummelt, weil sie Lexie beschützen musste. Aber das war allein ihr Problem, ihr Risiko. Falls Father herausbekommen sollte, was sie getan hatte, würde nur sie Schwierigkeiten bekommen.

Schwierigkeiten bekommen. Das klang fast schon lustig. Denn wenn Father entdeckte, was sie getan hatte, was sie noch immer tat, wären die Schwierigkeiten, die sie bekäme, ganz gewaltig.

Und die Möglichkeit, dass er es herausfinden würde, war ziemlich groß. Er war zu so vielem fähig. Bestimmt konnte er auch Gedankengespräche führen, glaubte Ruby. Und wenn er wüsste, dass sie und ihre Freunde das ebenfalls konnten …

Leute, die durch Gedanken etwas bewerkstelligen konnten, verschwanden meist vom Gelände. Oder sie wurden ... anders.

Ruby wollte nicht, dass so etwas mit ihr oder einem ihrer Freunde passierte. Sie wusste, dass die anderen es auch nicht wollten und dass keiner von ihnen versucht hätte, sie zu erreichen, es sei denn, etwas Schlimmes wäre geschehen. Etwas sehr Schlimmes.

Ungeduldig wartete Ruby, bis ihre Mutter sich wie gewöhnlich an ihre neueste Stickarbeit setzte, und schlich dann aus dem Haus, getrieben von dem überwältigenden Bedürfnis, demjenigen ihrer Freunde zu Hilfe zu kommen, der in Schwierigkeiten war.

Aber wer war es? Sie hatte keinerlei Hinweis auf die Identität bekommen. Die Verbindung war so plötzlich abgebrochen, dass sie nur eine ganz vage Vorstellung hatte, in welche Richtung sie überhaupt gehen sollte.

Ihr war klar, dass auch ihre Freunde beim Unterricht sein sollten und kaum zu dieser frühen Tageszeit auf dem Gelände herumstromerten. Sie wusste, falls irgendein Erwachsener sie dabei erwischte, würde er sie umgehend nach Hause zurückbringen. Das war einer der Gründe dafür, weshalb sie keinem der Häuser am helllichten Tag nahe kommen wollte.

Vor allem hütete sie sich, der Kirche nahe zu kommen. Sie hatte Augen und Ohren aufgesperrt. Niemand brauchte sie darüber aufzuklären, dass DeMarco oder einer der anderen Männer anhand der überall installierten Kameras merkte, wenn sich jemand der Kirche näherte.

Außerdem musste sie dort gar nicht hin.

Sie folgte dem vagen inneren Drang, und als ihr bewusst wurde, dass sie sich der Scheune auf der westlichen Weide näherte, wurde ihr bang ums Herz. Diese Seite des Geländes lag der Straße zur Stadt am nächsten. Das war der kürzeste Weg, die Siedlung zu verlassen.

Flucht.

»Brooke, nein«, flüsterte sie und lief schneller. Ihr einziger Gedanke war, ihre Freundin könnte es auf ihrer Flucht bis hierher geschafft und dann Panik bekommen haben, als ihr einfiel, dass sich zwischen ihr und der Freiheit noch ein Zaun und weitere Kameras befanden.

Doch irgendetwas – Vorahnung, ihre fünf Sinne oder einer der Zusatzsinne – warnte Ruby davor, nicht einfach in die Scheune hineinzugehen, wie sie es sonst gemacht hätte. Stattdessen schlich sie sich auf die Rückseite, an der ihr eine geborstene Planke ein schmales, geheimes Guckloch in die Scheune bot.

Zuerst war Ruby nicht ganz klar, was dort drinnen vor sich ging. Sie sah Brooke, die nur ein paar Meter von ihr entfernt in dem breiten Gang zwischen den leeren Boxen stand.

Ruby brauchte einen Moment, um zu erkennen, dass Brooke sichtbar zitterte.

Und einen weiteren Moment, um zu erkennen wieso.

Father.

Ruby hielt den Atem an und gab sich instinktiv besonders viel Mühe, ihre Schutzhülle hart und dick zu machen. Sie stellte sich vor, von etwas nicht zu Durchbrechendem umhüllt zu sein. Damit Father auch ja nicht merkte, dass sie da war.

Dann fiel ihr auf, dass in der Scheune eine Menge seltsamer Dinge vor sich gingen. Erstens konnte sie sich nicht daran erinnern, Father je allein gesehen zu haben, jedenfalls nicht außerhalb der Kirche. Und zweitens ...

Er schillerte so eigenartig.

Und seine Füße berührten den Boden nicht.

»Antworte mir, Brooke.« Seine Stimme klang ruhig, sogar sanft, doch sie hatte etwas an sich, dass sich Ruby die Nackenhaare aufstellten.

»Warum wolltest du uns verlassen? Warum wolltest du mich verlassen?«

»Ich ... ich wollte nicht.« Ihre Stimme klang ängstlich und gebrochen.

Schweigend deutete er auf den Boden neben ihr, wo ihr vollgepackter Rucksack lag.

»Ich ... ich ... meine Tante. Ich wollte nur meine Tante besuchen. Sonst nichts. Sonst nichts, Father.«

»Ich glaube dir nicht, mein Kind.«

»Ich ... ich schwör's, Father. Ich schwöre, ich wollte nur meine Tante besuchen.«

»Ich wünschte, ich könnte dir glauben.«

Nun klang seine Stimme sorgenvoll, doch mit seinem Gesicht geschah etwas Merkwürdiges. Etwas, das Ruby dazu brachte, sich die Fäuste auf den Mund pressen, um still zu bleiben, wo doch alles in ihr laut schreien wollte.

Zum ersten Mal sah sie sein wahres Gesicht.

Das Gesicht seiner Seele.

Das war etwas so Schwarzes und Hungriges, dass sich Ruby die entsetzliche Vorstellung aufdrängte, dieses Etwas könnte die gesamte Welt verschlingen und hätte immer noch Raum für mehr.

»Ich hätte ja viel lieber gewartet, bis Gott deine Talente zu voller Blüte gebracht hätte«, meinte Father betrübt. »Bis du gereift und bereit wärst für sein heiliges Werk. Aber das hast du jetzt zunichtegemacht.«

»Father, bitte – ich werde brav sein. Ich verspreche, brav zu sein. Ich werde auch nicht mehr versuchen wegzulaufen, ehrlich. Ich werde niemandem etwas erzählen, meinen Eltern nicht und nicht meinen Freunden, niemandem.«

Ihre Worte überschlugen sich, so sehr beeilte sie sich in ihrer Angst, sie herauszubringen. Ihre Beine zitterten derart, dass es ein Wunder war, wieso sie sie noch trugen. Wahrscheinlich hätte sie in diesem Augenblick alles versprochen, egal was.

Doch es half nichts. Das war Ruby klar, und sie biss sich in die Faust, ohne es zu spüren, während sich der Schrei aus ihrer Seele kämpfte und verzweifelt versuchte, aus ihrem Inneren herauszubrechen.

»Es tut mir sehr leid, mein Kind«, sagte Father.

Brooke musste geahnt haben, was kommen würde. Vielleicht spürte sie bereits die ersten Schmerzen, denn sie öffnete den Mund, um zu schreien.

Das Geräusch war kaum mehr als ein Gurgeln, ein erstickter Laut des Entsetzens und der Qual. Als Father die Hände hob, wurde Brooke ein ganzes Stück in die Luft gehoben und hing dort mit heftig zuckendem Körper, als würde sie von einem unsichtbaren Riesen wild geschüttelt.

Fathers Kopf neigte sich nach hinten, sein Mund öffnete sich etwas ...

Und Ruby sah, wie Brooke alle Kraft verließ, aus ihr herausgesaugt wurde, aus ihren Augen trat und in zuckenden, weißglühenden Strängen in ihn strömte, funkensprühenden knisternden Blitzen gleich.

Doch die Blitze verbrannten ihn nicht.

Ihn nicht.

Als Ruby sah, wie Brooke zu glühen begann, wandte sie sich von der Ritze in der Planke ab und presste ihren Rücken gegen die rauen Bretter der Scheune, zu verstört, um auch nur zu versuchen wegzulaufen. Die Faust hielt sie noch immer auf den Mund gedrückt. Sie schmeckte das Blut, spürte aber den Schmerz nicht.

Was sie empfand, war reines Entsetzen.

Sie lauschte den prasselnden, knisternden Lauten stundenlang, wie ihr schien, wahrscheinlich jedoch nur ein oder zwei Minuten. Dann herrschte plötzlich Stille.

Ruby zählte bis dreißig, bevor sie sich zwang, wieder in die Scheune zu sehen.

Father war weg.

Brooke war weg.

In der Scheune gab es nichts, was auf das Geschehene hindeutete, außer einer versengten Stelle dort, wo Brooke gestanden hatte.

*

Der einzige Grund, wieso Sawyer am späten Donnerstagmorgen noch einmal zur Siedlung fuhr, war Sturheit. Als er sich telefonisch ankündigte, war er nicht wenig überrascht, dass DeMarco keinerlei Einwände erhob.

Vielleicht macht es ihm Spaß, dir zuzusehen, wie du herumstocherst und jedes Mal mit leeren Händen abziehst.

Doch als DeMarco ihn auf der Plaza begrüßte, war dessen Miene eher noch versteinerter als sonst, und er wirkte eine Spur unkonzentriert.

»Womit kann ich Ihnen heute behilflich sein, Chief?«

»Sie können mir erlauben, mich umzusehen. Allein.« Dieselbe Forderung hatte Sawyer bisher bei jedem Besuch gestellt und erwartete dieselbe höfliche Ablehnung.

DeMarco sah ihn einen Moment lang unverwandt an. Dann sagte er trocken: »Scheint mir ein guter Tag dafür zu sein. Reverend Samuel meditiert, und die meisten der Kinder sind beim Unterricht. Die bewohnten Stockwerke der Kirche sind natürlich privat, genau wie die Wohnhäuser. Ich möchte Sie bitten, darauf Rücksicht zu nehmen.«

Zu überrascht, um das zu verbergen, erwiderte Sawyer: »Kein Problem.«

»Schön. Dann sehen Sie sich nach Herzenslust um, Chief.« DeMarco hatte sich schon halb abgewandt, hielt aber inne und fügte noch eine Spur trockener hinzu: »Richten Sie Mrs Gray einen schönen Gruß von mir aus.«

»Ist sie denn hier?« Rings um den Platz waren einige Autos geparkt, ihres war ihm nicht aufgefallen.

»Genau wie Sie wollte sie sich ... umsehen. Ein Gefühl für diesen Ort bekommen. Ruth sah darin kein Problem.«

Und Sie konnten sie nicht rechtzeitig bremsen, ohne dass es aufgefallen wäre.

»Ich nehme an, Sie wissen nicht, wo sich Mrs Gray im Moment aufhält?« Sawyer war überzeugt davon, dass DeMarco es genau wusste.

Der lächelte fast. »Weiß ich tatsächlich nicht, Chief. Ruth

sagte allerdings, Mrs Gray wolle sich wohl die Naturkirche ansehen, wie wir es nennen, in der Reverend Samuel predigt, wenn das Wetter ... passend ist. Die liegt oben auf dem Hügel hinter der Siedlung. Folgen Sie dem Pfad über die frühere Weide. Sie können sie nicht verfehlen.«

»Vielen Dank«, erwiderte Sawyer misstrauisch.

»Poker spielen Sie wohl nicht, oder, Chief.« Das war nicht als Frage gedacht.

Mit Bedacht antwortete Sawyer: »Nein. Ich ziehe Schach vor.«

»Dann sollten wir irgendwann eine Partie zusammen spielen. Viel Vergnügen bei Ihrer Wanderung. Ich bin in meinem Büro.«

Sawyer sah DeMarco nach, bis der in der Kirche verschwunden war, und nahm dann den direkten Weg, vorbei an der Kirche in Richtung der Weide, die hinter den Häusern auf der Nordseite des Geländes lag.

Er machte sich keine Illusionen. Begleitung hin oder her, weder er noch Tessa Gray würden innerhalb der Siedlung unbeobachtet sein.

Er fragte sich, ob sie sich darüber im Klaren war.

Nach kaum fünf Minuten hatte er das geschlossene Gatter der Weide erreicht, auf der es kein Vieh mehr gab. Da er auf dem Land aufgewachsen war, wo es viele Rinder gab, hinterließ Sawyer das Gatter so, wie er es vorgefunden hatte.

Der Weg den Hügel hinauf war nur mit Mühe zu erkennen, und er folgte ihm absichtlich gemächlichen Schrittes, statt flott auszuschreiten. Hin und wieder blieb er stehen und sah sich um. Mindestens zweimal hielt er inne, um den Hügel hinunterzublicken und den Lageplan des Geländes zu studieren.

Das würde man von ihm erwarten.

Außergewöhnliches gab es nicht zu sehen, zumindest soweit er es beurteilen konnte. Auf dem Gelände war es ruhig und friedlich. Keine Kinder auf dem Spielplatz, doch es war auch noch nicht Essenszeit. Sie würden, wie DeMarco gesagt hatte, zu Hause beim Unterricht sein.

Sawyer hatte kurz darüber nachgedacht, wieso die Kirche keine eigene Schule auf dem Gelände baute, hatte dann aber erkannt, dass es darum ging, die Aufmerksamkeit und die Vorschriften zu vermeiden, denen auch eine Privatschule unterworfen war. Da war es viel besser, die Kinder der Gemeinde zu Hause von den Eltern unterrichten zu lassen. Solange sie die regelmäßigen, staatlich vorgeschriebenen Tests bestanden, würde sich niemand in die Angelegenheit einmischen.

»Schlimmer Tag?«

Ihm war gar nicht aufgefallen, dass er ein finsteres Gesicht machte. Und bis sie ihn ansprach, hatte er auch nicht bemerkt, dass er direkt hinter der Hügelkuppe bei der Naturkirche angelangt war.

Das Ganze wirkte wie ein natürliches Amphitheater, mit einem breiten Granitvorsprung zu Sawyers Rechten, der zweifellos eine hervorragende Bühne oder Kanzel abgab. Die geschwungenen Terrassen auf dem sanften Abhang darunter machten auf ihn den Eindruck, als wären sie künstlich angelegt, mit vereinzelten Felsbrocken in Größe einer Sitzgelegenheit bestückt und durch zahlreiche grob gezimmerte Bänke ergänzt worden.

Von wegen Naturkirche.

Im Gegensatz zu einem echten Amphitheater hatte dieses den umgekehrten Aufbau, sodass Samuels Anhänger, statt zu ihm hinunterzusehen, während seiner Predigten gezwungen waren, zu ihm aufzublicken.

Ob er wohl auch die wundersame Vermehrung von Brot und Fisch inszeniert? Und wo ist das Mikrofon?

»Chief?«

Sie saß auf einem der größeren Felsbrocken auf der dritten Terrassenstufe von oben. Lässig in Jeans und Pulli gekleidet, die Wangen leicht gerötet von der morgendlichen Kühle und mit grauen, ernsten Augen wirkte sie noch zerbrechlicher, als er sie in Erinnerung hatte. Ihr Anblick schnürte ihm irgendwie die Brust zu.

Sei kein Trottel. Sie ist die Witwe deines verstorbenen Freundes aus Kindertagen – und sehr frisch verwitwet obendrein.

»Schlimme Woche«, erwiderte Sawyer schließlich. Er stieg zu ihr hinunter, war aber unschlüssig, ob er sich zu ihr auf den Felsbrocken setzen sollte. »Gottesdienste könnte ich mir hier ziemlich eindrucksvoll vorstellen.«

»Vermutlich. Und ich könnte mir denken, dass es sie ein hübsches Sümmchen gekostet hat, das alles so ... natürlich aussehen zu lassen und nicht künstlich angelegt.« Ihre Stimme klang ruhig und nachdenklich.

Er war etwas überrascht, wenn auch angenehm.

Also haben sie sie bisher noch nicht am Haken. Wenigstens nicht ganz.

Trotzdem hielt er seinen Ton neutral, im Gegensatz zu seinen Worten. »Unterhalte das Publikum, und es kommt wieder.«

Tessa lächelte leise. »Etwas Ähnliches habe ich auch gerade gedacht. Setzen Sie sich doch, Chief.«

»Sawyer.«

»Setzen Sie sich, Sawyer. Bitte.«

Er setzte sich neben sie auf den kalten und nicht sehr bequemen Steinbrocken und wandte sich ihr nur so weit zu, dass er sie ansehen konnte, während sie sich unterhielten. Ein Windhauch wehte ihm angenehmen Kräuterduft in die Nase, und er schloss, dass der von ihr stammte. Wahrscheinlich ihr Haar. Gern hätte er sich näher zu ihr gelehnt, widerstand aber diesem Verlangen. »Ich war überrascht, von DeMarco zu hören, dass Sie hier oben sind.«

»Er hat es Ihnen gesagt?« Sie runzelte kurz die Stirn. »Vermutlich musste Ruth ihm Bericht erstatten. Das scheinen sie alle zu müssen, nicht?«

»Er ist Reverend Samuels rechte Hand«, erwiderte Sawyer,

noch immer auf der Hut ihr gegenüber. »Zumindest was die Sicherheit betrifft.«

Tessa nickte. »Sie hat es zwar nicht ausgesprochen, aber ich glaube, Ruth hatte Bedenken, mich allein herumlaufen zu lassen. Ohne seine Erlaubnis einzuholen, meine ich.«

»Tja, also, mir hat er es erlaubt. Was seltsam ist.«

Sie wandte ihm den Kopf zu und sah ihn aus diesen großen, noch immer ernsten Augen an. »Möglicherweise will er Ihren Verdacht zerstreuen. Lässt Sie allein herumspazieren und falls Sie nichts finden, haben Sie keinen Grund, wieder herzukommen.«

»Glauben Sie, das würde mich abschrecken?«, fragte er neugierig.

»Nein. Ich glaube, Sie sind überzeugt davon, dass die Kirche etwas mit dem Tod der beiden bedauerlichen Frauen zu tun hat, die im Fluss gefunden wurden.«

Sawyer war nicht überrascht, dass ihr sein Argwohn aufgefallen war. Er hatte damit auch nicht hinter dem Berg gehalten. Dennoch hörte er sich in etwas abwehrendem Ton sagen: »Finden Sie es falsch, Druck zu machen?«

»Ich finde, Sie sollten noch mehr Druck machen«, antwortete Tessa Gray

»Die sitzen nur da und reden.« Brian Seymour deutete auf den Hauptmonitor im Überwachungsraum. »Sie hat irgendwas gesagt, und er hat geantwortet, er hätte eine schlimme Woche – und dann hat er sich vom Mikrofon wegbewegt. Das ist alles, was wir haben. Sie sind gerade so weit entfernt, dass wir ihre Stimmen nicht mehr empfangen können.«

»Wie praktisch«, erwiderte DeMarco.

»Na ja, das Mikrofon wurde so angebracht, dass wir die Predigten von Father aufnehmen können«, erinnerte ihn Brian. »Als Teil des Sicherheitssystems war es nie gedacht.«

»Ja. Ich weiß.«

Da sie sich allein im Kontrollraum befanden, wagte Brian,

offen zu sprechen. »Ich weiß, dass Sie ein wachsames Auge auf den Chief haben, aber auf Mrs Gray auch? Sie hat den Scanner passiert, als sie mit Ruth in die Kirche ging. Es war nichts Auffälliges zu erkennen. Keine Waffe, keine Elektronik. Allerdings hätte ich sowieso nicht erwartet, dass sie was dabeihat.«

»Nein«, stimmte DeMarco zu. »Ich auch nicht. Sie sollte jedoch unter Beobachtung bleiben, solange sie mit dem Chief zusammen und in der Reichweite der Kameras ist.«

»Verstanden. Ich sag's den anderen, wenn sie aus der Pause zurück sind. Sollen wir es aufzeichnen, falls eines unserer Mikrofone sie wieder auffängt?«

DeMarco dachte kurz nach und schüttelte den Kopf. »So amüsant es sicher wäre, dem Chief bei seinen Annäherungsversuchen zuzuhören, finde ich trotzdem, wir sollten sie in Ruhe lassen. Wenigstens bis zu einem gewissen Grad. Da dort draußen eine Gesprächsüberwachung nicht zu unserem Sicherheitssystem gehört, können wir uns das Band sparen. Stell die Mikrofone vorübergehend ab, Brian.«

Grinsend kam Brian der Anordnung nach. »Annäherungsversuche? Nach allem, was ich gehört habe, ist unser Chief schwerer zu fassen als ein Aal. Die Kupplerinnen der Stadt versuchen seit Jahren erfolglos, ihn unter die Haube zu bringen.«

»Bleibt abzuwarten, ob er ihre Hilfe braucht«, antwortete DeMarco trocken.

»Vielleicht steht er auf reiche Witwen, und das ist die erste Gelegenheit, die sich ihm bietet. So dicht sind die in Grace ja nicht gesät. Vor allem junge und sehr hübsche.«

»Stimmt.«

Wieder ernst geworden, ergänzte Brian: »Das könnte uns Probleme bereiten, oder nicht? Ich meine, falls Mrs Gray beschließt, wieder zu heiraten – und auch noch den Chief?«

»Bist du da nicht etwas voreilig, Brian?«

»Äh ja, schon. Aber ...«

»Ich bezweifle, dass der Chief sie um ein Date bitten, ganz zu schweigen davon, dass er um ihre Hand anhalten wird.« Ohne eine Antwort abzuwarten, fügte DeMarco hinzu: »Ich bin in meinem Büro. Ruft mich nur, wenn es nötig ist. Ich möchte nicht gestört werden.«

»Jawohl.« Brian wandte sich wieder dem Monitor zu, entspannte sich aber erst, als er hörte, wie sich die Tür hinter DeMarco schloss. Dann lehnte er sich zurück und kontrollierte die anderen Monitore, bevor er gelangweilt wieder der lautlosen Unterhaltung zusah, die jenseits der Hügelkuppe und vermutlich außer Sichtweite von irgendjemandem auf dem Gelände stattfand.

»Mehr Druck machen?« Sawyer war von Neuem überrascht. »Warum? Haben Sie etwas bemerkt?«

»Ich habe nur gesehen, was Sie auch gesehen haben. Weniger eigentlich, da ich erst zum zweiten Mal hier bin.«

»Aber Sie glauben, es gäbe etwas zu sehen?«

Tessa drehte den Kopf, schaute den Hügel hinauf zur Naturkanzel. Ihr Blick schien einen Moment lang fast träumerisch ins Leere zu gehen. »Ich bin keine Polizistin«, sagte sie gedankenverloren. »Ich weiß nicht, ob mir etwas Ungewöhnliches auffallen würde.«

»Wieso meinen Sie dann ...«

»Bis auf die Ähnlichkeit mit Stepford. Alle sind so ... vollkommen, nicht wahr? So ordentlich und höflich und lächelnd. Zufrieden.« Ihr Blick war nun wieder auf sein Gesicht gerichtet, die grauen Augen durchdringend. »Wie ich gehört habe, bewirkt das der Glaube bei manchen Menschen. Doch mir kommt das alles etwas übertrieben vor.«

»Nur etwas?«, entschlüpfte es ihm beinahe unbeabsichtigt.

Tessa lächelte. »Na gut, mehr als etwas. Ist zwar eine neugierige Frage, aber sind Sie gläubig, Sawyer?«

»Eigentlich nicht. Bin natürlich so aufgezogen worden. Wäre hier im Süden kaum anders möglich.«

»Doch es hat ... Sie nicht angesprochen?«

»Die Prediger haben ganz schön gebrüllt, aber nein, Feuer und Schwefel haben mich nicht sonderlich beeindruckt.«

»Mich auch nicht. Glauben Sie, dass das, was Samuel seiner Gemeinde bietet, deshalb so verlockend ist? Weil er nicht brüllt? Weil er Belohnung statt Strafe verspricht?«

Während Sawyer sie musterte, verspürte er ein seltsames, jedoch dringliches Bedürfnis, ihr zu sagen, sie sollten beide gehen. Sofort. Er wusste zwar nicht genau wieso, doch er spürte eine Bedrohung, die sich gegen sie beide richtete.

»Sawyer?«

Er drehte tatsächlich den Kopf, um sich misstrauisch nach allen Seiten umzusehen, wobei er merkte, wie sich seine Nackenhaare warnend sträubten, und das nicht wegen der verflixten Kamera.

»Wir sollten gehen«, sagte er.

»Sie haben das Mikrofon abgeschaltet.«

Er warf ihr einen überraschten Blick zu. »Wovon reden Sie, Tessa?«

»Da oben, gleich hinter der Kanzel, ist ein Mikrofon versteckt. Haben Sie das nicht gespürt? Spüren Sie es denn nicht?«

Mit Bedacht antwortete er: »Wie sollte ich ein Mikrofon spüren können?«

Sie musterte ihn, und ein kleines Lächeln umspielte ihre Lippen. »Das ist es bei Ihnen, nicht wahr? Elektronik? Sie wissen also immer, ob eine Kamera in der Nähe ist, ob man überwacht wird? Ich wette, alle Armbanduhren geben bei Ihnen innerhalb von Wochen oder auch nur Tagen den Geist auf, und die Handys entladen sich wesentlich schneller, als sie sollten. Und bestimmt verursachen Sie auch Kurzschlüsse bei Ihren Lampen und schrotten von Zeit zu Zeit Ihren Computer. Es sei denn, Sie hätten mehr über Kontrolle gelernt als nur das Nötigste.«

Sawyer war selten sprachlos, doch in diesem Moment fiel

ihm absolut nichts zu sagen ein. Das Gefühl der Bedrohung war noch immer vorhanden, umschwebte ihn, aber er war sich wirklich nicht sicher, ob es die Kamera war – oder etwas anderes.

»Tut mir leid. Unter normalen Umständen hätte ich nicht davon gesprochen«, fuhr Tessa fort. »Schließlich ist es Ihre Fähigkeit und Ihre Entscheidung, wem Sie davon erzählen. Aus Erfahrung weiß ich, dass es meist besser ist, darüber Stillschweigen zu bewahren. Die Menschen neigen dazu, sich vor dem zu fürchten, was sie nicht verstehen und ... Aber wir haben nicht allzu viel Zeit, deswegen muss ich so deutlich sein.«

»Deutlich in welcher Hinsicht?« Kampflos würde er sich nicht geschlagen geben.

»Dass Sie ein Paragnost sind. Wahrscheinlich schon von Kindesbeinen an, aber Sie haben es vielleicht erst erkannt, als Sie ins Teenageralter kamen.«

»Tessa ...«

»Bei den meisten von uns findet der Übergang von latent zu aktiv in der Pubertät statt, außer es tritt vorher ein traumatisches Ereignis ein. Manchmal auch erst viel später im Leben. Wir sind damit die Glücklichen. Unsere Fähigkeiten wurden nicht aus Schmerz und Leid geboren.«

Wieder wusste Sawyer nicht, was er sagen sollte.

Diesmal lächelte Tessa etwas gequält. »Technisch betrachtet, besitzen Sie eine erhöhte Sensibilität für elektrische und magnetische Felder. Wir haben keine richtige Bezeichnung dafür, außer dass es eine Art Hellsichtigkeit ist. Ob Sie diese Felder manipulieren können, weiß ich nicht, aber Sie beeinflussen sie und umgekehrt. Wahrscheinlich konnten Sie das Mikrofon spüren, als Sie über die Hügelkuppe kamen.« Mit einer kleinen Kopfbewegung deutete sie auf etwas zu seiner Rechten. »So wie Sie die Kamera spüren können, die von dem Baum dort drüben auf uns gerichtet ist.«

Sawyer machte sich nicht die Mühe, den Kopf nach der

knapp dreißig Meter entfernten Kamera zu drehen, sondern blickte Tessa weiter unverwandt an. »Und woher wissen Sie das alles?«

»Weil ich auch Paragnost bin. Worin ich wirklich gut bin, ist andere Paragnosten zu spüren und zu erkennen, welche Fähigkeiten sie besitzen.«

»Eines?«

»Außerdem bin ich hellsichtig, jedoch anders als Sie. Ich erfasse eher Informationen, Gefühle und Gedankenfetzen. Ich besitze einen etwas ungewöhnlichen Schutzschild, der meine Fähigkeiten vor jedem anderen Paragnosten verbirgt, und ich bin ein wenig telepathisch veranlagt, in beide Richtungen.«

»Beide Richtungen?«

Ja. Beide Richtungen.

»Mist. Waren das ...?«

»Ich, ja. Tut mir leid. Es ist, gelinde gesagt, aufdringlich, anderen Leuten unaufgefordert Gedanken in die Köpfe zu setzen. Normalerweise bitte ich vorher um Erlaubnis.« Sie zuckte leicht die Schultern. »Diese Fähigkeit scheint nur mit anderen Paragnosten zu funktionieren. Und auch dann ist sie auf kurze Sätze und Sequenzen beschränkt.«

Sawyer fiel wieder diese sarkastische innere Stimme ein, die ihm zugesetzt hatte. Er konnte nicht umhin zu fragen: »Sie waren nicht – Sie haben das vorher noch nie gemacht? Mir Gedanken in den Kopf gesetzt?«

Tessa zog die Brauen leicht in die Höhe. »Nein, das war das erste Mal. Wieso? War da die Stimme eines Aliens in ihrem Kopf?«

»Ich nehme an, für Sie ist Alien gleichbedeutend mit Fremder.«

»Also, ich persönlich glaube nicht so recht an Besuche von kleinen grünen Männchen. Also ja, das meinte ich.«

»Wie käme eine fremde Stimme in meinen Kopf?«

»In dieser Gegend? Ganz einfach, würde ich sagen. Es gibt

hier eine eigentümliche Art von Energie, sowohl auf dem Gelände und als auch in Grace. Erzählen Sie mir nicht, dass Sie das nicht spüren.«

»Seltsame Energie gibt es in vielen Gegenden. Das bedeutet nicht zwangsläufig, die Gedanken eines anderen im eigenen Kopf zu haben.«

»Könnte es hier aber. Ich möchte mich zwar nicht auf eine genaue Zahl festlegen, doch dass sich in dieser Siedlung einige Paragnosten befinden, ist sonnenklar.

»Ich glaube einfach nicht, dass ich so ein Gespräch führe«, murmelte er.

»Es wird noch schlimmer kommen«, versicherte sie ihm.

10

Du lieber Himmel. Wie kann es noch schlimmer kommen?«

»Wir nehmen an, dass Samuel einer der stärksten und ungewöhnlichsten Paragnosten ist, dem wir je begegnet sind. Extrem stark und extrem gefährlich. Wahrscheinlich ist mindestens einer der Leute in seiner nächsten Umgebung ebenfalls ein ungewöhnlich starker Paragnost. Möglicherweise DeMarco.« Sie schüttelte den Kopf. »Ich konnte ihn nicht lesen, und das kommt bei mir selten vor.«

Sawyer brauchte einen Moment, um die Fragen zu sortieren, die in seinem Kopf ratterten. »Wer ist *wir?*«

Tessa gab bereitwillig Auskunft, da sie offensichtlich mit der Frage gerechnet hatte. »Ich arbeite für eine zivile Ermittlungsorganisation namens Haven. Wir werden bei Fällen hinzugezogen, die sich für Polizei und FBI als schwierig erweisen, aus welchen Gründen auch immer. Die meisten von uns sind zugelassene Privatdetektive. Wir müssen uns, wie man sieht, während einer Ermittlung nicht an so viele Regeln und Vorschriften halten.«

»Sie brechen das Gesetz?«

»Ich persönlich nicht. Nun ja, zumindest bisher nicht, obwohl ich zugeben muss, nie vor diese Wahl gestellt worden zu sein. Glauben Sie mir, das ist nicht unsere Firmenpolitik. Wir arbeiten auch mit Polizeikräften und FBI-Agenten zusammen. Beide könnten ganz schön ungehalten werden, wenn wir uns nicht überwiegend an die Regeln hielten.«

»Überwiegend.«

Sie überging sein Murmeln und fuhr fort: »Bei dieser Operation sind wir Teil einer FBI-Ermittlung bezüglich der Kirche der Immerwährenden Sünde und Samuel.«

»Das Erste, was ich höre.« Er bemühte sich, nicht zu skeptisch zu klingen, was ihm offensichtlich nicht gelang, ihrem leisen Lächeln nach zu schließen.

Vielleicht liest sie auch nur deine Gedanken, verflixt noch mal.

»Sie dürfen uns das nicht übelnehmen. Wir hatten Grund zur Annahme, dass Samuel Sympathisanten innerhalb der örtlichen Polizeibehörde haben könnte. Gemeindemitglieder vielleicht. Daher wussten wir nicht, wem wir trauen konnten. Nicht, bis wir jemand hatten, der …«

»Mich lesen kann?«

Tessa nickte. »Wir mussten auf Nummer sicher gehen. Das Risiko, uns der falschen Person anzuvertrauen, konnten wir nicht eingehen. Nicht bei so vielen Menschenleben, die möglicherweise auf dem Spiel stehen. Ich nehme an, Sie kennen sich gut genug mit Sekten aus, um zu wissen, dass es verheerende Folgen haben kann, falls und wenn ein Sektenführer bedroht wird oder sich bedroht fühlt.«

»Koresh«, sagte Sawyer finster. »Jim Jones.«

Sie nickte erneut. »Wahrscheinlich haben Sie sich darüber schon selbst Gedanken gemacht, vor allem während der letzten Wochen. Sie haben die Leichen aus dem Wasser gezogen. Ich wette, Sie wissen, dass es weitere Opfer gab. Opfer, die ein anderer weiter unten am Fluss aus dem Wasser ziehen musste. Opfer, die auf … unnatürliche Weise gestorben sind.«

»Wollen Sie damit sagen, Samuel hat sie umgebracht? Wissen Sie, dass er sie umgebracht hat?«

»Wenn wir es absolut sicher wüssten, wenn wir es beweisen könnten, dann würden Sie und ich diese Unterhaltung nicht führen. Wir sind davon überzeugt, dass er dafür verantwortlich ist. Nur Beweise, die vor Gericht standhalten würden, haben wir nicht. Noch nicht.«

»Und was jetzt? Sie sind gekommen, um den Beweis zu liefern? Indem Sie sich von ihnen anwerben und in die Gemeinde aufnehmen lassen?« Noch bevor sie antworten konnte, straffte er den Rücken. »Augenblick. Wenn das Ihr Job ist, dann sind Sie gar nicht Jareds Witwe? Das alles ist nur Tarnung.«

Sie räusperte sich und wirkte zum ersten Mal etwas verunsichert. »Jared Gray lebt, und es geht ihm gut. Segelt irgendwo zwischen den Bermudas, wie ich kürzlich hörte. Dieses Täuschungsmanöver tut mir leid, Sawyer. Zumindest dieser Teil davon. Jared sagte – also, er dachte, es gäbe sowieso niemanden, der um ihn trauern würde. Vor allem, weil er ja sofort nach dem Schulabschluss fortging. Er war in Florida gerade damit beschäftigt, den Besitz seiner Eltern aufzulösen, die bei einem Autounfall umgekommen waren, und hatte sich noch überhaupt keine Gedanken über das Grundstück in Grace gemacht.«

»Sie haben ihn gebeten, sich tot zu stellen.«

»Nicht ich selbst. Doch ja, man hat ihn darum gebeten. Er war damit einverstanden, für ein paar Monate zu verschwinden. Mehr als einverstanden. Ich glaube, er hatte es satt, sich um all die Rechtsangelegenheiten zu kümmern, und wollte einfach nur weg. Einen Segelunfall zu inszenieren war überhaupt kein Problem.«

»Und davor eine Hochzeit?«

»Den Papierkram schon, der für eine Hochzeit erforderlich ist. Eine tatsächliche Trauung war nicht nötig.«

»Nur ein Haufen Lügen.«

Ernst erwiderte sie: »Diesen Teil meiner Arbeit hasse ich. Wenn ich nicht glauben würde, etwas Gutes mit meinen Fähigkeiten bewirken zu können, brächte ich es auch nicht fertig vorzugeben, eine andere zu sein.«

Sawyer atmete tief durch und fragte sich ehrlich, ob er erleichtert oder sauer war. »Und wie heißen Sie nun wirklich?«

»Mein Name ist tatsächlich Gray. Tessa Gray. Das Schwierigste bei verdeckten Ermittlungen ist, sich einen vollkommen neuen Namen zu merken. Daher versuchen wir es zu vermeiden, wenn irgend möglich, oder wenigstens den Nachnamen beizubehalten. Diesmal lief es zufällig darauf hinaus, dass ich beide behalten konnte.«

»Was für ein Zufall.«

»Mein Boss sagt, es gibt keine Zufälle, nur ein Universum, das die Dinge arrangiert.«

Hollis Templeton hätte ohne Weiteres zugegeben, dass Untätigkeit sie verrückt mache. Daher empfand sie es als grandiosen Scherz des Schicksals, dass sie in der Kleinstadt Grace und auf dem Familiensitz der Grays gelandet war, wo sie buchstäblich gefangen saß.

Nicht einmal in die Stadt konnte sie gehen.

»Du sendest«, hatte Bishop ihr unumwunden erklärt. »Vor allem, seit du Auren sehen kannst. Wir können es nicht riskieren, dass Samuel oder seine Leute dich sehen oder spüren könnten. Das Risiko, dass du im Haus bist, wenn Gemeindemitglieder Tessa besuchen, ist schon groß genug.«

»Ich weiß, ich weiß. Ich wäre ja auch nicht gekommen, wenn Ellen Hodges mir nicht gesagt hätte, es müsse sein. Hätte sie mir doch bloß gesagt, wieso.«

»Das findest du schon noch heraus. Bis dahin musst du unsichtbar bleiben.«

»Gefallen muss mir das nicht.«

»Nein, würde ich auch nicht von dir erwarten. Aber verhalt dich trotzdem ruhig.«

Bisher war es nie nötig gewesen, ihre Fähigkeiten zu verbergen. Zudem entwickelten sie sich ständig weiter – Auren zu sehen war ein völlig neuer Aspekt. So hatte sie sich mehr mit dem beschäftigt, was war, als sich darüber Gedanken zu machen, wie sie sich vor anderen Paragnosten abschirmen konnte.

Nun bedauerte sie es, nicht ein paar Unterrichtsstunden zur Entwicklung ihres eigenen Schildes genommen zu haben. Tatsächlich hatte sie sogar anhand der spärlichen Anweisungen geübt, die Bishop und einige andere aus dem Team ihr gegeben hatten. Doch davon, ihre Fähigkeiten verbergen zu können, war sie noch weit entfernt.

Es war aber besser, wenigstens etwas zu tun, als aus Sorge darüber, wie es Tessa wohl auf dem Kirchengelände ergehen würde, auf und ab zu gehen. Deswegen hatte Hollis inzwischen den beengten Raum in der Küche gegen den großen Tisch im Esszimmer eingetauscht und darauf ihre Kommandozentrale eingerichtet. Sie hatte ihren Laptop aufgestellt. Mappen, Notizbücher und Landkarten machten sich den restlichen Platz auf der polierten Mahagoniplatte streitig.

Am anderen Ende des weitläufigen Hauses befand sich ein sehr geräumiges, eindrucksvolles und von Bücherregalen gesäumtes Arbeitszimmer. Doch sowohl Hollis als auch Tessa hatten das unangenehme Gefühl, Fremdkörper im Heim eines anderen zu sein. Sie zogen es vor, im helleren und weniger persönlichen Esszimmer zu arbeiten.

Viel gab es allerdings nicht zu tun. Hollis war alles so oft durchgegangen, dass sie meinte, es müsste in ihrem Gehirn eingebrannt sein. Auf die bruchstückhaften Informationen zu starren kam ihr vor, als blickte sie auf Puzzleteile ohne Bild: völlig unmöglich herauszufinden, wie sie zusammenpassten.

Falls sie zusammenpassten.

Obwohl sich Bishop dessen sicher war, fiel es Hollis schwer einzusehen, dass Reverend Adam Deacon Samuel tatsächlich das Superhirn hinter einem der bösartigsten, unmenschlichsten Serienmörder war, der je auf amerikanischem Boden gewütet hatte. Zumindest in einer normalen Welt schien es unmöglich, dass ein erklärter Mann Gottes absichtlich eine gemeine, raubgierige Bestie entfesselte und auf Unschuldige losließ, um sie zu verstümmeln und zu ermorden.

Schlimmer noch, selbst den Jäger für die Bestie zu spielen und es mit den Opfern zu füttern, einem nach dem anderen.

Wie konnte ein Mann, der das getan hatte, in seine Kirche zurückkehren und seiner Gemeinde von Gottes Liebe predigen?

»Es ist eine Sekte«, rief sie sich laut ins Gedächtnis, da sie mehr Geräuschkulisse brauchte, als aus dem leise gestellten Küchenfernseher kam, in dem eine Nachrichtensendung lief. »Er hat sich eine Sekte geschaffen. In einer Sekte geht es um Macht, nicht um Religion. Nur um Kontrolle. Man muss sich doch nur ansehen, was er mit den Frauen seiner Kirche macht. Kann sein, dass er ihre Energie braucht, kann aber auch sein, dass es ihm Spaß macht, sie zu manipulieren. Sie zu kontrollieren. Er bekommt die Energie und den Spaß – und hat das befriedigende Wissen, dass er der Alpha-Rüde unter all den Männern seiner Gemeinde ist. Dass er den Frauen Vergnügen bereiten kann, auf eine Art, wie es ihre Männer nicht können. Und ... igitt«, fügte sie unwillkürlich hinzu.

Hollis hatte erst vor Kurzem ihr Training als Profilerin begonnen. Was sie bisher gelernt hatte, riet ihr, nach Mustern Ausschau zu halten, nach einer Art von Logik in einer Persönlichkeit so vollkommen außerhalb der anerkannten Norm, dass es schon irrational schien, dort Logik finden zu wollen.

Schien.

Logik war immer vorhanden, wenn auch nur die eines gestörten Geistes.

Eines gestörten und undurchschaubaren Geistes, jedenfalls für Hollis. Sie wünschte beinahe, Dani wäre hier. Soweit Hollis wusste, war Dani Justice die einzige lebende Person, die mit ein paar der Gedanken im Gehirn dieses gestörten Monsters Erfahrungen aus erster Hand hatte. Und obendrein womöglich die Einzige, die es in paragnostischem Sinn je verwundet hatte.

Genau darin lag die Gefahr.

Auch Dani war jemand, den Samuel zu leicht erkannt hätte. Sie stellte, im Gegensatz zu Hollis, eine echte und tödliche Gefahr für ihn dar. Über Hollis wäre er zwar nicht begeistert, aber Dani könnte ihn zerstören. Das war eine Bedrohung, die ihn zum Äußersten treiben konnte.

»Ruf mich an«, hatte Dani zu Bishop gesagt. »Falls es so

weit kommt. Falls du mich dort brauchst. Ruf mich an. In der Zwischenzeit werde ich üben.«

»Und Marc?«, hatte sich Bishop nach dem Mann erkundigt, mit dem sie im Begriff war eine einzigartige Partnerschaft einzugehen.

»Marc versteht, was auf dem Spiel steht. Er weiß, wie viel mir daran liegt, diese Sache zu beenden, ein für alle mal. Ruf mich an, Bishop, wenn du mich brauchst.«

Hollis hoffte, sie würden Dani nicht brauchen. So außergewöhnlich ihre Fähigkeit auch war, so hatte Dani Samuel noch nie direkt gegenübergestanden, hatte ihre Kraft noch nie mit ihm persönlich gemessen. Das in Venture war Selbstverteidigung gewesen, kein aktiver Angriff.

Ihm hier gegenüberzutreten, wäre etwas vollkommen anderes.

Etwas Tödliches.

»Er lädt seine Batterien auf«, sagte Hollis laut zu sich selbst, während sie auf die detaillierte Zeichnung der Kirche starrte, die Sarah vor ein paar Wochen zu ihnen herausschmuggeln konnte. Ihr gezielter Blick galt dem Grundriss des zweiten Stocks und den Räumen Samuels im rückwärtigen Teil des Gebäudes. »Er kontrolliert. Er tötet. Warum tötet er? Weil er es kann? Weil er es will? Weil er muss? Warum?«

Ihre körperliche Reaktion war immer dieselbe. All die feinen Härchen auf ihrem Körper sträubten sich, als wäre der Raum voller elektrischer Energie. Sie bekam eine Gänsehaut, als hätte jemand plötzlich eine Tür in den Winter aufgestoßen. Es durchzuckte sie die Angst, das Gefühl, dass manche Türen nie dazu gedacht waren, von Lebenden geöffnet zu werden. Jedenfalls nicht, ohne teuer dafür zu bezahlen.

Zögernd hob Hollis den Blick.

Die Frau war jung, hübsch, mit langem blondem Haar, und sie hatte einen unglücklichen Gesichtsausdruck.

Wahrscheinlich, weil sie tot war.

Doch sie wirkte lebendig, echt, wie aus Fleisch und Blut.

Hollis beschlich der wenig beruhigende Verdacht, wenn sie über den Tisch griff und diesen Geist berührte, würde sich die Frau so lebendig anfühlen wie sie aussah. Diesen Eindruck hatte Hollis jedes Mal und würde ihn haben, bis sie es ausprobierte.

»Ich habe dir gesagt, dass du im Wasser nach ihr suchen musst. Warum hast du nicht zugehört?« Die Stimme war leise und besorgt.

Hollis überging die Frage, um selbst eine zu stellen. »Wer bist du?«

»Andrea.«

»Andrea, und weiter?«

»Du musst im Wasser nach ihr suchen.«

»Nach wem im Wasser suchen?«, hakte Hollis nach. Sie wollte versuchen, wenigstens diesmal ein paar nützliche Informationen zu bekommen, nach denen sie sich richten konnte.

»Ruby.«

»Ist Ruby im Wasser?«

»Das habe ich dir doch gesagt.«

»Du hast mir das vor mehr als drei Monaten gesagt.«

Andreas Gesichtsausdruck wurde vage. »Vor drei Monaten.«

»Vor drei Monaten und in einer anderen Stadt. Einem anderen Bundesstaat. Ich habe dich in Venture gesehen, in Georgia. Am Tatort eines Mordes. Wir sind jetzt in North Carolina. Weißt du das denn nicht? Wo du bist?«

Der Hauch eines Lachens entschlüpfte Andrea. »Ich bin in der Hölle, glaube ich.«

»Andrea, wann bist du gestorben?«

»Du weißt noch nichts von mir.« Das kam auf eine seltsam mechanische Art und Weise heraus, als würde sie etwas Auswendiggelerntes aufsagen.

»Genau das hast du schon mal gesagt. In Venture.«

»Hab ich das?«

»Ja. Wann bist du gestorben?«

»Davor.«

»Andrea!«

»Es ist meine Schuld. Was er tut. Ich hätte ihn dazu bringen müssen, zu verstehen. Ich hätte ... Er hat es so viel schlimmer gemacht, und alles ist meine Schuld.«

»Was ist deine Schuld?« fragte Hollis eindringlich, da sie sah, wie Andrea verblasste, an Substanz und Energie verlor. Ihr war klar, dass der Kontakt nur noch Sekunden bestehen würde.

Doch Andrea schüttelte den Kopf. »Bitte such im Wasser nach ihr. Hilf Ruby.«

Hollis holte kurz Luft. »Wenn sie schon im Wasser ist, kann ich ihr nicht mehr helfen.«

»Du kannst es. Du musst. Ihr alle müsst.« Auch ihre Stimme wurde schwächer, und die letzten Worte klangen seltsam hohl. »Ihr braucht ihre Hilfe, um ihn aufzuhalten.«

Hollis starrte den leeren Fleck auf der anderen Seite des Tisches an und nahm unterschwellig wahr, dass sich die Raumtemperatur wieder normalisiert hatte. Auch war der Eindruck verflogen, die Luft im Zimmer stehe unter Strom. Sie zog einen Notizblock unter einer der Landkarten hervor und schrieb rasch auf, was gesprochen worden war, solange sie es frisch im Gedächtnis hatte.

Dann, als sie sich einer bohrenden Unruhe bewusst wurde, suchte sie unter den Mappen die betreffende heraus und fand dort die Namensliste, die Sarah ihnen besorgt hatte. Gemeindemitglieder der Kirche der Immerwährenden Sünde.

Eine von Sarahs Aufgaben, sobald sie in die Kirche eingeschleust worden war, hatte darin bestanden, diese Liste zu erstellen. Außerdem sollte sie grundlegende Informationen über jeden Einzelnen sammeln, um festzustellen, wer von Samuels Anhängern ein aktiver oder latenter Paragnost sein könnte. Neben mögliche latente Paragnosten hatte sie ein Häkchen gesetzt und zusätzlich ein Sternchen, wenn sie bei der betreffenden Person eine besondere Kraft oder ein Bewusstsein für die eigene Fähigkeit gespürt hatte.

Es gab zwanzig Häkchen, was ein außergewöhnlich hoher Prozentsatz an möglichen paragnostischen Fähigkeiten in einer so kleinen Gemeinschaft war. Hinter manchen Namen standen Fragezeichen. Doch es gab nur vier Namen mit Sternchen daneben. Langsam fuhr Hollis mit dem Finger die Liste entlang und war fast am Ende, als sie es entdeckte.

Ruby Campbell hatte ein Häkchen neben ihrem Namen. Und drei Sternchen.

Sie war zwölf Jahr alt.

»Ich unterbreche Ihr Grübeln nur ungern«, sagte Tessa, »aber dafür haben wir wirklich keine Zeit.«

Als er Tessa ansah, spürte Sawyer, wie seine Brauen nach oben wanderten. »Also, Sie müssen schon verzeihen, dass ich ein oder zwei Minuten brauche, um all das zu verarbeiten.« Sie hatte die letzten zehn Minuten damit verbracht, ihm von der Special Crimes Unit erzählt, mit deren Prinzip er gewaltige Schwierigkeiten hatte.

»Tut mir wirklich leid. Ich weiß, es ist ziemlich viel – Haven, die SCU, was wir von Samuel und seiner Kirche halten. Ihnen steht jedes Recht zu, sich überrannt zu fühlen. Sie haben auch jedes Recht, mir zu misstrauen, und ich würde es Ihnen nicht verübeln. Aber ich muss leider auf der Stelle wissen, ob ich einen Fehler begangen habe, mich Ihnen anzuvertrauen.«

»War wohl nicht genehmigt, was?«

»Ganz so läuft das nicht. Agenten treffen im Einsatz dauernd Ermessensentscheidungen. Dabei handelt es sich oft darum, ob und wann man die örtlichen Gesetzeshüter ins Vertrauen zieht. Niemand wird mich für diese Entscheidung im Nachhinein kritisieren. Aber ich will wissen, ob es die richtige war.«

Nach einem kurzen Moment erwiderte er: »Ehrlich gesagt, ich weiß nicht, wie ich mit all dem zurechtkommen soll,

Tessa. Doch ich müsste lügen, wenn ich nicht zugeben würde, dass ich froh bin, mit meinem Verdacht gegen Samuel und seine Kirche nicht der Einzige zu sein.«

»Das reicht mir.«

»Tatsächlich?« Er wollte sich nicht schon wieder seine Grübeleien vorwerfen lassen, doch gegen das Stirnrunzeln konnte er nichts unternehmen. »Falls Samuel nur halb so gut ist, wie Sie sagen, dann habe ich leise Bedenken wegen meiner eigenen Kontrolle, meiner – wie nannten Sie sie? Schutzschilde? Eben wegen meiner Fähigkeit, zu verhindern, dass er meine Gedanken liest. Ich weiß nicht, ob ich Ihre Geheimnisse bewahren kann.«

»Versuchen Sie einfach, sich auf Ihren Verdacht gegen ihn zu konzentrieren, wenn Sie in seiner Nähe sind. Er weiß davon, und vielleicht hält ihn das ab, tiefer zu schürfen.«

»Schürfen? In meinem Kopf? Du lieber Himmel.«

»Na gut, falls es Sie beruhigt, wir wissen nicht genau, ob er das kann. Schürfen, meine ich.«

»Das beruhigt mich überhaupt nicht.«

»Tut mir leid. Aber schauen Sie, wir sitzen alle im selben Boot, mehr oder weniger. Wir wissen nicht, wie stark er ist. Schlimmer, wir wissen nicht einmal genau, welche Fähigkeiten er besitzt. Ist er ein Telepath? Kann er hellsehen? Ein Empath? Wie groß ist sein Radius? Wo liegen seine Grenzen? Er kann von fremden Quellen Energie abzapfen, um seine eigene wieder aufzuladen, sogar von anderen Menschen. Aber kann er diese Energie auch steuern? Buchstäblich? Sie zur Waffe machen? Oder hat er eine andere Methode gefunden, mit seinem Geist zu töten?«

»Du lieber Himmel«, wiederholte Sawyer.

Sie nickte. »Beängstigend, nicht wahr? Das Gesetz lässt sich nicht auf das anwenden, was er tut, was er kann. Er benutzt kein Messer, kein Gewehr, keine Schlinge, nicht mal einen Knüppel. Soweit wir es beurteilen können, muss er sich nicht in der Nähe seiner Opfer aufhalten. Berühren muss er sie jedenfalls nicht. Und dennoch bringt er sie irgendwie um. Er stiehlt ihre Lebensenergie, und das auf eine Art und Weise, die unvorstellbar schmerzhaft und entsetzlich sein muss.«

»Warum? Warum mordet er?«

»Das weiß ich nicht. Aber ich fürchte, er wird nicht damit aufhören. Ich glaube, jeder seiner Anhänger ist in Gefahr.«

»Auf dem Gelände leben an die hundert Menschen.«

»Ja.«

»Menschen, die ihn höchstwahrscheinlich anbeten.«

»Machen Sie sich nichts vor – sie beten ihn tatsächlich an. Er hat sehr viel Zeit und eine Menge Energie aufgewandt, um dafür zu sorgen.«

»Wieso zum Teufel genügt ihm das nicht? Was kann er mehr wollen, als von seinen Anhängern für einen Gott gehalten zu werden?«

»Vielleicht ... von der ganzen Welt für einen Gott gehalten zu werden.«

Sawyer atmete tief durch. »Ich hoffe inständig, dass Sie damit unrecht haben.«

»Das hoffe ich auch. Aber wenn Sie sich die Lehrbuchdefinition eines Sektenführers ansehen, dann entspricht er dem ziemlich genau. Bei einem Sektenführer geht es letztlich immer um Macht. Darum, seine Anhänger zu kontrollieren. Sie davon zu überzeugen, dass nur er imstande ist, ihnen Frieden, den Himmel zu bringen, sie in eine Art Utopia oder ins gelobte Land zu führen oder woran auch immer sie glauben möchten. Bisher habe ich noch keine seiner Predigten gehört, doch ich habe mir sagen lassen, sie können in Sekundenschnelle von *Gott liebt euch* zu *Die Ungläubigen wollen uns vernichten* umschlagen.«

»Dasselbe hat man mir auch erzählt, obwohl ich mit eigenen Ohren nur die *Gott-liebt-euch*-Version gehört habe.«

»Haben Sie seine Wirkung auf die weiblichen Anhänger beobachtet?«

»Allerdings. Zum Fürchten gruselig. Was auch immer er da mit ihnen macht. Falls es nicht ein Verbrechen ist, dann ist es zumindest eine Sünde.«

»Es ist schlimmer als eine Sünde.« Sie erläuterte ihm ihre Theorie.

Obwohl es seinen eigenen Verdacht so gut wie bestätigte, wurde Sawyer ziemlich mulmig. »Himmel. Er bringt also die einen um und saugt die anderen regelmäßig aus? Er nährt sich von der sexuellen Lust der Frauen?«

»Das nehmen wir an.«

»Der Energie wegen? Buchstäblich?«

Tessa nickte.

»Wieso braucht er so viel Energie?«

»Das wissen wir nicht. Vielleicht, weil er so viel auf die Kontrolle seiner Anhänger verwendet. Vielleicht legte er sich einen Vorrat für einen zukünftigen Bedarf an.«

»Was für einen Bedarf?«

»Falls er paranoid ist, und das sind Sektenführer meistens, muss er Angst davor haben, das ihn jemand aufhalten will. In seinem Kopf wäre das die ultimative Schlacht. Die Apokalypse. Armageddon. Er könnte versuchen, seine Macht für dieses letzte Gefecht gegen denjenigen, den er für den Angreifer hält, zu vergrößern und seine Fähigkeiten zu stärken. Die meisten Sekten enden früher oder später mit einem lauten Knall, und auf jeden Fall immer, weil der Sektenführer durchdreht.«

»Wenn er so viel Energie aufnimmt, hat das nicht Auswirkungen auf sein Gehirn? Auch wenn er sie nur speichert?«

»Wahrscheinlich. Wir sind ziemlich sicher, dass er von Anfang an nicht richtig im Kopf war. Was in seinem Kopf vorgeht, kann man nicht wissen, aber ich garantiere Ihnen, es ist nichts Gutes.«

»Möglicherweise zerstört ihn sein eigener Ehrgeiz«, meinte Sawyer. »Ich muss kein Arzt sein, um zu wissen, dass der menschliche Körper nicht dazu geschaffen ist, allzu viel elektrische Energie aufzunehmen. Egal, was sich da in ihm aufbaut, früher oder später wird es einen Knall geben.«

Die morgendlichen Meditationen fielen Samuel am schwersten, zumindest in letzter Zeit. Er nahm an, es käme daher, dass sich so früh am Tag selten eine Gelegenheit bot, seine Energien wieder aufzuladen. Doch er war sich sicher, auch das gehörte zu Gottes Ratschluss.
Um ihn Demut zu lehren.
An diesem Morgen war er jedoch gezwungen gewesen, sich mit einem kleinen Problem namens Brooke zu beschäftigen – die arme Kleine glaubte, sie könne sich den göttlichen Plänen entziehen. Obwohl ihr Verlust ihn betrübte, hatte ihm ihre Energie die morgendlichen Meditationen leichter als sonst gemacht.
Daher fiel es ihm nicht so schwer, sich erneut durch seine Erinnerungen zu arbeiten, seine Kindheit zu durchleben. Wie er allmählich und zögernd Gott einen Platz in seinem Leben eingeräumt hatte. Bis ...
... Gott an einem sengend heißen Julitag, als Samuel dreizehn Jahre alt war, die Hand ausstreckte und ihn berührte.
Das Ganze fand mehr oder weniger im Nirgendwo statt, in einer derart ländlichen Gegend, dass die Anzahl der Kühe weit größer war als die der Menschen. Es geschah bei einer sommerlichen Erweckungsveranstaltung, geleitet von einem alten Prediger. Der dürre, unrasierte und glutäugige Mann namens Maddox gehörte schon lange nicht mehr der allgemeinen kirchlichen Richtung an und fühlte sich veranlasst, jedem, der es hören wollte, seine radikale Version vom Wort Gottes zu predigen.
Samuel hatte eigentlich schon tags zuvor diese kleine Möchtegernstadt hinter sich lassen wollen, doch ein Plakat an einem Strommast hatte seine Aufmerksamkeit erregt. Er hatte, ohne groß darüber nachzudenken, beschlossen, für die Erweckungsveranstaltung zu bleiben. Seiner Erfahrung nach

brachten die Damen der Stadt oft Kuchen und Gebäck und manchmal sogar einen Auflauf mit, was das Ereignis zu einer Art Familienpicknick machte.

In so abgelegenen Gegenden war nicht viel an Unterhaltung geboten, und ein guter Prediger konnte einen ansonsten trüben Samstag durchaus aufheitern. Wenn er wirklich gut war, kamen die Leute am Sonntag wieder, da sie in ihm eine Abwechslung zu ihren traditionelleren Kirchen sahen.

Deshalb blieb Samuel in der Stadt, verdiente sich ein paar Dollar mit dem Ausfegen einiger von der Zeit vergessener Läden in der Innenstadt und trampte dann hinaus zu der großen Wiese, auf der ein zerschlissenes Zelt stand, dessen Bahnen wegen der brütenden Hitze hochgeschlagen waren.

Drinnen gab es ein paar Dutzend Klappstühle und Bänke, die auf den harten Stoppeln des erst kürzlich abgeernteten Feldes nur einen wackeligen Stand hatten. Zwar hatte sich jemand die Mühe gemacht, eventuelle Kuhfladen unter dem Zelt einzusammeln, nichtsdestotrotz hing der durchdringende Geruch nach Kuh schwer in der heißen, stehenden Luft.

Maddox verteilte miserabel gedruckte Programme in Form eines einzigen Blatts billigen Papiers, einmal gefaltet und mit winzigen, verwischten Lettern bedruckt. Seine Predigt, mehr oder weniger. Zumindest die Höhepunkte. Kaum leserlich, doch erfüllt von glühendem Glauben.

Samuel ließ sich auf einem wackligen Stuhl im rückwärtigen Teil nieder, hocherfreut über die Schmorgerichte, eines mit Huhn und zwei mit Rindfleisch, jedoch betrübt darüber, dass niemand Kekse mitgebracht hatte. Er lauschte Maddox, der sich in eine Schimpfkanonade gegen Regierungsvertreter, etablierte Religionen und gegen jeden hineinsteigerte, der sich außer ihm selbst einbildete, die allein selig machende Antwort zu besitzen.

Nur Maddox besaß die Antwort.

Die Antwort, die er, gerissen wie er war, nur andeutete, nie jedoch tatsächlich gab. Nur die Gottgefälligen, so versicherte er ihnen, könnten die Antwort hören.

Maddox bot eine gute Vorstellung, fand Samuel. Die paar Dutzend Städter, die gekommen waren, um ihn zu hören, fächelten sich mit seinem Programm Luft zu, nickten und streuten gelegentlich ein Amen ein, um die Show am Laufen zu halten.

In der Ferne begann Donner zu grollen. Er kam näher, und ein heißer Windstoß fuhr durch das Zelt.

Samuel bemerkte, wie ein paar Leute auf die Uhr blickten und unruhig wurden. Er sah, dass es Maddox auch aufgefallen war. Die Worte des alten Mannes überschlugen sich und purzelten durcheinander. Er beeilte sich, seine Predigt zu Ende zu bringen und zum wichtigen Ritual der Kollekte zu kommen, die in alten Körbchen eingesammelt wurde, wie Samuel festgestellt hatte.

Doch trotz des aufziehenden Gewitters und seinen immer unruhiger werdenden Zuhörern nahm Maddox sich die Zeit zu fragen, ob jemand nach vorne kommen und Zeugnis ablegen wolle.

Samuel brauchte sich gar nicht umzusehen, um zu wissen, dass sich niemand in der Gemeinde dafür interessierte. Dafür war es viel zu heiß im Zelt. Außerdem war es Zeit zu verschwinden, da das Gewitter näher kam.

Erst hinterher wurde Samuel klar, dass es Gott gewesen war, der ihn veranlasste aufzustehen und nach vorne ins Zelt zu gehen, wo Maddox zuvor auf und ab getigert war. Gott hatte Samuel dazu gebracht, sich vor die schwitzenden, unaufmerksamen Gesichter des Publikums zu stellen. Es war Gottes Stimme, die aus Samuels dreizehnjähriger Kehle schallte, mit all der Leidenschaft, die Maddox besaß, und all der Kraft, die dem Mann fehlte.

»*Gott liebt euch!*«

Ein paar Stühle gerieten ins Schwanken, als die Menschen vor Überraschung zusammenfuhren.

»Gott liebt euch und möchte, dass ihr glücklich seid. Gott will, dass ihr dieses Leben in all seinem Überfluss genießt. Gott sandte seinen Sohn, damit er für euch starb, für eure Sünden, auf dass ihr nie mehr Angst vor Strafe haben müsst. Gott hat euch auserwählt, von allen seinen Kindern, um die Wahrheit zu hören!«

Aus dem Augenwinkel sah Samuel, dass Maddox nicht gerade erfreut war, aus dem Rampenlicht verdrängt zu werden. Doch was der alte Mann empfand, war Samuel ziemlich egal, da er seinen Auftritt genoss. Als er in die schweißnassen, nun gebannten Gesichter blickte, von denen einige mit einer Art von Staunen erfüllt waren, erregte ihn jenes Gefühl der Macht, für das er fortan empfänglich sein würde.

Sie lauschten ihm. Sie glaubten, was er sagte. Sie hielten ihn für etwas Besonderes.

Er hob die Arme und rief Gott an, auf dass er die Wahrheit seiner Worte bestätige und die Gemeinde mit dieser Wahrheit erfülle, und ...

Ein Güterzug erfasste ihn.

Als Samuel die Augen öffnete, lag er auf dem Boden. Die Stoppeln des Feldes bohrten sich unangenehm in seinen Rücken. Über sich sah er einen Kreis blasser, schwitzender Gesichter, von denen die meisten zwar besorgt, doch auch mit nicht geringer Ehrfurcht auf ihn herunterblickten, wie er überrascht feststellte.

»Alles in Ordnung, mein Sohn?« Eines dieser besorgten Gesichter gehörte Maddox. Doch es zeigte einen seltsam abwägenden, fast lauernden Ausdruck.

Mit Hilfe einiger anderer Hände rappelte Samuel sich hoch, aber anstatt die Frage zu beantworten, blickte er wie gebannt in das Gesicht eines der Männer, die ihm aufgeholfen hatten.

»Sie werden Ihre Farm verlieren«, verkündete er.

Der Mann starrte ihn verblüfft an und wurde blass. »Was?«

»Nächstes Jahr. Sie sollten sich darauf vorbereiten, wenn Sie nicht wollen, dass Ihre Familie verhungert.«

»Mein Sohn«, setzte Maddox an.

Samuel blickte jedoch in ein anderes Gesicht, ein jüngeres und nicht so sorgenvolles. »Sie hat Sie betrogen, wie Sie es sich schon gedacht haben. Aber nicht sie ist der eigentliche Judas. Reden Sie mit Ihrem besten Freund. Sein Bett ist es, in dem sie war.«

Der Mann machte auf dem Absatz kehrt, rannte fast schon, als er das Zelt verließ.

Samuel drehte den Kopf, sah das Gesicht einer Frau, und wieder, ohne zu wissen, woher seine Kenntnis kam, sagte er: »Gehen Sie zu Ihrem Arzt. Mit dem Kind in Ihrem Bauch stimmt etwas nicht.«

Sie rang nach Luft, ihre Hände flogen zu ihrem Gesicht und legten sich um ihren erst leicht gewölbten Bauch. Dann eilte sie davon und stolperte in ihrer Hast beinahe über einen der Stühle.

Maddox legte die Hand auf Samuels Schulter und drückte sie. Fest.

Zu der sie umringenden, murmelnden Menge sagte er: »Kommt morgen wieder, Leute. Kommt morgen und hört euch an, was dieser ganz besondere junge Mann uns zu sagen hat. Kommt morgen und bringt eure Freunde mit.«

Als die Leute sich den Ausgängen zuwandten, nickte Maddox einem dünnen, dunkelhaarigen Mädchen zu, das vielleicht ein paar Jahre älter war als Samuel, einem Mädchen, das ihm bis dahin nicht einmal aufgefallen war. Schweigend nahm sie eines der Spendenkörbchen und sammelte Dollarnoten und sogar ein paar Zehner und Zwanziger bei denen ein, die das Zelt verließen.

»Mein Sohn, du und ich, wir müssen reden«, sagte Maddox, sobald sie allein waren.

»Was ist passiert?«, fragte Samuel.

Maddox deutete auf den Boden.

Samuel blickte hinunter und war überrascht, dort einen sanduhrförmigen Fleck geschwärzter Erde und verbrannter

Stoppeln zu entdecken. Genau da, wo er gestanden hatte.
»Das verstehe ich nicht.«

Maddox zeigte nach oben.

Über ihren Köpfen, ein Stück vom Mittelpfosten entfernt, befand sich ein vollkommen rundes Loch in der Zeltplane. Es mochte etwa zwanzig Zentimeter Durchmesser haben, und die Ränder waren schwarz.

»So heiß, dass es nicht einmal angefangen hat zu brennen«, erklärte ihm Maddox. »Hat einfach die Zeltbahn durchstoßen. Dann ging er durch dich und in den Boden.«

»Was denn?«

»Ein Blitz, mein Sohn.« Maddox grinste, wobei lange gelbe Zähne zum Vorschein kamen. »Gott hat dich berührt.«

Samuel dachte einen Moment darüber nach und beobachtete abwesend, wie das dunkle Mädchen mit dem Korb voller Geld zurückkam. Eigentlich fühlte er sich nicht anders als vorher, nur irgendwie kräftiger. Und die Luft, die ihn umgab, schien klarer, nicht mehr so schwer und drückend.

»Und was soll ich jetzt machen?«, fragte er, gespannt auf die Antwort des alten Mannes.

Maddox grinste erneut. »Du kommst mit mir und Ruth. Das hier ist Ruth – meine Tochter.«

Samuel sah sie an, nickte gedankenverloren und richtete den Blick wieder auf Maddox. »Wieso sollte ich mit euch kommen?«

»Weil wir uns eine eigene Kirche aufbauen werden, mein Sohn. Ich kenne mich damit aus, und du, na, dich hat Gott berührt, nicht wahr? Berührt – und dir die Gabe des Zweiten Gesichts verliehen.« Wieder legte er die Hand auf Samuels Schulter. »Dir ist klar, dass wir nun den Weg zusammen gehen, nicht wahr, mein Sohn?«

Samuel musterte das grinsende Gesicht, den gierigen Glanz in diesen intensiven Augen und fragte sich ganz nebenbei, ob Maddox ahnte, dass sein Weg in Blut und Schmerz enden würde.

Was nicht von Bedeutung war.
Das käme erst nach einigen Jahren Wegstrecke.
»Wann fangen wir an?«, fragte er.

Als diese Erinnerung zu verblassen begann, befand Samuel sich noch immer halb in Trance. Weitere Erinnerungen zogen in seinen Gedanken vorbei, wie von stetigem Wind umgeblätterte Seiten eines Buches, auf denen andere Zeltveranstaltungen und kleine Kirchen zu sehen waren, kaum größer als ein Schuppen, die allmählich größeren, besseren Kirchen wichen. Und schließlich die Kirche in Los Angeles, wo sich dann alles zusammengefunden hatte.

Als seine Predigten stärker, kraftvoller geworden waren.

Als er stärker, kraftvoller geworden war.

Nachdem Gott ihm den Weg gezeigt hatte, den er gehen sollte.

Darüber dachte er nach, bewegte es in seinem Geist hin und her, wie er es immer tat, bis er schließlich so weit war.

Nun war er müde, zu müde eigentlich, um zu tun, was er tun musste.

Doch ihm blieb keine Wahl, denn sie war da. Sie war da, und er musste versuchen, sie zu erreichen. Musste mit ihrem Geist Kontakt aufnehmen und herausfinden, ob sie zu den wenigen Auserwählten gehörte.

Oder ob sie seine Feindin war.

11

Tessa sah Sawyer einen Moment lang unverwandt an und sagte dann: »Wir sollten noch ein wenig herumlaufen. Unser angebliches Alleinsein nützen.«

Als sie von dem Steinsitz aufstand, erhob Sawyer sich ebenfalls, fragte aber: »Um einer Antwort aus dem Weg zu gehen?«

»Nein, ich glaube, Sie haben wahrscheinlich recht. Ebenso glaube ich, dass Samuel eine Menge Unheil anrichten kann, bevor er sich selbst vernichtet, auch falls es so abläuft. Ich habe Sie das zwar schon gefragt, aber spüren Sie nicht die Energie dieses Ortes? Wie seltsam sie ist?«

In stiller Übereinkunft hatten sie sich von der Naturkirche abgewandt und gingen den Hügel hinunter, Sawyer neben ihr, einige Schritte lang schweigend, bevor er antwortete. Noch immer empfand er dieses Gefühl der Bedrohung, doch es war seltsam diffus.

Der Ort ist es nicht. Es ist mehr als das. Anders. Da ist noch etwas.

Am liebsten hätte er nach seiner Waffe gegriffen.

»Ich spüre es«, räumte er schließlich ein. »Macht mich ganz nervös. Aber es war nicht immer so. Früher, meine ich. Erst in den letzten paar Monaten ist mir aufgefallen, dass sich die Luft anders anfühlt. Wie anders ich mich fühlte, wenn ich hier gewesen bin.«

»Davor war es normal?«

»Was das angeht, ja. Was hat sich geändert?«

»Er, vermutlich.«

»Wissen Sie, wieso?«

»Eigentlich nicht. Paragnostische Fähigkeiten neigen dazu, sich weiterzuentwickeln, wenn sie genutzt werden. Und sie können von allem und jedem beeinflusst werden, angefangen bei der geistigen und emotionalen Verfassung der betreffenden Person bis hin zu einem Trockengewitter oder einem anderen starken elektromagnetischen Feld.«

»Das ist ja eine riesige Bandbreite an Möglichkeiten.«

»Einfache Antworten habe ich nicht, Sawyer.« Sie warf ihm einen sowohl gequälten und sehr zögerlichen Blick zu. »Für mich ist das meiste davon auch neu. Bis vor einem Jahr wusste ich nicht mehr über paragnostische Fähigkeiten, als das, womit ich mich selbst herumschlagen musste.«

»Allein?«

»So ziemlich. Keine nennenswerte Familie, und ich lebe seit dem College allein.« Ein Stirnrunzeln huschte über ihr Gesicht und verschwand wieder. »Erst als ich aufs College kam, habe ich gezwungenermaßen meine Schutzschilde richtig aufgebaut. Ich empfing die Antworten von Prüfungen, Antworten, die die Professoren von uns erwarteten, und ähnliches Zeug. Das war Betrug, und das wollte ich nicht. Also lernte ich, mich abzuschotten.«

»Stimmt etwas nicht?«, fragte Sawyer.

»Na, betrügen ...«

»Nicht damit. Sie sind zusammengezuckt. Weshalb?«

Tessa war nicht klar, ob es ihr gefiel, so genau beobachtet zu werden, obwohl sich ein Teil von ihr jeder seiner Regungen und Äußerungen nur allzu bewusst war, hörte sich aber antworten: »Leichte Kopfschmerzen, sonst nichts.«

»Wann haben die angefangen?«

»Gerade eben. Liegt vermutlich am Ort.«

Da seine eigenen Sinne oder Instinkte ihm noch immer zusetzten, fragte Sawyer: »Stehen Ihnen die Nackenhaare zu Berge? Meine tun das nämlich.«

Sie sah ihn an, dann blickte sie um sich. »Die Kameras. Wahrscheinlich. Es gibt überall welche.«

»Und wenn es nicht die Kameras sind? Tessa, Sie sagten, Samuel könne töten, ohne jemanden zu berühren. Ohne überhaupt in der Nähe zu sein. Woher wollten Sie dann wissen, ob Sie nicht ein Ziel für ihn sind? Wie würden Sie merken, dass Ihnen ein derartiger Angriff bevorsteht?«

Tessa fiel der Bericht über Sarahs Tod ein, wie schnell sie gestorben war, ohne Vorwarnung. Sie musste tief durchatmen, da sie spürte, wie sich Spannung in ihr aufbaute. »Ich weiß es nicht«, erwiderte sie.

»Könnte es mit Kopfschmerzen anfangen?«

»Ich weiß es nicht.«

»Tessa?«

»Er hat keine Veranlassung, in mir eine Bedrohung zu sehen. Warum sollte er das Bedürfnis haben, mich umzubringen?«

»Sie wissen nicht, ob er Sie für eine Bedrohung hält«, konterte Sawyer. »Er hätte sich die ganze Zeit über in Ihre Gedanken versenken können.«

»Hat er nicht. Das würde ich wissen.«

»Würden Sie?«

»Ja.« Glaubte sie. Hoffte sie. Doch es überlief sie eiskalt, und nicht wegen des frischen Wintertages.

Sawyer klang etwas genervt. »Das soll wohl heißen, ich kann Sie nicht überreden, sofort zu gehen?«

»Ich kann noch nicht weg. Können Sie sich vorstellen, wie schwierig es ist, jemanden aufs Gelände zu schleusen, geschweige denn in die Gemeinde?«

»Müssen ausgerechnet Sie das machen?«

»Ich bin hier. Das Universum öffnet einem nicht grundlos Türen.«

Völlig unvermittelt nahm Sawyer ihre Hand und verschränkte seine Finger in den ihren.

Verblüfft fragte Tessa: »Warum?«

»Sie werden nicht allein durch diese Tür gehen«, erklärte er ihr. »Ob es Ihnen nun passt oder nicht, auch ich bin hier. Diese offene Tür ist ebenso meine wie Ihre. Und ich bin ein sehr dickköpfiger Mann.«

Sie wollte schon protestieren, doch seine Hand fühlte sich überraschend warm und überraschend beruhigend an. Das gefiel ihr. Es gefiel ihr nur zu gut. Sie brachte bloß hervor: »Seien Sie vorsichtig. Denn ich habe gelernt, dass seltsame Dinge geschehen können, wenn zwei Paragnosten eine … Verbindung eingehen, auch wenn es nur eine ganz einfache ist.«

»Es geschehen doch schon seltsame Dinge«, entgegnete Sawyer und klang nun etwas gelassener. »Ist Ihnen zum Beispiel aufgefallen, dass es auf dem Gelände keine Tiere gibt? Keinerlei Haustiere?«

Folgsam ging Tessa auf seinen Hinweis ein. Sie fragte sich jedoch, ob es als Ablenkung gedacht war oder ob es ihm nur besser gelang als ihr, sich auf seine Aufgabe zu konzentrieren. »Ist mir gestern aufgefallen. Heute hatte ich gehofft, ein paar Kühe oder Pferde zu sehen, hatte aber kein Glück. Früher gab es Haustiere und Vieh, nehme ich an?«

»Noch im vergangenen Herbst.«

»Und sie sind plötzlich verschwunden?«

»Irgendwann Ende September. Da war ich zum letzten Mal hier oben, bevor wir vor fast zwei Wochen die erste Leiche aus dem Fluss zogen.«

»Was glauben Sie?«

Sawyer zögerte nicht. »Opferungen.«

Tessa sah ihn an und ließ dann ihren Blick umherschweifen, während sie weitergingen, damit es so aussah, als interessierte sie sich für ihre Umgebung. Viel gab es außer der großen, beunruhigend leeren Weide nicht zu sehen. Sie fühlte sich eindeutig beobachtet, musste aber annehmen, dass es von einer Kamera in der Nähe kam.

Sah sich gezwungen, das anzunehmen.

Denn die Alternative war um vieles verstörender als die leere Weide. Und womöglich wesentlich gefährlicher.

Ich sehe dich.

*

Samuel versuchte, sie zu erreichen, wurde dabei energischer und ärgerte sich über seine eigene Schwäche. Er war müde, stimmt, doch das sollte ihm eigentlich leichtfallen.

Relativ leicht zumindest. Weil sie eine Frau war, und Frauen waren schließlich von Natur aus dazu da, Männer einzulassen.

Diese Frau war allerdings widerspenstig. Gut geschützt. Er spürte zwar eine offene Tür, schien sie aber nicht finden zu können. Er zwang sich zu etwas Zurückhaltung, zu einem subtileren Versuch, obwohl das bedeutete, seinen Instinkten zuwider zu handeln.

Schon immer hatte er sie alle brechen wollen. Sie in ihrem Innersten packen und zermalmen, um dann in den Genuss dieser ungeheuren Energieentladung zu kommen, die sie im Tod auslösten.

Das aber war seinen Feinden zugedacht und denjenigen, die ihn und die Gnade Gottes verlassen wollten, nicht seinen Auserwählten.

Er war sich noch nicht im Klaren darüber, wozu diese Frau gehörte.

Daher kostete es ihn wertvolle Energie, ihre Abwehr mit der Raffinesse jahrelanger Übung auszuloten, zu sondieren, nach der Tür zu suchen, die sich ihm, wie er fühlte, bereits zu öffnen begann.

Schon wieder dieser einfache Satz in ihrem Kopf. Dazu das Gefühl einer unheimlich starken, aber nicht bedrohlichen Präsenz.

Dennoch verspürte Tessa den dringenden Wunsch, ihre Schilde zu verstärken, sich zu schützen. Die Tür zu schließen, die sie bei dem Versuch einen Spalt weit geöffnet hatte, ein Gefühl für diesen Ort zu entwickeln und aus ihm schlau zu werden. Denn sie war nicht gekommen, um sich zu schützen. Sie war gekommen, um Informationen über die Kirche und/oder Samuel zu sammeln. Und sie war gekommen, um herauszufinden, wer oder was gestern mit ihr Verbindung aufgenommen hatte.

Ich sehe dich.

Sie blickte auf ihre verschränkten Hände und fragte sich, ob Sawyer die Verbindung hergestellt hatte. Doch fast im gleichen Augenblick wusste sie, dass er es nicht war. Dass er es gestern auf keinen Fall gewesen sein konnte. Allerdings war sie sich nicht so sicher, ob nicht gerade in diesem Moment eine Art von Verbindung entstand. Denn seine Hand war warm, und das gefiel ihr. Er roch nach einer würzigen Seife oder einem Aftershave. Auch das gefiel ihr.

Tessa schob all das beiseite, da sie weder bereit war, über ihre eigenen Empfindungen nachzudenken, noch über die ziemlich elementaren Gefühle, die sie bei Sawyer entdeckte.

Verflixt, was hat er für ein miserables Timing.

Oder es war ihr Timing, das nicht stimmte. Gar nicht stimmte. Oder das beeinflusst wurde?

Gestern, und gerade eben – wer oder was hatte eine Verbindung zu ihr hergestellt? War momentan sogar da, als würde es auf etwas warten. Und obwohl sie sich davon nicht bedroht fühlte, wieso wusste sie dann nicht, ob diese Verbindung etwas Gutes oder Böses war?

Es hat dich hierher geführt. Und möglicherweise aus einem nicht gerade frommen Grund.

Wahrscheinlich nicht aus einem frommen Grund.

»Tessa?«

»Denken Sie an rituelle Opfer?«, fragte sie, bemüht, ihre Gedanken zusammenzuhalten, die immer zerfahrener wurden.

»Nein. Meiner Meinung nach könnte es die unerwartete oder zumindest unbeabsichtigte Folge von etwas anderem sein. Wäre das denkbar?«

»Ich nehme es an.«

Sie spürte ein seltsames Ziehen, beinahe körperlich, so real wie Sawyers Hand in der ihren. Doch er war es nicht. Etwas anderes zog und zerrte, als wollte es ihre Aufmerksamkeit erregen. Tessa blickte sich um. Plötzlich blitzte ein Licht auf, wie von einem Sonnenstrahl, der auf Metall fällt. Anscheinend aus dem Gehölz, das die Weide im Westen begrenzte.

»Was ist los?«

»Da drüben.« Ganz unbewusst hatte sie sich schon in diese Richtung gewandt. »Ich habe etwas aufblitzen sehen.«

Da Sawyer noch immer ihre Hand hielt, wandte er sich neben ihr auch um und flüsterte: »Könnte noch so eine verdammte Kamera sein.«

»Das glaube ich nicht.« Tessa stellte fest, dass sie einem fast unmerklichen Pfad über die Weide folgten, und wurde plötzlich beinahe von dem Gefühl der vielen Füße überwältigt, die hier schon gelaufen waren.

Kleine Füße.

Sei vorsichtig. Er will rein. Das darfst du nicht zulassen.

»Tessa?«

Sie runzelte die Stirn, ging aber weiter. »Da entlang.«

»Allmählich werden Sie mir unheimlich«, sagte er hinter ihr.

Das war eine seltsame Feststellung. »Ich kann mir nicht vorstellen, wieso. Ich bin nicht besonders unheimlich.« Sie meinte, ihn leise fluchen zu hören, doch ihre Aufmerksamkeit galt dem Wäldchen, das vor ihnen lag.

Sei auf der Hut, Tessa.

Das lichte Gehölz, ungefähr eineinhalb Morgen groß, hatte eine Lichtung in der Mitte, die etwa die Hälfte der Fläche ausmachte. Tessa blieb nach wenigen Schritten stehen und starrte auf ein Kreuz aus zwei Stöcken, das wegen eines Gewichts auf einer Seite etwas schief stand.

Sie bückte sich und hielt ein Lederhalsband in der freien Hand, als sie sich wieder aufrichtete. Daran hing eine Tollwutimpfplakette und ein zweites, wie ein Knochen geformtes Schild, auf dem der Name Buddy eingraviert war. Als sie das Halsband bewegte, fiel ein Sonnenstrahl auf das silbrige

Schild. Es blitzte auf, wie wahrscheinlich vorher auch, als sie es von der Weide aus hatte leuchten sehen.

Sich Sawyers Anwesenheit nur noch vage bewusst, wanderte Tessas Blick über die Lichtung und über zahllose kleine Erdhaufen. Auf den meisten waren entweder Steinhäufchen oder ein Kreuz aus zwei Stöcken errichtet worden. Fast alle waren mit einem individuellen Halsband geschmückt, das auf dem Boden lag, über den Steinen oder am Kreuz hing. Vereinzelt standen leuchtende Plastikblumen in angeschlagenen, henkellosen Tassen oder waren einfach in die Erde gesteckt, einige davon bereits im Laufe der Zeit ausgeblichen, doch ziemlich viele noch nicht. Sogar altes Spielzeug und Hundekauknochen lagen da.

»Das ist ein Haustierfriedhof«, stellte Sawyer fest. »Allerdings verdammt viele Gräber für eine Gemeinde, die kaum seit zehn Jahren besteht. Und eine Menge davon scheinen reichlich frisch zu sein.«

Tessa hatte nicht beabsichtigt, die Tür in ihrem Kopf weiter zu öffnen. Im Gegenteil. Doch als sie mit dem Halsband in der Hand dastand, drangen plötzlich Geräusche in ihr Bewusstsein, Hundegebell, Katzenmiauen und Kinderlachen. Während die Geräusche in ihrem Kopf immer lauter wurden, brachen Wogen von Schmerz und Gram über sie herein. Und Angst. Fürchterliche Angst.

»Tessa?«

»Sie hielten es für einen göttlichen Akt«, flüsterte sie und versuchte vergebens, ihre Sinne abzuschotten, sich vor dem Angriff zu schützen. »Einen Akt ihres Gottes. Er war ... da war ein Gewitter, und ... er war zornig. Sie hatten gesündigt. Und ihr Gott strafte sie.«

Er brachte sie um. Er brachte sie alle um.

Tessa spürte die Qual, den Kummer und versuchte damit fertig zu werden, versuchte die entsetzlichen Empfindungen durchzustehen.

Mach dem ein Ende. Er benutzt Gefühle, um einzudringen,

begreifst du denn nicht? Er bringt dich dazu, etwas zu empfinden, und das öffnet ihm die Tür. Weigere dich zu fühlen, Tessa. Lass ihn nicht ein.

Sie begann zu schwanken, das Halsband entglitt ihren plötzlich gefühllosen Fingern. Als sie von einer unvermittelten Woge der Dunkelheit ergriffen wurde, bekam sie nicht einmal mehr mit, dass Sawyer sie in seinen Armen auffing.

Reese DeMarco schlug langsam die Augen auf, starrte in seinem Büro einen Moment lang ins Leere. Schließlich schob er seinen Stuhl vom Schreibtisch zurück und stand auf, wobei er sich gedankenverloren den Nacken rieb. Er ging durch das geräumige Büro zur Tür und schloss sie auf.

Geräuschlos ging er den kurzen, mit Teppich ausgelegten Gang hinunter, der zwischen seinem Büro und Reverend Samuels Privaträumen lag. Niemand beggenete ihm. Da es kurz vor Mittag war und jeder Samuels Gewohnheit, vormittags und nachmittags zu meditieren, kannte und respektierte, war das obere Stockwerk der Kirche zu diesen Zeiten meist nahezu menschenleer.

Als DeMarco zu der großen, holzgetäfelten Tür kam, öffnete er sie ohne anzuklopfen. Er ging durch der vertrauten Vorraum – karg und schlicht, wie alle Räume hier – und durch das Wohnzimmer, dessen einziges ins Auge fallende Merkmal das farbige Licht war, das durch die Buntglasscheiben fiel.

Zwei geschlossene Türen auf der rechten Seite führten zu einem Arbeitszimmer und einem Schlafzimmer. Vor der Tür des Arbeitszimmers blieb DeMarco kurz stehen, öffnete sie dann leise und trat ein.

Auch dieser Raum erstrahlte im Farbenspiel der drei großen Buntglasfenster, ansonsten war die Ausstattung äußerst schlicht. Einfache Regale beherbergten eine große Menge Bücher – keine eleganten, ledergebundenen Bände, sondern Bücher in einst farbenfrohen Schutzumschlägen, offensichtlich im Laufe von Jahren gesammelt. Ein großer Schreibtisch stand mit der Rückseite zum mittleren Fenster, und auf dem alten abgetretenen Teppich davor standen zwei Besucherstühle mit niedriger Lehne. Auf der den Fenstern gegenüberliegenden Seite befand sich ein Ledersofa mit passendem Sessel und Polsterhocker.

Auf diesem Sessel saß Samuel, die Füße auf den Boden gestellt, die Hände entspannt im Schoß, den Kopf leicht gesenkt. Die Augen waren geschlossen.

DeMarco wartete schweigend.

Es dauerte einige Minuten, bis Samuel schließlich die Augen öffnete und den Kopf hob. Er wirkte nicht wie ein Mann, der meditiert und sich entspannt hatte. Er sah aus wie jemand am Rande des Zusammenbruchs. Sein Gesicht war bleich, ausgezehrt, unter seinen trüben Augen lagen dunkle Schatten. Als er Atem holte, um etwas zu sagen, schien ihn das große Mühe zu kosten. »Sie gehen«, stellte er fest.

»Ja.«

»Sag Carl, er soll sie durchs Tor lassen. Und keine Fragen stellen.«

»Ich kümmere mich darum.«

Erneut holte Samuel mühevoll Atem. »Der Wetterbericht?«

»Am Wochenende Regen. Keine Rede von Gewittern.«

Der Schatten eines Lachens entschlüpfte Samuel. »Murphys Law.«

Bedächtig erwiderte DeMarco: »Bei allem Respekt, das ist Vergeudung Ihrer Energie.«

»Ich habe keine andere Wahl.«

»Der Prophezeiung nach sind wir im Moment doch sicher. Sie sprachen vom Sommer. Sie sagten, sie sei älter.«

»Ich kann mich geirrt haben.«

»Mit Prophezeiungen«, entgegnete DeMarco in nachdenklichem Ton, »ist nicht zu spaßen. Wenn man verfrüht handelt, erreicht man möglicherweise genau das, was man vermeiden wollte.«

»Vielleicht kann ich es nicht vermeiden. Vielleicht konnte ich es nie.« Samuels Lippen verzogen sich mehr zu einer Grimasse, denn zu einem Lächeln. »Sie begreifen es nicht. Sie werden es nie begreifen. Sie wollen mich tot sehen, Reese. Schlimmer noch als tot. Vernichtet. Vor allem er.«

»Es muss nicht auf diese Art enden.«

»Es wird – es sei denn, ich vernichte ihn, bevor er mich vernichten kann.«

»Die haben keinerlei Beweise. Nicht die geringsten. Wenn sie die hätten, wären Sie schon längst verhaftet. Hier sind Sie sicher.«

»Unter meiner Gemeinde.«

»Father!«

»Es ist doch meine Gemeinde, nicht wahr? Mir mit Leib und Seele ergeben?«

»Natürlich, Father.«

»Werden sie für mich sterben, Reese? Wirst du es?«

Ruhig und ohne zu zögern erwiderte DeMarco: »Selbstverständlich, Father.«

Samuels Mund verzog sich zu einem weiteren Halblächeln. »Gut. Nun geh und sag Carl, er kann den Chief und Mrs Gray passieren lassen. Und schick mir Ruth.«

»Sofort, Father.« DeMarco verließ das Arbeitszimmer und schloss leise die Tür. Er ging den Weg durch die Wohnung zurück. Erst als er die Eingangstür hinter sich zugezogen hatte, begann sich die Spannung in seinen Schultern zu lockern.

Ein bisschen wenigstens.

Er blieb einen Moment lang an die Tür gelehnt stehen und ging dann weiter, um Fathers Auftrag zu erledigen.

»Eigentlich wollte ich Sie auf den Rücksitz legen«, erklärte Sawyer mit ziemlich grimmiger Stimme. »Aber ich dachte mir, so würden weniger Fragen gestellt.«

Tessa blinzelte ihn an, fühlte sich etwas schwindlig und

sehr verwirrt. Sie blickte nach unten und sah, dass sie auf dem Beifahrersitz seines Jeep angeschnallt war – fest angeschnallt. Sie lockerte den Schultergurt etwas und brachte mühsam eine ratlose Frage heraus. »Wo?«

»Wir haben gerade die Siedlung verlassen. Ich schicke später jemanden, um Ihren Wagen zu holen. Als ich Sie zum Jeep trug, ließ sich niemand blicken, und diesmal öffnete Fisk das Tor kommentarlos.«

»Mich getragen?«

Also, das ist beunruhigend. Und ich habe es nicht mitbekommen. Mist. Sie schob ihr Bedauern beiseite. *Nicht jetzt. Darüber kann ich mir im Moment keine Gedanken machen.*

»Von wo aus?«

»Vom Tierfriedhof. Erinnern Sie sich nicht? Was zum Teufel ist mit Ihnen passiert? Sie waren weg. Und ich meine weg. Sie sind nicht in Ohnmacht gefallen – Sie waren beinahe komatös.«

Tessa zwang ihren trägen Verstand, sich von der Tatsache abzuwenden, dass sie anscheinend bewusstlos von einem sehr attraktiven Mann, den sie kaum kannte, ein ziemliches Stück weit getragen worden war. Sie versuchte sich zu erinnern und brauchte ein oder zwei Minuten dazu. Der Nebel in ihrem Kopf schien sich zu lichten, während sie das Gelände hinter sich ließen. Sie fühlte sich völlig zerschlagen, aber wenigstens konnte sie wieder denken. Und sich erinnern.

»Der Tierfriedhof. Himmel. Er hat sie alle umgebracht. Alle Haustiere, das Vieh. Es war ... Er war wütend.«

Sawyer gab ein raues Stöhnen von sich, und seine Finger packten das Lenkrad fester. »Das dachte ich, hätten Sie gesagt. Hatten Sie eine Vision?«

»Etwas Ähnliches. Für gewöhnlich habe ich keine Visionen, ich weiß nur Dinge. Und das hier weiß ich. Ich spürte es.«

»Mist. Er hat sie umgebracht? Alle auf einmal?«

»Nehme ich an. Letzten Oktober. Er war einige Zeit fort

gewesen, ein paar Wochen zumindest, und als er zurückkam, gab es ein Art Machtkampf in der Gemeinde. Ein anderer wollte die Kirche leiten. Samuel war ...«

»Er war was?« Sawyer warf ihr einen kurzen, fragenden Blick zu, konzentrierte sich dann aber wieder auf die Straße, da er möglichst viel Abstand zwischen sie beide und die Kirche bringen wollte.

»Geschwächt.« Tessas Stimme war kaum mehr als ein Murmeln. Sie starrte vor sich hin, während sie sich abmühte aus den Bildern und Gefühlen schlau zu werden, an die sie sich erinnerte. »Schmerz. Er hatte versucht, seine Fähigkeiten auf eine neue Art zu nutzen, doch es gab einen Stärkeren, der sich wehrte. Er verlor den Kampf. Wurde vernichtend geschlagen. Und dann kam er nach Hause – und bekam es mit einer Rebellion zu tun. Das war mehr, als er verkraften konnte. Er rief alle zu der Kanzel im Freien, obwohl ein Gewitter aufzog. Vielleicht weil ein Gewitter aufzog. Er glaubte zwar nicht, die Kraft zu haben, es anzuzapfen, aber ...«

»Aber?«

Sie schüttelte den Kopf. »Irgendwie schaffte er es. Irgendwie zog er Energie aus dem Gewitter. Ich bin mir nicht sicher, was geschah. Alles ist so verschwommen und durcheinander. Sicher weiß ich nur, dass das Problem – der Mann, der die Kirche auf seine Art führen wollte – verschwand. Samuels Anhänger waren erneut davon überzeugt, dass sie ihm folgen mussten. Und alle Tiere starben.«

Kaum hatte Tessa zu Ende gesprochen, da spürte sie, wie sich an ihrem Fuß etwas bewegte. Unter normalen Umständen wäre sie wahrscheinlich vor Schreck zusammengezuckt, doch sie war viel zu erschöpft für diesen Energieaufwand. Stattdessen beugte sie sich nur vor, um nachzusehen, was da war.

Eine große Umhängetasche, wie Schüler sie manchmal benützen, um darin Bücher, Notebooks oder Laptops zu tragen. Aus schwerem Segeltuch, mit einem Verschluss am Überschlag.

»Ist das Ihre?«, fragte sie, obwohl ihr bei der ersten Berührung klar war, dass ihm die Tasche nicht gehörte.

Sawyer sah zu ihr hinüber, als sie die Tasche vom Boden hochhob und auf ihren Schoß stellte. »Nein, die hab ich noch nie gesehen. Seien Sie vorsichtig, Tessa.«

»Ist schon in Ordnung.« Sie öffnete den großen Verschluss und schlug die schwere Klappe zurück. Drinnen saß ein winziger weißer Pudel, zitternd und mit angsterfüllten Augen.

Sawyer runzelte die Stirn. »Ein Hund? Aus der Siedlung?«

»Wenn Sie ihn nicht heute mitgebracht haben.« Tessa wartete vorsichtig ab, bis der kleine Hund ihre Finger leckte. Dann hob sie etwas, das kaum mehr als eine Handvoll lockiges Fell war, aus der Tasche und nahm das Tier auf den Arm. Sofort schmiegte sich das Hündchen an sie und hörte auf zu zittern. »Was Sie wohl nicht getan haben.«

»Nein, hab ich nicht. Aber wenn alle Tiere umgebracht wurden, wie konnte dieser Winzling dann überleben?«

»Ich denke, dabei hat ihm jemand geholfen.« Inzwischen hatte Tessa mit der freien Hand die Seitentaschen durchwühlt und ein gefaltetes Stück Papier entdeckt. Zu ihrer Verblüffung musste sie feststellen, dass darauf ihr Name in Druckbuchstaben stand.

»Was ist?«, fragte Sawyer.

»Haben Sie jemanden am Jeep gesehen? Jemand, der gemerkt haben könnte, dass ich nicht zu meinem eigenen Wagen zurückgehen würde?«

»Nein, ich habe keine Menschenseele gesehen. Und ich habe den ganzen Weg den Hügel hinunter darauf geachtet. Ich nahm an, ich müsste ein paar Erklärungen abgeben, oder zumindest ein oder zwei Fragen beantworten, nachdem die Kamera auf diese sogenannte Naturkirche ausgerichtet war. Hatte erwartet, dass DeMarco auftaucht.«

»Ich frage mich, wieso nicht«, murmelte Tessa, während sie den Zettel auffaltete. Dann las sie die kurze Mitteilung, die mit derselben ordentlichen Druckschrift wie auf der Außenseite geschrieben war, und die Frage, wieso DeMarco sie kommentarlos hatte gehen lassen, wurde vollkommen unwichtig.

Bitte kümmere dich um Lexie.
Ich kann sie nicht länger beschützen.
Father ist schon auf mich aufmerksam geworden.

12

Paris

Niemand hätte FBI-Direktor Micah Hughes als extrovertiert bezeichnet, daher empfand er den gesellschaftlichen Umgang mit Vertretern anderer Strafverfolgungsbehörden aus aller Welt eher als Mühsal, denn als Vergnügen.
Sogar in Paris.
Er hätte es vorgezogen, tagsüber an den Seminaren teilzunehmen und sich dann in sein Hotelzimmer zurückzuziehen, wo er sich auf seinem Laptop über Tagesereignisse in Washington informieren konnte. Doch Cocktailpartys mit anschließendem Dinner waren ein unvermeidlicher Teil der Reise, und wenn man ihm eines nachsagen konnte, dann war das verbissene Professionalität.
Trotzdem war er eher erleichtert als besonders neugierig oder besorgt, als ihm ein Ober an diesem Donnerstag während des lockeren Geplauders nach dem Essen einen Zettel mit der Nachricht über einen Telefonanruf zusteckte. Ein weiterer Ober wies ihm den Weg zu den Hausapparaten des Hotels in einem kleinen Nebenraum vor dem Festsaal, in dem das Dinner stattfand.
Im Flur war es angenehm still, und Hughes genoss diese Stille ein wenig, bevor er sich auf die Suche nach dem Telefon machte. Der kleine Raum lag tatsächlich gleich nebenan, doch als er ihn betreten wollte, hielt er inne. Alle Apparate entlang des dreiseitigen, halbhohen Tresens waren unbesetzt. Ein Mann stand mitten im Raum.
»Was machen Sie hier?«
Der Mann war hochgewachsen, breitschultrig und athle-

tisch. Sein Alter war schwer zu schätzen – irgendwo zwischen fünfzig und fünfundsechzig. Er hatte diese regelmäßigen Gesichtszüge und den vorteilhaften Knochenbau, die Voraussetzung für gutes Aussehen sind. Die auffallend grünen Augen machten das Gesicht umso einprägsamer.

»Inzwischen sollten Sie wissen, dass ich fast überall auftauchen kann.« Seine tiefe Stimme hatte einen Ton, den Hughes in seinem Leben immer wieder gehört hatte: Die absolute Gewissheit eines Mannes, der daran gewöhnt war, genau das zu bekommen, was er wollte.

»Ich dachte nur, Sie wären noch in den Staaten.« Hughes vernahm die leichte Nervosität in seiner Stimme, was ihn verbitterte.

»War ich auch. Gestern.« Er hielt kurz inne und fuhr dann ruhig fort. »Sie haben demnach keine Fortschritte gemacht?«

»Hören Sie, ich habe Ihnen von vornherein gesagt, dass es dauern würde. Bishop mag zwar skrupellos sein, aber er ist nicht unbesonnen, zumindest nicht offen. Er weiß, dass er unter Beobachtung steht und dass seine Einheit nur so lange Bestand haben wird, wie sie Erfolge vorzuweisen hat und er sie aus den Nachrichten heraushält. Er ist vorsichtig. Sehr vorsichtig. Er weiß, wie weit er sich die Regeln und Vorschriften zurechtbiegen kann, ohne sie zu brechen. Bevor er diese Grenze nicht überschreitet, kann ich ihm nichts anhaben. Nicht offiziell.«

»Verstehe. Ist Ihnen bekannt, dass er momentan in North Carolina ist und gegen eine Kirche ermittelt?«

»Wie bitte?«

»Aha. Also war es Ihnen nicht bekannt. Offensichtlich behalten meine Spione Bishop besser im Auge als Ihre eigenen.«

Hughes gefiel es ganz und gar nicht, dass jemand von außerhalb des FBI Spione im Inneren des Nachrichtendienstes einsetzte. Doch er hatte in den letzten Monaten genug Zeit mit diesem Mann verbracht, um sich scharfe Erwiderungen oder Proteste zu verkneifen. Was nicht dazu beitrug, das zunehmend vertraute Gefühl starken Unbehagens einzudämmen.

Zuerst war ihm alles so einleuchtend erschienen. Doch inzwischen schien er sich nicht mehr sicher, das Richtige zu tun.

»Sie werden morgen früh ein Paket per Kurier bekommen. Hintergrundinformationen über die Kirche und deren Oberhaupt, Einzelheiten, die Ihre eigenen Leute ohne Weiteres entdeckt haben könnten und vermutlich bereits irgendwo in den Akten haben. Plus einiger zusätzlicher, nicht so leicht zu beschaffender Informationen über kürzliche Aktivitäten der SCU. Und Bishop.«

Hughes war sich ziemlich sicher, dass mindestens einer der Spione dieses Mannes innerhalb des FBI tatsächlich zur SCU gehörte. Doch er hatte ihn nie danach gefragt und unterließ es auch jetzt. Das brauchte er nicht zu wissen. »Enthalten die Informationen etwas Justiziables?«

»Möglicherweise. Auf jeden Fall werfen sie die Frage auf, ob Bishop überhaupt für das FBI arbeitet – oder seinen eigenen Rachefeldzug durchführt.«

»Einen Rachefeldzug?« *Wie Ihren?* »Sie glauben, diese Kirche oder ihr Oberhaupt hat etwas getan, das Bishop persönlich Schaden zugefügt hat?«

»Ich glaube nur, dass er ein gefährlicher Mann ist, der eine auf keinerlei Beweise gestützte Ermittlung durchführt. Und dabei in Kauf nimmt, dass Menschen sterben.«

»Sind Sie sich dessen sicher?«

»Allerdings. Er hat die letzten Vorfälle nicht gemeldet. Aber ich glaube aus gutem Grund, dass innerhalb der letzten beiden Wochen mindestens zwei Beteiligte umgekommen sind. Einer seiner eigenen Agenten und eine Mitarbeiterin dieser zivilen Organisation, an deren Gründung er beteiligt war.«

»Ich sagte Ihnen ja schon, dass ich gegen Haven nichts unternehmen kann. Nicht solange sie innerhalb des Gesetzes aktiv sind. Was bisher der Fall war. Auch John Garrett ist weder unvorsichtig noch leichtsinnig.«

»So viel Sie demnach wissen, haben die keine Gesetze gebrochen.«

Hughes nickte widerstrebend. »Soviel ich weiß.«

»Ich lasse meine Leute weiter daran arbeiten. In der Zwischenzeit würde ich doch annehmen, dass der Tod eines Bundesagenten, vermutlich in Ausübung seines Dienstes, nach einer Ermittlung verlangt.«

»Das geschieht automatisch.«

»Dann sollten Sie sich nach Rückkehr in die Staaten über den Verbleib von Agent Galen erkundigen.«

»Mache ich.« Hughes atmete tief durch. »Der Joker bleibt immer noch Senator LeMott. Bishop hat vor drei Monaten den Mörder der Tochter des Senators gefasst. Nicht nur die SCU, Bishop war persönlich daran beteiligt. LeMott wird das nicht vergessen, und er ist ein mächtiger Mann.«

»Das bin ich auch.«

»Ja. Ich weiß. Aber LeMott könnte eine Menge Schwierigkeiten machen. Ich muss vorsichtig sein, wann und wie ich handle.«

»Ich bezweifle, dass Sie Ihren momentanen Posten hätten, wenn ich nicht zu Ihren Gunsten beträchtlichen Einfluss ausgeübt hätte.«

»Das weiß ich ebenfalls. Glauben Sie mir, ich bin überaus dankbar dafür.«

»Allzu viel Gegenleistung habe ich nicht verlangt, nicht wahr, Micah? Ich habe nicht von Ihnen verlangt, gegen Ihren Amtseid zu verstoßen, das Gesetz zu brechen. Ich habe nicht von Ihnen verlangt, Ihr Land zu verraten oder Ihr Amt zu beflecken. Ich habe Sie nur gebeten, Möglichkeiten zu finden, einen gefährlichen Mann und seine Anhänger aus einer ansonsten vorbildlichen Organisation zu entfernen.«

»Ja. Und ich habe kein Problem mit dieser Bitte.«

»Dann verstehen wir uns.«

»Durchaus.«

»Das höre ich gern. Genießen Sie Ihren restlichen Aufenthalt, Micah. Paris ist eine wunderbare Stadt. Tun Sie sich den

Gefallen und nehmen Sie die landschaftlich schönere Strecke für den Weg zum Flugplatz. Schauen Sie sich ein paar Sehenswürdigkeiten an. Vergessen Sie die Arbeit für eine Weile.«

»Vielen Dank. Das werde ich machen.« Hughes sah dem anderen nach und wurde sich seiner Anspannung erst bewusst, als er befreit ausatmete. Er sah sich sogar um, wollte sichergehen, dass niemand dieses verräterische Anzeichen der Erleichterung beobachtet hatte.

Und darüber ärgerte sich Micah Hughes am meisten.

Grace

»Ich kann es mir nur so erklären, dass Lexies Besitzer ein ungeheuer starkes Schutzschild besitzt – wenn nicht mehr«, sagte Hollis. »Das und die offensichtliche Tatsache, dass der kleine Hund vermutlich die meiste Zeit in dieser Tasche herumgetragen wurde, muss ihn vor dem geschützt haben, was die anderen Tiere getötet hat.«

Tessa blickte zu dem Stuhl neben sich am Esstisch, auf dem der kleine Pudel zusammengerollt in der Tasche schlief. »Irgendwo habe ich gelesen, dass so kleine Exemplare als Begleittiere gezüchtet werden, also ergibt es einen Sinn. Ich meine, dass die Hündin die meiste Zeit herumgetragen wurde. Die Tasche scheint für sie eine Art Schmusedecke zu sein. Die Frage ist nur, wem gehört der Hund?«

»Eine der Fragen«, korrigierte Sawyer. Bei ihrer Ankunft im Haus der Grays war er Hollis vorgestellt worden und versuchte sich mit dem Gedanken abzufinden, dass eine FBI-Agentin ein erklärtes Medium war. Ein anerkanntes Medium, das nicht nur von Sawyers Geheimnis wusste, sondern seine Fähigkeiten auch vollkommen sachlich hinnahm. »Mir stellen sich mehr Fragen, als ich zählen kann.«

»Willkommen im Club«, meinte Hollis und fügte hinzu: »Ich setze auf Ruby Campbell als Lexies Besitzerin.«

Tessa überlegte, ob es Rubys Stimme in ihrem Kopf gewesen war, dort auf dem Tierfriedhof. Die Präsenz, die sie mit solcher Beharrlichkeit gewarnt hatte, ihre Sinne abzuschotten, dass Tessa sich deshalb wortwörtlich ausgeknockt hatte.

»Wieso?« Sawyers Ton war so betont höflich wie der eines Mannes, der beschlossen hatte, die Ruhe zu bewahren. Egal, was geschah.

»Weil ich nicht an Zufälle glaube. Weil ich genau um die Zeit, als ihr dabei wart, die Notiz zu lesen, gebeten wurde, Ruby zu helfen.«

»Gebeten von einem Geist«, sagte Sawyer.

»Gerade Sie«, warf Tessa ein, »sollten in der Lage sein, die Existenz von Geistern zu akzeptieren. Sie haben Ihre Großmutter gesehen, als sie starb, nicht wahr?«

»Du meine Güte, Tessa …«

Gereizt rieb sich Tessa die Stirn. »Tut mir leid. Ich habe nicht danach gesucht, es kam mir nur einfach.«

Hollis blickte zu Sawyer. »Stimmt das? Sie haben den Geist Ihrer Großmutter gesehen?«

»Nur das eine Mal.« Sawyer hoffte, damit wäre das Thema erledigt.

»Ich hab dir gesagt, dass sich deine Fähigkeiten weiterentwickeln«, meinte sie, zu Tessa gewandt. »Deine Besuche auf dem Gelände müssen neue Verschaltungen in deinem Gehirn aktiviert haben. Oder sie haben die Stromspannung irgendwie verstärkt. Selbst mit hochgefahrenen Schilden fängst du etwas auf.«

»Diese sonderbare Energie da oben«, murmelte Sawyer. »Gott weiß, was für Auswirkungen die hat. Auf die Gemeinde und auf uns.«

»Ich brauche keine neuen Verschaltungen«, verkündete Tessa. »Ich hab doch kaum gelernt, mit den vorhandenen umzugehen.«

»Bleibt dir wohl nichts anderes übrig.« Hollis zuckte mit den Schultern.

»Na toll.«

»Noch ein weiterer guter Grund, von dort fortzubleiben«, mahnte Sawyer sie.

»Nein«, widersprach Tessa. »Ist es nicht. Wir alle gehen Risiken ein, Sawyer. Sie sind Polizist – Sie wissen das.«

»Keine unnötigen Risiken.«

»Und wie definieren Sie unnötig, wenn fast hundert Männer, Frauen und Kinder in Gefahr sind?«

Sawyer gefiel es gar nicht, so in die Enge gedrängt zu werden. »Na gut, dann reden wir eben über Effektivität. Ein Risiko einzugehen, wenn man in einer gefährlichen Situation nichts bewirken kann, ist sinnlos. Und nach dem, was ich auf dem Gelände gesehen habe, können Sie mit den Vorgängen da oben nicht ohne unnötiges Risiko fertig werden. Das gilt für Sie und wahrscheinlich auch für alle anderen.«

»Wovon redet er?«, fragte Hollis.

Sawyer blickte Tessa weiterhin unverwandt an. »Was zum Teufel ist auf dem Gelände mit Ihnen passiert? Ganz am Ende, da waren Sie so abgelenkt, dass es sichtbar war. Als würden Sie jemand anderem zuhören.«

»Hab ich vielleicht.«

Hollis sah sie stirnrunzelnd an. »Ich war davon ausgegangen, der ganze Schmerz und die Trauer hätten dich überwältigt, als du dich auf dem Tierfriedhof geöffnet hast.«

»Das fing schon an, bevor wir zum Friedhof kamen«, erklärte ihr Sawyer. »Sie wirkte ein bisschen zerstreut.«

»Zerstreut?«

»Abgelenkt, wie gesagt. Ich weiß nicht, was es war, aber irgendwas hat ihr zugesetzt, als wir die Freilichtkanzel verließen. Vielleicht schon eher.«

Tessa atmete tief durch. »Hallo, ich bin auch noch da, Leute.«

Hollis' Stirnrunzeln vertiefte sich. »Tessa, hast du deinen Schild auf dem Friedhof bewusst gesenkt?«

Tessa wollte nicht antworten, wusste jedoch, dass ihr nichts anderes übrig blieb. »Nein. Ich habe eine Tür geöffnet, nur ein wenig. Aber ich habe meine Schilde nicht gesenkt.«

»Dann hat dir tatsächlich etwas zugesetzt? Etwas, das durch deine Schilde drang?«

»Vielleicht.«

»Tessa.«

»Also gut, ja. Ich hörte ... Das war dieselbe Präsenz wie schon vorher. Nicht die dunkle, sondern diejenige, die gesagt hat: *Ich sehe dich.* Nur diesmal hat sie mich gewarnt. Mich angewiesen, vorsichtig zu sein. Mich nicht von meinen Gefühlen überwältigen zu lassen, weil es ihm – Samuel, nehme ich an – sonst auf diese Weise gelingt einzudringen. Er löst Gefühle in den Menschen aus und verschafft sich so Zugang.«

»Wie hast du dich gefühlt?«

Nun runzelte Tessa die Stirn, während sie versuchte, die Erinnerungsfragmente und Emotionen zu sortieren. »Ist nicht leicht, die Dinge auseinanderzuhalten. Zuerst fühlte ich mich unbehaglich, als würde mich jemand beobachten. Sawyer ging es genauso.«

Er nickte, als Hollis ihn anschaute. »Tessa meinte, das läge vielleicht an den Kameras, aber danach hat es sich nicht angefühlt.« Er zögerte und setzte hinzu: »Auf mich gerichtete Kameras lösen ein bestimmtes Gefühl aus. Das war etwas anderes.«

Tessa nickte ebenfalls. »Ich spürte ein Zupfen, ein Ziehen. Als ich mich umblickte, sah ich etwas am Rande des Tierfriedhofs aufblitzen. Als wir dort ankamen, brachen der Schmerz und die Trauer der Menschen, vor allem der Kinder, über mich herein. In dem Moment drängte mich die Stimme in meinem Kopf, die Tür zu schließen, bevor er eindringen konnte. Also habe ich sie geschlossen. Etwas zu heftig, nehme ich an.«

Sawyer sah sie fragend an. »Deswegen sind Sie ohnmächtig geworden? Sie haben das selbst bewirkt?«

»Nun ja, aus Selbstschutz. Sie haben mich doch gefragt, ob ich wüsste, wenn ich einem Angriff der Art ausgesetzt wäre, zu der Samuel fähig ist. Die Dringlichkeit der Stimme sagte mir, dass ich mich schützen müsste, und zwar schnell. Also habe ich es getan.«

»Houston, wir haben ein Problem«, stellte Hollis fest.

»Nicht unbedingt.«

»Tessa, du wurdest für diese Aufgabe wegen der Stärke deiner Schilde und der Tatsache ausgesucht, dass du nicht als Paragnostin erkennbar bist. Ganz gleich, wem diese eindringliche Stimme gehört, sie hätte nicht fähig sein dürfen, dich so deutlich zu erreichen, nicht durch das, was praktisch nur ein kleiner Spalt in deinen Schilden war. Und die Gefühle dieser Leute hätten dich nicht überwältigen dürfen, nicht mit aufgerichteten Schilden. *Überhaupt nicht.* Das ist eine neue Entwicklung, wie wir beide wissen, und mit Neuem lässt sich am schwersten umgehen. Wir haben eindeutig ein Problem.«

»Ich war müde und abgelenkt, schon bevor ich da raufgefahren bin, Hollis, das weißt du. Ich hatte das Gefühl, gezogen zu werden, lange bevor ich das Gelände erreichte. Du hast gemeint, ich hätte dort gestern mit jemandem oder etwas Verbindung aufgenommen, und ich stimme dir zu.« Sie griff nach dem Zettel, der vor ihr auf dem Tisch lag, betrachtete ihn erneut, las ihn erneut.

Bitte kümmere dich um Lexie.
Ich kann sie nicht länger beschützen.
Father ist schon auf mich aufmerksam geworden.

»Das war an mich gerichtet. Mehr noch, es wurde in Sawyers Jeep gelegt, nicht in meinen Wagen. Niemand hatte wissen können, dass ich das Gelände nicht so verlassen würde, wie ich gekommen war.«

Hollis schüttelte den Kopf. »Du hast nicht erwähnt,

dass du gestern eines der Kinder kennengelernt hast, nicht namentlich.«

»Ich wurde einer ganzen Gruppe auf einmal vorgestellt und habe kaum mit ihnen gesprochen, nur Hallo gesagt. Erst als du uns von Andreas Geist erzählt hast und was sie über Ruby gesagt hat, fiel mir auf, dass ich keine Namen erfahren hatte. Aber Ruby war dort, ein dunkelhaariges Mädchen mit sehr hellen grauen Augen. Ich glaube, sie war diejenige, die mich berührt hat, körperlich berührt hat, und ich bin beinahe davon überzeugt davon, dass sie diese Tasche trug.«

»Beinahe?« Sawyer sah sie durchdringend an. »Wäre das nicht unübersehbar gewesen?«

Tessa dachte darüber nach und runzelte erneut die Stirn. »Jetzt, wo Sie es erwähnen, hätte es das wohl sein sollen, nicht wahr? Eine große Tasche für ein kleines Mädchen, und ungewöhnlich noch dazu, da sie sich alle auf dem Spielplatz in der Nähe der Kirche befanden. Keines der anderen Kinder trug irgendeine Tasche oder einen Rucksack. Aber Ruby schon. Ich muss mich konzentrieren, um es tatsächlich zu sehen, aber wenn ich das mache, ist die Tasche da, ganz eindeutig.«

Leise sagte Hollis: »Ihr braucht ihre Hilfe, um ihn aufzuhalten.«

»Wie bitte?«, fragte Sawyer.

»Andrea hat das gesagt. *Ihr braucht ihre Hilfe, um ihn aufzuhalten.* Und damit meinte sie Ruby.«

»Wie kann ein zwölfjähriges Mädchen dabei helfen, jemanden wie Samuel aufzuhalten?«

Tessa blickte ihn kurz an und wandte sich wieder Hollis zu. »Vielleicht war Sarah deswegen so sehr davon überzeugt, dass die Kinder wichtig sind.«

»Wer ist Sarah?«, fragte Sawyer.

Da Tessa klar war, dass es ein langes und vermutlich schwieriges Gespräch werden würde, entschloss sie sich, es zu verschieben. »Von Sarah erzähle ich Ihnen später. Im Moment mache ich mir mehr Sorgen um Ruby. Hollis, du sagtest, Sarah sei es gelungen, drei der Kinder rauszubringen, richtig?«

Hollis nickte.

»Schläfer. Aber was ist, wenn Sarah die Signale einer aktiven Paragnostin auffing und das nicht wusste, weil Ruby die Fähigkeit hat, die Realität zu verschleiern oder zu verbergen?«

»Das wäre eine Wahnsinnsfähigkeit«, meinte Hollis bedächtig. »Und eine, von der ich noch nie gehört habe, außer in Science Fiction.«

»Aber möglich?«

»Klar, alles ist möglich. Doch wie wahrscheinlich wäre es, dass Samuel etwas so Einzigartiges entgehen würde?«

»Vielleicht, weil es einzigartig ist. Oder weil er nicht darauf geachtet hat. Bis vor Kurzem.« Tessa blickte auf die Notiz und las den letzten schaurigen Satz laut vor. »*Father ist auf mich aufmerksam geworden.*«

»Großer Gott«, sagte Sawyer. »Sie ist zwölf. Sie kommt in die Pubertät.«

Hollis atmete tief durch. »Bastard. Wenn er auf der Suche nach einer weiteren guten Quelle ist, die er anzapfen kann, dann produziert das Chaos der Pubertät eine enorme Menge an Energie. Sexuelle und anderweitige. Das ist die Zeit, in der ein hoher Prozentsatz von Schläfern zum ersten Mal aktiv wird – für gewöhnlich durch irgendeine Art von Trauma. Wenn ich raten sollte, würde ich sagen, der gleichzeitige Tod fast aller Haustiere und des Viehbestandes auf dem Gelände wäre ein ziemlich traumatisches Erlebnis für ein kleines Mädchen. Vor allem für eines, das seinen Hund liebt.«

»Sie musste Lexie beschützen«, sagte Tessa. »Also hat sie es instinktiv getan. Mit einer Art Energievorhang, ganz bestimmt. Doch darüber hinaus muss sie ihre schlummernden Fähigkeiten angezapft haben. Sie war in der Lage, Lexie die ganze Zeit über zu verbergen, unter den Augen aller in der Siedlung, einschließlich Samuel. Sie muss geglaubt haben, sie wären in Sicherheit. Bis sie bemerkt hat, dass er sie auf die gleiche Weise anzusehen begann wie die älteren Frauen. Bis sie es begriff.«

Quentin Hayes war fast sein ganzes Leben lang ein Seher gewesen, bevorzugte aber die offizielle SCU-Bezeichnung *präkognitiv,* da für ihn die Fähigkeit, die Zukunft tatsächlich zu sehen, noch sehr neu war. Vor nicht allzu langer Zeit war er dann einem extrem starken Medium in einer extrem gefährlichen Situation begegnet. Bis dahin hatte er von sich nur behaupten können, gelegentlich präkognitive Wahrnehmungen zu haben, dass irgendwas passieren würde.

All das änderte sich, als er Diana Brisco kennenlernte.

Es war noch kein Jahr vergangen, seit er tatsächlich Visionen hatte. Da sie nach wie vor vergleichsweise selten waren, musste er sich erst noch an deren jähe Intensität gewöhnen.

Ohne Vorwarnung tauchten sie aus dem Nichts auf und zwangen ihn immer noch in die Knie.

»Großer Gott.«

»Quentin?«

Er war sich bewusst, dass Bishop bei ihm im Zimmer war – aber nach dieser die Sinne raubenden Schmerzattacke flirrte der Raum, verschwamm dann, und an seiner Stelle ... tat sich die Hölle auf.

Dunkle Wolken bauten sich auf und wälzten sich über ihm dahin, so dunkel, dass sie das Sonnenlicht ausschlossen. Donner krachte und hallte. Die Luft über seinem Kopf knisterte und sprühte Funken aus purer Energie, beißender Rauch stieg ihm in die Nase, mit einem Geruch, der ihm den Magen umdrehte und seine Seele erschaudern ließ. Es war ein Geruch, den er erkannte.

Verbranntes Fleisch.

Er wollte es nicht, zwang sich jedoch dazu, sich umzudrehen und auf etwas zu schauen, das er nur undeutlich als das von Samuel und seiner Gemeinde benutzte Amphitheater erkannte. Die Stätte war verbrannt und verkohlt, die großen Felsbrocken, die als Sitze gedacht waren, geschwärzt und qualmend. Und zwischen den Felsbrocken gab es noch andere, rauchende Umrisse.

Menschliche Umrisse.

Sie waren in stummem Todeskampf zusammengekrümmt und verzerrt. Einige der Erwachsenen hatten offensichtlich vergeblich versucht, die Kinder zu schützen. Aber keiner von ihnen hatte eine Chance gehabt, erkannte Quentin mit zunehmender Übelkeit.

Er hörte einen Schrei und fuhr herum, sah hinauf zu dem Bereich um die Kanzel aus Granit, von der Samuel predigte.

Samuel stand auf der Kanzel, starrte hinab auf seine toten Anhänger, sein Gesichtsausdruck erschreckend gelassen. Seine Hände rauchten.

Zu seinen Füßen saß ein dunkelhaariges kleines Mädchen und blickte ebenso gelassen zu ihm hinauf.

»*Ruby!*«

Der Schrei kam von Tessa. Sie hatte den Namen des kleinen Mädchens gerufen, und sie war ... sie war an ein Kreuz gebunden, eines von vieren, die rechts und links der Kanzel standen. Seile an ihren Hand- und Fußgelenken hätten zur Befestigung ausgereicht. Die monströsen Eisennägel, die man ihr durch Hände und Füße getrieben hatte, waren eindeutig dazu gedacht, sie zu lähmen und zu quälen.

An zwei der anderen drei Kreuze waren Menschen auf die gleiche Art angeschlagen, doch nur Tessa war bei Bewusstsein, die anderen waren bewusstlos – oder tot. Hollis und Chief Cavenaugh hingen reglos da.

Alles war voller Blut.

Samuel schaute das kleine Mädchen an und lächelte zärtlich. Er legte seine linke Hand auf ihren Kopf.

Vor Quentins entsetzten Augen begann sie zu schwelen und ging ohne jedes Geräusch in Flammen auf.

Tessa schrie erneut. Samuel wandte sich ihr zu, sein Lächeln erstarb und wurde durch ein leichtes Stirnrunzeln ersetzt, das fast an Gleichgültigkeit grenzte. Quentin fand, er sah sie an, wie man eine Fliege betrachten würde, die einen durch ihr Summen störte. Dann, die linke Hand noch immer auf dem Kopf des brennenden Kindes, streckte er die Rechte aus, und aus seinen Fingern schoss ein gezackter Blitz purer Energie auf Tessa zu.

»Quentin.«

Blinzelnd sog Quentin in tiefen Zügen die herrlich normale Luft ein, schaute hinab auf die Hand, die seinen Arm umklammerte, dann hinauf zu Bishop, der ihn besorgt ansah. »Himmel. Wie könnt ihr das aushalten, Miranda und du?« Der raue Klang seiner Stimme erschreckte ihn.

»Durch Übung.« Bishop half ihm hoch und auf einen Sessel. »Was hast du gesehen?«

»Ich sah ... die Hölle. Hör zu, ich muss in das Gray-Haus. So schnell es irgend geht. Am besten vorgestern.«

»Warum?«

»Weil sie kurz davor stehen, eine sehr, sehr, sehr schlimme Entscheidung zu treffen. Vertrau mir. Und ich glaube, nur ein Überraschungsbesuch kann sie davon abhalten.«

Bishop griff sofort zum Telefon. »Der Hubschrauber kann auf der Lichtung zwischen dem Haus und der Straße landen. Das sollte dich nahe genug heranbringen, ohne die Farmarbeiter zu alarmieren.«

»Kann er um diese Tageszeit weg?«

»Das muss er eben. Ich kann nicht riskieren, zu nahe an das Gelände heranzukommen, und wir haben im Moment keinen anderen Piloten an der Hand. Bring sie hierher zurück.«

»Bist du sicher?«

»Quentin, du bist weiß wie die Wand. Ich brauche keine Beschreibung, um zu wissen, dass du etwas gesehen hast, das auf keinen Fall passieren darf. Also wird es Zeit, unsere Ressourcen zu vereinen. Alle Ressourcen.«

13

Samuel war immer vorsichtig, wenn er Ruth benutzte, um sie nicht bis zur Bewusstlosigkeit auszusaugen. Zum einen holte er sich die Energie lieber von jüngeren Frauen und zum anderen war Ruths Energie ... seltsam. Ihm war nicht recht klar, was an ihr anders war. Über die Jahre war er zu der Erkenntnis gekommen, dass sich ihre Rolle in seinem Leben und seinem Wirken von der anderer Frauen unterschied.

Vielleicht lag es daran, dass sie am längsten bei ihm war und ihn durch alle Stadien seines Weges begleitet hatte. Oder Gott hatte einfach verfügt, dass sie bei ihm blieb, um ihn ständig an den Teufel zu erinnern, der ihn geboren hatte.

Denn er konnte Ruth nie Energie entziehen, ohne sich daran zu erinnern ...

Erst mit Anfang zwanzig gelang es ihm, die Gaben wirklich zu beherrschen, die Gott ihm mit jenem Blitzstrahl vor Jahren verliehen hatte. Bis dahin verlief alles eher unkontrolliert. Nie war er sich sicher, ob er eine Gemeinde allein mit seiner Kraft fesseln konnte oder ob er gezwungen wäre, auf das Wissen und die Tricks früherer Zeiten zurückzugreifen. Auf Dinge, die er sich angeeignet hatte, als Predigen nur ein Mittel gewesen war, genug, um für ein Bett und eine oder zwei Mahlzeiten zu verdienen.

Aber jener Tag, jener besondere Tag, war einer der eher entmutigenden gewesen. Er bekam seine Gaben nicht in den Griff und fand sich mitten in der Nacht auf den Straßen einer kalten und schmutzigen Stadt wieder, ähnlich der, in der er seine Mutter zuletzt lebend gesehen hatte.

Vielleicht lag es daran.

Die Huren waren leicht zu finden, wie immer. Ohne groß

nachzudenken, wählte er eine, die sauberer war als die anderen und ihm ein Zimmer versprach.

Das Zimmer befand sich in einem heruntergekommenen Motel, das anscheinend zu viele hässliche Erinnerungen weckte. In einem Wutanfall während der schmachvollen Betätigung, für die er bezahlt hatte, legte Samuel ihr die Hände um die Kehle und begann sie zu würgen.

Sicherlich war er nicht der erste Freier, der es grob mochte, doch sie musste etwas in seinem Gesicht oder seinen Augen gesehen haben. Sie schaffte es, kurz zu protestieren, bevor er ihr die Luft völlig abdrücken konnte.

»Warte, tut's nicht! Ich kann etwas für dich tun. Etwas Besseres.«

»Du kannst sterben«, grunzte er und packte fester zu.

»Nein! Ich kann dir den Tod zeigen.«

Das ließ ihn aufhorchen. Und verschaffte ihr eine Gnadenfrist. Aber zuerst machte er mit ihr weiter, seine Hände um ihre Kehle, gerade eng genug, dass der Anblick ihres roten schweißnassen Gesichts und der Panik in ihren Augen ihn zum Orgasmus brachte.

Sofort danach stand er auf, zog das Kondom ab, warf es in eine Ecke und benutzte sein eigenes Taschentuch, um sich zu säubern. Er strich seine Kleidung glatt, setzte sich neben sie auf das Bett und blickte auf sie hinunter. Sie keuchte nicht mehr, beobachtete ihn aber misstrauisch, als hätte sie Angst, sich auch nur zu bewegen.

»Was hast du damit gemeint? Dass du mir den Tod zeigen könntest?«

Nervös leckte sie sich die Lippen. »Nun, meine Großmutter konnte Geister sehen. Das kann ich auch. Gibt's da jemanden, mit dem du reden möchtest, Schatz? Jemand von der anderen Seite? Weil ich machen kann, dass du mit ihnen reden kannst.«

Angewidert sagte er: »Glaubst du wirklich, dass ich auf diesen Schwachsinn reinfalle? Wo ist denn deine Kristallkugel?«

»So ist das nicht, Schatz, ich schwör's. Das ist kein fauler Zauber. Ich denk daran, stell mir vor, eine Tür zur anderen Seite zu öffnen, und die Geister kommen herein. Ich kann sie sehen und hören.«

»Ach ja?« Er lachte und packte sie, einem Impuls gehorchend, erneut an der Kehle. »Ich glaube, das würde ich auch gern können, Schatz. Ich glaube, du wirst es mir geben. Nicht wahr?«

Diesmal konnte sie nicht antworten, weil er sie ernsthaft würgte. Und während er sie erdrosselte, drang er in sie ein. Drang mit seinem Geist ein, tief in ihren Körper, wie Minuten zuvor mit seinem Glied. Drang in sie ein, wieder und wieder ...

»Sammy! Was stellst du denn jetzt schon wieder an, du kleiner Hurensohn?«

Schlagartig ließ er von der Hure ab und starrte sie an. Doch nicht sie hatte gesprochen. Sie würde nie wieder sprechen. Ihr Gesicht war so fleckig, dass es fast schwarz war. Ihre geschwollene Zunge ragte zwischen den Lippen hervor, ihre Augen waren weit aufgerissen und so rot wie Blut.

Ihr Körper war steif. Kalt.

Zeit war verstrichen. Viel Zeit.

Samuel schob sich vom Bett weg und kam auf die Füße. Erst da sah er sie.

Seine Mutter.

Sie stand bei der Tür, mit diesem grausamen Lächeln, an das er sich so gut erinnerte, und sah genauso echt und lebendig aus, wie all diese Jahre zuvor.

»Du bist immer noch ein Hurensohn, Sammy«, sagte sie spöttisch. »Egal, wie alt du wirst, egal, wie viele Leute dämlich genug sind zu glauben, du wärst Gottes kleiner Soldat, wir beide kennen die Wahrheit, nicht wahr? Wir beide wissen, was du wirklich bist.«

Er starrte sie an, mit dröhnendem Kopf, die Hände an seinen Seiten zu Fäusten geballt. Er würde nicht ... konnte nicht ... zulassen, dass sie das zerstörte, was er aufbaute. Auf keinen Fall.

»Ich verrate dir ein kleines Geheimnis, Sammy.« Ihre Stimme wurde zu einem Flüstern. »Gott weiß das auch. Und der Teufel wartet, hält für dich einen Platz mitten im Feuer bereit.«

»Nein. Nein!« Entsetzen erfasste ihn. Mit seiner ganzen Willenskraft, mit den letzten Fitzchen Stärke und Entschlossenheit, die er aufbringen konnte, knallte Samuel die von ihm geöffnete Tür zu.

Der Geist seiner Mutter verschwand, zerplatzte wie eine Seifenblase.

Endlos lang blieb er stehen, schwankend, erschöpft, und murmelte ein Mantra: »Ich kann keine Geister sehen. Ich kann keine Geister sehen. Ich kann keine Geister sehen.«

Ruth kam, als er rief. Sie erzählte niemandem von der toten Hure. Er weigerte sich in Zukunft, Geister zu sehen. Für alle Zeiten.

»Wie sollen wir sie da rausholen?«, wollte Sawyer wissen. »Ich bin durchaus bereit, etwas zu unternehmen, aber was? Laut Ihrer Liste hat Ruby Campbell Eltern, beide Anhänger von Samuel, beide wohnhaft in der Siedlung. Sie sind ihre Erziehungsberechtigten. Da wir so gut wie keine Beweise haben, dass sie in Gefahr ist, wird kein Richter eine Verfügung erlassen, die uns erlaubt, das Kind aus seinem Heim und von seinen Eltern wegzuholen. Ich bezweifle sehr, dass die Eltern einverstanden wären. Sie auf anderem Weg dort rauszuholen, wäre Kindesentführung.«

»Ist mir egal«, meinte Tessa. »Das kleine Mädchen hat sich an mich gewandt. Ich kann nicht einfach danebenstehen und nichts unternehmen.«

»Das weiß ich. Ich will nur sagen, dass wir einen Plan brauchen. Einen vernünftigen Plan mit einer zumindest vagen Chance auf Erfolg.«

Hollis warf ein: »Ich kenne jemanden, der nachts in die Siedlung eindringen kann, ohne gesehen oder von den Überwachungskameras aufgespürt zu werden. Ebenso in jedes Gebäude, ob verschlossen oder nicht. Aber in einer Sache muss ich Sawyer Recht geben, Tessa. Wir können da nicht einfach auftauchen und uns das Mädchen schnappen.«

»Wir können nicht bis nachts warten.«

»Tessa ...«

Jemand pochte heftig an die Tür und ließ sie alle zusammenfahren.

Sawyer hatte seine Waffe in der Hand und war am Esszimmerfenster, bevor sich die Frauen bewegen konnten. »Kein Auto. Von hier aus kann ich die Veranda nicht sehen, ganz zu schweigen von der Tür.«

Tessa runzelte die Stirn und schloss kurz die Augen. »Verdammt.« Sie verschwand in der Diele.

»Tessa ...«

»Alles in Ordnung. Ich weiß, wer es ist.« Sie öffnete die Haustür und war sich bewusst, dass Sawyer immer noch seine Waffe hielt und Hollis die Hand hinter dem Rücken verbarg, zweifellos ebenfalls mit der gezogenen Waffe. Die beiden waren ihr nachgegangen.

»Was machst du hier, Quentin?«, fuhr Tessa ihn an.

»Deinen Arsch retten«, antwortete er höflich. »Glaub mir. Und nicht nur deinen.«

»Solche Auftritte gefallen dir, was?«, meinte Hollis.

»Klar doch. Chief Cavenaugh, ich bin Special Agent Quentin Hayes. Ich weiß, das kommt alles sehr plötzlich, aber wenn es Ihnen nichts ausmacht – mein Boss ist der Meinung, es wäre an der Zeit, dass wir uns alle zusammensetzen und über die Dinge reden.«

»Quentin, da ist ein kleines Mädchen ...«

»Ruby. Ja, ich weiß. Du willst da jetzt nicht reinstürmen, um sie zu retten. Das willst du wirklich, wirklich nicht.«

»Was hast du gesehen?«, fragte ihn Hollis.

»Etwas, das ich nie wieder sehen will. Niemals. Ich werde es euch erklären, aber wir müssen los. Wir haben nicht viel Zeit, weil unser Pilot nicht länger als eine Stunde oder so unerlaubt wegbleiben kann.« Er trat zurück und bedeutete ihnen, ihm zu folgen.

Sie wechselten Blicke. Sawyer steckte seine Waffe ins Holster. Tessa kehrte ins Esszimmer zurück, um rasch die Tasche mit dem schlafenden Pudel zu holen. Hollis schnappte sich eine Jacke. Dann folgten sie Quentin aus dem Haus.

Da von einem Piloten die Rede gewesen war, wunderte sich Sawyer nicht, auf der Lichtung nur wenige Hundert Meter vom Haus entfernt einen schnittigen grünweißen Helikopter zu sehen. Zuerst meinte er, es sei einer von der M.A.M.A, dem Mountain Area Medical Airlift, der oft Patienten von Unfällen und aus kleineren Krankenhäusern in die große Klinik in Asheville flog.

Bei genauerem Hinsehen erkannte er, dass es sich um eine viel stärkere und ziemlich ungewöhnliche Maschine handelte. Die Idee, den Hubschrauber so aussehen zu lassen, dass die Anwohner der Gegend sich nichts dabei dachten, wenn sie hochschauten und ihn sahen, fand er raffiniert. Die meisten würden sich höchstens vornehmen, in den Nachrichten darauf zu achten, ob es einen Unfall gegeben hatte. Sie wären aber kaum erstaunt, wenn darüber nicht berichtet würde – Patienten wurden regelmäßig von einem Krankenhaus in ein anderes verlegt. Das kam selten in die Nachrichten.

Er fand es fast unheimlich, wie leise die Maschine war, obwohl das erklärte, warum sie sie nicht gehört hatten. Die Rotorblätter kreisten rhythmisch, doch das war praktisch das einzige Geräusch, und selbst das klang seltsam gedämpft.

»Eine Militärmaschine?«, fragte er Quentin.

»So einen hätten die gern. Los jetzt.«

Sawyer kletterte als Letzter hinein. Erst als er auf seinem Platz saß und die Kopfhörer nahm, die Quentin ihm reichte, drehte sich der Pilot mit der Andeutung eines Lächelns um.

Reese DeMarco.

Sawyer wechselte Blicke mit Tessa und hoffte, dass seine Augen nicht so aufgerissen und verblüfft aussahen, wie er sich fühlte. Er setze hastig die Kopfhörer auf, als der Helikopter abhob und nach Norden flog, so niedrig, dass er praktisch die Baumkronen streifte.

»Teufel noch eins«, entfuhr es Sawyer. »Er gehört zu Ihrem Team?«

»Ich fürchte ja.« Quentin klang amüsiert. »Ich weiß, dass er einen miesen ersten Eindruck macht, aber mit der Zeit werden Sie sich schon für ihn erwärmen.«

»Das bezweifle ich«, schnauzte Sawyer.

Tessa blickte zu Hollis, die nur mit den Schultern zuckte.

»Ich bin ihm nie begegnet«, erklärte die Agentin, an Tessa gewandt. »Wusste nur, dass wir jemanden da drinnen haben. Wen, wollte Bishop mir nicht erzählen.«

Durch die Kopfhörer klang Reese DeMarcos Stimme kühl. »Das war mehr, als du wissen musstest.«

Hollis warf ihm einen nicht besonders freundlichen Blick zu und zuckte erneut mit den Schultern. »Sieht so aus, als kämen heute alle Geheimnisse ans Licht.«

Danach schwiegen Passagiere und Pilot während des zehnminütigen Fluges zu einem sehr großen Haus, das hoch über Grace an einer Bergflanke stand. Was wie eine Mehrfachgarage mit Flachdach wirkte, erwies sich als Hubschrauberlandeplatz, auf dem DeMarco den Helikopter wie eine Feder aufsetzte und den Motor abschaltete.

Sawyer war nicht in der Stimmung, sich beeindrucken zu lassen. Er ignorierte den Piloten, während er Tessa hinaushalf, neben ihr über den Landeplatz ging und Quentin, Hollis und DeMarco in das Gebäude folgte.

Sobald sie drin waren, erkannte Sawyer, dass es sich um ein Privathaus handelte, nicht um ein Regierungs- oder Firmengebäude. Die Räume waren offen und weitläufig, große Fenster gaben einen spektakulären Ausblick auf die Blue Ridge

Mountains frei. Die Möblierung und die Kunstwerke waren eindeutig sowohl teuer als auch geschmackvoll.

Sie gingen durch einen riesigen Wohnraum, sahen zu ihrer Linken eine blitzblanke hochmoderne Küche und betraten ein ungewöhnlich großes Arbeitszimmer. Ein massiver Konferenztisch nahm die Mitte des Raumes ein, während mindestens drei diskrete Computer an den Seiten verteilt waren, jeder mit einem atemberaubenden Blick auf die Berge.

Sawyer hielt den Raum für leer. Einen Moment lang.

Er kam aus dem Nichts, ein großer Mann, dessen kräftiger Faustschlag DeMarco ohne Vorwarnung zu Boden gehen ließ.

»Du hast mich erschossen«, schnauzte der große Mann ihn an.

DeMarco machte keine Anstalten aufzustehen. Stattdessen stützte er sich auf dem Ellbogen hoch und rieb sich vorsichtig das Kinn mit der Hand. Er beäugte den über ihm stehenden Mann mit mehr als Vorsicht. »Galen ...«

»Du hast mich erschossen, verdammt. Zwei Mal.«

Als Ruth ihn verließ, fühlte Samuel sich wesentlich besser. Nicht vollkommen energetisiert, aber stark genug, das geplante Nachmittagsritual mit ein paar seiner Erwählten durchzuführen.

Danach würde es ihm natürlich sehr gut gehen.

Er brauchte die Läuterung des Rituals, vor allem, nachdem er sich an ... sie erinnert hatte. Wobei sie letztlich keine Rolle spielte. Wichtig war nur, dass er an jenem Tag tatsächlich erwachsen geworden war, und entdeckt hatte, dass er seine von Gott gegebenen Fähigkeiten beherrschen und neue hinzugewinnen konnte.

Natürlich waren noch mehrere lange Jahre der Anstrengung und Übung nötig gewesen, bis er genügend Selbstvertrauen entwickelt hatte. Jahre, bis er vorsichtig begann, seine Grenzen zu erforschen – nur um zu entdecken, dass er mit genug Zeit und Kraft fast alles bewerkstelligen konnte.

Fast.

Er meditierte nicht weiter, weil er nicht stark genug war, die Reise durch seine gesamte Vergangenheit zu ertragen, blieb jedoch noch ein paar Minuten länger in seinen Räumen. Dann schloss er sich den anderen zum Mittagsmahl in der Kirche an.

Er dachte an die Prophezeiung.

Die war ihm vor zwei Jahrzehnten zuteil geworden, lange nachdem Maddox mit einem blutigen Ende auf der Strecke geblieben war. Samuel war seinen Weg weitergegangen, aber nicht allein. Ruth war seine erste Jüngerin gewesen. Ihm treu ergeben seit all den Jahren, war es Maddox' Tochter, die oft die besten von Samuels Erwählten fand und rekrutierte.

Sie hatte ihm während der Prüfung beigestanden, die ihm Gott im vergangenen Sommer auferlegt hatte – der Prüfung seiner Kontrolle über die Bestie. Wenngleich er glaubte, dass sie das wohl nicht getan hätte, wenn sie nicht vor all diesen Jahren Zeugin gewesen wäre, wie Gott ein zweites Mal die Hand nach ihm ausstreckte und ihm die Prophezeiung zuteilwerden ließ.

Danach hatte sie nie wieder an ihm gezweifelt.

Er hatte im vergangenen Jahr riesige Fortschritte gemacht, Fortschritte auf dem Weg, das perfekte Schwert für den Zorn Gottes zu werden. Er hatte das Ziel fast erreicht. Fast.

Sein Schwert musste nur noch ein bisschen geschärft werden, dann war er bereit.

Dann würde sich die Prophezeiung erfüllen.

Dann würde die Welt von Gottes erwähltem Krieger in einem gleißenden Feuersturm reingefegt werden. Nur die wenigen Erwählten würden weiterleben.

Bald.

»Du solltest froh sein, dass ich es war«, gab DeMarco zurück. »Ich wusste wenigstens, wohin ich schießen musste. Die anderen beiden Männer bei mir hätten dir in den Kopf geschossen, und davon erholst selbst du dich nicht.«

Mehrere Augenblicke sah es so aus, als sei Galen nicht in der Stimmung, mit sich reden zu lassen. Doch schließlich fluchte er leise und streckte dem Mann, den er gerade zu Boden geschlagen hatte, die Hand entgegen.

»Tja, es tut weh, falls du das nicht wusstest. Angeschossen zu werden. Es tut teuflisch weh.«

DeMarco ergriff die Hand, immer noch sichtbar vorsichtig. »Tut mir leid. Und ich weiß übrigens, dass es wehtut. Aus Erfahrung. Aber was blieb mir anderes übrig? Du warst viel zu nahe, um dich zu verfehlen, und du hättest es nie geschafft, rechtzeitig in Deckung zu gehen, bevor einer von uns auf dich schoss. Mir blieb höchstens eine Sekunde für die Entscheidung. Die beste Möglichkeit für uns beide schien mir, dich schnell auszuschalten. Sag mir nicht, du hättest nicht dieselbe Entscheidung getroffen, wenn die Situation umgekehrt gewesen wäre.«

»Ja, ja. Schon kapiert. Aber es war unangenehm. Und der Fluss war auch noch verdammt kalt.« Das Grummeln kam eher automatisch.

Sawyer blickte zu Tessa und fragte: »Muss ich irgendwas davon verstehen?«

»Wohl nicht. Ich verstehe überhaupt nichts.«

Quentin grinste sie beide an. »Agent Galen befand sich vor etwa einer Woche in den frühen Morgenstunden innerhalb des Geländes und lief DeMarco und zwei bewaffneten Gemeindemitgliedern in die Arme.«

»In die Arme?« DeMarco starrte ihn mit gehobenen Brauen an. »Meinst du das ernst?«

»Willst du es etwa erklären?«

»Eher nicht.«

»Dann reg dich nicht über meine Wortwahl auf.«

»Bewaffnet?«, fragte Sawyer.

»Nur Handfeuerwaffen«, erwiderte DeMarco. »Keine schweren Geschütze.«

»Abgesehen von deiner Silberknarre?«, fragte Galen.

»Die liegt gut in der Hand.«

»Sie hat mehr Durchschlagskraft, als es für eine Handfeuerwaffe nötig wäre. Das wird eine Narbe hinterlassen – zwei Narben, um genau zu sein. Das ist nicht die Regel.«

DeMarco rieb sich erneut das Kinn und meinte trocken: »Hm.«

»Oh, fang bloß nicht an, Kugeln mit einem Boxhieb zu vergleichen.«

»Ich mag zwar nicht so leicht blaue Flecken bekommen, Galen, aber ich bekomme sie. Wie soll ich das erklären?«

»Erzähl Samuel, du wärst gegen eine Tür gerannt.«

»Ha, ha.«

»Keiner da oben hat einen Waffenschein.« Sawyers Stimme war ein bisschen lauter als zuvor.

Hollis sagte zu Tessa: »Ich komme mir vor wie bei einem Tennismatch. Mit ein paar zusätzlichen Spielern.«

»Ich weiß, was du meinst.«

In diesem Moment kam ein weiterer Spieler in den Raum und zog Sawyers Aufmerksamkeit auf sich. Noch ein hochgewachsener, breitschultriger und athletischer Mann, der sich mit ungezwungener, seltsam katzenartiger Geschmeidigkeit bewegte und sich in seiner Haut vollkommen wohlzufühlen schien. Er hatte pechschwarzes Haar mit einem auffallend spitzen Haaransatz und einer schneeweißen Strähne an der linken Schläfe, sehr helle und extrem durchdringende, silbergraue Augen und eine verblasste, gezackte Narbe an der linken Wange. Dadurch sah er nicht ganz so gut aus wie DeMarco, aber doppelt so gefährlich.

Was etwas heißen sollte, fand Sawyer, als diese metallischen Augen sich sofort auf ihn richteten.

»Chief. Ich bin Special Agent Noah Bishop.« Die Stimme des Mannes klang kühl und ruhig.

»Haben Sie hier das Sagen?«

»Technisch gesehen haben Sie das. Ihr Zuständigkeitsbereich.«

Sawyer fragte sich, wie oft Bishop diese kleine Rede wohl schon gehalten hatte.

DeMarco wandte sich an Bishop: »Du hättest mich warnen können, dass Galen auf dem Kriegspfad ist.«

»Hätte ich«, stimmte Bishop zu.

»Mist, Bishop.«

»Hey, er war derjenige, der den Schuss abbekommen würde. Ich dachte mir, es sei leichter für dich, wenn du nicht wüsstest, was auf dich zukommt.«

»Tausend Dank.«

»Jederzeit wieder.«

»Willst du einen Eisbeutel für dein Kinn?«, erkundigte sich Galen bei DeMarco.

»Sei nicht so hämisch. Das steht dir nicht. Vor allem, wenn du jemanden unvorbereitet triffst.« DeMarco rieb sich ein letztes Mal das Kinn und straffte die Schultern. Das Thema war für ihn erledigt. »Hört zu, mein Zeitrahmen ist begrenzt. Wenn ihr also nicht nach einer Fahrgelegenheit suchen oder zu Fuß vom Berg steigen wollt, schlage ich vor, dass wir loslegen.«

»Samuel glaubt, dass du allein unterwegs bist und an der Grenze des Geländes patrouillierst?«, fragte Bishop.

»Er nennt es herumstromern. Das tue ich seit Langem in unregelmäßigen Abständen, daher ist er daran gewöhnt. Ich habe hinterlassen, ich sei für die nächste Stunde damit beschäftigt.«

Bishop hörte anscheinend mehr heraus und hob fragend die Braue.

»Es gibt zwei Leute, die in letzter Zeit ungewöhnliches Interesse an meinen Unternehmungen gezeigt haben. Deshalb ist mir außerhalb des Geländes mehr als ein bisschen unwohl dabei«, erklärte DeMarco. »Ich würde ihnen nur ungern Verdachtsmomente liefern.«

»Klingt, als hätten sie die bereits«, meinte Quentin.

»Vielleicht. Oder Samuels zunehmende Paranoia überträgt sich inzwischen.«

Bishop runzelte die Stirn und deutete auf den ovalen Konferenztisch, woraufhin fast alle Platz nahmen. Sawyer stellte mit Interesse fest, dass Bishop sich an den Kopf des Tisches setzte und DeMarco ans untere Ende – an die Machtzentren. Galen lehnte sich etwas entfernt von der Gruppe mit der Schulter seitlich an ein Bücherregal. Von dort konnte er alle am Tisch beobachten und gleichzeitig den Eingang im Auge behalten.

Jemand, der wachsam ist, dachte Sawyer. Vermutlich die ganze Zeit.

»Wird Samuel denn paranoischer?«, fragte Bishop, an DeMarco gewandt.

»Ich bin kein Profiler. Aber man muss kein Experte sein, um zu erkennen, dass er sich momentan auf einem sehr schmalen Grat bewegt.«

»Zwischen?«, fragte Sawyer.

»Zwischen Vernunft und Wahnsinn, Chief. Allerdings ist er bereits zu oft auf die Wahnsinnsseite abgeglitten. Ich weiß nicht, wie er angesichts dessen, was er getan hat, überhaupt noch bei Verstand sein kann. Obwohl ich annehme, dass Monster immer eine Rechtfertigung für ihre Taten finden.«

»Wie lautet seine?«

»Dass er Gottes Werk tut, natürlich. Die Welt ist voll von Sündern. Er hat geholfen, ein paar davon auszumerzen. So sieht er es. Er läuft sich für das Finale warm.«

»Welches Finale?« Sawyer gingen so viele Fragen durch den Kopf, dass er einfach fragen musste. Obwohl er wusste, wie sehr Tessa daran gelegen war, das Gespräch möglichst rasch auf ihre Sorge um Ruby zu lenken.

»Armageddon. Apokalypse. Wie immer Sie es nennen wollen. Endzeit. Das Ende der Welt, Chief.« Der völlige Mangel an Emotion in DeMarcos Stimme ließ die Worte noch abschreckender klingen. »Samuel glaubt, er habe von Gott eine Prophezeiung empfangen. Und die Macht die endgültige Zerstörung auszulösen. Sie zu steuern. Und sie zu überleben.«

»Außerdem ist er ein Serienmörder«, ergänzte Bishop ausdruckslos.

»Was Sie wissen, aber nicht beweisen können. Richtig?«, gab Sawyer zu bedenken.

»Leider.«

»Ein Geständnis gab es nie«, erläuterte DeMarco. »Nicht einmal annähernd. Er mag zwar davon reden, Sünder auszumerzen, aber er spricht nicht von töten. Was er letzten Sommer in Boston getan hat – das geschah wohl auch deswegen, um auszuprobieren, ob er es kann. Ob er die Bestie beherrschen könne. Ob er jagen könne, ohne erwischt zu werden. Aber dann kamen ihm die Monsterjäger zu nahe, und er machte sich daran herauszufinden, wie gut sie wirklich waren. Er machte sich daran, die Stärken und Schwächen des einzigen Feindes zu erkunden und zu testen, vor dem er sich wirklich fürchtete.« Er deutete mit einem Kopfnicken zu Bishop.

»Sie?«, fragte Sawyer, an Bishop gewandt. »Er fürchtet sich speziell vor Ihnen?«

»Vor der SCU. Und ja, auch speziell vor mir. Dank der Medien war ich während der Ermittlungen in Boston das Gesicht der Sondereinheit und der SCU. Daher hat er mich als Bedrohung gesehen. Als so starke Bedrohung, dass er für eine Weile untertauchen musste. Bis er beschloss, wie Reese sagte, seine und unsere Grenzen auszutesten. In Venture, Georgia, im vergangenen Oktober. An beiden Orten sind zu viele Frauen gestorben, bevor es uns gelang, das Monster aufzuspüren und einzusperren.«

»Eines der Monster«, bemerkte DeMarco. »Als Samuel eine Reihe von Versuchen startete, anderen Paragnosten Fähigkeiten zu stehlen, die er besitzen wollte, haben ihn diese Erfahrungen verändert. Er brauchte ihre Eigenschaften unbedingt für diese letzte Schlacht, die nach seiner Überzeugung kommen wird. Die Veränderungen bringen bedauerlicherweise allen Beteiligten nur Nachteile, keinen Vorteil.«

An Sawyer gerichtet, fügte Bishop hinzu: »Erst gegen Ende

der Jagd erkannten wir, wozu er fähig sein könnte. Wir konnten nur noch defensiv reagieren und mussten versuchen, uns und unsere Fähigkeiten zu schützen. Dani Justice, eine Mitarbeiterin von Haven, besaß als Einzige von uns eine Fähigkeit, die sich ausrichten und als Waffe benutzen ließ. Sie benutzte sie zur Verteidigung.«

»Und hat Samuel damit verletzt«, ergänzte DeMarco.

»Sehr sogar. Hat sein Selbstvertrauen erschüttert und ihn geschwächt. Diese Sache hat noch etwas anderes bewirkt. Als er hierher zurückkam, wusste ich zuerst nicht, was passiert war. Um meine Tarnung nicht auffliegen zu lassen, habe ich nur unregelmäßig Bericht erstattet. Ich wusste nur, dass er behauptete, ein transformatives Erlebnis gehabt zu haben, durch die Wildnis gewandert zu sein, durch die Wüste, wie Moses.«

»Im Ernst?«, fragte Sawyer.

»Ja, er meinte das ganz ernst. Er hatte sich tatsächlich verändert. Keinem von uns war klar wie sehr, bis die Rebellion, die während seiner Abwesenheit in der Gemeinde gebrodelt hatte, bei seiner Rückkehr überkochte. Einer seiner Anhänger, ein Mann namens Fred Metcalf, hatte sich Samuels wochenlange Abwesenheit zunutze gemacht, um sich als besseres Gemeindeoberhaupt anzupreisen. Nicht wenige waren bereit, ihm zu folgen. Bis Samuel zurückkam. Verändert. Und sie im wahrsten Sinne das Fürchten lehrte.«

»Hat er da alle Tiere getötet?«, fragte Sawyer.

DeMarco sah ihn vollkommen ausdruckslos an. »Er hat mehr als die Tiere getötet, Chief. Er hat auch Fred Metcalf getötet. Er hat ihn getötet, ohne auch nur Hand an ihn zu legen.«

»Und wie?«, wollte Sawyer wissen.

»Durch einen Blitzstrahl. Er hat den Blitz gelenkt. Ich habe es mit eigenen Augen gesehen.«

14

Ruby Campbell hatte schon so lange mit ihrem Geheimnis gelebt, dass es ihr vorkam, als wäre es nie anders gewesen. Als sei sie nie ein kleines Mädchen gewesen, das herumlief und spielte, sich über ihre Schulaufgaben und Haushaltspflichten beschwerte.

Es kam ihr schier unmöglich vor, dass sie je ein einfaches Leben gehabt haben sollte.

War es jemals so? Oder wünsche ich mir nur, dass es so gewesen wäre?

Sie hatte jetzt ständig Kopfschmerzen, weil sie sich so sehr konzentrieren, so sehr darüber nachdenken musste, wie die Dinge sein sollten. Wie andere sie sehen sollten. Was sie sehen sollten. Selbst nachdem sie Lexie zu Tessa Gray in Sicherheit geschickt hatte, wusste Ruby, dass sie in ihrer Wachsamkeit nicht nachlassen durfte.

Father war auf sie aufmerksam geworden. Er beobachtete sie.

Sie wusste, wozu er fähig war. Was er getan hatte.

Brooke ...

Brooke war nur noch eine taube Stelle. Ein dunkler Fleck in Rubys Erinnerung an das, was mit ihrer Freundin geschehen war. Was vermutlich daran lag, dass sie es einfach nicht ertragen konnte, sich daran zu erinnern.

Jedenfalls nicht an alles.

Aber Brooke war tot. Sie war tot, und Ruby hatte ihren Freunden nicht davon erzählen können.

Zusätzlich zu ihrer Trauer, die sie allein und schweigend ertragen musste, hatte sie mehr Angst als je zuvor in ihrem Leben. Angst davor, dass Father von ihrem Geheimnis wissen könnte. Von all ihren Geheimnissen.

Er hatte nichts über Lexie gesagt, hatte es anscheinend nicht bemerkt, aber das beruhigte Ruby nicht. Denn das wirklich, wirklich Unheimliche an ihrem Geheimnis lag nicht daran, dass sie Dinge wie andere Dinge aussehen oder scheinbar sogar verschwinden lassen konnte. Das wirklich Unheimliche war, dass sie sah, was da wirklich war. Was sich unter der Haut der Menschen befand.

Und jetzt hatte sie gesehen, was sich unter Fathers Haut befand.

»Ruby?«

Das kleine Mädchen nahm sich zusammen. Sie schaute von ihren nachmittäglichen Schulaufgaben hoch und sah ihre Mutter im Türrahmen des kleinen Arbeitszimmers stehen, das sie in einen Schulraum verwandelt hatten.

»Ja, Mama?« Sie bemühte sich sehr, das Gesicht ihrer Mama so zu sehen, wie es einst gewesen war. Vor der Kirche. Vor Father. Vor dem letzten Oktober.

»Father möchte vor dem Abendessen ein Ritual abhalten.«

Ein Frösteln rann Ruby über den Rücken. Sie fragte sich, ob ihr je wieder warm sein würde.

»Du solltest also deine Schulaufgaben beenden und unter die Dusche gehen. Ich hab dir deine Robe hingelegt und werde dir die Haare flechten. Beeil dich.«

»Ja, Mama.« Unter den freundlichen, hübschen Zügen sah sie den kalten, harten Panzer, der sich dort verbarg. Einen Panzer, der geschwärzt war, wie versengt, und eine so unermessliche Leere enthielt, dass Ruby keine Worte dafür hatte. Sie wusste nur, dass ihre Mutter dort nicht mehr lebte.

Ihre Mutter, das wusste sie heute, war schon vor langer Zeit gestorben.

»Beeil dich«, wiederholte Emma Campbell.

Ruby nickte, fragte aber: »Mama? Muss ich nackt sein unter der Robe? Wie letztes Mal?«

»Ruby, du weißt doch, dass das zum Ritual gehört.« Emma Campbell lächelte. »Du gehörst zu den Jugendlichen. Mehr noch, du bist eine der Erwählten. Das ist eine große Ehre, dein Vater und ich sind stolz auf dich.«

»Ja, Mama.« Ruby versuchte gar nicht erst, Einwände zu machen, zu protestieren. Das war sinnlos. Gefährlich.

»Nimm beim Duschen die besondere Seife, die ich für dich gekauft habe. Damit du für das Ritual gut riechst.«

Rubys Magen hob sich, was sie zu verbergen versuchte, während sie sich bemühte, an normale, alltägliche Dinge zu denken. Beruhigende Dinge. »Mach ich. Kommt Daddy zum Abendessen nach Hause?«

»Nein, leider nicht. Er hat vorhin angerufen und gesagt, die Vertreterkonferenz würde länger dauern, als er erwartet hatte. Er bleibt vermutlich noch ein paar Tage fort. Aber er hat ein Dutzend neue Verträge bekommen. Ich glaube, nach dieser Reise werden sie ihn zum Vertreter des Jahres machen.«

Ruby schaute auf ihre Hand und sah, wie der Stift zwischen ihren Fingern zu zittern begann, bevor sie ihn wieder unter Kontrolle brachte. Sah die halbkreisförmige Wunde, die sie sich vor einigen Stunden mit ihren Zähnen beigebracht hatte, eine Wunde, die sie vor allen verbarg. Mit sehr leiser Stimme fragte sie: »Mama? Wann ist Daddy Vertreter geworden?«

»Ach, Ruby, stell doch nicht so dumme Fragen, wenn du die Antwort genauso gut kennst wie ich. Dein Daddy ist immer Vertreter gewesen. Jetzt beeil dich mit deinen Aufgaben.«

»Ja, Mama.« Ruby wagte nicht aufzuschauen, bevor sie sicher sein konnte, dass Emma Campbell in die Küche und zu ihrem endlosen Backen zurückgekehrt war. Als sie aufschaute, weinte sie nicht, obwohl es in ihren Augen brannte und ein schmerzhafter Kloß in ihrer Kehle saß.

Denn ihr Daddy war Mechaniker gewesen.

Und sie würde ihn nie wiedersehen.

»Das war der Moment, in dem Reese mich angerufen hat«, sagte Bishop. »Der Moment, in dem wir anfingen, die Puzzlestücke zusammenzusetzen.«

»Blitze?« Sawyer suchte nach etwas, das sich angesichts all dieser fantastischen Vorgänge vernünftig anhörte. »Das klingt nach keiner paranormalen Fähigkeit, von der ich je gehört habe.«

»Es geht um Energie.« Bishops Stimme klang distanziert, die Narbe hob sich weiß gegen die gebräunte Haut seiner Wange ab. »Nach dem wenigen, was wir herausfinden konnten, wurde Samuel als Teenager vom Blitz getroffen. Er hat es nicht nur überlebt, sondern wurde durch dieses Erlebnis tiefgreifend verändert.«

DeMarco ergänzte: »Schon damals hat er seine Version der Bibel gepredigt, nicht weil er Gott gefunden, sondern weil er eine Möglichkeit gefunden hatte, damit Geld zu verdienen. Die Menschen hörten ihm zu und respektierten ihn. Nach dem Blitzschlag war er verändert, wie Bishop sagt. Er muss wohl schon davor ein latenter oder sogar aktiver Paragnost gewesen sein, nur können wir uns dessen nicht sicher sein. Nach dem Erlebnis war er ganz offensichtlich paragnostisch, hellseherisch und präkognitiv.«

»Wunder«, murmelte Hollis. »Es wird immer Anhänger von Menschen geben, die behaupten, die Geheimnisse des Universums zu kennen.«

»Und Menschen, die behaupten, von Gott berührt worden zu sein«, sagte DeMarco. »Ich weiß nicht, ob er das schon glaubte, als ihn der Blitz traf, aber mit der Zeit glaubte er das ganz bestimmt. Danach gehorchte er nur noch den Gesetzen, die Gott ihm angeblich gab, und die waren bemerkenswert flexibel. Ich weiß nicht viel über seine Reisen, bevor er sich hier niederließ. Aber man kann wohl mit Sicherheit behaupten, dass er vor langer Zeit entdeckte, wie einfach das Töten war.«

Sawyers Übelkeitsgefühl verstärkte sich. »Diese Leichen im Fluss. Andere, die weiter stromabwärts angespült wurden. Wie lange hat er hier gemordet?«

»Das geschah, bevor ich dazu kam. Daher kann ich nicht

sagen, wann es begonnen hat, nicht genau jedenfalls. Ich schätze, dass es mindestens fünf oder sechs Jahre sind, vielleicht sogar länger. Aber ich kann nichts davon bezeugen, er hat mir keinen einzigen Mord gestanden. Ich habe keinerlei Beweise, die auch nur einen Durchsuchungsbeschluss oder eine Verhaftung rechtfertigen würden, ganz zu schweigen von einem Prozess und einer Verurteilung. Für keinen der Morde, die er begangen hat. Was der Grund ist, warum ich nicht in der Lage war, etwas zu unternehmen. Trotz der Dinge, was ich mit absoluter Sicherheit weiß.«

»Sie sagten, Sie wären im vergangenen Oktober Zeuge eines Mordes gewesen«, wandte Sawyer ein.

»Ich war Zeuge, wie ein Mann vom Blitz erschlagen wurde«, erwiderte DeMarco ausdruckslos. »Samuel stand meterweit entfernt, als das passierte. Glaube ich, dass er den Mann getötet hat? Ja. Glaube ich, ein Gericht davon überzeugen zu können, dass Samuel den Blitz, in Ermanglung eines besseren Wortes, beschworen hat, das zu tun? Ich glaube nicht. Genauso wenig, wie ich beweisen kann, dass die enorme Energie, die er an jenem Tage freigesetzt hat, praktisch alle Haus- und Nutztiere in der Siedlung tötete. In einem einzigen Augenblick.«

»Soweit unsere Theorie«, sagte Bishop. »Wir glauben auch, dass seine Verwendung elektromagnetischer Energie die Atmosphäre über dem Gelände so in Mitleidenschaft gezogen hat, dass sogar die Vögel wegbleiben.«

Sawyer hatte Mühe, das alles aufzunehmen. Schließlich fragte er DeMarco: »Wie lange leben Sie schon innerhalb der Kirche?«

»Das sollten Sie doch wissen. Wir sind uns zum ersten Mal begegnet, kurz nachdem Sie Ihr Amt angetreten haben. Vor zwei Jahren.«

»Moment mal«, warf Hollis ein. »So lange warst du im verdeckten Einsatz?«

»Sechsundzwanzig Monate«, erwiderte er.

Stirnrunzelnd wandte sich Hollis an Bishop. »So lange wusstest du von Samuel?«

Bishop schüttelte den Kopf. »Du hast Reese gehört. Mein Verdacht gegen Samuel begann erst im vergangenen Oktober.«

»Warum wurde er dann eingeschleust?«

»Momentan stehen mehr als ein Dutzend verdächtige Sekten auf der Beobachtungsliste des FBI, weil sie als gefährlich oder potenziell gefährlich gelten. FBI, ATF oder die Heimatschutzbehörde haben Undercoveragenten in sechs Gruppen. Die SCU hat ebenfalls Agenten in zwei davon – plus Reese in dieser. Fast von dem Augenblick an, als Reese drinnen war und berichten konnte, wussten wir, dass Samuel eine Gefahr darstellte. Wir argwöhnten, dass Samuel paragnostisch veranlagt war. Aber da er nicht als Paragnost zu lesen ist und nie öffentlich Fähigkeiten gezeigt hat, die wir definieren können, konnten wir uns seiner Leistungsfähigkeit nicht sicher sein. Ich hatte keine Ahnung, dass er irgendwelche Verbindungen zu den Morden von Boston im letzten Sommer oder den Morden in Georgia ein paar Monate später hatte. Damals nicht.«

»Und heute? Bist du dir absolut sicher?«, fragte Hollis.

»Frag Reese.«

Ohne auf die Frage zu warten, sagte DeMarco: »Bis vor zehn Jahren war Samuel ziemlich harmlos, was seine Rolle als Sektenführer betrifft. Ich sagte schon, dass er jung zu predigen begann, wie viele von ihnen. Dann schlug der Blitz ein, im wahrsten Sinne des Wortes. Und plötzlich hatte er eine Mission. Seine Anhänger zu retten. Er sah sich selbst als ihren Heiler, ihren Retter. Mit der Zeit kam er zu der Überzeugung, dass er Gottes Instrument auf Erden war, erwählt und auf einen Weg gebracht, der seine Gemeinde durch die vor ihnen liegenden, gefährlichen Tage führen würde.«

Sawyer brummte. »Klingt wie die meisten Prediger, die ich in meinem Leben gehört habe.«

DeMarco nickte. »Ja, kaum ein Unterschied in den Anfangstagen. Doch allmählich ging es in seinem Predigten weniger um Gott und mehr um die Rolle, die seine Gemeinde in den kommenden Endtagen spielen würde. Sie würden, lehrte er sie, von blinden und ungläubigen Außenseitern verfolgt oder, schlimmer noch, ignoriert. Die Welt sei ein gefährlicher Ort und würde immer gefährlicher. Nur er könne sie beschützen, nur er könne sie zur Erlösung führen. Sie müssten ihm vertrauen, müssten an ihn glauben. Absolut.«

»Und das«, warf Quentin ein, »überschritt die Linie. Vom legitimen geistlichen Oberhaupt zu den ersten gefährlichen Stadien einer Sekte.«

Wieder nickte DeMarco. »Trotzdem predigte er keine Gewalt, soweit Außenseiter das feststellen konnten. Inzwischen waren einige Überwachungsorganisationen aufmerksam geworden. Seine Predigten enthielten die üblichen düsteren Warnungen vor der näher rückenden Endzeit und vor der Bestrafung der Gottlosen. Aber er ermutigte niemanden, etwas dagegen zu unternehmen, außer zu beten. Es gab keine Berichte über Missbrauch, keine Geschichten ehemaliger Gemeindemitglieder, die auf gefährliche Tendenzen hindeuteten. Sie isolierten sich nicht mal besonders von den Gemeinden. Das Einzige, was damals auffiel, war die Tatsache, dass er seine erste kleine, ziemlich abgelegene Kirche außerhalb von Los Angeles in die Hände eines seiner getreuen Anhänger übergab und mit seinen Predigten auf Wanderschaft ging.

Während der nächsten acht bis zehn Jahre schien er kein Interesse daran zu haben, sich irgendwo niederzulassen. Er reiste durch das ganze Land. Er blieb vielleicht für ein Jahr an einem Ort, meist in einer kleinen Stadt oder einer abgelegenen Gegend, sammelte ein paar Bekehrte um sich und wählte dann einen von ihnen aus, um diesen Ableger seiner Kirche zu leiten. Dann zog er weiter an den nächsten passenden Ort.«

»Warum?«, fragte Sawyer. »Das ergibt keinen Sinn.«

»Es klingt seltsam zufällig«, stimmte Hollis zu. »Das habe

ich schon immer gedacht. Wenn die Ableger, die er gründete, so ähnlich waren wie der, den wir in Venture gefunden haben, dann war es kaum mehr als ein Schuppen mit einer Handvoll treuer Mitglieder.«

»Ein Schuppen – und eine Menge Immobilienbesitz«, erinnerte Bishop sie.

»Ja, schon, aber hauptsächlich wertlose Immobilien. Leerstehende Gebäude, stillgelegte Unternehmen und keine großen Grundstücke. Was bringt es, dieses Zeug zu besitzen? Vor allem, wenn man keine Schritte unternimmt, die Immobilien nutzbringend zu verwenden?«

»Ich wünschte, ich wüsste es.«

Hollis sah Bishop erneut stirnrunzelnd an, richtete dann ihren Blick wieder auf DeMarco. »Du weißt auch nicht, warum er die Grundstücke haben will?«

»Nein.«

»Seine rechte Hand weiß das nicht?« Sarkasmus färbte ihren Ton.

DeMarco schien die Stichelei zu ignorieren. »Nein, seine rechte Hand hat nicht die geringste Ahnung. Samuel lässt sich nicht in die Karten schauen. Überhaupt nicht. Er vertraut seine Gedanken niemandem an, soweit ich weiß. Mit der möglichen Ausnahme von Ruth Hardin, die schon länger bei ihm ist als alle anderen. Wie Bishop gesagt hat, er ist nicht als Paragnost zu erkennen. Bisher haben wir keinen Paragnosten gefunden, der ihn erkennen kann. Keinen einzigen.«

»Auch du nicht?«

»Auch ich nicht.«

Ruby blieb so lange in der Dusche, wie sie es wagte, und benutzte die besondere Seife, die ihre Mama gekauft hatte. Sie roch nach Rosen und so widerlich süß, dass ihre Übelkeit noch stärker wurde, während sie sich von Kopf bis Fuß damit einseifte und dann einfach nur unter dem dampfend heißen Wasser stand.

Das Ritual.

Sie verabscheute das Ritual.

Zwei der anderen Mädchen mochten es sehr, das wusste sie. Amy und Theresa. Sie erkannte es an ihren weit geöffneten, verschwommenen Augen und den geröteten Wangen. Sie hörte es an ihrem nervösen, aufgeregten Gekicher.

Sie waren Werdende, und das erregte sie.

Father erregte sie.

Aber Ruby und Brooke kannten die Wahrheit. Was sie wussten, verursachte ihnen Gänsehaut.

Ruby bekam selbst unter der Dusche Gänsehaut. Ein kaltes Grauen schlug ihr auf den Magen. Sie war sich nicht sicher, wie lange sie noch fähig sein würde, etwas vorzutäuschen. Sie war sich nicht einmal sicher, dass Father ihr die Täuschung abnahm, außer …

Er schien von ihr das zu bekommen, was er wollte. Was er brauchte. Er schien zufrieden. Also konnte sie Father vielleicht auch dazu bringen, etwas zu sehen, was nicht da war. Sie erlaubte sich zu hoffen, dass das stimmte. Dass sie sogar ihn dazu bringen konnte, das zu sehen, was sie ihn sehen lassen wollte, zu glauben, was sie ihn glauben lassen wollte.

Vielleicht.

Und wenn ihr das gelang …

»Ruby, beeil dich! Du kommst zu spät.«

Widerstrebend drehte sie das Wasser ab, trat aus der Dusche und begann sich abzutrocknen. Erst in diesem Moment, tropfnass auf der Matte, die nassen Haare in den Augen, ging ihr auf, was sie getan hatte.

Sie hatte Lexie weggeschickt.

Sie hatte Lexie zu einer Außenseiterin geschickt.

Was, wenn Father das sieht? Wenn er es weiß?

Was habe ich getan?

»Ruby?«

Ihr blieb nichts anderes übrig, als sich noch mehr zu konzentrieren, sich zu bemühen, die schützende Hülle, die sie für sich geschaffen hatte, noch stärker zu machen. Stärker als sie je hatte sein müssen, selbst als sie zugesehen hatte, wie Brooke starb. Ihr Kopf begann zu pochen, zu dröhnen. Sie spürte ihren Herzschlag, zuerst rasend schnell, dann allmählich langsamer werdend, gleichmäßiger, als sie die Kontrolle über sich zurückgewann.

Er kann nicht wissen, wohin ich Lexie geschickt habe. Er kann es nicht.

»Ruby!«

Ihre Finger fühlten sich ein bisschen taub an, als sie sich hastig zu Ende abtrocknete und das feuchte Handtuch um sich schlang. Sie ging hinaus ins Schlafzimmer, das Schlafzimmer ihrer Eltern, in dem Emma Campbell auf sie wartete.

»Hier, Süße, setz dich an meinen Frisiertisch, während ich dir die Haare bürste.«

Ruby gehorchte, den Blick auf ihr Abbild in dem ovalen Spiegel gerichtet. Immer noch ihr Gesicht, Gott sei Dank, nichts Dunkles und keine Leere darunter. Sie überprüfte es jeden Tag, ständig besorgt, dass es nachts passieren könnte, während sie schlief. Wenn sie sich nicht darauf konzentrieren konnte, ihre schützende Hülle aufrechtzuerhalten. Jeden Morgen fürchtete sie sich erneut vor dem Blick in den Spiegel.

Sie wusste nicht, was sie tun würde, wenn sie unter ihrer Haut das entdeckte, was sie unter der Haut so vieler um sich herum sah.

Nur wäre ich dann nicht mehr hier, um es zu sehen. Ich wäre tot. Bloß meine leere Hülle würde übrig bleiben.

Sie blickte hinauf zu Emma Campbells Spiegelbild und kehrte dann rasch zu der Spiegelung ihres eigenen Gesichts zurück. Sie wusste nicht, wohin sie gingen, diese Menschen, die einst in ihrer Haut gelebt hatten. Sie wünschte, sie könnte daran glauben, dass sie im Himmel waren, wusste jedoch, dass dem nicht so war. Menschen kamen in den Himmel, wenn ihre Körper auf natürliche Weise starben. Ihre Seelen kamen in den Himmel. Daran glaubte Ruby.

Aber was Father tat, was Father nahm, das war etwas anderes.

Etwas entsetzlich Unnatürliches.

Er nahm es von den Menschen, die nicht mehr glaubten, den Menschen, die einfach ... fortgingen, da war sich Ruby sicher.

Und er nahm es von seinen Erwählten.

Emma Campbell war eine Erwählte gewesen.

Und jetzt war Ruby eine Werdende. Fast bereit. Fast alt genug, das Wahre Ritual zu erdulden. Das war der Moment, in dem sie sich verlieren würde. Sich, wie Father sagte, Gott darbringen würde.

Dann würde sie aufhören, Ruby Campbell zu sein, und zu einer leeren Hülse mit einer vermeintlichen Person im Inneren werden.

»Ich glaube, ich stecke dir diesmal die Haare auf, Ruby. Du siehst mit aufgestecktem Haar so hübsch aus.«

Sie nahm sich zusammen und blickte direkt in die Spiegelung von Emma Campbells Gesicht. Das Gesicht, das ihre Mutter getragen hatte und das jetzt die vermeintliche Person trug. Das Gesicht, das so vertraut war und doch so fremd.

Das ist nicht meine Mutter. Nicht mehr.

»Sie können ihn nicht lesen, weil er einen Schild hat?«, fragte Sawyer.

DeMarco zuckte die Schultern. »Mag sein. Allerdings würde ich es inzwischen eher als schwarzes Loch bezeichnen. Er saugt ständig Energie auf. Zuerst kam es mir wie eine eher unbedeutende Eigenschaft vor, vielleicht wie eine interessante Variation eines Schildes, negative Energie. Aber mit der Zeit ist es stärker geworden, so stark, dass man sich noch aus drei Meter Entfernung von ihm angezogen fühlt wie von einem Magneten.«

»Seine Gemeinde bezeichnet das bestimmt als Charisma«, murmelte Hollis.

»Sie nennen es seine göttliche Gabe«, erwiderte DeMarco ruhig. »Entweder ist er so veranlagt oder er besitzt ein erstaunliches Konzentrationsvermögen. Denn während er Energie entzieht, dringt nichts von ihm nach außen. Nichts von seiner Persönlichkeit. Nichts von seinen Gedanken oder Gefühlen. Selbst wenn er weibliche Mitglieder seiner Gemeinde stimuliert, um von deren Energie zu profitieren, ist er nur als Nullfeld wahrnehmbar. Als wäre da keine Person, kein Verstand, keine Seele.«

»Wie ist das möglich?«

»Ich weiß es nicht.«

»Aber Sie wissen, dass Samuel das macht? Sich von diesen Frauen nährt?«, fragte Sawyer.

»Ich glaube, das macht er schon seit Langem. Zuerst war es nicht so offensichtlich, und ich bezweifle, dass er ihnen viel Energie entzog. Ich glaube, am Anfang ging es bei den Mitgliedern seiner Gemeinde mehr um ein Geben als Nehmen. Zum Aufbau von Vertrauen oder um sie irgendwie von ihm abhängig zu machen. Sie vielleicht süchtig nach ihm zu machen.

Ich habe mich lang bemüht zu verstehen, wie es ihm gelingen konnte, sie so vollkommen zu beherrschen. Es gab keine der typischen Anzeichen oder Methoden eines Sektenführers, der seine Anhänger einer Gehirnwäsche unterzieht. Trotzdem waren diese Anhänger ihm ergeben, und das weit über das normale Maß hinaus. Das war offensichtlich. Und es war der Grund, warum ich vor sechsundzwanzig Monaten eingeschleust wurde.«

Bishop fügte hinzu: »Sie hatten sich als Gruppe sogar noch stärker isoliert und abgeschottet. Wir versuchen, aus der Geschichte zu lernen, Chief, und aus unseren Fehlern. Wir mussten erfahren, was innerhalb dieser Kirche vorging.«

»Um ein weiteres Waco zu vermeiden. Ein weiteres Jonestown.«

»Genau. Aber da Sekten von Natur aus isolationistisch und

Außenseitern gegenüber äußerst misstrauisch sind, kann man nur erfahren, was im Inneren vorgeht, wenn man jemanden einschleust. Das ist nicht einfach. Vor allem nicht, wenn ein paranoides Oberhaupt seine Gemeinde bereits davor gewarnt hat, von Feinden umgeben zu sein und auf eine Apokalypse zuzusteuern.«

Sawyer schaute wieder zu DeMarco. »Wie sind Sie dann hineingekommen?«

»So wie die meisten Anhänger. Ich habe wochenlang bei Suppenküchen der Kirche und den Rehabilitationszentren in Asheville herumgehangen, offensichtlich einer vom Rande der Gesellschaft, obdachlos und arbeitslos. Ich war ein Einzelgänger, verbittert, hielt nicht hinter dem Berg mit meiner Enttäuschung über unsere Regierung. Obwohl ich über keinen Grundbesitz verfügte, der die Kirche hätte anlocken können, sorgte ich dafür, dass das, was ich Samuel zu bieten hatte, für alle sichtbar war.«

»Das war?«

»Meine Armeejacke mit Aufnähern und Rangabzeichen, die man nicht im Pfandhaus findet. Ich bin ein Ex-Militär. Wir hatten eine Ahnung, dass Samuel daran interessiert sein könnte, sich eine Armee aufzubauen.«

»Und?«

»Und so war es.«

»Eine Armee? Er baut sich da oben eine Armee auf?« Sawyer klang alarmiert.

DeMarco schüttelte den Kopf. »Nicht so, wie Sie denken. Nicht wie wir erwartet haben. Es gibt ein paar Handfeuerwaffen in der Siedlung, ein paar Schrotflinten. Mehr nicht. Er ist überzeugt, dass seine Anhänger keine Waffen brauchen, um ihre Feinde zu besiegen. Die meisten von ihnen jedenfalls nicht, keine von Menschen gemachten Waffen. Seine Anhänger sind seine Armee, und er hat diese Armee in den letzten paar Jahren sehr sorgfältig organisiert.«

Sawyer dachte darüber nach und beschoss, es noch etwas

setzen zu lassen, bevor er sich mit diesem speziellen Puzzlestück genauer befasste. »Aber Sie waren trotzdem wertvoll für ihn. Ihre nicht-paragnostischen Fähigkeiten waren wertvoll.« Plötzlich ging ihm auf, dass er keine Ahnung hatte, über welche paragnostischen Fähigkeiten DeMarco verfügte. Ihm wurde unbehaglich zumute.

»Er hatte niemanden mit genug Erfahrung, seinen Sicherheitsdienst zu leiten. Bis dahin war das kaum von Bedeutung gewesen, aber zur Zeit meiner Rekrutierung wurde er immer sicherheitsbewusster.«

»Paranoid.«

DeMarco nickte. »Er hatte wohl bemerkt, dass er sich Feinde gemacht hatte. Doch ob er da schon die SCU im Auge hatte, kann ich nicht sagen.«

Hollis sah Bishop an. »Wir sind ziemlich sicher, dass er zumindest eine von uns schon vor achtzehn Monaten im Auge hatte.«

»Er ließ uns Fotos bei seinem zahmen Monster finden«, sagte Bishop. »Ich glaube sogar, er sorgte dafür, dass wir sie fanden. Er wollte uns wissen lassen, dass er uns beobachtete. Uns folgte. Der Grund, wieso da nur Fotos von dir waren, liegt meiner Einschätzung nach darin, dass er uns verunsichern wollte. Wir mussten uns fragen, ob er dich als potenzielles Opfer verfolgte oder weil du von der SCU bist.«

»Es könnte beides sein«, stimmte sie zu. »Angesichts dessen, wo ich landete.«

»Wo?«, fragte Sawyer.

»Sagen wir einfach, ich hatte eine sehr intime und persönliche Begegnung mit dem zahmen Monster.« Bevor jemand darauf eingehen konnte, sah sie stirnrunzelnd zu DeMarco. »Verlässt Samuel das Anwesen oft? Ich hatte den Eindruck, dass er sehr zurückgezogen lebt.«

»Inzwischen ja. Seit dem letzten Herbst. Davor war er hin und wieder für ein paar Tage oder eine Woche fort. Gelegentlich gab es auch längere Reisen. Im letzten Sommer waren es fast sechs Wochen, auch wenn er zwischendurch immer mal wieder auftauchte. Für gewöhnlich kam er mit einem oder zwei neuen Rekruten zurück und sagte, er sei als Gastprediger in einer Kirche oder bei einer Erweckungsveranstaltung aufgetreten. Wir hatten keinen Grund zu der Annahme, dass er irgendwas anderes machte.«

»Niemand folgte ihm, wenn er die Siedlung verließ?«

»Nein. Meine Anweisung lautete, die Sekte zu infiltrieren und dafür zu sorgen, dass ich für Samuel und seine Unternehmungen unentbehrlich wurde. Das bedeutete, vor Ort zu bleiben und dafür zu sorgen, dass alles weiterlief, wenn er fort war.«

»Und eine kleine Rebellion anzuzetteln?«, meinte Hollis.

»Ich habe sie nicht entmutigt. Im Nachhinein gesehen hätte ich das tun sollen.« Das sagte er weder entschuldigend noch bedauernd, sondern ganz nüchtern.

Sie nickte.

Sawyer fragte DeMarco: »Ich nehme an, Sie sind für die elektronische Sicherheit des Geländes verantwortlich?«

»Samuel wollte modernste Geräte installiert haben, und ich kenne mich da ein wenig aus. Außerdem habe ich Kontakte. Militärkontakte. Das gefiel ihm.«

»Ist ja alles gut und schön«, sagte Hollis. »Aber wie ist es dir gelungen, ihn davon zu überzeugen, dass du ein Gläubiger bist? Außer du bist es wirklich?« Sie sah ihn durchdringend an, eindeutig beunruhigt über diese Möglichkeit.

»Du wirst es nicht sehen«, antwortete DeMarco ihr.

»Was sehen?«

»Meine Aura.«

Als sich ihre blauen Augen verengten, schärfer wurden, gab ihr Quentin den Rat: »Lass es sein, Hollis, bevor du Kopfschmerzen bekommst. Oder einen Schlaganfall. Reese hat einen doppelten Schild.«

»Von so was habe ich noch nie gehört«, entgegnete Hollis zweifelnd.

»Ich bin einmalig«, behauptete DeMarco.

Halblaut murmelte Sawyer: »Himmel, ich bin derjenige, der Kopfschmerzen bekommt.«

Quentin schenkte ihm ein schwaches Lächeln. »Informationsüberfrachtung? Tja, hauptsächlich geht es darum, dass Reese, genau wie Tessa, nicht als Paragnost zu erkennen ist. Doch er besitzt die verblüffende Fähigkeit, eine Persona zu erschaffen, die erkennbar ist, wenn er es zulässt.«

»Praktisch«, bemerkte Hollis.

»Nützlich«, korrigierte Quentin. »Kein Paragnost, dem es gelingt, DeMarcos Primärschild zu durchdringen, wird nach einem sekundären suchen. Vor allem, wenn er die vorgeschobene Persona entdeckt – in diesem Fall den verbitterten Ex-Militär, der absolut bereit ist, für einen charismatischen, pseudoreligiösen Anführer zu töten oder zu sterben.«

15

Die Robe war eigentlich mehr wie ein Kleid – oder ein Nachthemd. Sie war lang, ärmellos und so dünn, dass sie fast durchsichtig aussah. Und sie war weiß.

»Die Farbe der Reinheit«, sagte Emma Campbell leise, als sie zurücktrat und Ruby anlächelte.

Ruby fröstelte und fragte sich erneut, ob ihr je wieder warm werden würde. »Darf ich deinen Umhang auf dem Weg zur Kirche tragen, Mama? Draußen wird es kälter.«

»Das wird schon gehen. Aber achte darauf, ihn gleich auszuziehen, wenn du in der Kirche bist.«

»Ja, Mama.« Ruby war dankbar für die Wärme des knöchellangen, pechschwarzen Umhangs und sogar noch dankbarer, dass er die dünne Robe verdeckte. Trotzdem fühlte sie sich immer ein wenig unwohl, wenn sie ihn trug. Sie wusste es nicht mit Sicherheit, aber etwas sagte ihr, dass ihre Mama den Umhang getragen hatte, als sie schließlich einfach ... verschwand.

Lächelnd sagte Emma Campbell: »Du wirst alles tun, was Ruth dir sagt, genau wie zuvor. Und natürlich auch alles, was Father sagt. Ich bin so stolz auf dich. Dein Daddy und ich, wir sind beide stolz auf dich.«

Wieder stieg ein schmerzhafter Kloß in Rubys Kehle hoch, daher nickte sie nur und versuchte nicht an ihren Daddy zu denken. Oder an ihre Mama. Stattdessen ging sie neben der Hülse namens Emma Campbell durchs Haus und zur Vordertür.

»Sei brav. Denk dran.«

»Ja, Mama.« Ruby trat in den frostigen Nachmittag hinaus, ging stetig auf die Kirche zu und konzentrierte sich darauf, ihre Schutzhülle so stark zu machen, dass selbst Father sie nicht durchdringen und ihr Inneres berühren konnte.

Zumindest nicht ihr wahres Inneres.

Sie blickte nicht zurück, da sie wusste, dass Emma Campbell bereits in ihr Nähzimmer zurückgekehrt war.

Für sie ist es Sticken. Und Nähen für Amys Mom. Theresas macht Quilts. Brookes Mom hat all diese Puzzles ... Ich weiß, das hat alles eine Bedeutung. Vielleicht gibt er ihnen etwas zu tun. Damit sie keine Zeit zum Nachdenken haben.

Damit sie nicht nachdenken wollen.

Vielleicht hat er herausgefunden, was sie am liebsten tun, und lässt sie das machen.

Nur das.

Beim Näherkommen sah Ruby die anderen vor der Kirche auf sie warten. Erkannte mit einem innerlichen Zusammenzucken, dass Father bereits einen Ersatz für Brooke gefunden hatte, so einfach, als hätte sie nie existiert.

Mara. Die kleine Mara, erst elf Jahre alt und sichtlich nervös vor ihrem ersten Ritual. Im Gegensatz zu den anderen beiden hatte sie einen langen Pullover über ihre Robe gezogen.

Amy und Theresa, beide dreizehn, trugen trotz der Kälte nur ihre dünnen Roben.

Die beiden fühlten sich erwachsen in ihren Roben, wie Ruby wusste. Sie fühlten sich erwachsen und besonders, wichtig für Father.

Sie fühlten sich erwählt.

»Beeil dich, Ruby«, rief Amy ungeduldig.

»Ich komme ja schon.« Ruby hörte das strahlende Funkeln in ihrer Stimme, den eifrigen Klang, der genauso vorgetäuscht war wie das Lächeln auf ihren Lippen. Sie begann die Stufen zu ihren Freundinnen hinaufzusteigen.

Aber sie beeilte sich nicht.

»Bist du sicher, dass es nur eine Persona ist?«, murmelte Hollis. »Denn soweit ich gehört habe, können sich Menschen, die zu lange verdeckt arbeiten, tatsächlich in ihrem Rollenspiel verlieren.«

DeMarco warf ihr einen Blick zu und schaute dann zu Sawyer. »Diese Fähigkeit plus ein paar anderer Merkmale machen mich zum idealen Kandidaten für verdeckte Einsätze. Wie Bishop vor ein paar Jahren entdeckt hat.«

»Also gehören Sie zur SCU?«

Darauf antwortete Bishop: »Er gehört nicht zum FBI. Aber wir haben schon früh festgestellt, dass es in mancher Situation hilfreich, wenn nicht sogar notwendig ist, Einsatzkräfte zu haben, die unter dem Radar fliegen.«

»Ich dachte, deshalb hättest du Haven mitbegründet«, mischte sich Tessa zum ersten Mal ein. Sie blickte zu Bishop. »Als zivilen Ableger der SCU«, fügte sie hinzu.

»Eine Schwesterorganisation«, erklärte Bishop. »Aber Haven wurde hauptsächlich für kurzzeitige Unterstützung eingerichtet, mit Einsatzkräften für spezielle, gewöhnlich kurzfristige Zeitperioden, um bei strafrechtlichen Ermittlungen zu helfen. Die meisten führen ansonsten ein ganz normales Leben, ihre Arbeit für Haven ist mehr wie eine Reihe Kurzzeitjobs.«

»Das stimmt«, meinte Tessa. »Bei meinem letzten Einsatz musste ich nicht mal auspacken. Und in meinem normalen Leben entwerfe ich Webseiten. Da kann ich meine Arbeitszeit selbst bestimmen, von zu Hause aus oder unterwegs auf dem Laptop arbeiten und mir freinehmen, wann immer es nötig ist. Maßgeschneidert für jemanden mit einem zweiten Leben.«

Bishop nickte. »Für uns innerhalb des FBI verhält sich das anders und nicht nur, weil es ein Vollzeitjob ist. Ein SCU-Agent zu sein bedeutet, dass wir Angestellte der Bundesregierung sind. Es gibt Gesetze, Regeln und Vorschriften, zu deren Einhaltung wir dienstlich verpflichtet sind.«

»Was manchmal Probleme aufwirft«, murmelte Quentin. »Für manche von uns.«

Sawyer überlegte, ob Quentin von sich sprach, fragte aber nicht nach. Von seiner langen Liste erschien ihm diese Frage relativ unwichtig zu sein.

Bishop ging nicht auf Quentins Bemerkung ein, sondern fuhr fort: »Es wurde offensichtlich, dass wir Einsatzkräfte brauchten, die in der Lage waren, die Lücke zwischen Cop und Zivilist zu schließen. Einsatzkräfte, die sowohl in Kriminalistik als auch in Militärtaktiken geschult waren, mit starken Ermittlungsinstinkten und -fähigkeiten und mit einer gewissen paragnostischen Veranlagung. Menschen, die auch langzeitig verdeckt ermitteln konnten, mit wenig oder gar keinem Rückhalt und nicht unbedingt mit staatlicher Genehmigung.«

Hollis schnaubte leise. »Du hast was übrig für Gratwanderungen, oder?«

»Manchmal bleibt mir nichts anderes übrig. Ob es mir gefällt oder nicht.« Bishop zuckte die Schultern. »Reese ist, wie eine Anzahl unserer zivilen Einsatzkräfte, lizenzierter Privatdetektiv – und sein militärischer Hintergrund ist echt.«

»Und ich arbeite gern allein«, ergänzte DeMarco.

»Was ist mit deinem normalen Leben?«, wollte Hollis wissen.

»Hab keins.«

Hollis schaute ihn neugierig an, aber bevor sie die offensichtliche Frage stellen konnte, verlor Tessa die Geduld.

»Ruby«, sagte sie in einem Ton, den niemand ignorieren konnte. »Das kleine Mädchen ist in Schwierigkeiten.«

»Ruby ist nicht in unmittelbarer Gefahr«, teilte ihr DeMarco mit.

»Aber du weißt, dass sie in Gefahr ist?«

Er sah sie an, ohne jede Wärme in seinen blauen Augen. »Sie sind alle in Gefahr. Samuels Prophezeiung, schon vergessen?«

»Armageddon.« Quentins Stimme klang sarkastisch. »Alle guten Prophezeiungen sagen Armageddon voraus.«

»Ja«, bestätigte DeMarco. »Aber im Gegensatz zu all den

anderen Propheten könnte Samuel tatsächlich die Chance haben zu erleben, dass seine Vision, seine Prophezeiung in Erfüllung geht. Auch wenn er die Feuersbrunst mit seinen eigenen Händen anfachen muss. Oder mit seinem Geist.«

»Das meinen Sie doch nicht etwa wörtlich?«, fragte Sawyer. »Dass er mit seinem Geist Zerstörungen von einem Ausmaß anrichten könnte, das auch nur entfernt als apokalyptisch zu bezeichnen wäre?«

»Leider ja.«

»Aber Sie sagten – Moment. Blitze?«

»Warum nicht? Er hat sie benutzt, um in kleinem Umfang zu töten. Wer kann sagen, ob er nicht doch genug Energie gewinnen oder kanalisieren kann, um in wirklich gewaltigem Ausmaß zu zerstören?«

»Willkommen in unserer Welt«, murmelte Quentin.

»Mist«, knurrte Sawyer. »Nichts für ungut, aber es fällt mir äußerst schwer, in apokalyptischen Begriffen zu denken. Das gehörte zu keiner Religion, an die ich glauben könnte.«

»Absolut verständlich«, meinte Quentin zu ihm. »Ich hatte selbst Schwierigkeiten damit. Und ich habe es gesehen. Glaube ich.«

»Das war deine Vision?« Tessa starrte ihn an. »Dass Samuel die Welt zerstört?«

»Na ja, ein beträchtliches Stück von diesem Teil der Welt. Seine sämtlichen Anhänger. Und Ruby. Dich, den Chief, Hollis. Vielleicht nur der Anfang seiner Apokalypse, weil ich das Gefühl hatte, er hätte gerade erst begonnen. Da war keiner, der ihn aufhalten konnte.«

Bishop mischte sich plötzlich ein. »Und Ruby.«

Quentin sah seinen Boss mit hochgezogener Braue an. »Ja. Und?«

»Du hast Ruby nicht als eine seiner Anhängerinnen genannt. Warum nicht?«

Quentin dachte über die Frage nach. »Ich habe keine Ahnung. Allem Anschein nach war sie eine seiner Anhängerinnen. Zumindest saß sie zu seinen Füßen, fast wie eine Ministrantin. Aber er hat auch sie getötet.«

Bishop runzelte die Stirn. »Bist du sicher, dass du das gesehen hast?«

»Nein. Ich meine, Visionen sind neu für mich, das wissen wir beide. Sie dauern nur ein paar Sekunden, und ich versuche so viel zu sehen, wie ich kann, und mir zu merken, was ich sehe, weil bisher alles eher buchstäblich war, statt symbolisch.«

»Was hast du gesehen?«, fragte Hollis.

Da Quentin bisher Bishop keine Einzelheiten der Vision erzählt hatte, versuchte er sich zu erinnern und alles in Zusammenhang zu bringen. Denn wenn er eines in den Jahren bei der SCU gelernt hatte, dann, dass Details zum Verständnis von Fähigkeiten und Ereignissen oft sehr wichtig sein konnten und waren.

»Es war bei seiner Außenkanzel, Energie knisterte in der Luft, höllische Gewitterwolken am Himmel – und überall schwelende Leichen. Samuel stand auf diesem Granitblock, mit rauchenden Händen, Ruby kniete zu seinen Füßen. Und hinter ihm ...«

»Hinter ihm?«

Quentin sah Hollis, Tessa und Sawyer nacheinander an und verzog das Gesicht. »Ihr drei, gekreuzigt.«

»Buchstäblich?« Sawyer überlegte, wie oft er diese ungläubige Frage schon gestellt hatte.

»Ja. Kreuze, Seile, Eisennägel. Alles, was dazu gehört. Außer römischen Zenturionen. Vier Kreuze, drei besetzt. Sie und Hollis waren bewusstlos. Tessa nicht. Tessa schrie Rubys Namen. Samuel schaute auf Ruby hinab, lächelte, legte seine Hand auf ihren Kopf – und sie ging in Flammen auf. Tessa schrie. Samuel drehte den Kopf zu ihr und sah sie an. Dann streckte er die freie Hand nach ihr aus, und aus seinen Fingern schoss etwas, das wie ein Strahl reiner Energie wirkte. Das war es. Das war alles, was ich sah.«

Ruth nahm Maras Pullover und Rubys Umhang, sobald die Mädchen die Kirche betreten hatten. Sie hängte beides in die Garderobe und kehrte zu den Mädchen im Vestibül zurück. »Eure Schuhe.«

Gehorsam zogen sie die Schuhe aus und stellten sie vor die Garderobe. Mara musste auch noch die Socken ausziehen.

Das Kichern war inzwischen verstummt. Alle Mädchen waren ernst, während Ruth sich vergewisserte, dass alles so war, wie es sein sollte. Die Roben frisch gewaschen und gebügelt, die Haare ordentlich, die Nägel geschnitten und sauber.

Dann führte Ruth sie vom Vestibül hinunter in einen der Seitenflure, die sich direkt unter dem Erdgeschoss über die ganze Länge der Kirche erstreckten. Der Flur wirkte eher nüchtern, mit schlichten Wänden, schlichtem Teppich und ziemlich hässlichen Wandleuchtern. Am Ende des Flurs befand sich eine verschlossene Tür. Ruth zog einen Schlüsselbund heraus und schloss die Tür auf, hinter der eine andere Treppe in ein weiteres Untergeschoss führte.

Die Mädchen gingen vor Ruth die Treppe hinunter, wobei alle hörten, dass die Tür wieder verriegelt wurde. Ruth schloss sich ihnen am Fuße der Treppe an. Die Mädchen standen schweigend da, während die ältere Frau mit betonter Feierlichkeit einen kleinen Raum direkt an der Treppe aufschloss. Die Möbel an den Wänden des Raumes waren alle aus Metall und Milchglas, sodass im Inneren nur vage Formen zu erkennen waren.

Warum? Weil es für uns mysteriös wirken soll? Oder gibt es im Zeremonienraum etwas, das wirklich wichtig ist?

Ruby wusste es nicht. Aber sie konnte dieses Geschoss der Kirche nicht ausstehen, in dem es nur verschwiegene Rituale und Geheimnisse gab. In dem sie so sehr kämpfen musste, um sich zu schützen.

Mit einem weiteren Schlüssel öffnete Ruth einen Kühlbehälter aus Edelstahl. Im Inneren standen vier weiße Rosen in einzelnen Kristallvasen auf einer Glasplatte. Ruth nahm eine nach der anderen heraus und befestigte sie im Haar der Mädchen, direkt über dem linken Ohr. Die Mädchen beugten den Kopf, während die Rose befestigt wurde.

Ruby war die Letzte und neigte gehorsam den Kopf, als ihr die Rose ins Haar gesteckt wurde. *Perfekte Rosen. Nur duften sie nicht.* Wobei es da heute nicht darauf ankam. Ruby konnte immer noch das widerlich süße, künstliche Rosenparfüm der Seife riechen, die sie benutzt hatte.

Ruth schien es nicht zu bemerken. Sie ging zurück in den Zeremonienraum, öffnete einen weiteren Schrank und kam mit vier weißen Kerzen zurück, die sie an die Mädchen verteilte. Jede hielt ihre Kerze in beiden Händen, während Ruth sie feierlich anzündete – mit einem Wegwerffeuerzeug aus Plastik.

Beinahe hätte Ruby gekichert. *Lächerlich. Das ist alles so lächerlich.*

Und doch hatte sie Angst. Ihre Hände waren kalt, ihre bloßen Füße waren kalt, ihr Kopf dröhnte, weil sie sich so sehr anstrengen musste, ihre schützende Hülle aufrechtzuerhalten. Sie befürchtete, es sei ein Fehler gewesen, Lexie in Sicherheit zu schicken, befürchtete, Father würde davon wissen, würde wissen, dass sie Lexie versteckt hatte.

Befürchtete, er würde all ihre Geheimnisse kennen, die sie mit so viel Mühe vor ihm verborgen hatte.

Daran war überhaupt nichts komisch.

»Bereit, Mädels?«

Ruby schaute flüchtig hoch und sah für einen Moment die leere Hülse hinter Ruth Hardins ernstem, abgeklärtem Gesicht. Die harte, versengte Hülse, die so viel Leere enthielt, dass von der ursprünglichen Ruth nicht mehr viel da sein konnte.

Falls überhaupt noch etwas da war.

Ruby richtete den Blick auf die Flamme ihrer Kerze und murmelte zusammen mit den anderen Mädchen: »Ja, Ruth.«

Ruth führte sie im Gänsemarsch durch den Flur. Im

Gegensatz zu dem im Stockwerk darüber war dieser mit einem dicken Teppich ausgelegt, dessen üppiger Flor sich weich unter ihren nackten Füßen anfühlte. Die Wände waren mit Stoff bespannt statt nur gestrichen oder tapeziert, an den Wandleuchtern funkelten Kristalltropfen.

Zum ersten Mal ging Ruby auf, dass sich der Raum, auf den sie zuschritten, der Ritualraum, direkt unter dem Kanzelbereich der Kirche befand. Sie fragte sich, warum sie das zuvor nie bemerkt hatte, und erkannte zugleich, woran es lag.

Weil ihre Schutzhülle stärker war. Sie hatte sie stärker gemacht, hatte sich mehr konzentriert – und da Lexie nicht mehr geschützt, nicht mehr unsichtbar gemacht werden musste, hatte Ruby ihre ganze Energie darauf richten können, sich selbst zu schützen.

Innerhalb ihrer Hülle konnte sie klarer denken, noch klarer als jemals zuvor. Sie konnte sich Fragen stellen. Sie brauchte nicht mal die Gesichter der Mädchen vor sich zu sehen, um zu wissen, dass sie schlaff und ausdruckslos wurden, die Augen dunkel und benommen.

Denn so war es immer. Sie hatten keine Schutzhüllen. Sie konnten sich nicht schützen.

Ruby hatte ein schlechtes Gewissen, weil sie es konnte und die anderen nicht. Doch sie schob das beiseite, da es nicht anders ging. Mehr konnte sie nicht tun. Lexie zu beschützen hatte ihr fast alles abverlangt, daher konnte sie ihren Freundinnen nicht helfen.

Zumindest im Moment nicht. Sie konnte sie nicht mit in ihre Schutzhülle nehmen. Aber vielleicht konnte sie etwas anderes tun. Vielleicht konnte sie ihnen Hilfe bringen.

Vielleicht.

Sie wusste nicht genau, wie ihr das gelingen sollte. Sie war sich nicht mal sicher, ob sie es konnte. Doch sie wusste, dass sie mit Tessa Gray verbunden war. Nicht so stark wie zuvor, als sie Tessa in die Siedlung gezogen hatte, damit sie Lexie rettete. Nicht so stark wie in dem Moment, als sie Tessa beim

Tierfriedhof gewarnt hatte, nicht so viel zu empfinden. Aber die Verbindung war immer noch da.

Sie konnte es fühlen.

Und vielleicht ... vielleicht konnte sie das nutzen.

Ruth blieb vor der Tür des Ritualraumes stehen und musterte die vier Mädchen, eines nach dem anderen, vergewisserte sich, dass sie die Kerzen noch korrekt hielten und den angemessenen Ernst zeigten.

Ruby fragte sich, ob Ruth überhaupt auffiel, dass Amy leicht schwankte, die Augen weit aufgerissen und beinahe blicklos.

Nein. Ruth nickte zufrieden, benutzte einen weiteren Schlüssel, um die Tür zu öffnen, und trat vor ihnen hinein.

Ruby atmete tief ein und folgte den anderen.

»Alles«, murmelte Sawyer. »Das ist alles, was er sah.«

An Quentin gewandt, fragte Tessa: »Was hat dir gesagt, dass das, was du gesehen hast, passieren würde, wenn wir Ruby retten?«

»Nichts. Aber es war eine Gewissheit. Ich wusste, dass ihr versuchen würdet, Ruby heute aus der Siedlung zu holen. Und ich wusste, wenn ihr es versucht, würde das, was ich gesehen habe, tatsächlich geschehen.«

»Keine Fragen? Kein Zweifel?«

Quentin schüttelte den Kopf. »Nicht ein einziger. Ich wusste es. Und ich habe gelernt, dieser Art von Gewissheit zu trauen, denn sie ist so selten wie ein weißer Rabe.«

Hollis schaute zu Bishop. »Ihr seid schon länger mit Visionen vertraut, du und Miranda. Hat Quentin eine mögliche Zukunft gesehen, die wir vermieden haben, weil ihr euch zum Handeln entschlossen habt? Oder war es eine Prophezeiung, die wir nur vorübergehend abgewendet haben?«

Sawyer konnte nur noch stöhnen. »Eine Prophezeiung wie die von Samuel? Endzeit-Zeug?«

Darauf antwortete Bishop: »Nur im Sinne von ... endgültig. Unveränderlich in ihrer Unvermeidbarkeit. Im Laufe der Jahre sind wir zu der Erkenntnis gekommen, dass manches, was wir sehen, manche Visionen der Zukunft, verändert werden können – wenn wir zur richtigen Zeit und auf die richtige Weise handeln. Aber manchmal ist unsere Einmischung der nötige Katalysator, genau die Ereignisse auszulösen, die wir aufhalten wollen. Manche Dinge müssen genauso geschehen, wie sie geschehen. Und sie werden geschehen, ganz gleich, was wir tun oder zu tun versuchen. Daher sind wir äußerst vorsichtig damit, aufgrund einer Vision zu handeln.«

»Soweit wir es bisher beurteilen können«, fügte Quentin hinzu, »gibt es keine gute, durchgehend verlässliche Möglichkeit festzulegen, ob einer von uns eine mögliche Zukunft sieht – oder eine unvermeidliche. Es gibt immer die Entscheidung, ob wir versuchen sollen, das zu verändern, was wir sehen, oder uns bemühen, die kommende Katastrophe abzuschwächen. Einerseits ist sich der Präkognost, der die Vision hat, meist nicht sicher, ob er handeln soll. Andererseits drängt es uns manchmal ganz stark dazu. Wobei ich nie so recht dahintergekommen bin, ob das am Bauchgefühl liegt oder, zum Teufel, nur Raten ist.«

»Kosmisches russisches Roulette?« Sawyer schaute sich am Tisch um, in der Hoffnung, jemand hätte eine weniger tödliche Analogie zu bieten.

Alle blieben stumm.

Tessa wandte sich erneut an Quentin. »Aber diesmal bist du dir sicher, dass du durch dein Eingreifen die Ereignisse in deiner Vision verhindert hast?«

Quentin runzelte leicht die Stirn, und sein Blick wurde verschwommen, als lauschte er auf etwas, das nur er hören konnte. Dann blinzelte er und schüttelte den Kopf. »Ich bin sicher, dass das, was ich gesehen habe, nicht geschehen wird. Jedenfalls nicht so, wie ich es gesehen habe. Doch meine sämtlichen Instinkte sagen mir, dass Reese recht hat. Samuel beabsichtigt, seine Version der Apokalypse herbeizuführen.

Ich weiß nicht, wann es passieren wird, und ich weiß auch nicht, warum er es tun muss. Aber ich weiß, das ist sein Plan. Und ich weiß, dass es bald sein wird. Sehr bald.«

»Wie?«, fragte Sawyer schließlich. »Wie kann er hoffen, genug Kraft zu besitzen, etwas von dieser Größenordnung durchzuführen? Und sagt jetzt nicht, durch Blitze. Ich meine, außer mit Blitzen.«

»Seine Armee«, erwiderte DeMarco. »Irgendwie will er seine Anhänger dazu benutzen, die Vision herbeizuführen.«

»Auf welche Weise?«, hakte Sawyer nach. »Ich meine, wie können diese gewöhnlichen Menschen zu einer … einer Kraftquelle für einen Größenwahnsinnigen werden?«

Bishop beantwortete die Frage. »Paragnosten. Wir sind uns praktisch sicher, dass Samuel in den letzten Jahren seine Rekrutierungsbemühungen auf aktive und latente Paragnosten konzentriert hat. Ganz abgesehen von den Fähigkeiten selbst, ist die Menge an elektrischer Energie in unseren Gehirnen stets höher als normal.«

»Vielleicht ein Spaßbonus für Samuel«, meinte Quentin. »Fähigkeiten, die er stehlen will, und mehr Energie zum Antrieb seiner Bemühungen.«

»Er hat bereits Fähigkeiten von einigen der Schläfer gestohlen, glaube ich«, warf DeMarco ein. »Menschen, die keine Ahnung hatten, dass ihnen ein lebenswichtiger Teil genommen wurde. Doch er hat sich nicht an die Fähigkeiten anderer Paragnosten aus der Gemeinde herangemacht, von denen ich weiß, dass sie aktiv sind. Daher bin ich überzeugt, er hat für sie etwas anderes im Sinn. Vielleicht hat es mit seinem zunehmenden Energiebedürfnis zu tun, oder er beabsichtigt, sie zu benutzen, um seine Prophezeiung herbeizuführen. Ich weiß es nicht.«

»Was ist mit den Menschen, deren Fähigkeiten er gestohlen hat?« Sawyer war verwirrt. »Wurden sie dabei zerstört?«

»Manche verschwinden einfach. Warum die Polizei – Sie eingeschlossen, Chief – keine Vermisstenanzeigen bekam, lag daran, dass die Verschwundenen meist neue Rekruten aus anderen Landesteilen waren. Wenn sie verschwinden, weiß das niemand außerhalb der Siedlung oder kümmert sich darum. Und den Gemeindemitgliedern wird glaubhaft versichert, dass derjenige nicht dazupasste und sich zum Gehen entschlossen hatte. Andere Beweise gibt es nie.«

»Aber manche sind doch bekannt«, beharrte Sawyer. »Manche, die vermisst werden, stammen entweder aus dieser Gegend oder haben Familie und Freunde, denen ihr Verschwinden auffällt. Wie Ellen Hodges.«

»Ja.«

»Wenn er so viele getötet hat, wieso haben wir dann so wenige Leichen gefunden?«

»Das weiß ich nicht. Bei den Leichen, die Sie gefunden haben, den meisten davon jedenfalls, kam es mir vor, als wären sie hastig getötet worden, ohne lange Überlegung. Sie stellten eine Bedrohung für Samuel da, also hat er gehandelt. Bei allen Morden ging es ihm weniger darum, Fähigkeiten zu stehlen, als sich selbst zu schützen. Leider habe ich nie mitbekommen, wie er vorging, wie er fähig war, es zu tun. Ich habe nur die Ergebnisse gesehen, und das auch nur gelegentlich, nicht bei allen. Eine Leiche, praktisch immer ohne sichtbare Wunde. Jedes Mal wurde mir nur mitgeteilt, es gebe ein Problem, um das ich mich kümmern sollte. Samuel schlug den Fluss statt einer Beerdigung vor. Ich weiß nicht, wieso.«

Zum ersten Mal mischte Galen sich ein. »Du bist innerhalb von Minuten aufgetaucht, nachdem Sarah ermordet worden war.« Das war kein Vorwurf, nur eine Anmerkung.

»Sarah?« Sawyer sah sich am Tisch um. »Reden Sie von der neuesten Jane Doe in meinem Leichenschauhaus?«

Hollis atmete tief ein. »Sarah Warren. Eine Mitarbeiterin von Haven.« Ihre Stimme war tonlos. »Bis heute konnte sich niemand melden und sie für Sie identifizieren. Ihr verdeckter Einsatz darf nicht herauskommen, bis das hier vorbei ist. Tut mir leid.«

Sawyer beschloss, nicht wütend auf sie zu werden. Noch nicht. »Na gut. Ich nehme doch an, dass die Angehörigen dieser Frau benachrichtigt wurden?«

»Ja«, erwiderte Bishop. »Sie verstehen, warum sie die Leiche noch nicht einfordern oder offen um Sarah trauern können.«

»Wirklich?«

Bishop sah ihn durchdringend an. »Sie verstehen es, Chief.«

Sawyer nickte. »Na gut«, wiederholte er und wandte sich wieder an DeMarco. »Also, wie gelang es Ihnen denn nun, innerhalb von Minuten nach der Ermordung aufzutauchen, wie Agent Galen sagt?«

»Weil Sarah einen Fehler gemacht hatte«, erwiderte DeMarco mit leicht rauer Stimme. »Sie wurde von einer der Überwachungskameras am Außenrand der Siedlung erfasst und trug ein Kind. Es war mitten in der Nacht, und sie wollte offensichtlich mit dem Kind verschwinden. Einem Kind, das ihr nicht gehörte. Die Wachen alarmierten mich. Ich hatte nicht vor, Samuel zu alarmieren, aber einer der Wachleute hatte es bereits getan. Samuel kam zwar nicht raus, doch er beorderte mich in seine Privaträume. Er war wütend. Er zeigt nur selten Wut, aber in dieser Nacht war er eindeutig zornig.«

»Wieso das?«, fragte Sawyer.

»Weil Sarah dabei war, Wendy Hodges fortzubringen.«

16

Hodges? Ellens Tochter? Sie sagten mir, ihr Vater hätte sie abgeholt.«

DeMarcos Antwort war eher trocken. »Sie sollten alles, was ich Ihnen innerhalb der Siedlung erzählt habe, mit einem Körnchen Skepsis nehmen, Chief.«

»Sie sind ja ein toller Lügner«, meinte Sawyer schließlich.

»Eine der besten Eigenschaften eines verdeckten Ermittlers. Obwohl ich es unfair finde, dass Sie mich einen Ghul genannt haben.«

»So hab ich Sie nie genannt.«

»Nicht laut.«

Sawyer sah ihn finster an. »Das macht es auch nicht besser. Sagen Sie mir bloß nicht, dass es Ihre Stimme war, die ich in den letzten paar Tagen im Kopf hatte.«

»Wie bitte?«

Entweder ist er tatsächlich ein begnadeter Lügner, oder er hat keine Ahnung, wovon ich spreche.

Tessa meinte: »Er fragt Sie, ob Sie in beiden Richtungen telepathisch sind.«

DeMarco schüttelte den Kopf. »Ich kann nur lesen. Nicht senden.«

»Eigentlich ist Tessa die Einzige hier, die sowohl senden als auch lesen kann«, erläuterte Bishop.

»Eigentlich?«

»Meine Frau und ich sind in beiden Richtungen telepathisch, aber nur untereinander. Senden ist für gewöhnlich viel schwieriger, selbst für erfahrene Telepathen, obwohl es uns in Extremsituationen manchmal gelingt.«

»Beim Sterben beispielsweise«, murmelte Hollis. Sie blickte

auf und sah, dass Bishop sie anstarrte. Hastig sagte sie: »Tut mir leid. Hab nur laut gedacht. Ich meine, mit so vielen Telepathen um uns herum bringt es doch wenig, Dinge für sich zu behalten.«

Sawyer wollte den vielen Fragen, die ihm durch den Kopf gingen, nicht noch eine hinzufügen und beschloss, dieses Geplänkel zu ignorieren. »Zurück zu Ellen Hodges' Tochter«, gab er DeMarco das Stichwort.

»Entschuldigung. Wie gesagt, das kleine Mädchen, Wendy, das Sarah in jener Nacht mitnahm, war ein ganz besonderes Kind, hoch geschätzt von Samuel. Eine von Geburt an aktive Paragnostin. Telekinese. Soviel ich weiß, war sie die Einzige mit telekinetischen Fähigkeiten, die er je fand.«

»Die sind selten«, bemerkte Bishop. »Sehr selten.«

DeMarco nickte. »Und er verlor die eine, die er gefunden hatte, bevor sie alt genug war, ihre Fähigkeiten voll nutzen zu können. Bevor sie die Rolle spielen konnte, die Samuel ihr in seinem Finale zugedacht hatte.«

»Und er tat – was? Schickte Sie hinter dem Kind her?«

»Er befahl mir, die Wachleute quer durch den Wald zu führen und zu versuchen, Sarah einzuholen, bevor sie Wendy aus der Siedlung bringen konnte. Ich glaubte wirklich, dass er damit meinte, wir sollten beide zur Kirche zurückbringen. Inzwischen denke ich, er wusste, dass sie Wendy bereits in Sicherheit gebracht hatte. Deswegen war er so wütend. Und er wusste bereits, bevor er mir diese Befehle gab, dass er Sarah umbringen würde. Ich weiß jedoch nicht, wie er dazu in der Lage war. Er hat die Kirche und seine Räume nicht verlassen. Sarah befand sich zwei Meilen von der Kirche entfernt, als sie starb. Wir hörten sie schreien.«

»Ja«, sagte Galen. »Ich auch. Ihr Körper war noch warm, als ich sie erreichte. Sie starb voller Entsetzen und Qual, soviel kann ich euch sagen.«

Sawyer dachte an die Leiche, die er im Fluss gefunden hatte. An den Bericht des Gerichtsmediziners, in dem stand, die Knochen der toten Frau seien praktisch pulverisiert worden. Er konnte sich kaum vorstellen, wie schmerzhaft und entsetzlich das gewesen sein musste. Und er konnte sich erst recht nicht vorstellen, wie Samuel ihr das angetan hatte.

»Sind Sie sicher, dass Samuel sie getötet hat?«

»Ganz sicher«, erwiderte DeMarco unverblümt. »Keiner da oben hat sonst auch nur annähernd die Kraft, so zu töten, ganz zu schweigen auf eine derartige Distanz. Aber ich glaube, dass Samuel es kann. Und er wird darin immer besser. Schneller. Brutaler. Ich glaube, er tötet sie und entzieht ihnen dabei sämtliche Energie.«

DeMarco hielt inne und fügte dann mit Bedacht hinzu: »Zum Teufel, am Ende nimmt er ihnen sogar die Seele, was weiß ich.« Sein Blick war auf Hollis gerichtet. »Wir hatten kein Medium in der Nähe, das uns das bestätigen konnte.«

»Ellen Hodges hat er die Seele nicht genommen.«

»Du hast sie gesehen?«

»Ja. Weit entfernt von hier. Das erforderte erstaunliche Entschlossenheit und verdiente meine volle Aufmerksamkeit.«

»Was hat sie dir gesagt?«

»Dass ich hier sein müsse, um dabei zu helfen, Samuel aufzuhalten.«

Mit einem Blick zu Bishop meinte DeMarco: »Ich hab mich das schon gefragt. Ein Medium in seiner direkten Nähe unterzubringen ist riskant. Das ist die einzige Fähigkeit, die er nicht haben will.«

»Ja«, sagte Hollis. »Ich weiß. Das ist der Grund, warum er versucht hat, mich seinem zahmen Monster zum Fraß vorzuwerfen. Er will unter keinen Umständen die Geisterwelt anzapfen. Was bedeutet, er weiß, dass er ihre Seelen nicht kriegt – oder er glaubt, da wäre etwas auf der anderen Seite, das ihn zerstören könnte.«

»Etwas, vor dem er sich fürchtet«, warf Tessa ein. »Bishop, die SCU und vor allem Medien. Schwachpunkte, die wir ausnützen können?«

»Hoffen wir es«, erwiderte Bishop.
Sawyer sah sich am Tisch um. »Sie haben einen Plan?«
»Wir arbeiten daran«, antwortete Quentin.
Am liebsten hätte Sawyer gesagt, dass es ein bisschen spät sein, an einem Plan nur zu arbeiten. Doch stattdessen wandte er seine Aufmerksamkeit wieder DeMarco zu. »Sie sagten, einige der Paragnosten, deren Fähigkeiten er stiehlt, werden danach tot aufgefunden oder vermisst. Aber nicht alle?«
»Nein. Einige sind noch da, als Teil der Gemeinde.«
»Jedoch verändert«, meinte Tessa. »Stimmt's? Anders, als sie früher waren.«
DeMarco warf ihr einen Blick zu. »Ja.«
»Inwiefern verändert?«, wollte Sawyer wissen.
»Lässt sich schwer sagen. Sie sind nicht mehr als Paragnosten zu erkennen, aber ... Es ist mehr als das. Wenn ich raten sollte, würde ich sagen, sie hätten mehr als ihre paragnostischen Fähigkeiten an Samuel verloren. Vielleicht so viel, wie ein Mensch verlieren kann, um trotzdem noch in der Lage zu sein, gehen und reden zu können und menschlich zu wirken.«
»Stepford-Menschen«, murmelte Tessa. »Mechanisch, sauber und hübsch. Aber innerlich leer.«
Ihre Stirn war leicht gerunzelt. Sawyer spürte ihre Ungeduld und wie diese zunahm. Sie hatte Rubys Tasche auf dem Schoß, weit genug geöffnet, dass der Kopf des kleinen weißen Pudels sichtbar war, während Tessa ihn tätschelte.
Seltsam, dachte Sawyer zum ersten Mal. *Keiner hat ein Wort über den Hund gesagt. Oder ihn überhaupt bemerkt, wie's aussieht.*
»So in etwa«, stimmte DeMarco zu. »Sie lächeln und reden mit einem und sind fast die Menschen, die sie früher waren. Aber eben nur fast.«
»Alle?«, fragte Sawyer, abgelenkt durch diese neue Horrorvorstellung.
»Nein. Aber inzwischen die Mehrheit. Einschließlich der nicht paragnostisch Veranlagten.« Er schüttelte den Kopf.

»Die Frauen lassen sich vielleicht dadurch erklären, dass Samuel ihnen Energie entzieht. Möglicherweise bis zu einem Punkt, an dem es kein Zurück mehr gibt. Vielleicht können sie nur eine gewisse Menge Energie, eine gewisse Menge des Wesentlichen verlieren, das sie einzigartig macht, bevor die ursprüngliche Person sich einfach auflöst.«

Das ist vielleicht das bisher Gruseligste, dachte Sawyer. »Und die Männer?«

»Bei ihnen ist es dasselbe, nur weiß ich nicht, wie er das macht. Falls er den Männern Energie entzieht, geschieht das nicht so offen und sichtbar. Es ist kein Teil einer formellen Zeremonie oder eines pseudoreligiösen Rituals. Nicht wie das Zeugnisablegen, bei dem eine oder mehrere Frauen offenbar bis zum Rand des Orgasmus stimuliert werden.« Seine Stimme blieb nüchtern.

Tessa erzählte ihnen von dem *Traum,* den sie in der vergangenen Nacht gehabt hatte. Dabei hielt sie den Blick auf DeMarco gerichtet, und als sie endete, nickte er zustimmend.

»Ja, das ist gestern Abend passiert. Genau, wie du es beschrieben hast – jedenfalls meinen Anteil daran. Ich bin nie dabei, wenn er eine der Frauen in sein Arbeitszimmer bittet, doch es endet immer gleich. Ich werde gerufen, und ich trage eine bewusstlose Frau in ihr Bett zurück.«

Der Ritualraum war etwa sechs mal sechs Meter groß, schätzte Ruby, obwohl die Größe wegen der Dunkelheit, der deckenhohen Samtvorhänge an den Wänden und dem dicken, dunklen Teppich trügerisch war. Auch wenn die Decke des Raumes viel höher war als für ein Untergeschoss üblich, hingen die fünf Lampen, die den Raum beleuchteten, sehr tief, nicht mehr als knapp zwei Meter über dem Boden. Jede leuchtete einen perfekten Kreis am Boden aus, einen in der Mitte und vier außen herum.

Etwa einen Meter hinter den äußeren vier Kreisen stand ein kupferner Kerzenleuchter, größer als Ruby, dazu gedacht, eine einzige Kerze zu halten. Das Kupfer schimmerte, obwohl kein Licht daraufffiel.

Weil man es ihnen erklärt hatte, wusste Ruby, dass jedes der vier Außenlichter und der hohe Kerzenleuchter genau platziert waren, um die vier Himmelsrichtungen darzustellen – Norden, Süden, Osten, Westen. Das Licht in der Mitte dagegen stellte genau das dar.

Die Mitte. Die Mitte von allem.

Dort stand Father und wartete auf sie.

Ruby hatte sich mehr als einmal gefragt, ob sich hinter den Vorhängen irgendwo eine weitere Tür verbarg. Ruth schloss stets die Tür auf und führte die Mädchen hinein. Es kam ihr unwahrscheinlich vor, dass Father in einem verschlossenen Raum auf seine Erwählten waren würde. Aber Ruby hatte nie die Möglichkeit gehabt, sich umzuschauen. Zeremonien und Rituale wurden stets sorgfältig kontrolliert, für gewöhnlich von Ruth, und diese ganz besonders.

Die vier Mädchen nahmen schweigend ihre vorgesehenen Plätze ein. Ruby war Norden, Mara war Süden, Theresa war Osten und Amy war Westen. Jede ging zu ihrem Lichtkreis und kniete sich auf ein kleines Samtkissen, der Mitte zugewandt, die Köpfe gebeugt, flackernde Kerzen fest in den Händen.

Fast ohne Geräusch verließ Ruth den Raum, zog die langen Vorhänge zu, um die Tür zu verbergen, und verschwand dann dahinter.

Ruby brauchte nicht aufzuschauen, um zu wissen, dass Father lächelte und sein Gesicht den heiteren Ausdruck zeigte, den er immer trug.

Zumindest auf seinem äußeren Gesicht.

Sie wollte nicht an dieses andere Gesicht denken, und sie wollte es ganz gewiss nicht wiedersehen.

Es machte ihr Angst.

»Ihr seid die Erwählten.« Fathers Stimme war unsagbar liebevoll, während er sich langsam im Kreis drehte.

»Wir sind die Erwählten«, hörte Ruby sich zusammen mit den anderen drei Mädchen erwidern.

Ruby kämpfte gegen den seltsamen, wortlosen Drang an, sich ihm zu ergeben, ganz gleich, was er von ihr verlangte, was er mit ihr machte.

Ihm zu widerstehen, fiel immer so schwer.

»Geliebt von Gott.«

Die Mädchen sprachen die Worte nach.

»Von Ihm gegeben, um diese Welt zu preisen.«

Auch diese Worte wurden von ihnen wiederholt.

»Von Ihm gegeben, um dieser Welt zu dienen.«

Ruby versuchte nur daran zu denken, ihre Schutzhülle härter zu machen, die vertrauten Worte und Phrasen zu wiederholen, ohne auf sie zu hören.

»Von Ihm gegeben, um diese Welt zu retten.«

Der letzte Satz wurde mehrfach wiederholt, ein Mantra, ein Gebet, eine Opfergabe, mit leiser Stimme gesprochen, aber immer schneller, bis die Worte ineinanderflossen, bis das Geräusch fast ein Stöhnen war.

Während Ruby sie wiederholte, hielt sie ihre Augen halb geschlossen. Sie wusste, was passierte, weigerte sich aber, es mit anzusehen.

Er fing immer mit Amy an, im Westen, wobei Ruby keine Ahnung hatte wieso. Vielleicht hatte es nichts mit der Himmelsrichtung zu tun und lag nur daran, dass Amy die Älteste war.

Aber ich kann nicht hinschauen. Wenn ich hinschaue, werde ich schwach. Es ängstigt mich so sehr, dass ich vergesse, mich in meinen Schutz zu hüllen.

Über dem ständigen Singsang war plötzlich ein lautes Stöhnen zu hören, und das Geräusch ließ sie wider besseres Wissen hinschauen.

Er stand hinter Amy, beide Hände auf ihrem Kopf gefaltet. Seine Augen waren geschlossen, und er setzte den Singsang fort, das Gesicht zur Decke gewandt – oder zum Himmel.

Nein, nicht zum Himmel. Gott hat ihn nicht erwählt. Gott würde das hier ganz bestimmt nicht wollen.

Amy kniete mit gesenktem Kopf. Die Augen geschlossen. Sie hatte mit dem Singsang aufgehört, ihr Mund stand offen, schlaff, feucht. Wieder stöhnte sie, und ihr Körper zitterte sichtbar, ruckhaft.

Ruby wusste, was mit ihrer Freundin passierte. Ruth, Father und Rubys Mutter mochten das zwar als etwas Heiliges bezeichnen, aber sie wusste es besser. Es war überhaupt nicht heilig. Es war obszön. Die Tatsache, dass Amy Jungfrau blieb und während des Aktes nur Wohlgefühl verspürte, änderte nichts daran, dass es eine Vergewaltigung war.

Niemand brauchte Ruby das zu erklären.

Und niemand brauchte ihr zu erklären, wie beängstigend es war, dass Father mehr stahl als nur die Unschuld seiner Erwählten. Jedes Mal, wenn sie in das Gesicht ihrer Mutter blickte, in Ruths Gesicht oder in die Gesichter so vieler Frauen der Gemeinde, Frauen, die einst selbst Erwählte gewesen waren, wurde Ruby auf schonungslose Weise daran erinnert.

Father stahl Leben.

Father stahl das Selbst.

Stück für Stück. Eine Zeremonie. Ein Jugendritual. Ein Glaubenszeugnis. Wie immer er es nennen mochte, das Ergebnis war dasselbe.

Er zerstörte.

»Und Bambi ging es gut?«, fragte Tessa.

»Sie war heute Morgen beim Frühstück und wirkte genau wie immer.«

»Dann hat er ihr die Persönlichkeit also noch nicht entzogen.«

»Nein. Für den Vorgang sind anscheinend mindestens ein Dutzend Privatbesuche bei Samuel nötig, über Monate verteilt. So war es jedenfalls bisher. Inzwischen scheint es schneller zu gehen, passiert rascher und häufiger. Wie das schwarze Loch, mit dem ich ihn verglichen habe, saugt er Energie in zunehmender Geschwindigkeit auf.«

»Ein paragnostischer Vampir«, murmelte Hollis. »Tessa und ich haben darüber gesprochen, nachdem sie mir von dem Traum erzählt hat, aber am helllichten Tag hört es sich noch viel grausiger an.«

»Es ist grausig«, bestätigte Sawyer. »Dagegen wirkt Dracula ja wie ein Schmusetier.«

Niemand lachte.

DeMarco sah auf die Uhr und fluchte leise. »Ich muss zurück. Wenn alle auf dem Laufenden sind, schlage ich vor, dass wir darüber beraten, was wir als Nächstes tun wollen.«

»Wir müssen Ruby helfen«, drängte Tessa.

»Sie scheint eine der Schlüsselfiguren zu sein«, meinte Hollis. »Dieser andere Geist, der mich besucht hat, diese Andrea, die ich bisher nicht identifizieren konnte – sie hat mir schon in Venture gesagt, dass wir Ruby helfen müssen. Da hat sie zwar noch keinen Namen genannt, aber heute Morgen war es viel klarer, dass Ruby gemeint ist. Auch wenn ich keine Ahnung habe, was *such im Wasser nach ihr* bedeutet, hat Andrea eindeutig gesagt, dass Ruby uns helfen kann, Samuel aufzuhalten.«

»Ruby ist erst zwölf«, wandte DeMarco ein. »Wie kann sie uns helfen?«

»Das weiß ich nicht.« Hollis sah ihn stirnrunzelnd an. »Kannst du ihre Gedanken nicht lesen?«

»Nein. Bis ich Samuel dabei erwischte, sie in der letzten Woche ein paarmal zu beobachten, war ich mir nicht mal sicher, ob sie über latente Fähigkeiten verfügt.«

»Sie sind nicht latent, sondern aktiv. Und wir glauben, dass sie auch sonst noch über die eine oder andere clevere Fähigkeit …«

Tessa unterbrach sie. »Mein Auto steht da oben. Das ist meine Ausrede, um noch mal in die Siedlung zu kommen.

Nicht, um sie heute von dort wegzubringen«, fügte sie rasch hinzu. »Aber vielleicht kann ich mir ihr reden.«

»Du musst im Bereich der Siedlung sehr vorsichtig sein«, warnte DeMarco sie, und alle hörte die Betonung auf dem ersten Wort.

»Wieso? Die Verletzlichkeit ist nur vorgetäuscht, weißt du. Sie ...«

»Nein«, widersprach DeMarco. »Ist sie nicht. Du bist verletzlich, Tessa. Was heute mit dir in der Siedlung geschah, dieses unangenehme Gefühl, beobachtet zu werden, bedroht zu werden? Das war Samuel.«

»Woher weißt du das?«

»Weil ich versucht habe, ihn fernzuhalten, während er sich bemühte, in deinen Geist einzudringen, auf dich einzuwirken und dich zu beeinflussen.«

»Du warst nicht in meinem Kopf. Keiner von euch beiden. Das hätte ich gemerkt.«

DeMarco schüttelte den Kopf. »Das habe ich auch nicht behauptet. Wie gesagt, ich kann nicht senden, was bedeutet, ich habe nicht die Fähigkeit, in den Geist eines anderen einzudringen, nicht auf diese Weise. Aber meine Abschirmfähigkeit hat sich entwickelt.«

»Sieh an«, murmelte Quentin.

DeMarco beachtete ihn nicht. »In den vergangenen Wochen war es mir mehrfach möglich, eine Art von Schild, eine Barriere zwischen Samuel und seinem Zielobjekt zu projizieren. Nicht viel mehr als eine Dämpfung, doch ich glaube, das hat schützende Wirkung. Dabei muss ich wissen, wer sein Zielobjekt ist, und ich brauche etwas Zeit, mich darauf vorzubereiten. Um es auch nur zu versuchen, achte ich stets darauf, dass ich allein und möglichst ungestört bin. Ich riskiere bei jedem Versuch, entdeckt zu werden.«

Tessa war bleich geworden. »Woher wusstest du, dass ich an diesem Morgen sein Zielobjekt war?«

»Weil er wusste, dass du kommst.«

»Wie bitte?«

»Bevor Ruth in die Siedlung zurückkehrte, wusste er, dass du kommen würdest. Er sagte mir, du hättest darum gebeten, dich allein umsehen zu dürfen, und es sei dir zu gestatten.« DeMarcos Lächeln verdiente kaum diese Bezeichnung. »So was macht er manchmal, gibt sich dem einen oder anderen von uns gegenüber ganz zwanglos, als wolle er uns an seine göttlichen Kräfte erinnern.«

»Also«, meinte Quentin in praktischem Ton, »wenn er wirklich eine Art Vision seiner Apokalypse hatte, eine tatsächliche Prophezeiung, dann ist davon auszugehen, dass er ein funktionsfähiger Präkognost ist. Und, wie ich vermute, ein außerordentlich leistungsfähiger. Was bedeutet, dass es so gut wie unmöglich sein dürfte, ihn zu überraschen.«

Sachlich warf Galen ein: »Auch wenn es uns nicht gelingt, uns anzuschleichen, können wir ihn trotzdem überraschen. Ich kann sein gesamtes Überwachungsnetz mit einem einzigen Knopfdruck lahmlegen.«

DeMarco schaute zu ihm hinüber. »Ich hab dich übrigens gesehen. Letzte Nacht. Du lässt nach.«

»Blödsinn. Du hast mich nur gespürt, weil du das kannst – und weil mein Schild auf deine Frequenz eingestellt ist.«

»Das hört sich irgendwie nach ...« Sawyer beschloss, den Satz nicht zu beenden. Nicht mal in Gedanken.

»Ist vielleicht eine alte Frequenz«, sagte Hollis fast abwesend, »weil du eine der seltsamsten Auren hast, die ich je gesehen habe. Sie ist beinah rein Weiß.«

Höflich erwiderte DeMarco: »Und warum verschwendest du Energie, um jetzt Auren zu sehen?«

»Das war keine Absicht, bis ich auf Tessas aufmerksam wurde. Tessa, was machst du da? Deine Aura ist ganz seltsam geworden.«

»Inwiefern seltsam?« Sawyer überlegte, wie es wohl sein müsste, Menschen von Licht in unterschiedlichen Farben umwogt zu sehen.

»Glitzernd. Als würde sie eine ungewöhnliche Menge an Energie aufwenden. Tessa?«

»Nur ein kleines Experiment.« Tessa atmete tief durch, als müsse sie sich von einer Anspannung befreien, und schaute dann in die ernsten Gesichter rund um den Tisch. »Sieht außer Tessa und Sawyer sonst noch jemand etwas Ungewöhnliches an mir?«

»Nur, wenn du den Hund meinst«, antwortete DeMarco. »Und den habe ich überhaupt nicht gesehen, bis der Chief an ihn dachte.«

»Immer noch unheimlich«, meinte Sawyer zu ihm.

»Tut mir leid. Sie haben laut gedacht.«

Da Sawyer nicht wusste, wie er das abstreiten sollte, ließ er es bleiben.

Bishop musterte Sawyer stirnrunzelnd und schaute von ihm zu Tessa. Er wurde vollkommen reglos, und seine Augen verengten sich. Dann sagte er leise: »Verdammt.«

»Hm«, machte Quentin. »Vielleicht haben wir einen Plan. Oder wir sollten anfangen, einen zu machen.«

17

Amy stieß ein langes, kehliges Stöhnen aus und begann zu schwanken. Bevor sie umfallen konnte, nahm Father ihr die Kerze ab. Ruth erschien aus dem Nichts und fing Amy auf. Auch in den Armen der älteren Frau stöhnte und zuckte Amy noch ein paar Sekunden länger. Ihr Gesicht war gerötet, auf ihren schlaffen Lippen lag ein seliges Lächeln, und sie strich mit den Händen über ihren Körper, von den Brüsten bis zu den Schenkeln, in einer so sinnlichen Geste, dass es Ruby schier den Magen umdrehte.

Der Singsang ging weiter, und Father steckte Amys Kerze in den hohen Kupferleuchter neben ihrem Kreis. Während er das tat, richtete Ruth schweigend Amys willenlosen Körper am Boden aus – auf dem Rücken, der Kopf auf dem kleinen Samtkissen, die Arme weit ausgebreitet, die Füße zusammen und in Berührung mit dem Leuchter, in dem ihre Kerze steckte.

Amys Lippen begannen sich zu bewegen, als sie den Singsang wieder aufnahm.

Theresa war die Nächste, und obwohl Ruby sich bemühte, alles nicht noch mal mit anzusehen, konnte sie den Blick nicht abwenden. Ihr Herz klopfte, als wäre sie gerannt, ihr Mund war so trocken, dass sie den Singsang kaum herausbekam. Sie hatte schreckliche Angst, ihre Hülle würde nicht ausreichen, sie diesmal zu beschützen.

Als Father mit Theresa fertig war, richtete Ruth sie auf dieselbe Weise am Boden aus, die Arme weit ausgestreckt, die Zehen am Kerzenleuchter, und auch Theresa nahm den Singsang mit träger Stimme wieder auf.

Sonst war Father als Nächstes immer zu Ruby gekommen, doch diesmal ging er zu Mara. Deren Erlebnis unterschied sich sichtbar von dem der anderen Mädchen. Father ließ sich mehr Zeit mit ihr, und es kam Ruby so vor, als reagierte Mara langsamer auf das, was immer er mit ihr machte. Vielleicht weil sie erst elf und dies ihr erstes Mal war.

Ruby und Brooke hatten über ihr erstes Mal gesprochen und waren beide der Meinung, es sei unheimlich und beängstigend gewesen – und überhaupt nicht angenehm. Die Haut kribbelte, die Kopfhaut zog sich zusammen, und das Atmen fiel schwer. Aber sie besaßen beide eine Schutzhülle. Sie waren sich nicht sicher gewesen, wie sich ein erstes Mal anfühlen sollte.

Sie hatten einfach das Verhalten der anderen Mädchen nachgeahmt und so getan, als würden sie ihr Werden genießen. Father schien das zufriedenzustellen.

Doch jetzt war Ruby allein, die Einzige mit einer schützenden Hülle. Sie wusste einfach nicht, ob es auch diesmal funktionieren würde.

Sie wusste nur, dass sie als Nächste dran war.

Sie war die Letzte.

Als Father sich ihr schließlich zuwandte, war da etwas in seinem Gesicht, das sie noch nie gesehen hatte, ein seltsames Lächeln, ein merkwürdiges Licht in seinen Augen.

Dann sah sie etwas in seinem wahren Gesicht, in der Maske über dem dunklen und hungrigen Ding, das sie schon früher gesehen hatte, dem Ding, das bestimmt die ganze Welt verschlucken konnte.

Sie sah Wissen, Erkenntnis.

Er weiß es.

»Ruby«, sagte er sanft. »Du bist unartig gewesen, mein Kind. Ich fürchte, du musst bestraft werden.« Und damit trat er hinter sie.

»Ich finde, dieser sogenannte Plan stinkt«, verkündete Sawyer.

Hollis sah ihn mit hochgezogenen Brauen an und blickte zu Tessa. »Weißt du, ich glaube, ich nehme meinen Laptop mit in mein Zimmer. Melde mich in der Zentrale. Mach ein paar andere Dinge, um die Zeit totzuschlagen. Oder schlaf ein bisschen, weil es wirklich ein langer und ereignisreicher Tag war.«

»Gehen Sie nicht meinetwegen«, rief Sawyer ihr nach.

Tessa lehnte sich an die Arbeitsplatte und wartete darauf, dass der Kaffee durchlief. »Uns bleiben nicht viele Optionen, wissen Sie. Was den Plan betrifft«, sagte sie sanft.

Trotz ihrer scheinbaren Gelassenheit war sie angespannt und nervös. Er konnte es spüren. Fast, als berührte er sie mit der Hand. Was er sehr gern getan hätte. Obwohl er einmal mehr wusste, dass der Zeitpunkt nicht der beste war, um es milde auszudrücken.

»Wir setzten zu viel voraus.« Sawyer bemühte sich nach Kräften, bei der Sache zu bleiben. Und noch während er das tat, fluteten alle Risiken des Vorhabens über ihn herein und nahmen ihm den Atem. *Himmel, wir haben alle den Verstand verloren.* »Zum einen gehen wir davon aus, dass sich die seltsame Energie in der Siedlung auf die Fähigkeiten aller Paragnosten auswirkt.«

»Weil Energiefelder sich auf uns auswirken. Auf mich haben sie das jedenfalls getan. Auf DeMarco. Und auf Sie.«

»Dessen bin ich mir nicht sicher.«

»Aber ich. Und Bishop auch.«

»Ach ja? Und was macht euch beide so sicher, dass ich es kontrollieren kann?«

»Sie sind – was? Achtunddreißig?«

»Sechsunddreißig.«

Tessa nickte. »Und als Teenager aktiver Paragnost geworden.«

»Ich hab nur Kurzschlüsse ausgelöst, mehr nicht.«

»Es geht immer um Energie, Sawyer. Sie hatten zwanzig Jahre, um zu lernen, Ihr eigenes Energiefeld abzudämpfen. Das kann eine sehr wertvolle Fähigkeit sein, vor allem, wenn sie durch das verstärkt wird, was in der Siedlung vorgeht.«

»Ja, okay. Vorausgesetzt, es funktioniert so. Vorausgesetzt, ich kann willentlich tun, was ich tun muss. Und dafür gibt es keine Garantie.«

»Garantie gibt es für gar nichts.« Tessa schüttelte den Kopf. »Aber wir waren uns alle darüber einig, dass wir nicht warten können, bis Samuel den nächsten Schritt macht. Weil die Wahrscheinlichkeit groß ist, dass dabei jemand stirbt, und er nicht plötzlich damit anfangen wird, Beweise für uns zu hinterlassen.

Außerdem kann ihm, wie Bishop sagte, das Gesetz nichts anhaben. Die Gerichte würden nicht wissen, was sie mit ihm anfangen sollten. Aber wir wissen, wie gefährlich er ist. Wir wissen, dass er entweder weitermachen wird, um mächtiger zu werden, bis er eine Art kritische Masse erreicht – oder er wird explodieren, um das zu erreichen, und dabei eine Menge Menschen töten.«

»Also müssen wir ihn zerstören. Ja, ich hab's kapiert. Ziemlich skrupellos, Ihr Bishop.«

»Er ist nicht mein Bishop. Der Gedanke, so etwas zu tun, ist für mich nicht leicht. Aber in diesem Fall stimme ich mit ihm überein. Wir müssen unbedingt dafür sorgen, dass Samuel nie wieder jemandem schaden kann. Zumindest mit seinem Geist.«

»Weil er gefährlich ist. Und weil Sie sich Sorgen um Ruby machen.«

»Ich mache mir um alle dort Sorgen. Doch, ja, vor allem um Ruby.« Tessa kramte in den Hängeschränken nach Kaffeetassen. »Ich hoffe, sie hat nichts dagegen, dass ich Lexie im Berghaus gelassen haben.«

»Bishop hatte recht. Je weiter die Hündin von der Siedlung entfernt ist, desto sicherer ist sie. Außerdem zehrt sie dann nicht an Ihrer schicken neuen Fähigkeit, Dinge zu verbergen.« Sawyer hielt inne und fügte dann hinzu: »Interessant, wie sich die Hündin gleich zu Bishop hingezogen fühlte.«

»Ja, Hollis sagte, er hätte diese Wirkung auf Tiere und

Kinder. Sie vertrauen ihm sofort. Sagt was Gutes über seinen Charakter aus.«

»Oder über seine Fähigkeiten.« Sawyer zuckte die Schultern, als sie ihn ansah. »Na ja, das könnte es auch sein, wissen Sie. Bishop ist Telepath, also könnte er eine Abkürzung nehmen, um ihr Vertrauen zu gewinnen.«

»Zyniker.«

»Realist.« Er sah sie den Kaffee einschenken und fügte ironisch hinzu: »Doch wie kann ich mich noch so nennen – nach einem Tag mit Gesprächen über paragnostische Fähigkeiten und ... Was ist der Plural von Apokalypse?«

»Keine Ahnung. Apokalypsen?«

Sawyer wiederholte das Wort, probierte es aus und nahm die Tasse entgegen, die sie ihm reichte. »Danke. Apokalypsen. Ein Tag mit Gesprächen über paragnostische Fähigkeiten und Apokalypsen, und ich nenne mich Realist.«

»Das ist die reale Situation. Hat keinen Sinn, sich etwas anderes vorzumachen.«

»Wird wohl so sein. Aber es fällt mir verdammt schwer zu glauben, dass Samuel über Jahre hinweg so viele Menschen umgebracht hat, ohne von jemandem bemerkt zu werden. Das sollte nicht möglich sein.«

»Vielleicht ist er nicht menschlich.«

Sawyer sah sie an. »Meinen Sie das ernst?«

Tessa trank von ihrem Kaffee und seufzte. »Nein, eigentlich nicht. Was immer er jetzt ist, er ist die menschliche Variante eines Monsters. Wir scheinen von Zeit zu Zeit welche hervorzubringen.«

»Ja, doch nur wenige davon beschließen, der allmächtige Gott zu sein. Im wahrsten Sinne.«

»Tja, ich bin nicht nur kein Profiler. Ich habe auch kein intuitives Gespür für den Verstand von Sektenführern oder anderen Monstern, daher kapiere ich diesen ganzen Messias-Komplex einfach nicht. Erstens, warum würde jemand über die Welt herrschen wollen? Und zweitens, falls es das ist, was man will, warum dann die Welt zerstören, über die man herrscht? Ich meine, was soll das?«

»Absolute Macht.«

»Ich kapier's trotzdem nicht.«

Sawyer lächelte schwach. »Ist vielleicht auch gut so. Dieses Nietzsche-Zitat über die Jagd nach Ungeheuern und den Blick in den Abgrund ist nur allzu wahr. Im menschlichen Verstand gibt es einige dunkle Orte. Gehen Sie nicht dorthin, wenn Sie es nicht müssen.«

»Aus Erfahrung gesprochen.« Das war keine Frage.

»Einer Erfahrung, die fast jeder Polizist hat.« Er zuckte die Schultern. »Die Dinge, die Menschen einander antun, oft aus nichtigen Gründen, reichen aus, um uns nachts wach zu halten. Selbst in kleinen Orten wie Grace haben wir unseren gerechten Anteil an Irren und Verlierern.«

»Also ist das alles das extreme Ende eines Albtraums für Sie.«

»Na ja, nicht alles.«

Die Bemerkung schien zwischen ihnen in der Luft zu hängen, vermutlich in grellen Farben. Sawyer sah, dass es Tessa überrascht hatte, sie unvorbereitet traf, und er fluchte innerlich auf sich.

Oh ja, Idiot, ein Tag, den du damit verbracht hast, über Monster und Apokalypsen zu reden, ist natürlich ein perfekter Tag dafür, die Sache mit dem unbeholfenen und unverlangten Hinweis abzuschließen, dass du froh bist, den Tag mit ihr verbracht zu haben.

Sein anscheinend chronisches Geschick, bei dieser Frau ins Fettnäpfchen zu treten, hatte nur einen positiven Aspekt: Nun konnte er sich ziemlich sicher sein, dass die sarkastische Stimme in seinem Kopf seine eigene war.

Er trank seinen Kaffee so rasch, dass er sich die Zunge verbrannte, stellte die Tasse auf die Arbeitsplatte und sagte: »Hollis hatte recht – es war ein langer Tag. Und egal, wie es morgen ausgeht, wir sollten wohl alle schauen, dass wir vorher genügend Schlaf bekommen.«

»Ja. Sie haben vermutlich recht.«

Sie stellte ihre Tasse ebenfalls ab und begleitete ihn zur Haustür. Ihre leicht gerunzelte Stirn beunruhigte ihn, bis sie sagte: »Wenn ich es recht bedenke, sollten wir heute Abend vielleicht ein bisschen üben. Wessen Idee war es denn, die Sache morgen durchzuführen, statt noch ein paar Tage zu warten? Ach, stimmt – das war meine.«

Sawyer wollte sie in die Arme nehmen, unterdrückte jedoch den Impuls, um seinem ersten Fehler nicht gleich noch einen zweiten hinzuzufügen. Stattdessen meinte er: »Tja, der Wetterfrosch und Sie scheinen da einer Meinung zu sein. Ruhen Sie sich aus, Tessa. Ich muss noch einen freundlich gesinnten Richter aufsuchen, um die nötigen Papiere zu besorgen.«

»Dann bis morgen.«

»Ja.«

Tessa schloss die Tür hinter ihm und lehnte sich dagegen.

»Das«, sagte Hollis von der Treppe, »war gemein.«

»Ich dachte, du wolltest dich hinlegen.«

»Ich hab meine Meinung geändert. Außerdem ist es schon so spät, dass ich ebenso gut bis zur Schlafenszeit warten kann. Und wechsele nicht das Thema. Warum hast du dem armen Chief nicht ein paar Krümel hingestreut? Meiner Meinung nach hat er Punkte verdient, weil er kein routinierter Süßholzraspler ist.«

»Hat er auch. Aber falsche Zeit, falscher Ort. Vielleicht, wenn das alles vorüber ist und der Staub sich gelegt hat ...«

»Ergreif die Gelegenheit«, riet ihr Hollis. »Wenn das alles vorüber ist und der Staub sich gelegt hat, stehen vielleicht nur noch ein paar von uns auf den Füßen.«

»Ja«, erwiderte Tessa. »Genau das befürchte ich.«

»Du willst das also durchziehen?«, fragte Galen.

Bishop sah von der vor ihm liegenden Karte auf und merkte, dass Galen und Quentin ihn beide musterten. »Ich bin mir sicher.«

»Wir verlassen uns da auf ein riesiges Vielleicht«, gab Quentin zu bedenken. »Sogar auf eine ganze Reihe davon. Vielleicht wird das Wetter mitspielen. Vielleicht werden unsere Fähigkeiten innerhalb der Siedlung auf eine Weise beeinflusst, die wir nutzen – oder auch nur kontrollieren – können. Vielleicht bekommt Samuel nicht mit, was wir vorhaben, bis es zu spät ist.«

»Mein bevorzugtes Vielleicht«, meinte Galen.

»Hat was Charmantes«, stimmte Quentin zu.

Trocken sagte Bishop: »Wenn euch was Besseres einfällt, spuckt es aus.«

Die beiden wechselten Blicke, und Galen zuckte die Schultern. »Ich hab nichts.«

»Nein«, gestand Quentin. »Ich auch nicht. Leider.«

»Dann müssen wir eben mit dem vorliebnehmen, was wir haben.«

Quentin seufzte.

»Reese ist es in mehr als zwei Jahren nicht gelungen, dort Beweise zu finden, und er ist gut.«

Galen murmelte etwas Unverständliches.

Quentin achtete nicht auf ihn, hielt seine Aufmerksamkeit weiter auf ihren Boss gerichtet. »Wenn es dort irgendwas geben würde, das für einen Durchsuchungsbeschluss reicht, hätte er es gefunden. Selbst wenn dein uns freundlich gesinnter Bundesrichter zustimmt, dass wir einen Anlass haben, und er einen Beschluss unterschreibt, bringt uns das nicht mehr als eine legale Eintrittskarte. Da wir versuchen, Samuels apokalyptische Version von Waco zu verhindern, werden wir uns unauffällig und zwanglos verhalten.«

»Würde sowieso nichts nützen, dort schwer bewaffnet aufzutauchen«, meinte Galen. »Nicht bei Samuel.«

»Was vermutlich den Richter beruhigen wird, da er keine Ahnung hat, dass wir es mit etwas weit Gefährlicherem als Schusswaffen zu tun haben.«

»Wobei«, warf Bishop ein, »Richter Ryan sich durchaus mit

Paragnosten auskennt und weiß, wie gefährlich paragnostische Fähigkeiten sein können.«

»Richter Ryan.« Quentin starrte ihn an. »Ben Ryan?«

»Eben der. Er wurde vor etwa einem Jahr als Bundesrichter eingesetzt, und wir befinden uns in seinem Bezirk.«

»Wie geht es denn Cassie?«

»Bestens. Genau wie den Mädchen.«

»Ach so.« Galen stellte die Verbindung her. »Deine Cousine Cassie. Hat sie ihre Fähigkeiten je wiedererlangt?«

»Sie hat eine telepathische Verbindung zu Ben, doch zu niemandem sonst. Was den beiden nur recht ist.«

Quentin dachte in eine andere Richtung. »Ben lehnt sich also deinetwegen aus dem Fenster. Ich meine, wenn wir die Siedlung ohne den festgenommenen Samuel verlassen und/ oder ohne Beweise oder bereitwillige Zeugen, um ihm den Prozess zu machen, werden eine Menge Leute dumm dastehen.«

»Ist das Risiko wert«, meinte Bishop kurz angebunden. »Ben war mit mir einer Meinung.«

»Der Direktor könnte jeden Misserfolg gegen dich verwenden, Bishop. Vor allem etwas so Explosives wie die Verfolgung eines religiösen Anführers, Sekte hin oder her. Das ist genau das, worauf er gewartet hat.«

»Ich weiß.«

Quentin warf Galen einen Blick zu. »Überhaupt kein Druck.«

»Daran sollten wir uns inzwischen gewöhnt haben. Wie oft haben wir uns praktisch blind in hochbrisante Situationen begeben?«

»Ein paarmal. Und doch haben wir Erfolg gehabt. Bisher zumindest.« Quentin runzelte die Stirn. »Allerdings wünschte ich, Hollis wäre nicht hier. Sie hat mehr Leben als eine Katze, das schon. Doch sie hat die meisten davon inzwischen verbraucht. Und bei Samuels Furcht vor Medien ...«

»Das ist eine Schwäche«, erinnerte ihn Bishop. »Die wir gegen ihn nützen können, wenn wir müssen.«

»Und wie machen wir das?«, fragte Quentin höflich.

»Hollis weiß, was sie zu tun hat.«

»Ja, das zu wissen, ist schön und gut, falls die Energie in der Siedlung uns so beeinflusst, wie wir hoffen. Aber wenn nicht – wenn alles entsetzlich schiefgeht, wie es so oft bei der Art von Konfrontationen passiert, wie wir sie planen – was dann? Hollis steht in einem offenen Durchgang zwischen dieser Welt und der nächsten – ein Schubs in die falsche Richtung bedeutet, dass wir sie verlieren.«

»Ich weiß«, sagte Bishop.

»Ich schätze, Samuel wird nicht zögern, sie zu schubsen. Ich schätze sogar, dass das seine spontane Reaktion sein wird.«

»Ich weiß«, wiederholte Bishop.

»Und dann ist da Tessa. Sie wird nicht nur allein da hineingehen, sondern die Chancen stehen auch verdammt gut, dass Samuel von ihrem Kommen weiß und Zeit haben wird, ihr einen hübschen Empfang zu bereiten.«

Bishop wartete einfach ab, ohne seine Worte zu wiederholen.

Galen murmelte: »Brauchst du immer so lange, um deinen Standpunkt deutlich zu machen?«

»Anders kann ich es nicht«, erwiderte Quentin.

Galen öffnete den Mund, doch bevor er etwas sagen konnte, klingelte sein Handy.

»Das ist auch so was«, sagte Quentin in leiserem Ton, während Galen den Anruf entgegennahm. »Der Handyempfang da unten im Tal ist miserabel. Sawyer sagte, mit dem Polizeifunk sei es nicht viel besser. Besonders jetzt, da so viel fluktuierende Energie im Tal gefangen ist. Dank dieser Energie, von der wir hoffen, dass sie unsere Fähigkeiten verstärkt, wird es verdammt schwierig werden, die ganze Sache zu timen. Vor allem, da wir nicht wissen, wie viel Zeit Tessa für ihren Teil brauchen wird.«

»Ich habe da eine gewisse Vorstellung«, erwiderte Bishop.

Galen klappte sein Handy zu. »Hm.«

Die beiden anderen sahen ihn an.

»Die Berichte von meinem Tod haben anscheinend den Direktor erreicht.«

»Der ist doch in Paris«, sagte Bishop gedehnt.

»Ja. Ich frage mich, wie diese Information nach Washington gelangt ist, ganz zu schweigen von Paris? Niemand hat es durchgegeben. Außer Reese haben nur zwei andere gesehen, dass ich erschossen wurde. Beide konnten nicht wissen, dass ich vom FBI bin. Und beide sind angeblich treue Gemeindemitglieder von Reverend Samuels Kirche.«

Washington

Als das Telefon klingelte, war es fast Mitternacht, doch Senator LeMott war noch wach und saß aufrecht im Bett, ohne zu lesen.

Er warf die ungelesene Zeitung beiseite, nahm die Lesebrille ab und griff zum Telefonhörer. »LeMott.«

»Ich habe eine Nachricht für Sie, Senator. Aus dem Süden.« Die Stimme war so gedämpft, dass sich nicht klar sagen ließ, ob sie männlich oder weiblich war.

»Wie lautet die Nachricht?«

»Er hat einen freundlich gesinnten Richter gefunden. Einen Bundesrichter. Der Durchsuchungsbeschluss wurde vor einer Stunde unterschrieben. Sie werden morgen am späten Vormittag in die Siedlung eindringen.«

»In voller Stärke?«

»Nicht direkt.«

LeMott lauschte der gedämpften Stimme noch ein oder zwei Minuten länger, bedankte sich dann nur und hängte ein.

Er blieb im Bett sitzen, starrte auf das Feuer im Kamin seines Schlafzimmers, ohne etwas zu sehen. Dann griff er in die Nachttischschublade und zog ein Handy heraus. Er drückte eine Nummer und wartete darauf, dass der Ruf durchging.

Als sich jemand meldete, sagte er nur ein einziges Wort, sehr deutlich.

»Viper.«

Dann klappte er das Handy zu und warf es mit großer Treffsicherheit quer durch den Raum ins Feuer.

Ohne weitere Zeit zu verschwenden, schob er Zeitung und Bettdecke beiseite, setzte sich an den Bettrand und benutzte das Telefon auf seinem Nachttisch zum zweiten Mal in dieser Nacht. Wieder meldete sich sofort jemand.

»Ja, Senator.«

»Machen Sie den Jet fertig. Ich bin auf dem Weg.«

»Ja, Sir.«

Senator LeMott legte auf, ging in sein Ankleidezimmer und knipste dabei das Licht an. Er zog eine bereits gepackte Tasche von einem Bord in einem der Schränke und stellte sie neben sich.

Die Tasche war seit einer ganzen Weile fertig gepackt.

Er atmete tief durch. Dabei rollte er die Schultern, als verlagerte er eine Last.

Dann begann er sich anzuziehen.

18

Zuerst wusste Ruby nicht, ob sie überhaupt wach war. Zum einen war es stockdunkel, die Art von Dunkelheit, die nur im Schlaf möglich ist. Und die Stille war seltsam gedämpft, wie nach starkem Schneefall, wenn der Schnee den Boden und die Bäume dick bedeckte.

Außerdem schien sie sich nicht bewegen zu können, bis auf ihre Augenlider.

»Du warst sehr ungezogen, mein Kind. Ich fürchte, du musst bestraft werden.«

Mit dieser Erinnerung kam der Schmerz zurück, der seinen Worten gefolgt war. Ruby spürte, wie ihr die Tränen aus den Augenwinkeln rannen. Schmerz, keine angenehmen Gefühle, überhaupt keine, nicht mal die vorgetäuschten. Es hatte sich angefühlt, als würde ihr ein weißglühendes Messer in den Kopf gestoßen, immer und immer wieder.

Sie hatte versucht, ihre Schutzhülle so hart zu machen, wie sie konnte, hatte sich mit allem in ihr gewehrt, und etwas sagte ihr, dass sie nur dank dieses Kampfes nach wie vor sie war.

Doch so sehr sie auch gekämpft hatte, Father war es trotzdem gelungen, ihr etwas zu stehlen, begriff sie verschwommen. Er hatte es geschafft, ihr etwas von ihrer Kraft zu stehlen. Vielleicht den größten Teil ihrer Kraft.

Sie glaubte, dass sie sich deshalb nicht bewegen konnte. Denn sie hatte nicht das Gefühl, gefesselt zu sein. Nur fühlten sich ihre Arme und Beine unglaublich schwer und ein bisschen taub an, als wären sie eingeschlafen.

Ruby versuchte, nach Hilfe zu rufen, aber von ihren Lippen kam nur ein schwacher Hauch. Plötzlich hatte sie die schreckliche Vorstellung, dass er ihr die Stimme zusammen mit ihrer

Kraft gestohlen hatte. Er hatte ihr die Stimme gestohlen und sie hier liegen gelassen.

Wo?

War sie immer noch im Ritualraum?

Sie hatte kein Gefühl für den Raum über ihr und um sie. Ja, sie konnte sogar in einem Sarg liegen.

Eine weitere beängstigende Vorstellung.

Ruby drückte die Augen fest zu in der Hoffnung, dass es so besser sein würde, aber die Schwärze, die Panik und das Entsetzen blieben gleich. Sie wusste nicht, wie viel Zeit vergangen war. Sie hatte keine Ahnung, ob das hier – sicherlich Teil von Fathers Bestrafung – vorübergehend war oder ob sie einfach verschwinden würde, so wie viele andere verschwunden waren.

Ihre Mutter war verschwunden. Ihr Vater. Brooke. Sie hatte sogar Lexie weggeschickt.

Noch nie hatte Ruby sich so allein gefühlt

Das einzige Taxi von Grace hielt vor den Toren des Geländes, und Tessa ließ ihr Fenster hinunter, um mit Carl Fisk zu sprechen.

»Guten Morgen, Mrs Gray.« Er war höflich wie immer.

»Mr Fisk. Ich habe angerufen und mit Mr DeMarco gesprochen. Ich möchte mein Auto abholen. Und mit Ruth sprechen, wenn möglich.«

»Er sagte, Sie würden erwartet, Mrs Gray. Joe, du könntest bei DeMarco nachfragen, nachdem du Mrs Gray abgesetzt hast. Er hat was von zwei Frauen gesagt, die heute Morgen in die Stadt fahren wollen.«

»Okay, mach ich. Bis dann, Carl.« Der nicht mehr ganz junge Fahrer war ebenfalls höflich, aber so desinteressiert, dass Tessa den Schluss zog, er sei vermutlich kein Gemeindemitglied. Vermutlich.

Als das Taxi durchs Tor fuhr, konzentrierte sich Tessa darauf, ihre Schilde zu verstärken. Schon jetzt spürte sie die kribbelnde Wirkung des seltsamen Energiefeldes auf der Haut. Ihrem Eindruck nach war es stärker als am Tag zuvor. Sie fragte sich, ob das durch die aufziehende Gewitterfront ausgelöst wurde, von der die örtlichen Wetterfrösche überrascht worden waren – oder durch etwas anderes.

DeMarco erwartete das Taxi am Platz vor der Kirche. Neben ihm standen zwei junge Frauen, frisch gewaschen, lächelnd und irgendwie kaum voneinander zu unterscheiden.

Tessa bezahlte den Taxifahrer und stieg aus, die beiden Frauen stiegen ein. Sie blieb neben DeMarco stehen, während das Taxi losfuhr.

»Freitagseinkäufe?«, fragte sie leise.

»Sie haben überlegt, ob sie morgen fahren sollten. Da das Taxi dich bringen würde, schlug ich ihnen vor, das zu nutzen.« Seine Stimme war genauso leise wie ihre.

»Wenigstens zwei in Sicherheit.«

»Ich hoffe.«

»Was ist mit den anderen?«

»Das Übliche. Die meisten Kinder werden zu Hause beim Unterricht sein. Aus dem Weg, zumindest anfänglich. In der Kirche sind vermutlich weniger als ein Dutzend Menschen, die meisten im Freizeitbereich oder oben in den Büros.«

»Wo ist Samuel?«

»Beim Meditieren, wie immer um diese Tageszeit. Du musst sehr vorsichtig sein, Tessa. Etwas war heute Morgen anders.«

»Weiß er, dass ich da bin?«

»Kann ich dir nicht sagen. Ich weiß nur, dass er gestern ein Jugendritual abgehalten hat, während ich fort war.«

»Ist das …?«

»Nenn es eine Initiation, in Etappen. Wenn die Mädchen in die Pubertät kommen, führt er sie durch eine Reihe von Zeremonien, angeblich dazu gedacht, ihren Weg in die Weiblichkeit zu läutern.«

Tessa würde übel. »Er beginnt sie zu stimulieren?«

»Nehme ich an. An den Zeremonien für seine Erwählten nehmen nur Samuel, Ruth und die Mädchen teil – jedes Mal vier. Aber ich habe das Nachglühen gesehen.«

»Großer Gott.«

Ruhig sagte DeMarco: »Allein dafür verdient er, in der Hölle zu brennen. Aber gestern muss etwas Ungewöhnliches passiert sein, zumindest glaube ich das. Das war die Gruppe, zu der Ruby gehört.«

»Du hast nie erzählt, dass sie …«

DeMarco unterbrach sie. »Ich hatte nicht vor, dir etwas zu erzählen, das dich noch entschlossener machen würde, sie so schnell wie möglich zu retten. Und ich hatte keinen Grund zu der Annahme, dass sich diese Zeremonie von den zwei oder drei anderen unterscheiden würde, die Ruby bereits durchgestanden hat.«

Nicht im Mindesten so ruhig wie er, fragte Tessa: »Also war diesmal etwas anders?«

»Ich habe Ruby heute Morgen nicht gesehen. Auch das andere Mädchen aus ihrer Gruppe nicht. Brooke.«

»Würdest du das normalerweise?«

»Beim gemeinsamen Frühstück, bei den Gebeten, in der Kirche. Nicht alle nehmen daran teil, aber die meisten. Rubys Mutter war da, lächelnd. Aber keine Ruby. Und keine Brooke. Ich bekam mit, dass ein neues Mädchen zur Gruppe gehört, Mara. Doch es gab keine Erklärung, warum sie anscheinend Brooke ersetzt hat oder was mit Brooke oder Ruby passiert ist.«

Tessa bekam ein schreckliches Gefühl in der Magengrube. »Du glaubst, er hat ihnen diesmal etwas angetan?«

»Brooke ist tot«, sagte er nur.

»Was?«

»Ich wusste es sofort, als ich Samuel heute Morgen sah. Ich konnte es in ihm spüren, diese besondere Energie. Er hat Brooke zerstört.«

Tessa schluckte hart. »Und Ruby?«

»Ich glaube nicht. Du spürst immer noch die Verbindung, oder?«

Darüber musste sie nicht nachdenken. »Ja.«

»Dann lebt sie. Aber ich habe keine Ahnung, wo sie ist.«

»Ich muss sie finden.«

»Ich weiß. Aber ich kann dir nicht helfen. Ich kann nur dafür sorgen, dass die Ablenkung des Chiefs in der ganzen Siedlung zu spüren ist.« DeMarco schaute auf die Uhr. »Uns bleibt eine halbe Stunde. Die Kameras fallen bereits hin und wieder aus, doch das passiert immer, wenn ein Gewitter aufzieht, also kein Alarm.«

»Und keine beobachtenden Augen?«

»Gib mir fünf Minuten, um in den Kontrollraum zu gelangen und mich darum zu kümmern.«

»Was ist mit Ruth?«

»Sie war beschäftigt. Ich wollte sie nicht stören. Sei vorsichtig, Tessa.« DeMarco machte kehrt und ging in die Kirche.

Tessa schaute zu den sich auftürmenden Wolken am Himmel hoch, atmete fröstelnd die kalte Morgenluft ein und steckte die Hände in die Taschen ihrer leichten Jacke. Sie versuchte, sich nur weit genug zu öffnen, um ein Gefühl für diesen Ort zu bekommen, aber nicht verletzlich zu werden – und spürte sofort wieder das Kribbeln der Energie.

Beinahe automatisch wollte sie sich zurückziehen, ihre Schilde verstärken. Um sich zu schützen.

Doch die Entschlossenheit, heute ihre Rolle zu spielen, und ihre wachsende Sorge um Ruby setzten ihren Selbsterhaltungsimpuls außer Kraft. Oder machten Tessa einfach sturer.

Sie ließ die Tür in ihrem Geist nur einen kleinen Spalt offen. Und lauschte mit jedem ihrer Sinne.

Tessa wanderte auf Umwegen über das Kirchengelände zu ihrem Auto, behielt die winzige Öffnung in ihrem Schild bei und streckte ihre Fühler aus.

»Komm schon, Ruby«, murmelte sie. »Wo bist du? Du hast mich doch neulich erreicht. Versuch es noch einmal.«

Sie ging langsam und sondierte so vorsichtig, wie sie konnte. Sie spürte Menschen in der Kirche, Menschen in den ordentlichen kleinen Häusern, alle von dieser unheimlichen Gleichheit, die ihr schon beim ersten Besuch aufgefallen war.

All die sauber gewaschenen und netten Menschen.
Hilf mir! Bitte hilf mir.
Ruby.

»Ich finde nur, Sie hätten es erwähnen sollen, Chief, mehr nicht«, sagte Robin Keever ein wenig steif.

Sawyer schloss den Kofferraum des Jeeps und sah Robin seufzend an. »Wie ich dir schon sagte, habe ich bis gestern nicht gewusst, dass die Feds in der Gegend sind. Ich habe dir dann gestern Abend gleich davon erzählt, als ich aufs Revier kam und dich da immer noch vorfand.«

»Ich habe nicht gestempelt«, murmelte sie.

»Darum geht es nicht. Es geht darum, dass ich dir von den Bundesagenten erzählt habe, sobald ich konnte.«

Ihr Blick glitt an ihm vorbei zum Jeep. Offenbar immer noch verstimmt, setzte sie an: »Na ja, ich wollte nur …«

»Also«, schnitt er ihr das Wort ab, »willst du nun mitspielen oder deine Murmeln nehmen und nach Hause gehen?«

Sie blinzelte ihn an, und ein kleines Lächeln zeigte sich in ihren Mundwinkeln. »Sie meinen, beim Einsatz dabei sein?«

»Ja. Wenn es denn einer ist.« Bevor Robin auf sein Angebot eingehen konnte, ergänzte er streng: »Hör mir zu. Wir wollen nicht, dass irgendjemand da oben in der Siedlung durchdreht. Das heißt, du hältst die Hand von deiner Waffe weg, benimmst dich zwanglos und tust genau das, was ich dir sage. Nicht mehr und nicht weniger. Verstanden?«

»Ja, Chief.«

»Die Leute vom FBI wollen sich nur umsehen, ohne ein großes Theater daraus zu machen.« Er hoffte bei Gott, dass er ein genauso guter Lügner war wie DeMarco. »Also kommen sie als Ortspolizei mit. Ich fahre diesen Jeep, du fährst deinen. Wir haben zwei uniformierte Beamte dabei, während wir den Durchsuchungsbeschluss überbringen.« Er blickte in den grauen Himmel hinauf, als in der Ferne ein Donner grollte. »Verdammt, das Gewitter kommt eher, als wir erwartet hatten.«

»Sind die vom FBI aus Zucker?«

Er starrte sie an.

»Tut mir leid. Entschuldigung, Chief. Ist das Wetter wichtig?«

»Du würdest staunen.« Er hielt inne. »Wirklich staunen. Robin, ich brauche einen vertrauten Officer, der das andere Fahrzeug steuert. Jemanden, den Fisk – oder wer sonst am Tor ist – erkennt. Aber du hast dich in nichts einzumischen, was die Agenten angeht.«

»Ja, hab schon verstanden.« Jetzt runzelte sie die Stirn. »Ich bin keine Anfängerin, und ich werde nichts Dummes machen.«

»Ich mache mir keine Sorgen, dass du etwas Dummes tun könntest«, sagte er geduldig. »Ich mache mir Sorgen, dass du verletzt werden könntest. Also bleib nahe beim Jeep, und falls irgendwas … Seltsames passiert, geh in Deckung und halte den Kopf unten, bis alles vorbei ist.«

»Bis was vorbei ist? Chief, Sie glauben doch nicht etwa, dass die da Waffen gehortet haben?«

»Haben sie nicht.«

»Wovor soll ich dann in Deckung gehen?« Ihre Stimme wurde wieder steif.

Sawyer hatte keine Ahnung, wie er sie auch nur ansatzweise warnen sollte, da er selbst nicht wusste, was sie erwartete. Nur konnte er das natürlich nicht zugeben. »Bleib einfach beim Jeep«, wiederholte er schließlich. »Los geht's. Wir müssen unsere Aushilfskollegen abholen.«

Nachdem Tessa die Kirche umrundet hatte, war sie überzeugt, dass das schwache Flüstern, das sie noch zweimal gehört hatte, aus dem Gebäude gekommen war. Auf ihrem

Rundgang war sie niemandem begegnet, was ihr besonders seltsam vorkam, doch sie hatte Bedenken hineinzugehen.
Hilf mir.
Allerdings nicht genug, um den Hilferuf zu ignorieren.

In der Hoffnung, DeMarco und Galen wäre es gelungen, das Sicherheitssystem so weit zu stören, dass sie sich keine Sorgen machen müsste, beobachtet zu werden, ging Tessa schließlich die Stufen zur offenen Kirchentür hinauf.

Sie durchquerte das Vestibül und betrat mit großer Vorsicht den Innenraum. Soweit sie erkennen konnte, war er leer. Langsam ging sie den Mittelgang hinauf, versuchte ihre Sinne auszuweiten und sich gleichzeitig zu schützen.

Dann spürte sie am Rande ihrer Wahrnehmung, wie etwas nach ihr tastete. Nach einem Weg hinein suchte. Dieses Gefühl war das Unheimlichste, was sie je empfunden hatte.

Das konnte nur Samuel sein. Er war es, denn diese tastende Berührung war kalt, dunkel und leblos. Seelenlos.

Aber hungrig.

Sie atmete tief durch und schloss kurz die Augen, kämpfte dagegen an, die Tür zuzuschlagen und sich in ihrem Geist ganz klein zusammenzurollen, damit er sie nie finden würde ...

Reese, unterbrich seine Meditation. Sofort.

Tessa fuhr zusammen, so klar und stark war diese innere Stimme. Doch es war nicht Rubys Stimme, sondern Bishops. Und es war der Beweis, dass sich das Energiefeld in der Siedlung auf die Fähigkeiten aller auswirkte.

Aber es ließ auch die Frage offen, auf welche Weise – und wie sehr – sie beeinflusst werden würden.

Und wie gut es ihnen gelang, diese Veränderungen zu beherrschen. Bishop schien damit gut klarzukommen, doch was die anderen betraf ...

Tessa blieb vor dem Altar stehen und wartete, bis die tastende Berührung am Rande ihrer Wahrnehmung plötzlich verschwand.

Okay, Ruby – wo bist du, Schätzchen?

Sie hörte keine innere Stimme antworten und wurde von kalter Frucht ergriffen. Hatte sie zu lange gewartet?

Such im Wasser nach ihr, Tessa.

Wieder Bishop, der sie an die von einem Geist erteilte Anweisung erinnerte.

Tessa merkte, dass sie auf das Taufbecken hinter der Kanzel starrte. Wie viele dieser Taufnischen besaß der Raum eine durchsichtige Glasscheibe zur Kirche hin, damit die Taufe von der Gemeinde bezeugt werden konnte.

Noch bevor sie die Scheibe erreichte, kam ihr der Gedanke, dass das Becken leer sein sollte, doch es war gefüllt. Sie fürchtete sich davor hineinzuschauen – und war ungeheuer erleichtert, als sie nur Wasser sah.

Tessa sackte ein wenig zusammen, nur verwandelte sich die Erleichterung rasch in Besorgnis. Such nach ihr im Wasser? Wenn nicht hier, wo dann?

Tessa.

Schwach – aber nahe. Sehr nahe.

Tessa blickte noch einmal ins Taufbecken und begann nach einem Weg hinter die Scheibe zu suchen.

Beeil dich, Tessa.

Da sie nicht wagte, es zu denken, flüsterte sie: »Ich beeile mich.«

Du begreifst es nicht. Keiner von euch begreift wirklich, wozu er fähig ist.

»Ruby …«

Beeil dich. Wir brauchen Cody. Cody kann uns helfen.

Tessa hatte keine Ahnung, wer Cody war, aber sie beeilte sich – und fand schließlich die Tür, nach der sie suchte.

»Das ist ein richterlicher Durchsuchungsbeschluss«, erklärte Sawyer, als Fisk ihn am Tor aufhielt. »Gestern Nacht von einem Richter unterschrieben. Nachdem wir eine positive Identifizierung für die Frauenleiche bekamen, die Mittwochmorgen im Fluss gefunden wurde. Sarah Warren, eines eurer Gemeindemitglieder, und zuletzt hier in der Siedlung gesehen.«

Fisk verzog kaum merklich das Gesicht, als er Sawyer das Dokument zurückgab, sagte jedoch nur: »Mr DeMarco wartet an der Plaza auf Sie, Chief.«

Sawyer fuhr durch das geöffnete Tor und hielt den Blick auf den Rückspiegel gerichtet, bis auch Robin durchs Tor gefahren war. Gut. Fisk hatte Galen nicht erkannt. Sie waren sich dessen zwar ziemlich sicher gewesen, aber eben nicht vollkommen. Sawyer blieb trotzdem angespannt, und man hörte es ihm an, als er bemerkte: »Das Tor schließt sich nicht. Soll das heißen, dass das Sicherheitssystem ausgeschaltet ist?«

»Sollte es inzwischen sein. So, wie ich Galen kenne.«

»Zugegeben, ich kenne mich mit diesem Zeug nicht besonders aus – aber gehen Sie nicht ein verdammtes Risiko ein?«

Vom Rücksitz antwortete Hollis: »Ja. Geht er.«

»Genau wie du«, bemerkte Bishop neben ihr.

»Meine Fähigkeit will er nicht«, gab sie zurück.

»Nein. Er will dich nur umbringen.«

»Dann wollen wir hoffen, dass Quentin recht hat und ich nach wie vor das eine oder andere Leben riskieren kann.«

»Ihr zwei macht mir ja richtig Mut«, brummelte Sawyer.

»Tut mir leid.« Bishop klang nicht sehr überzeugend.

Hollis versicherte ihm: »Keine Bange, unser improvisierter Schild hält. Mehr oder weniger.«

»Das macht mich am allerwenigsten nervös«, erwiderte Sawyer.

»Wir hoffen, wir können es mit der Zeit verstärken.«

»Wobei uns nicht allzu viel Zeit bleibt.«

»Wir arbeiten daran, Chief. Ist für uns ... ein bisschen schwierig.« Bishops Stimme klang seltsam belegt. »Wir konnten bisher noch nie auf den Fähigkeiten anderer aufbauen oder sie miteinander teilen.«

»Und das erzählen Sie mir erst jetzt?«

»Es war eine Chance, die wir nutzen mussten.«

»Dass wir miteinander teilen können«, erklärte Hollis. »Es funktioniert tatsächlich. Bisher jedenfalls. Die Kommunikation ist erstaunlich klar, sogar ich kann sie hören. Schwach. Allerdings muss ich euch eines sagen – die Auren von allen werden ein bisschen metallisch. Hier oben fließt eine verdammte Menge an Energie.«

Sawyer blickte auf die Uhr am Armaturenbrett. »Und es kommt noch mehr. Ich möchte unbedingt die Plaza erreichen, bevor Samuel beschließt, eine seiner Predigten im Freien zu halten, wenn das Gewitter näher kommt. Ich will ihn nicht in der Nähe dieser sogenannten Naturkirche haben, angesichts von Quentins Vision.« Diese Vision selbst aus zweiter Hand zu erinnern, reichte aus, Sawyer Schauer über den Rücken zu jagen. Schwelende Leichen, Tessa und Hollis gekreuzigt. Er selbst gekreuzigt. Nein. Nein, sie würden nicht zulassen, dass das geschah.

Das würden sie ganz bestimmt nicht zulassen.

Sie schafften es. Die Jeeps fuhren auf die Plaza, gerade als Samuel aus der Kirche kam, mit DeMarco an seiner Seite.

»Halten Sie sich zurück«, riet Sawyer rasch, an Bishop gewandt. »Ich glaube, keiner von uns möchte, dass Ihr improvisierter Schild auf die Probe gestellt wird, bevor es unvermeidlich ist.«

»Amen«, murmelte Hollis.

Sawyer stieg aus, ging rasch auf Samuel und DeMarco zu und ermahnte sich, während er den Reverend anschaute, ja nicht an all die Dinge zu denken, die dieser harmlos wirkende Mann getan hatte.

Er musste sich an den Plan halten, ganz gleich, wie sehr es ihn juckte, seine Waffe zu ziehen.

»Reverend Samuel. DeMarco.«

Freundlich erwiderte Samuel: »Wie ich höre, haben Sie einen amtlichen Durchsuchungsbeschluss, Chief. Selbstverständlich haben Sie unsere volle Kooperation. Ich war sehr traurig und tief verstört, als ich von Sarahs Tod erfuhr. Sie war eine wunderbare junge Frau.«

Sawyer musste sich zusammenreißen, bevor er mit der erforderlichen Ruhe antworten konnte. »Ich weiß Ihre Kooperation zu schätzen, Reverend.« Er reichte ihm den Durchsuchungsbeschluss, den Samuel kaum eines Blickes würdigte und an DeMarco weiterreichte.

DeMarcos Gesicht war, wie Sawyer sah, noch versteinerter als gewöhnlich. Doch ansonsten wirkte er wie immer, das übliche schwache Lächeln nichtssagend.

»Sagen Sie uns einfach, was Sie brauchen«, meinte Samuel glattzüngig.

Sawyer schaute über die Schulter, erleichtert, dass Robin neben der Fahrertür ihres Jeeps stand, wie befohlen, das massige Fahrzeug zwischen ihr und ... was immer hier vor den Treppen der Kirche passieren würde. Endlich war ihr Gesicht undurchschaubar.

Was auch höchste Zeit gewesen war.

Quentin lehnte lässig an der Beifahrertür, sah ganz anders aus mit Uniform, Mütze – und der verspiegelten Sonnenbrille, die Sawyer an seinen eigenen Polizisten immer so ungern gesehen hatte. Hinter ihm hatte sich Galen ein paar Schritte vom Jeep entfernt und sah sich mit vorgetäuschter Trägheit um.

Bishop hatte der Gruppe an den Kirchenstufen den Rücken zugewandt. Hollis und er, beide ohne Mütze und Sonnenbrille, doch ansonsten wie Polizeioffiziere aus Grace gekleidet, schienen sich zwanglos zu unterhalten. Wobei Hollis sich so gedreht hatte, dass niemand von den Stufen aus ihr Gesicht sehen konnte.

Alles wirkte sehr entspannt, wie beabsichtigt. Die wenigen Gemeindemitglieder, die herausgekommen waren, weil sie bemerkt hatten, dass etwas vorging, wirkten eher neugierig und eher misstrauisch als verstört.

Gut. Gut. Alles ungezwungen und beiläufig. Und gemächlich. Weil sie Zeit brauchten, alle in Position zu bringen. Das war der knifflige Teil. Das Timing.

Fast soweit.

Donner grollte.

Haltet ihn hin. Tessas Stimme, schwach aber deutlich. *Ich brauche nur noch ein paar Minuten.*

Sawyer spürte einen Anflug kalter Panik.

»Wir würden uns gern umschauen«, sagte er zu Reverend Samuel und hoffte, dass seine Stimme ruhiger klang, als er sich fühlte. »Mit Ihren Leuten reden. Wir müssen erfahren, wer Sarah als Letzter gesehen hat. Wir müssen herausfinden, ob jemand etwas weiß, das er zunächst für unwichtig hielt.« Mit Bedacht fügte er hinzu: »Sie wissen, wie das geht. Das haben wir schon einmal durchexerziert, Reverend.«

»Wir haben nichts zu verbergen, Chief, das versichere ich Ihnen.« Samuel schaute zum dunkler werdenden Himmel hinauf und ergänzte milde: »Obwohl es wohl ratsam wäre, dieses Gespräch nach drinnen zu verlegen.«

Entweder war er ein weiterer ausgezeichneter Lügner oder er erkannte die Bedrohung wirklich nicht. Was bedeutete, dass DeMarcos Dämpfungsfeld – möglicherweise auch Sawyers – die gewünschte Wirkung hatte. Doch Sawyers Triumphgefühl verschwand, als sie alle ein weiteres Fahrzeug über die sauber gekieste Einfahrt kommen hörten. Ohne nachzudenken, drehte er sich um und starrte die glänzende schwarze Limousine an, die neben den Polizeijeeps zum Stehen kam.

Großer Gott, nicht jetzt. Wer zum Teufel?

Ein Chauffeur, der aussah wie die Kreuzung zwischen einem Marinesoldaten und einem pensionierten Schwergewichtsboxer, glitt vom Fahrersitz und öffnete ausdruckslos die hintere Autotür.

Senator LeMott stieg aus.

19

Oh, Mist. Eindeutig nicht Teil des Plans.

Sawyer war dem Senator zwar nie begegnet, erkannte ihn aber sofort. LeMotts Gesicht war im vergangenen Sommer ständig in allen Nachrichtensendungen gewesen. Sein Gesicht, und das seiner Frau – bis sie Selbstmord begangen hatte, nicht lange nach der grausamen Ermordung ihrer Tochter Annie.

Eine Mordermittlung durch eine Sondereinheit, geleitet von Bishop. Ein Mord, der auf tragische Weise nur einer der vielen Morde in jenem heißen Bostoner Sommer gewesen war. Ihr Mörder war aus der Stadt entkommen, hatte sich jedoch am Ende nicht den entschlossenen Bemühungen von Bishop, der SCU und den Einsatzkräften von Haven entziehen können.

Wobei nichts davon in die Nachrichten gekommen war, wenn auch über die Verhaftung eines barbarischen Serienmörders berichtet wurde. Es hatte genug Beweise gegeben, dass er tatsächlich der Serienmörder aus Boston war. Einige dieser Beweise waren zu den Medien durchgesickert, und es gab wenig Zweifel an der Schuld des Mannes.

Was machte dann Senator LeMott hier – und das jetzt?

Bevor Sawyer diese verblüffte Frage stellen konnte, sagte Galen brüsk: »Sie sollten nicht hier sein, LeMott.«

Der Senator sah ihn mit milder Neugier an, blickte zu dem schweigenden Bishop und richtete seinen Blick auf Samuel.

»Ich wollte Sie kennenlernen.« Seine Stimme war höflich und kalt. »Ihnen in die Augen sehen. Bevor Sie zerstört werden, wollte ich wissen, was für ein Mann so einfach töten kann.«

Samuel lächelte. »Ich weiß nicht, wovon Sie sprechen, Senator. Ich bin ein Mann Gottes.«

»Sie sind ein Monster. Schlimmer als diese Kreatur, die Sie an der Leine hatten, während er für Sie tötete. Ein Mann Gottes?« LeMott holte Luft und ließ sie mit einem Geräusch unaussprechlichen Abscheus wieder heraus. »Gott wird Sie nicht aufnehmen, Samuel. Sie werden zur Hölle fahren.«

»Senator, Sie haben mein tiefstes Mitgefühl. Der Verlust Ihrer Tochter und Ihrer Frau muss über das Erträgliche hinausgehen.«

LeMotts Gesicht wurde hart.

O Gott. Er wird etwas anstellen.

Sawyer wusste nicht was, befürchtete jedoch stark, dass der Rest ihres sorgfältigen Plans platzen und zum Teufel gehen würde.

»Ich glaube nicht, dass Sie auch nur ein Gramm an Mitgefühl in dem haben, was Sie für Ihre Seele halten, Samuel. Ja, ich glaube nicht mal, dass Sie eine Seele besitzen. Einen tollwütigen Hund aus seinem Elend zu erlösen würde mir mehr widerstreben, als die Welt von Ihnen zu befreien.«

»Senator.« Samuels Lächeln wurde breiter, während er den Kopf schüttelte. »Haben Sie wirklich geglaubt, es ginge so leicht?«

Er hob die Hand mit einer raschen, eingeübten Geste.

Mit erschreckender Plötzlichkeit wurde der Chauffeur, der still und schweigend neben LeMott gestanden hatte, wie an einem unsichtbaren Seil hochgehoben. Er flog ein paar Meter durch die Luft und wurde mit solcher Gewalt gegen die Limousine geschleudert, dass die Motorhaube sich fast spaltete. Der Chauffeur versteifte sich, sackte zusammen, seine Hand rutschte aus dem Aufschlag seines Jacketts, und die Waffe, die er hielt, fiel zu Boden.

Von der verbogenen Motorhaube des Autos sickerte Blut auf den sauber geharkten Kies.

»Gottes Strafe für die Niederträchtigen«, verkündete Samuel.

Von allen Menschen auf der Plaza schien LeMott der am wenigsten Erstaunte. Der Senator drehte den Kopf, um zu dem toten Mann zu schauen, dann kehrte sein Blick zu Samuels Gesicht zurück.

»Keine Bewegung!«

Sawyer erschrak fast zu Tode. Ihm wurde klar, wie lächerlich dieser Befehl war und dass er einen schrecklichen Fehler gemacht hatte, Robin zu diesem Einsatz mitzunehmen.

»Robin«, rief er, »nicht!«

Sie flog nicht zurück wie der Chauffeur. Ihre Waffe prallte klappernd gegen die Motorhaube des Jeeps. Robin stieß einen erstickten Schrei aus, der Sawyer bis ins Mark drang, bevor sie zu Boden fiel.

Als Sawyer sie erreichte, war sie bereits tot, ihr Gesicht schmerzverzerrt, ihre Augen starr und weiß.

Langsam richtete er sich auf, nahm benommen das erstarrte Szenario um sich wahr. So schnell. Es war so verdammt schnell passiert.

Sawyer. Es ist noch nicht vorbei. Er wird weitermorden, wenn wir ihn nicht aufhalten. Jetzt. Hier.

»Armes Ding.« Samuels Stimme war so glatt und freundlich wie immer. »Armes, kleines Ding. Ich frage mich, was sie getan hat, um Gottes Zorn zu verdienen. Können Sie mir das sagen, Chief?«

Seine Augen begannen zu glühen.

»Nein.« Sawyer machte einen Schritt auf die Kirche zu. Dann noch einen. Donner grollte, inzwischen lauter. Das Gewitter kam näher. Er starrte Samuel an. »Ich kann es Ihnen nicht sagen. Sie war eine gute Polizistin. Sie war ein guter Mensch.« Der erstickte Ton seiner Stimme war nicht besonders professionell, aber das war ihm völlig egal.

»Wie schade. Sie haben mein Mitgefühl.«

Sawyer blickte zu LeMott und verstand in diesem Moment die eisige Wut des Mannes. Der Senator stand reglos da, völlig ausdruckslos.

Wieder grollte Donner, und ein kalter Wind erhob sich. Ein Blitz zuckte aus den dunklen, schweren Wolken.
Fast an der Zeit, Sawyer. Wir sind fast soweit.
Plötzlich neigte Samuel den Kopf zur Seite, Wachsamkeit stahl sich in seine gütigen Züge. »Jemand spricht«, bemerkte er leise.

Samuel durfte nicht merken, was vor sich ging, das wusste Sawyer. Er wusste, dass sie noch nicht bereit waren, dass Tessa noch nicht bereit war.

Ihr Plan war ruiniert, und ihm fiel nichts anderes ein, als seine Waffe zu ziehen und ...

Sawyer spürte, wie ein kribbelndes Gefühl von seinem Schädel über seinen Nacken hinabkroch, sich von seiner Wirbelsäule nach außen breitete. Entsetzt merkte er, dass er sich nicht bewegen konnte. Als ob sein Körper die Anweisungen seines Gehirns nicht mehr erkannte.

»Ich glaube nicht, Sawyer.« Samuel lächelte ihn ein wenig traurig an. »Ich hatte wirklich gehofft, Sie wüssten, wer Ihre Freunde sind, wenn die Zeit gekommen ist. Ich habe es Ihnen gesagt, erinnern Sie sich? Es tut mir leid, dass Sie sich anders entschieden haben, wirklich.«

Seine Hand begann sich zu heben, und Sawyer beobachtete es mit der kalten Erkenntnis, dass er sterben würde. Das kribbelnde Gefühl verschwand, ersetzt durch ein langsames Einschnüren, das feurigen Schmerz durch seine Nervenenden schickte.

»Tun Sie's nicht«, ertönte eine Frauenstimme.

Samuel hielt inne, sein Gesichtsausdruck zunächst von amüsiertem Desinteresse. Doch dann drehte er den Kopf und sah Hollis.

»Ich würde es nicht tun.«

Sawyer merkte, dass er wieder atmen konnte und der Schmerz nachgelassen hatte – wenn auch nicht vollständig. Samuels Aufmerksamkeit richtete sich auf die Frau, die ein paar Schritte auf ihn zugegangen war.

Samuels Hand zuckte in ihre Richtung, etwas flackerte in seinen funkelnden Augen.

»Ich habe eine Tür geöffnet«, verkündete Hollis.

Samuel erstarrte mit flackernden Augen.

Das gehört nicht zum Plan, gehört überhaupt nicht zum Plan. Sawyer stellte fest, dass er seinen Kopf gerade weit genug drehen konnte, um Hollis zu sehen. Trotz allem, was bisher bereits passiert war, wunderte er sich, ein seltsames Strahlen um sie herum wahrzunehmen.

Ihre Aura. Irgendwie hatte sie die sichtbar gemacht.

»Eine Tür«, sagte sie zu Samuel, ihr Ausdruck konzentriert, die Augen schmal. »Zwischen unserer Welt – und der nächsten.«

Donner krachte, und Blitze zuckten durch den dunkler werdenden Himmel.

»Hollis«, hauchte Galen, »sei vorsichtig.«

Sie wandte den Blick nicht von Samuel ab.

»Ich stehe in der Tür«, teilte sie ihm mit. »Halte sie zurück. Halte das Eine zurück, von dem Sie verdammt genau wissen, dass es Ihnen in jener Welt nicht verweigert wird. Bestrafung.«

Samuel musterte sie einen Moment lang, sein Ausdruck zunächst misstrauisch, dann voller Gewissheit. »Ich glaube Ihnen nicht.« Er bewegte die Hand.

Hollis zuckte wie unter einem heftigen Schlag zusammen. Ihre Aura wechselte von einem metallischen Blau zu einem dunkleren, von roten Fäden durchsetzten Blau. Ein dünnes Blutrinnsal lief ihr aus der Nase. »Ich lasse sie durch«, warnte sie ihn. Ihre Worte kamen fast wie ein Husten heraus. Offensichtlich litt sie unter Schmerzen. Starken Schmerzen.

»Nein.« Samuel schüttelte den Kopf. »Werden Sie nicht.«

Seine Hand hob sich, zur Faust geballt.

Hollis flog nicht zurück wie der Chauffeur, aber sie zuckte erneut zusammen. Ihre Aura verschwand mit einem lauten Knistern, und sie wurde rückwärts zu Boden geschleudert.

Und lag reglos da.
Oh, Himmel! Das sollte nicht passieren.
»Jemand redet«, wiederholte Samuel und wandte seine Aufmerksamkeit von dem gefallenen Medium ab, als hätte er ein lästiges Insekt weggescheucht. »Bishop, sind Sie das? Habe ich Sie endlich zu mir gelockt?«

Bishop wandte sich ihm zu, sein Lächeln schmal und grimmig – was auf seinem sehr gefährlichen Gesicht kein angenehmer Ausdruck war. »Ich dachte, es wäre an der Zeit, dass wir uns endlich treffen. Wir waren Ihnen beim letzten Mal sehr nahe, aber Sie wollten ja nicht für das große Finale bleiben.«

Beweg dich.

Sawyer ging plötzlich auf, dass er sich bewegen, einen Schritt zur Seite treten konnte. Ihm war nicht ganz klar, ob Samuel ihn freigelassen hatte oder ob das ein Stärkerer gewesen war. Jedenfalls gelang es ihm, beiseitezutreten und den beiden Gegnern Raum zu verschaffen.

Da es das Einzige war, was er für Robin, für Hollis und für all jene tun konnte, die Samuel ermordet hatte, konzentrierte er seine gesamte Kraft darauf, Samuels stärker werdende Energie einzudämmen.

Ihm war, als würde man Blitze in einen Kasten sperren wollen.

Echte Blitze zuckten erneut über den Himmel. Das kribbelnde, unangenehme Gefühl von Elektrizität erfüllte die kalte, schwere Luft.

»Ich hatte anderweitige Verpflichtungen«, sagte Samuel zu Bishop, offenbar unbeeinträchtigt und sorglos. »Ich wusste, Sie würden es verstehen.«

»Verstanden habe ich, dass es uns gelungen ist, Sie zu verletzen. Dani ist es gelungen, Sie zu verletzen.«

»Je nun, Dani ist nicht hier.«

Wieder lächelte Bishop. »Falsch. Sie ist hier.«

Samuels Lächeln geriet zum ersten Mal ins Wanken. Seine

Blicke schossen herum, als suchte er die Gesichter der etwa ein Dutzend Menschen ab, die sich nahe der Plaza versammelt hatten. Verwunderte, neugierige Gesichter, in denen sich eigentümlicherweise keinerlei Beunruhigung über die vor ihren Augen begangenen, brutalen Morde widerspiegelte.

Vertraute Gesichter. Gesichter, die Samuel gut kannte.

»Sie lügen, Bishop. Wobei mir das völlig egal ist.« Seine Hand schoss nach oben, die Handfläche wies nach vorn. Bishop wurde hochgehoben und mit solcher Wucht gegen die Jeep geschleudert, dass Glas zersplitterte und Metall sich verbog. Er hing in der Schwebe, das Fahrzeug wie um ihn herum, als wäre es in vollem Tempo gegen ein unbewegliches Hindernis geprallt.

Genau wie der Chauffeur.

Einen Moment lang wirkte Bishops Körper steif, wurde dann aber plötzlich schlaff. Blut tropfte auf den Kies hinunter.

»Ich bin beinahe enttäuscht.« Samuel klang auch so. »Ich hätte einen heftigen Kampf erwartet.«

»Dann bekommen Sie einen«, sagte Tessa.

Samuels Kopf schoss herum, und er runzelte die Stirn, als er sie nur ein paar Schritte rechts von sich stehen sah. Vor ihr und mit dem Rücken an sie gedrückt stand Ruby.

Wieder hob sich seine Hand, aber diesmal sprühte ihm ein ganzer Funkenschauer von Tessa und Ruby entgegen, die Überreste abgewehrter Energie.

»Versuchen Sie's noch mal«, forderte sie ihn auf.

Er tat es, sein Stirnrunzeln tiefer, sein Gesicht vor Anstrengung verzerrt, als er diesmal die Hand in die Höhe reckte – und den Blitz einfing.

Samuel wurde zum lebenden Blitzableiter. Ein knisternder Blitzstrahl fuhr in seine hochgestreckte Hand und schoss Tessa und Ruby entgegen. Es dauerte nur Sekunden.

Wieder wurde die zerstörerische Kraft abgelenkt, die er gegen sie richtete, Funken und dünne Energiestrahlen zischten in alle Richtungen.

»Erstaunlich, was man alles verbergen kann, vor allem an einem Ort wie diesem«, sagte Tessa im Plauderton. Ihr war keinerlei Anstrengung anzumerken, Gesicht und Stimme wirkten völlig entspannt. »Wie Ruby, unter dem Taufbecken. Zurückgelassen, um zwischen Ihren aufbewahrten Trophäen langsam zu sterben. Ich schätze, letzten Endes bleibt ein Serienmörder eben immer nur ein Serienmörder. Trotz all Ihres hochtrabenden Geredes, Gottes Werk zu tun, sind Sie letztlich nicht mehr als ein Schlächter.«

Er stieß einen so primitiven Laut aus, der nur von einem Tier stammen konnte, und richtete mit beiden Händen einen weißglühenden Strahl purer Energie auf sie.

Diesmal wurde er abgelenkt – und kehrte zu seinem Ursprung zurück, schleuderte Samuel gegen die Steinsäule am Fuße der Stufen. Er hielt durch, keuchte ein wenig, das Gesicht bleich, die wütenden Augen schmal.

»Erstaunlich, was man alles verbergen kann«, wiederholte Tessa.

Samuel riss den Kopf herum, weil ihre Stimme auf einmal von links kam. Dort stand sie, zusammen mit Ruby. Mit Ruby und einem dunkelhaarigen, ernst blickenden Jungen. Cody.

»Wenn man weiß, wie es geht«, sagte Ruby »Wir wissen es, Tessa und ich. Und Cody weiß, wie er uns helfen kann. Cody hat eine Menge Kraft, aber er hat sie vor Ihnen verborgen. Bis heute.«

Samuel, zum ersten Mal ernsthaft verblüfft und erschüttert, schaute wieder nach rechts. Wo Tessa und Ruby noch vor Sekunden gestanden hatten, stand Dani Justice.

»Hi«, sagte sie. »Erinnern Sie sich an mich? Sie haben mir jemanden genommen, den ich sehr geliebt habe. Sie werden nicht ungestraft davonkommen. Sie können sich nicht hier einigeln und durch das Aussaugen von Menschen immer stärker werden, durch das Töten von Menschen. Sie können nicht Gott sein. Heute nicht.«

Ihre Hände lagen seitlich an ihrem Körper. Als Dani sie

langsam hob, schien sie in einer Blase aus wabernder, funkelnder Energie zu stehen. Ihrer Energie. Sawyers. DeMarcos. Tessas. Rubys. Codys. Und mehr.

Viel, viel mehr.

Blitze zuckten am Himmel über ihr. Dann schlugen Blitzstrahlen in ihre Energieaura ein, verstärkten sie in einer wilden Explosion schierer, roher Kraft.

»Heute nicht«, wiederholte sie und stieß die Hände nach vorn.

Das Geräusch klang wie eine Explosion. War eine Explosion. Von Dani ging eine Woge weißglühender Energie aus und traf Samuel mit derselben Wucht, wie er sie gegen Bishop eingesetzt hatte – nur zehnmal stärker.

Die Steinsäule stürzte in sich zusammen, und Samuel lag zwischen den zerstörten Überresten. Er war nicht tot, aber sein Gesicht verzerrte sich vor Schmerz, Blut rann ihm aus Nase und Mund. Als er versuchte, seine Hände zu einem neuen Angriff zu heben, wurde deutlich, dass ihm nichts geblieben war. Nicht einmal Funken.

Seine Hände zitterten und fielen herab.

»Father.« Bambi stolperte aus der kleinen Gruppe der Gemeindemitglieder, die den Stufen am nächsten stand, kniete sich zwischen die Trümmer der Säule und bettete seinen Kopf in ihre Hände. »Father!«

DeMarco blickte auf Samuel hinunter und sagte ruhig: »Ich kann ihn jetzt lesen. Es lesen. Einen weiteren Angriff wird es nicht geben. Jedenfalls heute nicht. Vielleicht nie wieder.« Er schaute zu Dani. »Guter Schuss.«

»Danke.« Sie sackte ein wenig zusammen, bleich im Gesicht, aber gefasst. »Ich hatte das seit einer Weile gehortet. Und ich hatte viel Unterstützung.«

Ein hochgewachsener, gertenschlanker Mann tauchte aus einer weiteren kleinen Menschengruppe auf und nahm Dani in die Arme. »Himmel, ich wünschte, du würdest aufhören, mir das anzutun«, meinte Marc Purcell.

»Hey, das hast du dir selber eingebrockt. Du wolltest es ja so. Mach mich nicht für die Folgen verantwortlich.«

»Ja, ja.« Er küsste sie.

Obwohl ihn alle drei anlächelten, vergewisserte Sawyer sich zunächst, ob es Tessa, Ruby und dem Jungen gut ging, bevor er sich abwandte und rasch auf den zerstörten Jeep zuging.

»Bishop?«

Zu seinem Erstaunen hastete Bishop unverletzt auf das zerbeulte Fahrzeug zu, das immer noch einen Mann in seinem tödlichen Griff hielt.

»Alles in Ordnung mit dir, Galen?«, fragte er, als er sein Teammitglied erreichte.

»Natürlich nicht. Ich weiß nicht, warum ihr alle diesen Sterbescheiß für schmerzlos haltet. Nur weil ich mich selbst heilen kann, ist das noch lange kein Zuckerschlecken. Kann mich mal jemand mit einem gottverdammten Stemmeisen oder sonst was hier rausholen?«

»Erstaunlich, was man alles verbergen kann«, sagte Tessa. »Was man verändern kann. Wenn man nur weiß, wie es geht.«

Verärgert erwiderte Sawyer: »Aber warum haben Sie es vor mir verborgen?«

»Aus demselben Grund ... warum Sie es vor mir verborgen haben. Ich sende ... und Samuel hat ... Sie gelesen. Jeder ... von uns ... hätte ... den Plan ... verraten.« Die dünne Stimme veranlasste sie alle herumzuwirbeln. Bishop war als Erster an Hollis' Seite.

»Hey, Boss.« Ihre Stimme war schwach. Sie lag dort, wo sie zu Boden gegangen war, reglos. Doch ihre Augen waren offen und hatten ihre normale blaue Farbe, wenn auch ein bisschen dunkler als gewöhnlich.

»Großer Gott, Hollis«, murmelte Bishop.

»Ein ... lustiges neues Spielzeug ... für mich.« Sie zuckte zusammen und schloss die Augen. »Entschuldigung ... bin beschäftigt ...«

Sawyer fiel nichts anderes ein als: »Was zum Teufel?«

Neben seinem Teammitglied auf ein Knie gestützt, erklärte Bishop: »Einige Medien sind Heiler.« In seiner Stimme klang hörbar Erleichterung mit. »Die Energie muss das in Hollis ausgelöst haben.«

»Was auch ... gut so ist«, murmelte sie.

»Wird sie sich erholen?«, fragte Sawyer.

»Ich glaube schon.« Bishop legte ihr einen Moment die Hand auf die Schulter und richtete sich dann auf. Er überließ es Quentin, Galen aus der wenig liebevollen Umarmung des Jeeps zu befreien, und wandte sich an LeMott. Die Gesichter beider Männer waren ausdruckslos, aber die weiße Narbe auf Bishops Wange trat deutlich hervor.

»Zwei Menschen sind heute gestorben, Senator, und beide hätten nicht sterben müssen. Was zum Teufel haben Sie sich eigentlich dabei gedacht, hier aufzutauchen?«

»Es tut mir leid um sie.« LeMotts Ton war flach. »Vor allem um Officer Keever. Sie sollte nur Informationen weitergeben, wissen Sie.«

Sawyer machte einen Schritt auf ihn zu und spürte, wie er wieder in Wut geriet. »Informationen? Sie haben Robin dafür bezahlt, für Sie zu spionieren?«

»Sie träumte davon, das Kleinstadtleben hinter sich zu lassen.« LeMott zuckte die Schultern. »Träume kosten Geld. Ich habe sie davon überzeugt, dass es ihre Chance wäre, Ihnen zu helfen, Chief. Um Samuel endgültig aus dem Verkehr zu ziehen. Deshalb hat sie mich gestern Abend angerufen und mir berichtet, was heute passieren würde.«

»Sie Hurensohn«, knurrte Sawyer.

Bishop mischte sich ein. »Tut mir leid, Sawyer. Wir waren uns so gut wie sicher, dass er Kontakt zu jemandem aus Ihrem Revier hatte. Wir wussten nur nicht, wer es war.«

Sawyer wandte den Kopf ab, schaute zu Robins leblosem Körper und spürte, wie sich eine Hand in seine schob. Tessa.

»Es tut mir leid«, sagte sie leise. Mit der anderen Hand hielt sie Ruby nach wie vor fest an ihrer Seite. »Wir wussten, dass er Bishop angreifen würde. Und mich, sobald er mich mit Ruby sah. Aber wir rechneten nicht damit, dass er noch andere als Bedrohung sehen würde. Daher haben wir sie nicht beschützt. Das tut mir so leid.«

»Ja.« Seine Finger schlossen sich fester um ihre. »Mir auch. Sie haben etwas von Trophäen erwähnt?«

»Er hat sie in einem Hohlraum unter dem Taufbecken aufbewahrt«, erwiderte sie. »In den er Ruby gesteckt hatte.«

»Schreckliche Sache«, berichtete das kleine Mädchen mit den inzwischen alt gewordenen Augen. »Haarsträhnen, Kleiderfetzen und so was.«

»DNA«, sagte Bishop. »Damit können wir ihn festnageln.«

Senator Abe LeMott lachte. »Sie meinen, ihn ins Gefängnis stecken? Ihm erlauben, zu leben?«

»Gerechtigkeit.«

»Sie waren bereit, ihn zu zerstören.«

»Ja«, gab Bishop mit monotoner Stimme zu. »Das war ich. Wenn wir ihn durch das Zerstören seiner Fähigkeiten getötet hätten, dann hätte mir das nicht den Schlaf geraubt. Doch ihn der Gerechtigkeit zuzuführen ist das Richtige. Er besitzt keine Fähigkeiten mehr und wird den Rest seines Lebens in einem Käfig verbringen. Das reicht mir.«

»Aber mir nicht.« LeMott wandte sich den gebrochenen Überresten des Mannes zu, der einst Adam Deacon Samuel gewesen war, und sagte nur: »Viper.«

Samuels Kopf an sich gedrückt, zog Bambi mit der freien Hand ein schimmerndes Messer unter ihrem langen, sittsamen Rock hervor. Ohne zu zögern, stieß sie es ihm bis zum Heft in die Brust.

Den eisigen Blick unverwandt auf seine vollkommen überraschten Augen gerichtet, zischte sie: »Grüß Luzifer von mir. Und sag ihm, eine Hure vergisst nie, wie man es vortäuscht. Du solltest das wissen. Stimmt's, Sammy?«

Samuel starb ohne jeden Laut, getötet von einer Frau, die jener glich, die ihm das Leben geschenkt hatte.

Bambi schob sich von seiner Leiche weg. Sie ließ ihn dort in den Trümmern liegen, erhob sich und sagte zu Sawyer: »Das war Selbstverteidigung, wissen Sie. Jede Jury wird mir das glauben.«

»Dafür werde ich sorgen.« LeMott blickte zu Bishop. »Ich befürchtete, dass Sie am Ende doch nicht so skrupellos sind, wie Sie oft dargestellt werden, Bishop. Daher hatte ich einen Ausweichplan.«

Epilog

Leise schloss Tessa die Tür zu Sawyers Büro und ging zu den anderen in den Konferenzraum des Polizeireviers. »Ruby schläft. Vollkommen erledigt.«

Hollis verschob das Gewicht auf ihrem Stuhl, um zur Wanduhr hinaufzuschauen. »Großer Gott, es ist erst kurz nach fünf«, murmelte sie. »Dieser Tag will anscheinend kein Ende nehmen.«

Sie war bleich und hatte offensichtlich immer noch Schmerzen, war jedoch genauso offensichtlich auf bestem Wege, den ihr von Samuel zugefügten Schaden vollkommen zu heilen.

»Positiv wäre zu vermerken«, meinte Quentin, »dass du eine tolle neue Fähigkeit hinzugewonnen hast. Gott sei Dank. Sei ehrlich, wusstest du davon, als du dich zu der Konfrontation mit Samuel entschlossen hast?«

»Ich wünschte, ich könnte das bejahen. Das hätte mir erspart, mich zu Tode verängstigt zu fühlen, weißt du. Aber, nein. Als ich zu Boden ging, war ich davon überzeugt, sterben zu müssen. Ich wusste nicht, was ich tat, bis ich merkte, wie sich die Knochen wieder zusammenfügten.« Stirnrunzelnd hielt sie inne. »Was im Übrigen ein sehr unheimliches Gefühl ist.«

»Mag schon sein. Aber sehr nützlich bei der Art unserer Arbeit.« Nun runzelte Quentin die Stirn. »Vielleicht erklärt das all deine bisherigen Nahtoterfahrungen.«

»Gut möglich«, stimmte Bishop zu. »Medium-Heiler haben im Allgemeinen einen unglaublich starken Überlebenswillen.«

»Ich glaube, es war diese Medium-Sache, die den Ausschlag gab«, bemerkte Quentin. »Das hat Samuel lange genug erschüttert, um Tessa und Dani die nötige Zeit zu geben, in Position zu gehen. Wirklich gut gemacht«, fügte er zu Hollis gewandt hinzu.

»Nun ja, er ist nicht auf meinen Bluff hereingefallen.« Sie verzog das Gesicht.

»Du hast geblufft?«

Ein leises Lachen entschlüpfte ihr. »Musste ich. Entweder haben die ganzen Energien dort meine Fähigkeiten diesmal nicht verstärkt, oder die Geister beschlossen, sich rauszuhalten. Wie auch immer, ich habe geblufft, was das Zeug hielt. So sehr ich mich auch angestrengt habe, ich konnte die Tür nicht öffnen.«

»Verdammt«, entfuhr es Quentin. »Ich meine ... verdammt, Hollis. Danke dem Universum für die neue Fähigkeit und den Überlebenswillen.«

»Ja. Das hab ich bereits.«

Tessa schüttelte verwundert den Kopf und schaute zu Sawyer. »Wo wir gerade von Überlebenswillen sprechen, was wird mit Ruby passieren?«

»Ich weiß es nicht. Ihre Mutter und so viele der anderen wirken fast katatonisch. Ich frage mich, ob Samuel am Ende nicht genauso viele lebende wie tote Opfer haben wird.«

»Bailey wird dort oben tun, was sie kann«, warf Bishop ein. »Die Schutzengel der SCU sind unter anderem auch Psychologen oder therapeutische Berater. Und wir haben noch andere im Team, die helfen können.«

»Können sie das wirklich?«, fragte Tessa eindringlich.

»Ein wenig. Ich weiß nicht, wie viel, um ehrlich zu sein. Samuel war eine vollkommen zerstörerische Kraft.«

»Wird er Bambi zerstören?«

Darauf antwortete Sawyer mit leicht verzogenem Gesicht. »Wenn Senator LeMott ihr den besten Verteidiger besorgt, der mit Geld zu kaufen ist, wird sie vermutlich nicht einen Tag im Gefängnis verbringen. Dieser Drecksack Samuel hat sie sexuell missbraucht, die meisten seiner Anhänger wirken und klingen im besten Fall verwirrt und im schlimmsten wie nach einer Gehirnwäsche. Himmel, ich will sie nicht in mein Gefängnis stecken müssen. Obwohl ich mit eigenen Augen gesehen habe, wie sie ihn ermordet hat, würde ich sie vor Gericht verteidigen.«

»Das würden wir wohl alle«, meinte Bishop. »Sogar Reese.«

»Wie lang wird Reese in der Siedlung bleiben?«, fragte Hollis.

»Nicht mehr lang, wie ich ihn kenne. Er wird dafür sorgen, dass jemand die Leitung übernimmt, falls die Gemeinde zusammenbleiben will. Er und Galen sichern alle Beweise, die Tessa gefunden hat. Wir brauchen sie zwar nicht für die Staatsanwaltschaft, aber vielleicht für Bambis Verteidigung. Und um für uns ein paar lose Enden zu verknüpfen.«

»Ihr wisst schon, dass es noch ein paar unbeantwortete Fragen gibt.« Quentin merkte, dass die anderen ihn anstarrten, und erläuterte: »Mehr als gewöhnlich, meine ich. Wie zum Beispiel, wer ist Andrea? Der Geist, der Hollis erzählt hat, wo Ruby zu finden war?«

»Warum war Samuel so versessen darauf, größtenteils wertlose Immobilien zu kaufen?«, fügte Hollis hinzu. »Und hatte er wirklich vor, die Welt zu zerstören?«

Tessa ergänzte: »Wie ist es Bambi gelungen, ihre wahren Absichten vor Samuel zu verbergen? Sie ist keine Paragnostin, und man konnte in ihr lesen wie in einem offenen Buch.«

Darauf hatte Bishop eine Antwort. »Ironischerweise lag es daran, dass sie eben keine Paragnostin war. Er wird es nie offen zugeben, aber Senator LeMott hat sie hypnotisieren und ihr sehr tief und sorgfältig ein paar posthypnotische Suggestionen einpflanzen lassen. Das Wort, das er heute da oben benutzt hat, Viper? Das war der Auslöser, der den Befehl zum Töten aktivierte. Bis zu dem Moment war selbst Bambi nicht bewusst, was sie tun würde. Da sie sich dessen nicht bewusst war, konnte Samuel es nicht entdecken.«

»Ich dachte, man könnte einen Menschen nicht per Hypnose dazu bringen, gegen seinen Willen jemanden zu töten«, sagte Quentin.

»Nach dem heutigen Stand der Forschung ist das auch nicht möglich.« Bishop zuckte die Schultern. »LeMott hat jemanden gefunden, der durchaus zum Töten bereit war. Für einen gewissen Preis.«

»Das weibliche Geschlecht.« Hastig fügte Quentin hinzu: »Anwesende natürlich ausgenommen.«

»Kann ich auch ein paar Fragen stellen?«, warf Sawyer ein. »Denn ich habe eine Menge davon. Zum Beispiel, wieso meine sämtlichen Beamten sich verhalten, als wären sie endlich aufgewacht. Oder was die Bedeutung des Medaillons ist, das Sarah Warren laut DeMarco bei sich hatte, als sie getötet wurde.«

»Ich kann nur diejenigen über Haven beantworten«, meinte Tessa. »Und vermutlich auch die nicht alle. Aber dieses Medaillon ist etwas, das wir alle bei uns tragen, wenn wir im Einsatz sind.«

»Das wäre ein Anfang.« Der Chief seufzte.

Bedächtig fragte Bishop: »Wer hat dem Direktor erzählt, dass Galen erschossen wurde? Das würde ich wirklich gern wissen.«

Plötzlich ernst geworden, erwiderte Quentin: »In jener Nacht gab es nur drei Zeugen. Wir wissen beide, dass Reese es nicht war.«

Bishop nickte. »Worauf nur die zwei Gemeindemitglieder übrig bleiben, die bei ihm waren – Carl Fisk und Brian Seymour.«

»Komisch«, sagte Quentin. »Brian Seymour wurde seit seiner letzten Schicht im Kontrollraum nicht mehr gesehen.«

»Also arbeitete er für den Direktor?«, fragte sich Sawyer laut. »Oder für einen anderen, der ein Auge auf die SCU haben wollte? Wie viele Feinde haben Sie eigentlich, Bishop?«

»Mindestens einen mehr, als ich brauchen kann«, antwortete Bishop. »Und das ist derjenige, den ich finden muss.«

KAY HOOPER

BLUTFESSELN

der dritte Band der neuen Trilogie.
Ab dem **01.03.2014** können Sie hier vorab
das erste Kapitel lesen:

oder unter www.weltbild.de/blutfesseln

Den kompletten Roman gibt es ab dem 26.05.2014
als Buch und eBook exklusiv bei Weltbild.